王昕朋小说精选集

王晨题

王昕朋 著

绝镇佳人

作家出版社

图书在版编目（CIP）数据

王昕朋小说精选集 / 王昕朋著 . —— 北京 : 作家出版社，2022.3

ISBN 978-7-5212-1522-9

Ⅰ . ①王… Ⅱ . ①王… Ⅲ . ①小说集 – 中国 – 当代 Ⅳ . ① I247

中国版本图书馆 CIP 数据核字 (2021) 第 185010 号

王昕朋小说精选集·绝镇佳人

作　　者：王昕朋
书名题字：王　蒙
责任编辑：赵　莹
装帧设计：鸿儒文轩
出版发行：作家出版社有限公司
社　　址：北京农展馆南里 10 号　　邮　　编：100125
电话传真：86 – 10 – 65067186（发行中心及邮购部）
　　　　　86 – 10 – 65004079（总编室）
E – mail: zuojia@zuojia. net. cn
http: // www. zuojiachubanshe. com
印　　刷：唐山嘉德印刷有限公司
成品尺寸：170 × 240
字　　数：265 千字
印　　张：18.5
版　　次：2022 年 3 月第 1 版
印　　次：2022 年 3 月第 1 次印刷
ISBN 978–7–5212–1522–9
总 定 价：968 元（全十一册）

目 录

一个女人和她的两个丈夫

一

雄鸡三唱过后，笼罩着山村的夜雾悄悄消散，房屋、树木的面目越来越清晰。老人的咳嗽声，婴儿的啼哭声，开门声，井台上水桶的碰撞声，烧锅的风箱声在村里响起。山村新的一天开始了。

柳嫂揉了揉困倦的眼睛，借着透进房内的淡淡晨光，见丈夫跪在加了厚厚棉垫的矮凳上，袖筒高卷过肘，双手深深插在泡豆芽的大缸里，向外捞着豆芽。他两条断了半截的腿，只有跪在矮凳上，再弯下腰去才能够着缸。深秋的清晨，气温已有些寒凉，可他的额头上却沁出了密密麻麻的汗珠。柳嫂拿毛巾给丈夫揩拭着汗水，心疼地嗔怪说："跟你说过多少回，这些活儿不用你干。你喊我或秋菊一声就行了。你要是万一有个闪失，栽到缸里……"

"秋菊娘，俺不能老让你娘俩养活啊，俺是个男子汉。"柳二望了妻子一眼，叹息道，"我两条腿拖累了你和秋菊这些年，心里老觉着不好受。""瞧你，说这些话干啥！"柳嫂难过得直想掉泪。她开了门走到院子里，先冲北间屋喊了声女儿，然后走进锅屋做饭。山里没有煤，全靠烧柴草。柴草一点燃，火苗呼呼直往灶外蹿，火光映照着二嫂俊秀的面孔。虽然岁月的风霜掠去了她青春的妩媚，却给她增加了宁静、柔和的中年女性的生气。两只眼睛虽不似秋波荡漾，但却如大海般深邃。不知啥时候，女儿秋菊已站在她面前。她隐隐约约地感到脸上停留着一双调皮但又认真的目光。她抬头看了女儿一眼，责备地说："这么贪睡，起来了还不快帮你爹收拾收拾，一会儿要上集呢。"

"妈！"秋菊亲昵地勾着柳嫂的脖子说，"昨晚看电影《小二黑结婚》，人家都说电影里的小芹像我，还说妈当年也跟小芹那样漂亮。"

"什么，你说什么？"柳嫂突然一惊，手中剔火用的铁条掉在脚上，烫得她赶忙缩了下脚。女儿又说了些什么，她一句也没听清。思绪像从灶里飘出的烟，袅袅散去。

那是十九年前的一个月光如水的夜晚。

"你长得真漂亮，跟电影里的小芹一模一样！"

"你呢，就像小二黑喽！"

他们紧紧地拥抱。从那天起，爱，就在他俩的心中成熟了……

"妈，你在想什么？"女儿推了她一下。

"没，没想。"柳嫂拾起剔火铁条，低着头对女儿说，"别在这儿嚼舌，快帮你爹干活去。"女儿噘着小嘴走了。望着女儿的背影，柳嫂十分感叹。闺女18岁了，个子长得比娘还高。18岁，多么美好的年龄！她生下女儿那年也是18岁。十八年过去了。辛辛苦苦的十八年，肝肠欲断的十八年啊！那个负心薄情人还活着吗？唉，早已决心忘掉他，怎么又想起了他呢？都怪女儿提什么"小二黑""小芹"……

锅开了。水蒸气和着乳白色的绿豆浆沫溢出锅沿。柳嫂没有发觉。她在想着往事。能不想吗？人就是这样奇怪，有些决心忘掉的往事，一旦记忆的闸门打开，就会涌到眼前来。虽然"小二黑"丢下"小芹"去了大漠，可他毕竟是第一个闯进她心灵的男人。她读过几年书，看过一些"大部头"。她记得有本书上写过，最珍贵的是初恋，最难忘的是第一个被你爱过的男人。假若这十八年是和他一起度过的……

"小菊妈！"柳二扶着板凳爬进来。这些年他是靠着小板凳行走的。他见妻子低着头，以为她困了，赶忙去掀锅盖。锅盖却掉在了地上。柳嫂听见响声，抬头看了丈夫，心中一惊。她怕丈夫发现她心灵的秘密，忙起身去刷洗碗筷。十八年了，她心灵的窗口一直是关闭着的。

吃罢饭，柳嫂和秋菊每人挑两篓豆芽上了路。柳树沟的豆芽是远近闻名的。这一带有句顺口溜："张沟的大葱姜楼的姜，柳树沟的豆芽嫩又香。"柳树沟每天要有上百担豆芽上市。而柳二家是豆芽世家，堪称豆芽村的"王中王"。柳嫂和秋菊娘儿俩每天上集，一担豆芽卖十来块钱，一天的收入蛮可以。柳嫂和丈夫合计过，如果顺当的话，两三年时间就可以盖口房子。再过二年，讨个"倒插门"的女婿……柳嫂一边走一边想。秋菊像只麻雀，一会儿飞前一会儿飞后，逗得柳嫂不住发笑。七八里地不知不觉就到了。

二

镇上今日逢集，人山人海，十分拥挤。由于早已实行了市场管理，经常做买卖的人都有固定的一席之地。柳嫂和秋菊刚放下担子，旁边同村的顺子就递过话来："二嫂，刚才有人打听你。"

"什么样的人？"柳嫂有点儿诧异。

"是个半拉老头子，又瘦又高，像根晒干了的秫秸棒。"顺子一边说一边用手比画，把柳嫂和秋菊都逗笑了。柳嫂根据顺子比画的形象，把自己认识的人在脑子里排了个队，怎么也想不起认识这么个人。买豆芽的人围上来了，称赞柳嫂卖的豆芽鲜嫩水灵，争相购买。柳嫂顾不得想下去了。不大会儿，她的两篓豆芽卖了个精光。秋菊也只剩下半篓了。柳嫂撩起衣襟擦了擦脸上的汗，拉过秋菊剩下的半篓豆芽。她让秋菊搭顺子的"二等座"回家做饭。突然，她发现一双炽热的目光在望着她。这个人看上去50开外，又高又瘦，脸色焦黄，一双眼睛深深地陷了下去，但是目光却咄咄逼人。柳嫂见是个陌生人，忙把眼睛避开，心里却忐忑不安。难道是我卖豆芽看错了秤，或者找错了钱，他来讨后账的？不，我做生意公平交易，老少无欺。也许……柳嫂不看那男人，热情地问道："大叔，您想称豆芽吗？"

"我吃豆芽！"那男人像吃了枪药，一开口就带着火药味。

柳嫂的心怦然一动，很快又镇静下来。她一边从篓子里向秤篮里抓豆芽一边问："你要称几斤？"突然，那个男人把手伸进篓里，抓住了柳嫂的手。他的手没有点儿力气。柳嫂一愣，愤懑地甩开了那个男人的手，愠怒地说："你这个人真不规矩，哪能自己抓。"说着，她不由抬起头来看他一眼。突然，眼前一亮，接着又惊恐地睁大了。她看见了那个男人胡茬中的一颗豆粒大的红痣。

是他，一点不错。柳嫂原来的丈夫。她觉得头脑昏晕，天地仿佛合在一起了，如果不是紧咬着嘴唇，一定会叫出声的。她的身子晃了晃，险些跌倒。她换了一个角度，把背给了他，她听见他在喊她的乳名"小秀"，声音既熟悉又亲切。不过，她没有理他。

早上女儿勾起了她的回忆，没想到这会儿他已经来到了眼前。他已经不是那个年轻英俊的"小二黑"了，模样像个半拉老头子。他比她只大 3 岁，怎么会变成这个样子？要不是那右下巴的红痣……柳嫂心神慌乱，给一个老太太称豆芽时把斤两都报错了。

……家住前后院，童年在老槐树下蒸土馒头，捉猫儿……他虽然比她大 3 岁，由于家庭困难，10 岁上学，正巧和她一个班，还是同桌。从学校到家里有一条清亮的小河。河中留下了他们童年的梦幻。有一次下大雨，小河上的石桥被水淹没。他背着她过桥时一脚踏空，两人都落进水里。怕回家挨大人骂，两人都脱下湿衣服铺在河滩的草地上晒，光着屁股玩了一阵"拜天地"。后来她不上学了。再后来他初中毕业回了家。恋爱。结婚。可以说他身上有多少根汗毛她都知道。她呆站在那里，像木雕泥塑的人一样。

"这位大姐，你咋着啦？"老太太感到莫名其妙，有点不乐。

柳嫂发觉自己失态了。她朝老太太抱歉地笑了笑。又打发了几个顾客，篓子空空见了底。她收好篓子，看见他远站在旁边。她想立刻走开，可一想他大老远跑来，而且混成这个模样，心里又有些不忍。她思忖了片刻，对他说："走吧，有话咱们到那边谈去。"

三

出了镇子不远，有一片很大的竹林，柳嫂在竹林边停住了脚步。回头一看，他正蹒跚地走过来。他的脚步好像很沉重，浑身却没有气力。他一定病了，而且病得不轻。柳嫂的心中掠过一丝淡淡的忧伤。

"秀秀，你，你为什么不在家等我？"他气喘吁吁，说话都费很大劲。

"你……"柳嫂不知是气愤还是委屈，泪水涌满了眼眶。心想，你怎么张得开口？那岁月，皖北一带的日子你难道不知道？你好个男子汉，没饭吃，腰带一紧溜了，老婆、孩子也不要了，今天反过来怪罪我。我如果不嫁过来，骨头早已沤成灰了。等你，等你来……她心里一阵酸楚，泪水夺眶而出。

"我，我回到家不见了你。房子早成了一片废土。我这个病汉子，靠谁？后来打听到你的下落。我找了两个月……"他也很难过，说着说着哽咽得说不下去了。

柳嫂看了他一眼。他的头发很长，蓬乱得像草堆成的鸟窝。已到深秋，身上却穿着布满破洞的单衣，散发出一股令人作呕的气味。他的脸又瘦又黄，没有一点血丝，眼睛黯然无神。她心里生起一丝怜悯，可是很快转为气愤。哼，你当初也有家，老婆还为你怀了孩子，是你无情地丢弃了温暖，丢弃了爱情，不然……唉，即使他当初不走，也许我们都会饿死。也怪不得他……

"我当初也是一片好心，想到外面闯一闯，挣点钱养活你。谁知……唉，早知如此，还不如饿死在一起，现在，现在……"

"现在你想怎么着？"柳嫂打断他的话。她突然莫名其妙地产生了一种恐惧感。

他望了柳嫂一眼，嗫嚅地说："我想，想跟你……"

"你不知我有丈夫，有女儿，有家？"柳嫂担心的事终于发生了，但她却十分镇定，平静而又认真地说，"我不怪你恨你，但是也不会再跟你一起。"

他默默地低下了头。

赶集的人们有的开始回家了。经过他们身边，纷纷投来惊讶的目光。柳嫂怕村里人看见，回去告诉丈夫引起误会，就想离开。但是，两只脚却不听使唤，几次也没抬起来。她直想放声大哭一场。唉，老天！我以为今生今世再也不会见到他了。可偏偏又见到了！我已经有了丈夫，有了家。先前的丈夫又来了。老天，你为什么把他安排回来？叫我怎么办啊？

他看出了柳嫂为难，一直没再开口。他咳嗽起来，剧烈得身子都在颤抖。

柳嫂的眼睛又湿润了。她沉吟一会儿，把手伸进了衣袋，掏出一个小布包，打开来，是一卷人民币，犹豫一下后，又包上递给他，说："这几个钱，你拿着看看病。以后，咱们不要见面了。"说罢，她转身就跑，直到累得再也跑不动了才停下脚步。回过头一看，他还木然地站在原地。她忙扭过脸，两行泪水像断了线的珠子滚落下来。

四

"妈，吃饭了！"女儿已是第三遍喊她。

柳嫂从回来一直没进家。她坐在院门前的碓窝上，望着村路尽头，目光凝固了。其实，离开他以后，她没走多远就停住了。她流了很多泪。她原以为他还会追上来。那样，她就要认真而严肃地和他谈一谈，让压抑了十八年的怨恨全吐出来：

你也许已经忘了。可是我忘不了。自你娘饿死后，咱们家一连有三天没有动烟火。村里不少人扶老携幼逃荒去了，大半个村子"铁将军"把门。没走掉的人家，不断有人饿死。悲惨的哭声一天也没断过。我实在支撑不下去了，就躺在床上等死。我没逼你，也没闹你。我知道哪怕就是做贼，也弄不来一粒粮食填肚子。我想也许自己命短，该那个时候死。你知道那年我才18岁呀！

"我对不住你。堂堂男子汉连老婆也养活不起。"你不止一次说过这句话。

每回，我们都要哭一场。你还记得我怎么回答的吗？我不怪你。你连自己都养活不了啦。后来，你要出去闯一闯。我不让你走。当时我想，到外边也得饿死，倒不如死在家里。你答应了我。可是，那天早晨醒来不见了你的踪影。一连三天你也没有回来。我担心。我惶恐。夜里做梦梦见你的尸首被一群恶狗撕扯着。有人告诉我看见你扒上了不知去何处的火车。你知道我多么恨你吗？如果我能追上你，或你再回来，我会狠狠咬你几口的。多亏了我兄长帮助，我又为你活了两个月。我相信你会回来。然而，你没有回来。我哥哥家不能再待下去了。不能因为我让他们家饿死人。我走了。那时我已经怀孕三个月。你根本不知道呀！不是为了孩子，我真的活不到今天……

　　如果不是顺子娘经过山坡喊她，她还会在山坡上坐下去。回到家，她直坐在碓窝上。十八年前那个雪花飘飘的傍晚，她就是瘫倒在这儿的。

　　……她确实没有一点儿力气了，昏倒在碓窝边。雪花静静地飘落在她的脸上、身上。醒来时却是躺在温暖的被窝里。一个头发花白的老奶奶端着半碗菜糊糊，正嘴对嘴地喂她。那奶奶就是后来成为她婆婆的柳大娘。她在柳大娘家住下了。是柳大娘硬留下的。几天后，一个30开外的矮个子男人风尘仆仆地进来了。他扛来一袋山芋干，说是在矿上干小工挣的。他就是柳二。他管她叫大妹子。第三天夜里，她正昏睡，突然身上被压得喘不过气。当她明白发生了什么事的时候已经晚了。他占有了她，她哭了，把他推到一边。他发疯似的吻她，求她做老婆。柳大娘被惊醒了，赶走了儿子，跪在了她面前。柳二一走几个月，直到她的肚子胀成"西瓜"时才回来。他们结婚了。十八年了，柳二一直怀着内疚和她一起生活。特别是他的双腿失去后又增添了一层愧悔……

　　"秋菊妈！"柳二扶着板凳出来，惊异地打量着她，问道："你这是咋啦？是不是哪儿不舒服？"

　　柳嫂慌忙站起身来，掩饰地说："我有点儿不舒服，歇一会儿就好了。"柳嫂刚刚进到院里，听门外有人喊她，是顺子娘。顺子娘递过一个小包。柳嫂一眼认出那是她给他的。她的心一下子提到了嗓子眼，不安地望了丈夫一眼。

"有个半拉老头，说是路上捡的，上边有你的名字……"顺子娘说。柳嫂接过钱包，平静地笑了笑。她觉得脸上发烫。丈夫的目光透露着狐疑。

饭菜早已摆好。女儿等得不耐烦，正狼吞虎咽地扒着饭。柳嫂和丈夫刚刚坐下，女儿冷不防地问道："妈，顺子哥说的那个人找你去了吗？"柳嫂一惊，手也抖了几下，碗里的饭溢出了几滴。她看见丈夫的脸上掠过一丝疑虑，眼睛里也流出了妒火。丈夫自从残疾后，对她总是不放心。有时见她和中年的男人单独在一起说话也表露忧虑。她骂过丈夫是"狗肠子""疑心眼"。有个男人在集上找她，丈夫能不生疑心吗？她想了想，回答女儿说："见是见了，我没理他。""为啥！"秋菊追问一句。柳嫂爽快地笑了笑，说："他死缠着我，要我答应他来咱们家学手艺。我没答应。"秋菊很扫兴。柳二却轻轻地吁了口气。柳嫂的心很沉重。他如果找上门来怎么办？一个女人，两个丈夫，吵嘴，打架，头破血流……吃完了饭，柳嫂推说心口疼，回到屋里躺下了。闭上眼睛，脑海里却不断出现血淋淋的悲惨场面。她的心在战栗。

秋菊吃罢饭，到母亲床边问候几声就走了。接着柳二又进来了。他把眼靠近柳嫂的脸，好像要窥视出她心中的秘密。

"秋菊妈，要不要到医院去看看？"柳二问。

柳嫂望了丈夫一眼，赶忙又闭上眼皮。她怕自己的目光中流露出紊乱，而让丈夫发现。她摇了摇头。柳二沉重地叹息一声，到外间去了。柳嫂躺在床上听着丈夫的叹息声，心都要碎了。

这天夜里，柳嫂失眠了。她从丈夫沉重的喘息声中，知道他也没有入睡。

第二天一早，柳嫂的心还没有平静下来。她不知该不该上集去。上集，再见到他怎么办？不去，又怎么向丈夫和女儿说？她从来没遇到过这样为难的事。经过一阵深思，她终于下定了决心，上集去！我何必躲他呢？我又不欠他的债。他能吞了我？见了他装作不认识就是了。

"你身体不舒服，今天就别上集了。"柳二劝妻子说，显得忧心忡忡。

柳嫂送给丈夫一个安慰的目光，然后挑着豆芽上了路。女儿已经先走了。柳嫂一路走一路想，脚步十分沉重，到了集上已是半晌午。刚放下担子，她就看见了他。他蹲在不远处，两眼直瞪瞪地朝这边望着。柳嫂装作没看见他。

女儿就在身边，万一他走过来纠缠后果不堪设想。她担心，忧戚，不安。神情一慌，眼光迷离，头脑发晕，她拎着秤毫的手不住颤抖，秤篮掉了，豆芽落到地上一片。脸上的汗珠也不住往下滚落。旁边的一位妇女扶住她，惊奇地问："大嫂，你怎么了？"秋菊埋怨地说："妈，不让你来你偏要来。走，我送你到医院看看去。"

柳嫂摇了摇头，强装笑脸，顺水推舟对女儿说："我、我还是回家歇歇。卖完豆芽你就赶快回家吧！"

柳嫂蹒跚地走进人群里。她克制着自己不向他看一眼。如果再看他一眼，她一定会栽倒。出了镇子，她加快了脚步。走到昨天和他谈话的地方，突然拐进了竹林里。她自己也不明白为什么要进竹林。她倚着一棵粗壮的竹子慢慢坐下来。竹林外的脚步声近了。她没有抬头，只觉得浑身热血沸腾。

他走过来了。脸涨得像紫茄子，汗水淋漓，喘着粗气，扶着一棵竹子蹲下，离她只有三四步远。他的目光很复杂，既包含着渴望、恳求，又包含着愤怒、敌视。他们谁也没先开口。秋风从竹林中穿过，吹得竹枝相互碰撞，发出一阵阵呻吟。过了一会儿，柳嫂带着怒气开口问道："你还不走，缠着我干什么？"

"我昨天说过了，你要我到哪去？"他的话也带着不满。

是呀，他现在已无家可归。她知道他是孤身一条，又无亲可投。她不禁又产生了一丝怜情。

"我想过了。我还不老，不能死。我投奔你……明说了吧。昨天我还想找你，跟你现在的丈夫打官司，把你要走。我看你……现在，我只想作为一个亲戚投奔你。"他不卑不亢。

柳嫂没想到他会提出这样的要求。她犯难了。她想，他的要求并不过分。收留一个患了病的亲戚算不了什么，在乡邻面前也能说得过去。可是如何向丈夫和女儿交代呢？柳二含着妒火和猜疑的目光在她眼前闪过……她忽地站起来，义正词严地说："不行，这真的不行！"

他愣怔了一下，目光由失望变得冷峻，扶着竹竿吃力地站起来，连看也不看她一眼，摇摇晃晃地向竹林深处走去。

　　柳嫂的心突然沉重得像一块铅。我怎么这么绝情、冷酷了呢？不管怎么说，他还是第一个爱过我的人，第一个丈夫。别说有过一段爱的情义，即使是路人，也不该这么无情。她紧迫了几步，刚要开口喊他停下，喉咙像被什么东西卡住了。不，我不能收留他！一个女人和两个男人一起生活，丈夫不说，乡邻也会捣脊梁骨。再说，牙齿和嘴唇还常碰架哩，两个男人在一起，万一……她用蒙眬的泪眼送他走出竹林。

五

　　柳嫂拖着沉重的脚步回到家。女儿先她一步到了家。柳二的脸阴沉着，冷漠地望了她一眼，用近乎嘲讽的口吻问道："你回来了，看过病了吗？"秋菊走过去扶住柳嫂，亲热地说："妈，你现在觉得怎么样了？"柳嫂没回答，径直走进屋里。她本来不想表现出有心事，以免引起丈夫猜疑。但无论如何也控制不住。她觉得不能原谅自己，把他推出不管是一种罪过。假如他要病死在荒野上，她的灵魂今世也不能安宁。想着想着，她流下了悔恨的泪水。柳二已悄悄进来了。他见妻子神态反常，暗自悲伤，马上想起了秋菊问的那个男人，忍着妒火炙烧的疼痛问道："秋菊妈你怎么啦？有什么心事就说出来呗！"他把板凳放在屁股下，点燃一支烟抽起来。午后的阳光从窗棂间射进来，照在他左边的脸颊上，右边脸颊却阴着。

　　柳嫂心中十分混乱。对丈夫说来了个亲戚，生了病，把家中存的几百块钱给他，丈夫可能会答应的。可是几百块钱能解决他的出路吗？他也不会接受的。用钱打发他，一定会刺伤他的心。柳嫂把涌到唇边的话又咽了回去。

　　柳二见妻子不说话，有点儿急了："你到底有什么心事，尽管说呀！"

　　柳嫂十分为难。她自己还没拿定主意，又怎么向丈夫说呢？

　　"你这两天是不是见了什么人？"柳二开门见山地问，眼睛也睁圆了。

　　柳嫂慌乱地点了点头。

　　柳二的脸上浮过一片阴云，又接着问道："是个男人吧，他是干什么的？"

柳嫂哑然。她从来没向柳二说过自己曾经结婚。这并不是对丈夫不忠。生活中，每一个人的心灵都有个小仓库，收藏着很多很多的秘密，谁也不会把它全部袒露出来。她原本想把这个秘密永远封在苦难的心狱，最后带进棺材。现在不行了。与其让他怀疑自己有外心，不如把真相挑明，让他知道，她和那个丈夫十八年前就断了情，现在，他仅仅是她的同乡、同学、朋友。想到这儿，柳嫂呜咽着把十八年前的昨天和十八年后的今天，原原本本地告诉了丈夫……

柳二的神情随着柳嫂的讲述急剧地变化。一会儿双眉紧锁，一会儿怒目圆睁，一会儿怅然若失……柳嫂讲完了，他却低下头，好像怀着愧疚。能不有愧吗？妻子曾经有过丈夫，在他占有她的时候，这岂不成了夺人之妻的罪人？万一乡邻知道了，名声岂不一落千丈？他想起了，婚后好长一段时间，妻子脸上没有一丝笑容。有时睡到半夜，她突然像梦见了猛兽似的，惊呼着从床上爬起来。可是，她没有说过有了丈夫。他相信，自己如果知道她有丈夫，绝不会干出那种伤天害理的事。十八年过去了。十八年的风风雨雨，十八年的夫妻恩爱，妻子给予他的太多了。用乡邻的话说，没有柳嫂，他柳二的这身肉，怕早已到了狗肚里。特别是他失去双腿以后，自己已成为家庭和社会的累赘，苦恼，绝望。他曾经自杀过，但被妻子救活了。他感激妻子，是妻子给了他第二次生命，给了他生存的勇气。十八年了，他那盏生命的灯，熬的是妻子的心血。他想说，来世当牛做马也要报答妻子。现在，她的第一个丈夫突然闯进了他们的生活中。他震惊，惶恐，悲郁，一时不知该怎样做出决定。

沉默。秋风在门外旋转着，发出一串串淡淡的哀叹。柳二甩掉烟蒂，抬头望了妻子一眼。

柳嫂拂着泪水，等待丈夫表态。她没有再作任何解释。心灵的对话是不需要语言的。

柳二又点燃了一支烟，狠命地抽了几口。突然，他一拍床沿，用责备的口气对柳嫂说："你怎么变得这么无情无义了！既然他奔咱来，就是瞧得起你，信得过我。你该把他接到家里来。"说着说着，声音颤抖，说不下去了。

柳嫂愣了。她万万没有想到丈夫会这样回答，而且爽快利索。她激动得真想扑到他的怀里。突然，她又觉得自己不让他来是对的，不然就对不起丈夫。柳二好像看出了她的心事，长叹一声说："人人都有落难的时候。这时候才能看出人心……"

柳嫂泣不成声。

柳二思忖了一会儿，说："别耽误了，你快去找他。说不定他已经走了呢。要不是两条腿不方便，我一定亲自去把他接来。"

柳嫂跳下床，激动地在丈夫额头上吻了一下。十八年了，她第一次这样吻他。

六

傍黑，柳嫂在镇北头一间饲养室里找到了他。他见到她，先是一愣，继而又转过脸去。

"常山，跟我回家吧。"柳嫂诚恳地说。

他冷冷地一笑，过了一会儿才开口："你不是有丈夫，有孩子，有家吗？我到你家不是给你添麻烦，增加负担吗？"他神情冷漠，脸色蜡黄，活像一具死尸。柳嫂一见他的模样就想掉泪。她感到内疚，前两天自己冷淡他，确实有点儿无情无义。她请求他原谅，并把丈夫的意见向他说了。他猛地睁大了眼，似信非信地问："你说的是真话？他是不是真心实意？"

柳嫂点了点头。

他激动地一下子站起来，脸上露出了满意的笑容。他想了一阵，认真而坚定地说："我……秀，你放心吧！我绝不会给你们制造矛盾，也不会让你为难。从今后，我就是你的亲哥哥……"他的话只说了一半，柳嫂却全部都明白了。她赞同地点了点头，说："常山，你这样说，我心里就踏实了。过去的岁月已经过去，往后，你就是秋菊的舅……"说到这儿，她难过地低下了头，顿了一下又说："咱们都把话说明了，往后、往后不能做对不起人的事。"

两个男人相见时的尴尬场面，柳嫂没有看到。因为柳二是在门外迎接常山的。柳嫂怕难堪，进了院门就没再回头。

小桌上摆好了四个菜碟和一瓶酒。这一带人最好客，家里再穷，只要来了客人也要酒菜招待，哪怕拼上家底。两个男人在桌子两旁坐下。柳嫂见丈夫倒酒的手不住颤抖，酒扬扬洒落了一片。她实在不愿看这个场面，就钻到锅屋里给常山搭地铺。

秋菊从外边唱着歌儿回来了。她先是进的东屋，见有个陌生的男人和父亲一起饮酒，怔住了。柳二看见女儿，一时不知怎样介绍。常山笑着问道："这个就是我的外甥女喽？"

"是呀，是呀！"柳二很不自然地点了点头，对秋菊说，"秋菊，这是你大舅。"

秋菊眨巴儿下眼皮，低低地喊了声"大舅"，一闪身来到锅屋里。

"妈，我咋没听你说过有这么个大舅？"秋菊趴在柳嫂的耳根旁低声问。要不是锅屋里黑乎乎的，她一定能看见母亲涨红的脸和慌乱的眼神。柳嫂毕竟早有准备，忙解释说："他很早就出去了，都以为他死在外边了呢。"秋菊相信了妈妈的话。她又回到东屋，亲亲热热地唤着常山"大舅"，向他打听起外乡的风土人情。柳嫂在锅屋里，听着女儿喊"大舅"的声音，心里像刀扎似的疼痛。

柳嫂和柳二婚后第七个月生下了秋菊。婆婆、丈夫的高兴劲就甭提了。柳嫂虽然心里难过，脸上却还要装出笑容。婆婆把孩子爱若掌上明珠，省下自己填肚子的饭给孩子吃。在秋菊刚刚咿呀学语时，婆婆却因饥寒交迫离开了人世。她曾抱着孩子在婆婆坟前默默发誓，永远不告诉秋菊真相。现在，秋菊与亲生父亲团圆了，可是不能喊他一声"爹"，多么悲惨啊！我要告诉秋菊让他认父，柳嫂想。这个念头在脑海里只停留了一瞬，很快又被她否定了。不能，绝不能这样做。秋菊一认，真相就全暴露了。常山怎么住下去？我怎么活下去？柳二又怎能挺得住？那时会是什么局面？现在只有我一个人知道是谁的亲生骨肉。只要我不说，就不会有任何可悲的事出现。常山，这一切都怪罪你自己。我也是没办法呀！

"秋菊妈，你过来一下！"柳二在东屋喊。

柳嫂应了一声，撩起衣襟擦干了泪水，踌躇了一会儿才走出东屋。桌子上的酒瓶里只剩下少半瓶酒了。两个男人都醉意朦胧。柳二的两个眼珠像紫葡萄一样亮，端起酒碗递给妻子，说："秋菊妈，你们、你们多少年没见面。今天高兴，你陪、陪他干了这一个。"

柳嫂不知该接不该接。女儿秋菊也在一旁鼓劲说："妈，爹说得对。你应该陪大舅干一个。"说着，她伸手去接酒碗。柳二白了女儿一眼，把酒碗又朝妻子脸前送了送。柳嫂用颤抖的手接过酒碗，仰起脖子一饮而尽。是苦？是辣？……她闭着眼睛，泪水才没掉下来。

"今后，你多照顾大哥。"柳二头脑还很清醒，"我虽然腿不方便，身子却还硬朗。他的身体太弱了。你把他照料好。"

柳嫂胡乱地点了点头。

"秀，你，你真摊了个好丈夫，"常山也说话了，声音特别激动，"我为你高兴呵！"

"别、别这么说。"柳二摆摆手，打断常山的话，叹了口气说，"她跟我吃了不少苦，受了不少罪。我拖累了她。"他边说边用拳头捶打自己的大腿根。

柳嫂担心他俩酒后说多了话，忙打断他俩的话头，说："说这些干什么。你们都是男子汉。往后的日子还长，就看你们的了。"她话中有话。柳二和常山都听得明白。他俩对望了一眼，又都低下了头。

七

上床以后，柳二很快就发出了鼾声。柳嫂却翻来覆去睡不着。她深深感到了肩上担子的沉重。这两个男人，一个是瘸子，一个是病汉子，都做不了大事。秋菊虽说已长成大姑娘，但贪玩，心思不放在家里。她要照顾好这两个男人，而且要时刻提防突然发生的难堪。难呵，女人！

　　第二天天未亮，柳嫂就下了床。她怕穿着那双跟上钉了块皮子的鞋，走路脚尖沉重，惊醒丈夫和常山，索性赤着脚走到外间。她也盘算好了，每天早起赶个早市，上午再多跑一趟，一天就能多上市一担豆芽，多挣几个钱。她装好豆芽，忘记了穿鞋，赤着脚就走出了家门。

　　山里的深秋，晨风寒凉。夜里，地上落了一层霜，犹如结了一层薄冰。柳嫂走到村外，一股凉风扑面吹来，她不由得打了几个寒噤和喷嚏，这才觉得脚下有一股寒气直往上蹿。她看了看赤着的双脚，又气又急。回去穿鞋吧，开院门，开屋门，势必会惊动家里人。不穿吧，一个女人赤着脚赶集上镇多不体面。她犹豫了一会儿，最后还是迈开大步向前走去。

　　柳嫂赶早市回来，两只脚冻得像红萝卜。正在烧锅的柳二探出头，正在打扫院子的常山转过头，他们的目光不约而同地落在她的脚上。她的脸一下子红到脖子根。两个男人的嘴唇都动了动，但谁也没把话说出来。

　　吃罢饭，柳嫂正在装豆芽，丈夫进来了。他压低声音说："秋菊妈，你看是不是让他跟你去？"

　　"你……"柳嫂不明白丈夫的意图，生气地瞪了他一眼。

　　柳二说："我看他病得不轻，想让你带他到镇上的医院看看病。"

　　柳嫂抱歉地冲丈夫笑笑，想了一会儿点了点头。

　　"我去跟他说说。"柳二出去了。他和常山说话的声音很低。柳嫂一句也没听见。她挑着担子走出门，才听见常山说："我还有药没吃完，等等再说吧。"柳嫂知道常山在说谎，用意是不想跟她去，以免柳二误会。她的心一沉，觉得肩上的担子也加重了。

　　中午，柳嫂从集上买回一斤猪肉，包了顿饺子。柳二和常山都明白柳嫂的用心。

　　转眼间又是冬天了。今年冬天好像来得特别早。一入冬就降了场大雪。山是白色的，地是白色的。一切都像突然苍老了，长出了白发。柳嫂虽然有心计，早把生豆芽的大缸埋在草堆里，外面又加了层棉垫，但温度还是难以适应。豆芽生长慢了，三天才能赶上过去一天的。柳嫂和秋菊上集的次数也少了。

柳二和常山经常在院子里晒太阳，下象棋。秋菊有时也过去观棋。她总是帮常山出计献策，杀得柳二一败涂地。柳二每次败了棋，一脸不快。常山有时故意输给柳二，秋菊也要阻拦。每逢他俩下棋时，柳嫂不是躲在屋里拾掇，就是到一边去做针线活。村里的女人都说，柳嫂那双手，除了睡着才有歇空，而那张嘴却时常闭着。

这天，柳嫂和秋菊从镇上回来，一进门见常山两手抱着斧头劈树墩，满脸汗水，动作缓慢无力。秋菊奔过去，好奇地问："大舅，你这是干什么？"

"我想建一个温床，供生豆芽用。"常山的喘息声粗重，说话的声音却很低。

"什么，温床？"秋菊高兴得手舞足蹈，"一定提高温度，多出豆芽吧？"

柳嫂笑了笑，说："你身体不好，不能干重活，歇着吧！"常山自进这个家，老是拾掇些活儿，柳嫂觉着过意不去。

柳二扶着板凳出来了。他望了妻子和女儿一眼，又看了看常山，脸上掠过一丝忧郁的阴影，嘲讽地说："大兄弟，你这个主意不错。不过咱这里缺烧的，烧不起温床呀！"

"爸，瞧你……"秋菊埋怨父亲。

柳二的脸阴沉下来，呵斥秋菊说："女孩家不懂天高地厚！你舅身体不好，快扶他进屋休息吧。"

常山苦苦一笑，丢下斧头，抹着汗水走进锅屋去了。柳嫂听得出丈夫是在说常山，心中不由吹过一阵冷风。但是她不像女儿那样把不满放在脸上。她过去没少数落丈夫，有时也像其他女人那样严厉。自从常山来后，却不愿再数落丈夫，即使明明是丈夫不对，也压在心底不向外露。

因为常山住在锅屋里，柳嫂很少单独进来，做饭时总要拉着女儿帮她烧火。女儿刚才生气走了，她只好自己进来了，见常山坐在地铺上，一脸的愁闷和不快，知道他也在生气，她想说几句赔礼话，但话到唇边又咽了回去。

"我帮你烧火吧。"常山不等柳嫂答应，一屁股坐在锅前的木墩上，添柴，点火。柴湿，火不旺，灶里向外冒黑烟。他趴在锅灶前，"噗噗"地吹起来。他的这一动作，柳嫂太熟悉了。她呆呆地望着他。他们婚后那一段日子，做饭时他都主动帮她烧火，点不着就用嘴吹是他的习惯动作，常常呛得鼻涕眼泪往外流，用手一抹，弄得满脸是灰，像古装戏里的"包青天"……

"你出去。我、我不用你帮忙。"柳嫂突然心神慌乱，语无伦次地说。

他一怔，很快就明白了柳嫂的心思，慢腾腾地站了起来。

"你？"柳嫂觉察到自己的过分，又想留住他。突然，她发现东屋门缝里露出柳二的半个脑袋。她心中顿时升腾起一股怒气，感到从没有过的委屈和侮辱，顺手端起锅台上盛着刷锅水的木瓢。走到门边，扬手狠狠地朝那个脑袋泼过去。

常山一惊，停住了脚步。

柳嫂也吃了一惊。她没有想到自己竟如此冲动莽撞。她后悔了，可转念又想，你柳二该吗？凭良心讲，我对得起你。咱们有言在先，可你还是干小人之事。她越想越有气，走进东屋，指着正擦头脸的柳二，愤愤地说："你的头伸得像公鸡出窝，干什么的？"

"我想看看会不会再下雪。"柳二十分尴尬地说，"谁知正摊上你倒水。"

柳嫂见丈夫的模样很狼狈，涌到唇边的一大串气话强咽了回去。

这天夜里，柳二在柳嫂的身边，说了一大堆忏悔的检讨话。

"你不该小看俺。"柳嫂流下了委屈的泪水。

柳二突然爬起来，趴在床上，"咚咚咚"给柳嫂磕了三个响头。

八

从那以后，柳二有好长一段时间没再起过反意。常山也处处表现得小心、稳重。他们的生活十分平静。

春节即将来临了。柳嫂和丈夫合计了一下，全年的收入去掉本钱，加上零星开支，刨去还债，还剩几百块。她很高兴，丈夫也乐哈哈的。

"先给秋菊买辆自行车吧。一来做生意方便，二来减少你的劳累……"

柳嫂摇了摇头说："我想先给你买辆手摇三轮车，让你出去转转。终日憋在家里也闷得慌。再说，你有了车子，就像有了腿，也能帮俺点小忙。"

柳二感动得泪水盈眶。

旧历腊月二十晚上又下起了雪。黎明时，柳嫂和丈夫被锅屋里传出的一阵剧烈咳嗽声惊醒。柳嫂心头一惊。她起床，打开门一看，院子里的雪已经埋脚深。天空阴沉沉的，看样子还要下。她突然惊恐地睁大了眼睛，锅屋门前的雪地上有一摊血。一行深浅不匀的脚印从锅屋门前延伸到大门外。她惊慌失色，匆匆走到门外。树街上白雪皑皑，也有一行脚印，沥着一滴滴、一摊摊血，只见百十米外的一棵干枯的柳树下，蹲着一个人。

"常山！"柳嫂向他奔过去。

常山听见柳嫂喊他，扶着树缓缓地站了起来。他身上背着来时的小包袱。

柳嫂到了常山跟前，见常山的脚下一大摊血，雪被渗红了一片。她扶着他，哽咽着问："你、你怎么了？"

他无力地摇了摇头，身子不住摇晃，假如有一阵风吹来，他就会倒下的。

柳嫂忽然间增添了勇气。一手挽着常山的胳膊，一手揽着他的腰，硬是半拉半推把常山拽回家。柳二见妻子扶着常山，马上明白了一切，毫不犹豫地说："快，得把他送医院去！"

九

鹅毛似的雪花纷纷扬扬，一连下了几天，到腊月二十八还没有停。虽说是逢集的日子，镇子上却冷冷清清的，少见来往的买卖人。柳嫂躲在百货店窗口的雨搭下，见有人路过，就吆喝一声："卖豆芽喽！"这样折腾到下午三点钟才把两篓豆芽卖光。不是给常山住院治病花光了钱，她今天绝不会冒风雪严寒来受这番苦。今年是好年成，人们买肉，办年货，一张张"大团结"掏得顺当、气壮。叮叮当当剁饺子馅的声音此起彼伏。她家到今天还是冷冷清清，一分钱的年货也没添。虽然柳二脸上神情坦然，心里却有点不乐，好像后悔把常山接来。柳嫂很难过。接连两天，她都踏着雪到镇上卖豆芽。算算手里有二十多块钱了，她又为办年货犯愁。女儿早就嚷着做一件的确良外罩，说是要"晃年"，这一件外套要八九块。女儿18岁，正是该插红戴绿的年龄。村里的姑娘们穿戴都比女儿好，不光女儿羡慕，就是她这个做娘的也嫉妒。再说女儿下了学屋门这一年也很辛苦，该给她做件衣服。柳嫂犹豫了一阵，给女儿买了件的确良罩衣。丈夫没提出要什么东西，但大年节里两瓶酒还是需要的。柳嫂早有准备，从家里来时就带了两只空瓶。她花一元六角钱买了二斤"徐州白干"。过年，猪肉还是要称二斤的，全家人吃几顿饺子吧。柳嫂想着走着到了食品店门前。从县城来的公共汽车到站了。车门一开，涌下来一群从县城购置年货回来的人们。柳嫂的目光在乘客中寻找着她熟悉的身影，虽然她知道他不会回来的。人就是奇怪，有时明明知道奇迹不会发生，却还是如期到来。突然，柳嫂看见了顺子，忙迎了过去。顺子进城时，秋菊嚷着要去。柳嫂没有同意。她嘱咐顺子顺便到医院看望常山。

"二婶，秋菊的舅舅吵着要出院。医院让你们家里去个人。"

柳嫂愣怔了，但很快就明白发生了什么事。她把东西塞给顺子，说："他的脾性我知道，说干什么就干得出。你回去告诉秋菊她爸，说我进城就回来。"她赶在公共汽车启动时上了车。好你个常山，让你住院治病就安下心呗，干什么还要给俺找麻烦？花钱再多，只要能治好你的病，俺都愿意……柳嫂不知不觉昏昏然睡着了。

柳嫂慌慌张张赶到医院，正遇着常山和医生纠缠着要出院。他一见柳嫂，便说："瞧，我家里人来接我啦！"

医生用疑问的目光打量了柳嫂片刻，问："你是他妻子？"

"我……"柳嫂的脸红了。她没有承认，但也没有否认。

医生把柳嫂叫到办公室，严肃地说："他病得不轻，再晚来几天怕是没命了，还需要住院治疗，你这时来接他……"

柳嫂知道医生误会了，忙打断地的话，恳求说："大夫，千万别让他出院。"

"你不是来接他出院的？"医生惊讶地问道。

柳嫂郑重地点了点头。回到病房，常山已经收拾好东西，要跟柳嫂回家，不无悔恨地说："我真不该给你们添麻烦。你们把钱用在我身上，连春节都过不好……"

柳嫂心里一阵酸楚，忙背过脸去。

"秀，你别管我啦！我是个罪人，该死！"

柳嫂强忍着悲恸，劝慰他说："你不用胡思乱想。俺既然收留你，就养活你，给你治好病。你安心养病，别再给俺招麻烦就行了。"

常山像个听话的孩子，惭愧地低下头。

柳嫂走出医院，天已经黑了。她望着满街五彩缤纷的灯火，心隐隐作痛。他一个人在医院里过节，冷冷清清，一定会感到孤独、痛苦的。柳嫂掏出剩余的钱，买了几盒食品，又送到医院。她怕常山不收，又怕见了他再引起忧伤，就托医生转交给他。

回去的公共汽车没有了。怎么办？不回去，不行。一来没地方住，二来丈夫和女儿会担心。回去，六十里路，大雪茫茫，什么时候才能走到？她急得落下眼泪。她已两顿没吃饭了。饥饿、寒冷一齐向她袭来。最后，她终于下定了决心：走回家去！

出了城，凛冽的寒风卷着雪花扑面而来，犹如钢针落在脸上、身上，刺骨的冷。柳嫂每抬一步都很吃力。她心里只有一个念头，快到家！丈夫、女儿在思念着她。一大堆事儿在等待着她。不知走了多久，也不知走了多远。她前后摔倒了十几次，有一次还滑到沟里，多亏沟里没有水，弄得头发被泥泞粘成疙瘩。这一次摔倒，她半晌才爬起来。饿了，也累了。难道要冻死在这荒野上吗？不，我一定要回家去。她咬着牙，使尽全身的气力站了起来。

好暖和哟。到底还是家里好。有家才有温暖，丈夫把床都铺好了。睡吧，好好睡一觉。谁在推我，烦死人啦。我还没睡够呢。哎呀，浑身怎么像针扎似的疼，还有点儿酸麻。谁在使坏？大概是丈夫。他一定是因为我回来晚又生气了。吃醋，嫉妒！哼，坏蛋，良心让狗吃了吗？滚你的……她猛地一推，手不知碰到什么东西，疼的呻吟一声。她睁开眼，大吃一惊，自己原来躺在一个牛草屋里。浑身钻进了牛草，怪不得扎得慌。她想不起自己是怎么钻进来的。她翻身爬了起来。墙角有人在撒尿，听声音像个男人。旁边还有粗重的鼾声，也是属于男人的。唉，我怎么钻到这个鬼地方来了。这一带乡村的穷户人家，"家里穷，人口多，儿女大了没处搁"。男人们形成了习惯，夏日，拉张席到村街或场上过夜；冬天，钻到饲养室里的牛草屋里过夜。钻草屋不用被不用席，只要把身子埋在草里，浑身暖烘烘的。可是没有女人钻草屋的。她今天沦落到这般田地，心里凄惨悲哀。她想哭，又怕惊扰了那些男人们，蹑手蹑脚走出了草屋。

村子里雄鸡在召唤着黎明。大路上已经有车轮的吱扭声，行人的谈话声。柳嫂离开场屋有半里地，迎面碰见两个赶毛驴车的男人。他们离很远就惊奇地望着她。她低着头和他们擦车而过。

"瞧，这娘们好像刚从草窝里钻出来。"

"说不定和哪个男人在草窝里办私事了呢。"

两个男人故意大声议论着，发出嘲讽的笑。柳嫂恨不得冲他们的背影骂个痛快。她忍住了，看看自己衣服上粘着草，赶忙扑打了一阵。头发早已缠成疙瘩，一定也粘了不少草吧？她一边走，一边用手去捡头发上的草，手触到一根捡一根，捡下一根草就扯下一根或多根头发。她想，如果这时在家里，可以烧点热水洗洗头发。不，也该上集了。唉，为他吃这么多苦，受这么多累值得吗？自己是他抛弃过的，何必对他这样好。难道在他身上还拴着我的旧情？不，原谅归原谅，旧情是旧情。十八年了，我对他早已心灰意冷，哪儿还有什么旧情？

这是什么地方，好像很熟悉，对了，她来过这儿。丈夫就是在这座山上开"大寨渠"的，硝烟炮火中失去的双脚。那时，她想过死。命运太不公平了！灾难为什么要降临给年轻女人。然而她活了下来，也使丈夫活了下来。丈夫说过，他是靠她走回人生道路的。人生的道路十分遥远，没有伴侣是不行的。常山在外面闯荡了十八年，最后还是回来寻找伴侣了，过去，他有病，没考虑出路。万一看好病回来，还让他在家里住下去吗？让他走……到哪座山前再找上山的路吧。

傍晚时分，柳嫂拖着疲惫不堪的身子回到家中，一头倒在床上。丈夫、女儿听她讲述了将近一天一夜的惨遇和经历，都哭了。

十

多难的寒冬过去了，多愁的春天也伴着潺潺的流水消失了。这一冬一春，柳嫂苍老了许多，从她脸上看，好像不是过了一冬一春，而是过了漫长的十个年头。她的额头上、眼角边留下了灾难深重的横沟。过去穿在身上合体的衣服现在肥大了。在村里人的瞳仁上，柳嫂却越来越高大，老亲舍邻没有不夸柳嫂的。她既要服侍瘫丈夫，又要照顾生病的"哥哥"，肩上的担子是繁忙而沉重的。那些家庭闹不和的，老人就拿柳嫂当典范教导儿女。村里的女人都把柳嫂作为做人的楷模。村里选县妇女代表，全村妇女都投了柳嫂的票。

城里捎信来，说常山的病已近痊愈，很快就可以出院回来。秋菊几天前去看望常山一趟，回来后欣喜若狂地说："舅舅变得让我差点认不出了。又白又胖又年轻，真帅。你若见了他，也会大吃一惊的。"柳嫂看看丈夫的脸阴沉下来，眼睛笼罩着忧郁，本来感到欣慰的心变得沉痛了。她猜得透丈夫的心事。当初收留常山，他是出于真心，是因为同情，怜悯那个病汉子。他不会欢迎他回来。道理很简单，这个男人是他妻子的前夫。也许对他妻子存有旧情。古语说，"一日夫妻百日恩"，何况那个男人和他妻子是青梅竹马，自由恋爱！那个男人年轻，健壮，各方面条件比他强。万一……踟蹰再三，最后还是鼓起勇气问妻子，说："他病好了，你打算怎样安置他？"他怕妻子骂他心肠窄，赶忙又补了一句："咱欢迎他来，他还会来吗？"

柳嫂没有回答。她无法回答，也不愿意回答。她初听到常山要回来的消息时，心里确实很高兴，她自己也说不清高兴的真正原因。仅仅因为他养好了身体，还是因为他要回到她身边？她回忆着他往日的形象。的确，他年轻时长得很帅，用她上学时学过的词儿形容，叫"风度翩翩"。尽管他已到中年，只要恢复了健康，还是个英武的男子汉，想这些干什么呢？他是他，我是我。他是我的亲戚。我是柳二的妻子。他如今养好了病，我的心也可以安宁了。至于他今后怎么生活，不应当是我关心的事。他还年轻，可以讨个媳妇，成家立业，生儿育女……离开这里，他会生活得更美好。想到生儿育女，柳嫂的心就隐隐作痛，是内疚，是惭愧？他来这么长时间了，亲生女儿就在身边，但不能认，即使这是我制造的结果。他现在病好了，要让他走，该不该让他们父女相认呢？生儿育女，人生一场，最终父女不得团聚，岂不是太可叹可悲了。柳嫂心情烦乱，拿不定主意。柳二问怎样安排他的出路，她更是无法答复。他会不会走，到哪儿去？但是，有一点她是早已想好的，不管他走不走，她知道该怎样对待他。

柳二这几天老是闷闷不乐，心事沉重，脸阴沉着，像七月雷雨要来之前的天幕。他的目光落在妻子身上时，充满了猜测和疑虑，柳嫂看在眼里，装作看不见，心思却越来越乱。她担心他的重新回来，可能给她的家庭带来骚乱和烦恼。但是，她又盼望着他早回来，人的感情就是这样矛盾和复杂。

这天中午，柳嫂从集上回来，一进门就看见一个英武强壮的男人在院子里忙活。院子里已栽了四根一人多高的木桩，呈口字形状。她愣怔了一会儿，想喊他一声，嘴唇动了动却没有喊出口，只是轻轻咳嗽了一声。常山转过身来看见了她。两人的目光碰撞的一刹那，突然都像触电似的闪开了。他真的变了，两腮突了起来，嘴里像含了两个馒头。古铜色的脸含着健康的红。两只眼睛不光像过去那样明亮、深沉，而且神采飞扬。不知为什么，柳嫂的心里涌起一股热浪。是激动，是兴奋……她费了好大劲才使自己平静下来，温和地问道："你的病好了吗？"

"嘿！"常山点了点头，冲柳嫂笑了笑。

两人突然间都觉得无话可说了。停了一会儿，柳嫂放下肩上的担子，才又问了一句："你栽这几根桩干什么？"话一出口，她恍然大悟，常山是想在这儿做生意的。这四根口形的树桩，是用来绑牲口的。他家是祖传的兽医，在他们家乡那一带享有盛名。他5岁时就能帮爷爷驯服调皮的骡马。8岁时已能给牲畜看小病。初中毕业后，他干了几年兽医。他们家的院子里也栽着四根木桩，这样看来，常山是打谱要住下去了。这怎么能行呢？你的病已经好了，应该自己找条路走。"亲戚"毕竟不是夫妻。"亲戚"再好，也不能养你一辈子。俗话说得好，"天下没有不散的宴席"。该散就散吧。柳嫂想了一会儿，决定和常山认真谈一谈。她正欲开口，看见丈夫从屋里出来了。

柳二眯着眼，让人看不见他的目光，也猜不透他的心里在想着什么。

柳嫂一看见丈夫出来，脸上莫名其妙地发烧，心也紧张地跳个不停，要和常山说的话全都咽了回去。

常山脸上的笑容凝固了。

沉默。院子里的三人都在想着各自的心思，气氛冷淡，尴尬。

秋菊风风火火地撞了进来，先和常山亲热了一阵。院子里的三个人才都露出了只有自己才知道其中深奥的笑容。

"大舅，你栽这几根木桩干什么？"这一带没有兽医，秋菊没见过，好奇地问。

"这是栽摇钱树！"常山玩笑地说。

柳嫂的脸马上"晴转多云"，用不愉快的口气对常山说："俺这院子土穷，养不起摇钱树，没那福气。你还是带回家，或者说找块富土栽吧！"

常山目瞪口呆。

柳二也大惊失色。

秋菊不了解母亲的心思，责备柳嫂说："妈，你说了些什么话呀？是不是想赶舅舅走？你……"

这孩子，把什么都说明白了。世上的事哪有这么明白的。有些事明白了相反不好。柳嫂心里难过，白了女儿一眼，走进屋里。

常山难堪地站着，脸一阵红一阵白。

秋菊想了想，挽着常山的胳膊，笑着说："大舅，你别介意。我妈是和你闹着玩的，其实，她心里才舍不得让你走呢。你不知我妈这些天念叨你多少回。你栽摇钱树，等长出了钱，得先买辆自行车呀！"

"秋菊！"柳二板起面孔，呵斥女儿说，"你说了些什么话？你大舅挣了钱得先讨媳妇，成家立业。"他见常山转过脸来看自己，又换了一副笑容可掬的面孔，说："兄弟，秋菊刚才说得对！她妈那几句话是跟你闹着玩的。你千万别朝心里搁。"

常山若有所思地点了点头。

常山没有走，果真在柳二家开办了兽医院。在这一带，兽医是个热门的营生，加上常山医术高，一个月下来，挣了几百块钱。他真的给秋菊买了辆"长征"自行车，乐得秋菊终日像个小燕子在他身边飞来飞去，比对柳二亲热多了。常山挣的钱一分不留，全交给柳嫂。柳嫂和丈夫合计把常山的钱全部存了起来。

常山还出了个主意，让柳二家开了个烟酒店，兼营百货杂品，由柳二做店主。他还亲自为柳二做了半个月形货架，中间是个随着身体转动的木转椅，柳二坐在上边可以自由活动。柳二一天到晚乐滋滋的，眼睛也比过去亮了。他感激常山给他在生活中找到了位置。

柳嫂照旧生豆芽。卖豆芽的事交给了女儿。她有自行车，方便多了。常山要扩大生意，打马掌，没有主顾就串乡，家里还架起了火炉。柳二一来腿不方便，二来要做店里的生意，搭不上手。女儿卖豆芽，也抽不下来。柳嫂就理所当然地做了常山的帮手，帮他拉风箱，烧火，打二锤。两个人在一起的时间多了。不知不觉中，已经冷却了十八年的爱情之火，渐渐地在他俩心中复燃了。

盛夏的山区，像一只燃着熊熊烈焰的大火炉，人就是躲在树下不动，也会汗流浃背。柳嫂站在火焰熊熊的火炉旁拉着风箱，热得汗如雨下，皮肉也被烤得火辣辣的。湿淋淋的衣服紧贴在身上，使她瘦弱的身子线条分明。丰满的胸脯上的两个乳房，像平原上凸出的两堆土丘。

柳嫂见常山突然停下了手中的锤，用贪婪、垂涎的目光望着她，心慌意乱地低下了头。她觉得浑身像着了火。

常山猛然丢下手中的铁锤，张开钢铁般有力的双臂把柳嫂抱在怀里，发疯似的在她脸上吻着，吻着……

柳嫂被常山抱在他坚实的怀里，心中涌起一股春水般的情流。她坚信他不是一时的冲动，而是干渴了十八年的爱的期冀。十八年了，她今天才深深知道，她对他的爱和他对她的爱并没有完全淹没在岁月的长河中。她陶醉了。

"妈！"秋菊一进门就亮开了高嗓门。

柳嫂和常山匆匆走回东屋。她突然间莫名其妙地产生了惭愧、内疚和悔恨。我、我今天怎么了，为什么要这样做？可耻！可耻！背着丈夫和女儿干了这桩缺德事，怎么有脸见他们。一个女人活在世上，最珍贵的是名誉。刚才的一幕，万一让别人看见，就是跳进黄河也洗不清了。我和他算什么关系，这样做算什么情分？我真混蛋！

"妈，瞧我给你买的这身衣服怎么样？"秋菊兴高采烈地进了屋，看见母亲满脸通红，神情慌张，脸上的笑容消失了，惊讶地问，"妈，你、你怎么了？"

柳嫂的心怦怦跳个不停。她见女儿手中捧着一件苹果绿的确良上衣，感动惊奇，心情平静了些，支吾地问道："你、你这是给谁买的？"她知道女儿刚从镇上回来。

"大舅说妈妈该穿件新衣服了。"秋菊把手中的衣服披在母亲身上，左右端详了一阵，拍着手乐呵呵地说，"妈，你穿上这身衣服真年轻、漂亮，才像《小二黑结婚》里那个小芹呢！"

柳嫂的脸一下子拉长了。她推开女儿，扯下衣服狠狠地掷在地上。女儿被柳嫂的举动惹火了，冲着她大吵大嚷道："妈，你今天是怎么啦？谁惹你生气了，你冲我发这么大的火，我……"她委屈地哭了。

柳嫂心里也很难过，为自己还是为女儿？她也说不清。

十一

"来，常山兄弟。你现在病好了，为我们家出了那么多力，是有功之臣。我这杯酒是敬你的！"柳二喝得脸和脖子都红了，举着半碗酒，哆哆嗦嗦地递到常山面前。

"二哥，我受之有愧呵！"常山说话也很激动，"没有你们的帮助，就没有我姓常的今天。这杯酒应该是我敬你！"

"哎，你先喝下这杯酒，咱们再说话。"柳二端着酒碗的手哆嗦得更厉害了。

常山犹豫了一下，双手接过酒碗，一饮而尽。他用手抹了抹嘴唇，说：

"二哥，真人不说假话。我真的要走了。"

"常山兄弟，你这是为什么？我柳二哪一点对不住你，你可以骂我，打我；但是有一条，你千万不能走！"

"二哥，我在这里一年多了，给你们添了麻烦。我……"

"兄弟，话不能这么说，你为柳家出了不少力。我现在只能算半个男子汉。没有你，我这个家哪有今天的红火呀！"

秋菊原想到屋里去劝舅舅，听了父亲的话，才笑着说："爹这几句还像个正经话。"

常山病好后，以一个男人的勇气，为柳家驱赶着贫穷。几个月下来，柳家已有了厚实的家底。前些日子，柳家买了电视机，还买了盖屋的砖瓦。柳嫂和丈夫商量，先给常山讨个媳妇。谁知给常山一说，他摇头摆手不同意。前天顺子娘窃着找了个年轻媳妇，他却躲着不见。两天没过，他突然提出要走，不但柳二和秋菊莫名其妙，连柳嫂也觉得太突然。

"二哥，我是下了决心，拿定主意，非走不行。"常山说出的话坚定、有力。

接下来是一阵静寂。

"唉，你要非走不行，我也留不住你。"柳二沉重地叹息一声，说，"不过，我有个条件，你要答应我，把秋菊她娘……"

"你……二哥！你说的啥？"常山恼了，"二哥，我要骂你了。你这是发昏，胡说八道！"常山说："人活在世上。不是猪狗，不是禽兽。人得讲道德，得有良心。你不要觉得秋菊她妈以前跟我是一家人。现在咱兄弟俩的矛盾就没法解决。解决的办法有的是。比如说，咱俩拼个你死我活，两家人最后都落一个鱼死网破，家破人亡。这是一个法子，说老实话，我到你家来的时候，是真想把她母女二人带走的，也不是没做过拼命的打算。现在我知道错了。想来想去，有一个法子，就是我走我的路，我成我的家。这样，咱兄弟二人各过各的日子，大家平安无事。我看还是这个法子好。三年困难时期，把我和二嫂饿散了才造成现在这个局面。现在生活好了，不能把以前结的苦果再往黄连里泡。现在，疙瘩只能解，不能再往下结。二哥，你得明白这个道理。

以后你不能再说出那种昏话来。二哥！"

屋外，柳嫂的心几乎要跳出胸腔了。

"你、你把秋菊妈带走吧！"这句话柳嫂早听到了。柳二的声音虽然很低，却如同晴天里响起了一声雷鸣般沉重，把柳嫂震呆了。柳嫂觉得头脑迸裂了，心碎了。这个柳二，喝醉了酒尽说胡话。不，也许是真心话。可是有你这么说话的吗？能当着常山和秋菊说这种话吗？她突然头脑发晕，眼前发黑，身子晃了几晃，软绵绵地晕倒在地上。

柳嫂醒来时，已经是夜深人静。她睁开眼，苍白的灯光下，丈夫、女儿、常山的面孔都显得朦朦胧胧，好像涂了一层神秘莫测的色彩。她闭上眼睛。唉，我为什么要醒呢？要是永远不醒就好了。

"秋菊妈，秋菊妈，你醒醒！"柳二嘴里发出的声音都散发着浓烈的酒气。

柳嫂下意识地"嗯"了一声。屋里顿时一片兴奋，灯也比刚才亮多了。柳二、秋菊、常山都舒了口气，笑了。

"大！"秋菊说话了，"妈今天不舒服。你和大舅都喝醉了。今晚我陪妈睡，好照顾她。"

柳二和常山出去了。秋菊关上门，回到床边，亲热地说："妈，你吃点儿饭吧。我给你下面条、打鸡蛋。"

柳嫂摇了摇头。

秋菊上了床，紧挨着柳嫂躺下后关灭了灯。屋子里像倒扣着的黑锅，好像一切都不复存在了，相反柳嫂觉得心里亮些了。女儿真的是怕母亲忧虑来陪伴我的吗？刚才柳二说的话，她分明一句没丢地听见了，心里能不泛起一点儿波澜吗？不，她会思考的。万一她要问和常山的关系，该不该向她说明呢？

果然不出柳嫂所料，秋菊躺下一会儿，低声问道："妈，大舅和你到底是什么关系？"

虽然柳嫂早已料到女儿会这样问，但毕竟没做充分的思想准备，而且还没考虑好该不该回答女儿。她犹豫着，思索着。

"妈，你告诉我。"秋菊恳切地催问了一句。

"他、他是……"柳嫂思虑着如何措词，"他是我过去的丈夫！"

柳嫂以为女儿会看不起她，或者嘲讽，或者责备……突然，女儿一下子搂住了柳嫂的脖子，激动地说："妈，你真了不起，真伟大！"

柳嫂流出了泪水。

"妈，我再问你，我到底是谁的女儿？"

秋菊在柳嫂耳边又问了一句。如果不是已经灭了灯，她一定会发现母亲慌乱和惊恐的神情。柳嫂的确没有想到女儿会追根求源，向她提出这个问题。她真的惶恐了，不知如何回答女儿。女儿18岁了。18岁的少女，能够分辨真诚和虚伪，而且不希望欺骗。她想把真相告诉女儿。是的，应该告诉她，让她亲亲热热地喊一声"爸爸"。她的嘴唇动了动，又把真相咽了回去。女儿，原谅妈妈吧！你很年轻，还不知道做一个女人的难处。我不想，也不能让你现在的父亲明白，你并不是他的亲骨肉；也不想，也不能让你和亲生的父亲相认。假如你亲生父亲知道了你是他的亲骨肉，他一定会不顾一切地把你从现在的父亲身边夺走。而你现在的父亲，养育你长大的父亲，身心会遭到严重摧残，甚至会因为你而走向绝望。他们两人都会因为你而痛苦，也可能因为你而发生一场生死搏斗。你亲生父亲虽然给了你生命，但是他在你尚未感受到温暖时就离开了你。是你现在的父亲勒紧腰带，节衣缩食把你养大。没有现在的父亲，就不会有我的生存，你可能要死在娘胎里。你不必知道谁是亲生父亲了。这样对你，对你的两个父亲都有好处……

柳嫂想到这里，责怪女儿说："你怎么问起这个，难道你怀疑自己不是柳家的后代？"

秋菊沉默着，没有回答母亲，也没有再问，好像在思索着什么。

柳嫂翻了个身，背冲着女儿，假装困倦地打了个呵欠。

十二

火苗。蓝色的，红色的，枯黄色的。窜跃，升腾。柳嫂此刻的感情如同火苗多彩绚丽，捉摸不定。

常山低着头，用力地抡着手锤，看也不看她一眼。其实，她没看他，根本不知道他没看她。

"你真的要走？"她还是先开口了。

他点了点头。

她的心中掠过一丝淡淡的惆怅，犹豫了一会儿，说："我有件事想告诉你。"

"是关于秋菊吗？"他头也未抬地问。叮叮当当的锤声几乎淹没了所有的声音。

柳嫂大惊失色。难道他已经知道秋菊是他的骨肉？不，这不可能。他不是火眼金睛。纵然是火眼金睛也看不见我心中的秘密。是猜测？他凭什么根据？对了，想起来了。十八年前他出走前的一天夜里，我呕吐过。他问我是不是怀孕会带来异常反应。他既然早已猜测到了，为什么不问我？为什么不认女儿？她迷惘了。

"你……"

"我是秋菊的舅舅，是个好舅舅……"他意味深长地说，声音有点儿颤抖。

"常山！"柳嫂激动得差点儿扑倒在他屋里。

十三

柳嫂今天换上了那件苹果绿的确良上衣，洗过了的头发乌黑发亮，散乱地搭在肩上，犹如一壁瀑布，看上去确实年轻了许多。

　　吃罢早饭，常山要走了。柳二留秋菊在家，让柳嫂单独去送常山。

　　弯弯曲曲的山道上，洒满了碎银子似的阳光。常山和柳嫂默默地走着。他们都觉得有千言万语要说，可是喉咙里像筑起了一条坚实的大坝。

　　两人走了二里地。柳嫂觉得两条腿越来越沉重，最后，像两根钉子似的钉在地上。

　　常山也站住了。

　　两人的目光相遇了，久久没有避开。谁都像透过对方的眼睛看到了心灵深处，谁又都像什么也没看见。其实，人的心灵中的秘密是无法看到的。

　　突然，两个人不约而同地转过身，朝着不同的方向迈开了脚步……

发表于《大风》文学双月刊 1986 年第 5 期，总第 16 期

秦香莲上访团

一

我回到家，脸还未来得及洗，妈妈就喊我接电话。

"人一进门就知道了，到底是搞新闻的。我怀疑你们报社在我们家安装了窃听器。"妈开玩笑说。

电话是采访部李主任打来的。

"我们给你出差的单位挂电话，说是坐下午三点的汽车回来了。我约估你已经到了。对不起，打扰你了。不过，有一个重大新闻，希望你马上采访。你现在到部里来一趟！"

部主任声音含着焦急和渴盼。我意识到这将是一个不同寻常的"重要任务"，即草草洗了脸，连衣服也没换就向报社赶去。

正是下班的高峰时间，公共汽车里人挤得水泄不通。我已经过三个小时长途汽车的颠簸，浑身疲倦，眼下真没一点儿力气了。可是，周围几个乘客的议论引起了我的兴趣，使我又振奋起来。

"那几个女人因为什么被男人甩的？"

"我只知道一个姓秦的，人高马大，说话像打炮。她见人就说，她男人和一个比她年小二十多的姑娘勾搭上了，所以要和她离婚！"

"姓秦的女人是做什么的？"

"听她自己说是 A 县的什么公司经理。她家住的房子是她分的，儿子上学是她托的门路，闺女才 16 岁，就被她送去当兵了。她还说，他男人相好的那个女人骑的'永久'，用的东西，也是她给买的！"

"哟，她这么大的本事，怎么也叫她男人给甩了。"

"女人嘛，说到底还不如男人。这不，她在县里没打赢官司，才跑到市里来告状。人家真有能耐，咱这市里有几家请她的客，还车接车送呢！"

"咦……"

我一直在听着身后两个女人的议论，正在津津有味的时候，车到站我应该下车了。我正想问问那个作介绍的女人，她说的姓秦的女人在什么地方，就被下车的人流挤了下来。我真有几分气恼，又有几分懊丧。

我径直走进采访部。部主任正在等我，没等我坐下，他就开门见山地说："小彭，这回给你的采访任务保你满意。"

"是吗？"我疲惫地坐在沙发上，脑海却还在回想着在公共汽车上听到的故事。

李主任从来是以"严肃"著称报社，这回仍然十分认真。他递过来一杯茶，看样子是为我准备的，接着冷峻地说："咱们市出了个特大新闻。市妇联、市法院最近接待了一个'秦香莲上访团'……"

"你说什么？'秦香莲上访团'？"我很惊异。

"是呀，几个 80 年代的'秦香莲'式的妇女，结成一个小组。她们自称是'秦香莲上访团'。"李主任面带怒容，愤愤地说，"这两年，离婚率呈现出上升的趋势。咱们市因离婚而破裂的家庭，占民事案件的百分之六十。有些人喜新厌旧，丧失道德，不仅制造了家庭的不幸，而且给社会带来了污染。这几个称为 80 年代'秦香莲'的妇女，各自都有不同的痛苦和不幸遭遇，我们要旗帜鲜明地为她们伸张正义，严厉谴责和批判那些 80 年代的'陈世美'……"

我对部主任发表的这些言论并不感兴趣。两年多的记者经历告诉我，不能因为表面现象而激动。新闻的生命在于真实。而真实不一定都是正义的。我此刻最想知道的是这个"秦香莲上访团"在什么地方。

"李主任，这个'秦香莲上访团'里是不是有个姓秦的妇女？"我想起在公共汽车上听到的故事。

李主任摇了摇头，说："这个我还不知道。她们现在都住在云东宾馆307房间。这里边有个女能人，据说她还提出要开记者招待会。我们考虑你是女同志，采访时方便一些，决定把这个任务交给你……"

"保证完成任务！"我早已急不可耐，心已飞到了云东宾馆。

秋日的古城，到处一片得意扬扬的景象。树叶红黄绿紫，色彩缤纷，给古城增添了几分神气。大街上行走的人们服装百异，犹如流动着一首颤动的诗。迎中秋的气氛，更叫古城神气活现。我心中不禁萌发出一丝淡淡的惆怅……

二

刚走进云东宾馆的大门，迎面碰上电台记者黄丽。我们俩是多次并肩"战斗"的老战友了。她比我大一岁，由于上学晚，大学毕业比我却迟一年。不过她是从大学直接分配到电台的，而我则做了一年团市委宣传部的干事。她比我灵敏性强，笔头子也快，有几次我们共同采访，写联名报道，都是由她写一稿。今年春天，我们跟随一个考察小组沿黄河故道采访，写出了系列报道"故黄河两岸的女人们"，在全市影响很大，还被省和全国一些妇女报刊选载。我一眼就看出来，这一回她比我捷足先登，大概已来过好几次了。果然不出我所料，她拉着我的手，亲热地说："我一听到'秦香莲上访团'的新闻，就给你打电话。不巧，你出发了，我只好先你一步了。你不会见怪吧？"

"这是理所当然的嘛！"我说，又迫切地问道，"她们都在吗？"

"都在，正在开小会呢。"她回答，说，"后天，不，明天，她们准备面见市委负责同志，你来得正好，可以给她们引见一下你父亲。"

我一愣，惊异地问："她们闹这么大的动静？"

"嘿，她们这是上策呀！"

"是不是有人在帮助她们？"

"有个秦玉莲在里边，还要谁帮助呀？她可是个人物。"

我一听，心里一动，问："是不是 A 县一个当经理的女人？"

"是呀，你认识她？"黄丽很惊奇。我笑了："一进城就听到了秦团长的赫赫大名！"

我们一起上了楼。

黄丽走到 307 房门前，边敲门边喊秦玉莲的名字。门立即开了，一个身材高大的女人出现在门口，我立即在心里喊了一句"秦玉莲"。

秦玉莲紧紧握着黄丽的手，感激地说："黄记者，十分感谢您对我们的支持与帮助，我们一辈子也忘不了。"

黄丽把我向她作了介绍。

"好呀，欢迎欢迎，我们又多了一位姐妹！"秦玉莲和我握手，我感觉到她手的力量很强。当我叫出她的名字时，她大为惊讶："你怎么知道我的名字？"

我笑了笑，没有回答。

她也笑了，颇有点儿得意地说："我这个人官不大，名不小，城里知道我的人也不少。"

不知为什么，听了她这句话，我心里有一丝的不快。

进了屋里，秦玉莲把她的几个"团员"逐个向我作了介绍：柳知春、柳知冬、韩小侠。我和黄丽坐下后，黄丽让秦玉莲继续商量她们的事。借这个机会，我一一打量着这四位 80 年代的"秦香莲"。

秦玉莲 40 出头，又白又胖，也许由于保养得好，脸上很难看清皱纹。她的两只眼睛很大，不过目光有点儿气盛。无论怎么说，她的模样不是个丑女人。

柳知春看上去有 30 岁，不胖不瘦，虽然她是坐在床上，看上去个子也不矮。她很漂亮，又显得大方、纯朴、热情，给人一种既年轻又丰富的印象。

柳知冬三十七八岁，看上去经过长期艰苦磨难，可能患有某种疾病，那又瘦又小的身材像根芦苇，一阵风都能吹倒，倒下可能就爬不起来。

韩小侠是四个女人中长相较差的。一眼就可以看出这是个善良厚道的普通妇女。她的眼睛里好像始终没断过泪水。

我发现这四个女人除了相貌、性情不同外，好像心思也不一样。她们是怎么走到一起来的？对自己婚姻的不幸，特别是未来是如何安排的？我曾经采访过离婚案，接触过离了婚的女人。80年代的离婚案，形形色色，有过去政治运动带来的不幸；有封建的传统观念包办婚姻造成的畸形；有争取地位和权利的平等不成而坚定的自强自尊；有婚后产生了婚外恋……她们究竟属于哪种类型呢？根据法律规定，她们一定是在县、区法院被判过了"准予离婚"后不服又来上级法院申诉的。当然，我现在还不能断定自己会不会支持她们打胜这场"官司"。于是，我留心起她们的谈话来。

"市委的头头那么忙，会不会接见我们呢？"柳知冬小心翼翼地问。

"包在大姐我身上了！"秦玉莲拍着胸脯说，颇有一副男子汉大丈夫的气魄。她充满自信地说："只要找到了市委头头，咱们的官司一定能赢。"

法盲！我在心里说了一句。

"再说，咱们还有报社电台记者的支持，只要舆论一造出去，咱们又是稳操胜券，那时到了法庭上，不信法官不重判！"

"可是，他们也会说话呀！"韩小侠有点儿心有余悸。我听得出她说的"他们"是指她们的丈夫。

秦玉莲轻蔑地望了韩小侠一眼，说："这种事情，社会会支持咱们的。"

"为什么呢？"

"因为咱们是女人！"秦玉莲说。

我对秦玉莲这句话有点儿不满。女人难道就是弱者吗？用"女人"这个字眼去赢得社会的同情，那又有什么价值呢？黄丽对秦玉莲的话好像很感兴趣。她一边飞快地记录着，一边不时地插话，说："对，社会的广泛支持、领导的重视都很重要。只要赢得了这两点，官司一定会胜利的！"我发现柳知春低着头，默不作声，手里在翻着一本妇女杂志，但没有认真看书，而是若有所思。我再仔细看，才发现她在凝视着一张幼儿的照片。她一定是在想念自己的孩子了！这时，我才发觉自己疏忽了一件事，忘记了问她们的孩子。是的，四个女人都是单身，没有带孩子。我刚要提问，柳知春说话了：

"明天，我得回去一趟！"

"什么，你回去干什么？"柳知冬惊诧地问，"难道你不想打官司了？"

柳知春说："我想回去把孩子带来。我来的时候，他还发着高烧呢。"

"哎呀，让他奶奶侍候他去，你还有这种心思？"柳知冬责备柳知春说，"你男人不问他的事，该你问吗？算了，算了！"

柳知春苦苦一笑，背过脸去，也许屋里几个人只有我看见了她的泪水。

可怜天下父母心。我隐约觉得，柳知春是个不同平常的女人，因为在这四个女人中，她是第一个让我注意上的。我自信自己的眼光。

也不知这几位是否填饱了肚子，只是一鼓作气地商量她们的事。黄丽不时插几句话，提几个问题。我是半路杀出的程咬金，弄不清事实真相，因此不便插言。

"我说小柳呀，你就别回去了！大柳刚才说得对。"秦玉莲对柳知春说，神情有点儿焦急，"你要知道咱们的时间很有限，到法庭开庭还有七天了。这七天咱们还有很多事情要做。你是咱们四个人中的秀才，一走几天，怎么行呢？"

柳知冬、韩小侠也跟着劝柳知春，就连我们那位"电台小姐"黄丽也帮着劝说。

柳知春好像胸有成竹，一句话儿也不说。

又谈了一会儿，黄丽主动提出告辞。她向秦玉莲索要材料，是帮我要的。四个人每人给了我一份。

"黄记者，你们电台什么时候发表支持我们的文章呢？"送我们下楼时，秦玉莲问黄丽，说，"电台一广播，全市人民都会起来支持我们的。"

"争取明后天吧！"黄丽很有把握地说，"我已经两个晚上没休息了！"

"等官司打完，我们一定好好酬谢你们！"

"不，这是我们做记者的职责！"黄丽说完，又玩笑地说，"当记者不为民说话，不如割了舌头当哑巴。"

"彭记者，您呢？"秦玉莲问我。

我笑了笑回答她："我也会为真理呼吁的！"

我在宾馆门前同黄丽分了手。她说要回电台去，并且问我是否还和她合作。我答应夜里看看材料，明天再同她联系。回到家里，爸爸正在看电视。他看见我，开门见山地问："你见到那几个'秦香莲'了吗？有何感想？"

"一言难尽！"

"为什么？"

我不愿回答爸爸这种口吻的提问，推说没看材料也没作采访所以没有发言权，便回了自己房里。

吃了饭，又洗漱完毕，我开始阅读起材料来。我挑看的第一个是柳知春的材料。一来我很注意这个柳知春；二来奇怪的是她的材料只写了一张，非常简单。

三

……

我们就这样相爱了。接着不久便恢复了高考，我们两个人都拼了几个月的血汗复习迎考。后来，又双双考上了。可是，就在那时，他弟弟在工厂一次爆炸事故中不幸身亡，母亲悲痛欲绝，患了一场大病，卧床不起。他能否就学成了难题。为了他，我放弃了入学，和他结了婚……送他去学校那天，我的眼睛都哭肿了……

八年了！我们是并肩携手走过这段风雨泥泞道路的。如果没有"第三者"插足，我们的家庭不会破裂。无论一个男人或者女人，视肩上担着的家庭、夫妻、儿子的责任一钱不值，社会又会成为什么样子？如果我们的法律允许"结婚自由"（也叫婚姻自主）是一种建设性的，而允许"离婚自由"是一种破坏性的，拿人生和人的感情作玩物的人，岂不是可以畅通无阻了吗？……

感情破裂是从我患病之时开始的。我因劳累患了肝病，不但同他和孩子分了食也分了居。一年后，我病愈了，他的感情却"病"了，而且"病"得很重。为了医治他感情的"病"，我花费了大量的心血。我觉得，只要是"病"总可以医治的，然而，他的"病"却比癌症还难治愈。我们的法庭，我们的法律，不仅不来医治这种"病"，相反促使这种"病"加重（准予离婚），我不理解，也不明白……

读了柳知春的材料，我的感觉是这封信不是在感情的支配下写的。字里行间既看不到愤怒，也看不到痛苦，既没有如泣如诉，也不是十分沉重，完全像是一个学生在做作业，完成了一篇文字。是不是我还年轻，不了解一个像她那样进入而立之年的女人的感情呢？我又反复看了几遍信，越看越觉得平淡无奇。她叙述了她和丈夫从恋爱到结婚的经过，也讲了感情破裂的时间，也对法庭判她和丈夫离婚提出了异议，然而，那一切都是平常的叙述，好像画的火，尽管烈焰熊熊，但不炙人。是不是犹如散文诗一般美丽的语言掩盖了愤怒和沉痛呢？

好了，再来看看秦玉莲的材料吧！

四

……

我 18 岁那年入了党，还是市里县里的劳模，领导和同志都称我是"小秦子"。我那时候年轻，长得也漂亮，追求我的年轻小伙成群结队。当时，他在电台（广播站）当记者，经常到会议上和我们单位采访我，还去过我家里两趟。

我们俩是由我所在公司的刘书记介绍恋爱的。刘书记是我的入党介绍人，是个老干部、老党员、老上级，我很尊敬她、信任她。恋爱了半年，我们就结婚了。婚后，我们两人感情很好。我虽然是个女人，但不是弱者。我觉得自己很幸福，包括美满的婚姻也很幸福，这都是党给予的。所以，我拼命地工作，年年当先进，立功奖状领了一大摞。后来，我还当上了干部，从业务股长到副经理、经理，可以说，历次运动我都没落后过，这次整党，我还是公司整党领导小组副组长。对于他，我也尽到了一个妻子的责任。"文化大革命"的日子里，他挨批受斗，身体不好，有一段时间（大约有二年）只发一点点生活费，我也没跟他离婚，还每天都加强他的营养补贴。他住院治病，是我托的关系。如果不是我，他那种人配进医院吗？为了他，我用尽了一个女人能够用到的心思，使出了一个女人全部的力量。

我们婚后生了两个孩子。大孩子是闺女，二孩子是儿子。一男一女，长得都很可爱，也聪明。这两个孩子除了跟他享受了几年"黑帮子女"待遇，几乎没得到他什么父爱和关怀。大闺女初中毕业，没考上高中，终日要死要活的，他没给想一点儿办法，是我把她送去当了兵，穿上军装才高高兴兴，要不闺女这条命都可能丢了。儿子上学，转了几个学校最后转到县重点中学，他也没给一点儿帮助，里里外外都是我忙着操办……

我是公司经理，下边还管着工厂、商店，可够忙的了。再忙，我也没忘了自己是个女人，是个妻子，是个母亲，我比他做的事不知多多少倍……可以大言不惭地说，我在公司是个好党员、好干部，在家里是个称职的贤妻良母。

我们的感情一直很好，因为我是真心爱他的。在生活上，我尽量满足他的需求；在感情上，我是忠心耿耿。他恢复工作，是我帮助找的。可是，他恢复工作后，对我就冷淡了。我们的分歧先是因为他的工作。他要回广播局工作，我不同意，一来他是党员，要服从组织分配；二来他在广播局不如商业局。再后来，他还是多次向组织申请，终于回到了广播局。当然，我在组织部又帮他做了很多工作。

我发现他变心是在两年前。广播局有个播音员，是个小寡妇，人长得白嫩，大伙都叫她"白面寡妇"。他到广播局不久，就被那个"白面寡妇"迷住了。从那开始，他就对我越发冷淡了……

他说"感情破裂"，我也承认。但是，"破裂"的责任在他而不在于我。我是跑到广播局骂过"白面寡妇"，也在县长面前告过他们的状，这都是我忍无可忍才做的。堂堂共产党员要去做80年代的"陈世美"，能令人容忍吗？不，不能！当年秦香莲能告倒陈世美，我就不信告不倒这个披着党员干部外衣的新"陈世美"！我们社会主义法庭难道还不如古代封建的衙门主持公道吗？我们当今革命法官难道不如包青天吗？县法院的同志，不是站在正义立场，支持我这个受难的女人，而相反支持邪恶，请问，这难道不是倒行逆施吗？我请求上级法院为我主持公道，呼吁全市妇女界的姐妹们和各新闻单位的同志同我们一起谴责80年代的"陈世美"！……

秦玉莲的材料很长，我却是硬着头皮看完的。不知为什么，看了这份材料（打印的，非常工整），我被压抑得仿佛喘不过气来。我未来得及多想，又翻开了柳知冬和韩小侠的材料。

五

……

因为我是个独女，所以按政策规定没有"上山下乡"，分配到了区办的一个工厂做工人。

第一次见到他，是在他插队落户的那个乡村。当时我们厂休，我和婶母一起下乡去看望堂妹柳知春。他比知春早下放几年，用当时的话说是已"磨了两手老茧"。他是"知青队"的党支部副书记，陪同家长参观"知青队"。论年龄，我比他还大三岁。他很英俊，也长得魁伟，加上又有流利的口才，脸上总是堆着笑容，很能赢得人们的喜欢。那天去的几位"知青"家长，都对他很满意，说有这样一位老乡做"知青队"负责人，家长们就放心了。我对他也有好感，当时仅仅是好感。

又过了一段时间，我得了肺病，经领导批准在家疗养。我父母建议我到乡下知春妹妹那儿住一段时间，一来乡间空气好；二来有知春在，可以照应我。就这样，我到了乡下。在乡下住了一段时间。当时，他对我很好，好像对待亲姐姐一般亲。有一回，知春妹妹开玩笑对我说："姐，我们书记对你有意，你愿意当这个书记夫人吗？"我听了，差点和知春翻了脸。要知道，他们这些"老插"是宣过誓，要扎根一辈子的。我怎么可能在乡下找一个丈夫呢？

可是，他待我的确太好了，慢慢地，我对他产生了好感。后来，我才知道，他一心想回城，得不到招工招干指标，即使有指标，也都让后门硬的顶了。他为了回城，把婚姻作为一种交易性的工具。我有病，正是他要物色的对象，若要和我结婚，他就可以以照顾我为名调回城里。有一次，他冒雨外出给我买药，淋了一场，得了病。我很感激他。

因为他得了病，就堂而皇之地休息了。那一阵，乡下正忙着夏收夏种，"知青队"里白天空空的。有一次，他到我住的房间里来看我，没说几句话，就流着泪说思念城市，想回家。我当时很诧异，这个党的书记，原来也有这种念头。

"我想回城，还想上大学，考研究生，将来做一个科学家或工程师……"

我理解他。人人都有理想，那时众多的"老插"，理想都是回城。我也叹息，叹息他们这些人的青春、才华都在山沟里蹉跎了。

人都说同情的发展，有可能是友情，亦有可能变为爱情。因为我说了几句同情他和他们的话，他很感激，先是张着饿虎般的眼睛望着我，突然冲过来，紧紧地拥抱了我……

我和他闪电般地结婚了。婚后第二天，我就向领导提出调他回城的申请。没有多久，他果真被调回城了。

如果不是知识青年大规模地回城，如果不是恢复高考制度他考上了大学，我们的家庭可能会永远幸福美满。我能诅咒这些原因吗？

婚后，我们的感情很好，他千方百计为我治病，半年后，我的病就痊愈了。第二年，我生下了一个女儿。他常常流露出对我的感激之情……

又过了一年，形势发生了大变化。知青们陆续回城。大专院校开始考试招生。他动了心，灵魂出现了裂痕。有一次，他有意无意地说："如果等到今天，我可以理直气壮地回城，不必以爱情作为牺牲。"我听了，很不满，就同他吵了一架。他给我解释说，因为是以"照顾"的名义回城，分配的工作不够理想。他有远大抱负，不能施展。我又轻信了他，支持他考大学。他是很有才气的，虽然工作很忙，家庭又有担子，他还是考上了大学。

在他上大学的五年里，我做出的牺牲就不必说了，说三天三夜，写十张二十张纸，也说不尽写不完我对他的恩情。我对他有恩，而他却对我无义。他上大学的第三个年头，对我慢慢冷淡了。假期里有一天，我对他说："如果你抛弃了我，我非宰了你不可。"他听了，板着面孔说："从我上大学，你见了面就是这些话，难道就不能说点儿愉快的吗？"他哪里知道，我已经愉快不起来了。我的感情陷入了苦难的深海，时刻忧虑着他有一天会抛弃我们。

果然不出我所料，他大学毕业后留校任教，看不起我这个比他大几岁当工人的老婆了。后来，我听人家说，他常和一些年轻的学生在一起。我心里能好受吗？想想看，那些学生如花似玉，又有文

化，他怎么还能留恋我呢？我开始对他进行监视。他工作在省城，
离我们这个城市不太远。有一回，我请了几天假，把孩子留给母亲，
只身一人去了省城。我在他学校对门的旅社里租了一间屋住下来。
到了晚上，我按捺住激荡的心，熬到了九点钟，然后去他的宿舍。
走到窗下，就听见屋里有女人的笑声。果然不出我之所料！我愤怒
地砸门，叫喊，过了几分钟，他才开了门。屋里果然有个年轻漂亮
的女子。他告诉我那女子是他的学生。我不能受他欺骗，就冲那个
女学生打了几巴掌。他竟然丧尽天良，抓过我就打……

　　我回来不久，就接到他提出要和我离婚的通知。我不是别人的
玩物，玩够了就扔；不是一只鞋，穿旧了就甩。我去了省城……没
想到，他的学校领导支持他离婚，法院也支持他。他们欺负我是一
个弱女子，天地良心也不要了……

　　柳知冬的材料，确实引起了我一阵同情。然而，稍微冷静下来一想，又
觉得有些遗憾。她和她丈夫的爱情种子，是播在荒乱和贫瘠的时代土地上的。
这种爱情本身就是悲剧。然而真正悲剧的根源却在于不文明和不信任。如若
她不是用一种监视和跟踪的办法对待丈夫，如果她不去学校闹起一场风波，
会不会造成今天这种局面呢？从她末尾的一段文字看，就是在法庭上，她丈
夫也根本没有承认有"第三者"，而她丈夫所在的学校领导和师生，绝不会
都是没有天地良心的，看起来，她的头脑中封建流毒的影响，酿成了这场
悲剧……
　　韩小侠的材料我只匆匆翻了一遍。内容大致和柳知春、柳知冬的材料
相同。她的丈夫是个个体户，发了大财，又和一个女人相好，和她离婚。唯
一不同的是，她在材料中提出，如果上一级法院也判她离婚，她就只有死路
一条。
　　看完了这四份材料，我的心久久不能平静，疲倦和劳累早已无影无踪了。
我曾经接触过一些离婚案，比这些复杂的见得多了。我也曾经愤怒过，激动
过，叹息过，然而，面对着这四个自诩为 80 年代"秦香莲"的女人，阅读

了她们的材料，我竟然说不清自己是什么感情。是不是因为没有深入采访？也许因为接触这类案件多了，习以为常了吧？为什么黄丽对这件事那么热心呢？

说真的，这几年来，城市离婚率确实在不断提高，形形色色的离婚案让人眼花缭乱。作为一个女人，我曾为那些被抛弃的女人义愤过，也曾在法庭上陪着她们流过眼泪。可是，我也迷惘过，焦虑过。离婚，固然说明家庭破裂，是一种悲剧，然而，对于一个女人，究竟算不算是一场悲剧呢？我决心通过这次采访，回答心中早已存在的问题。

六

正要吃早饭的时候，又有人给我打电话，我以为又是我们那位部主任打来的。摸过听筒，里边传来黄丽清脆的声音：

"小彭吗，还没吃饭吧？再过三分钟，我采写的文章就要播出了，希望你认真听一听，有什么意见，咱们在云东宾馆再谈。"

我并不惊讶。这位"老兄"是个快笔头，加一夜车，赶出文章并不难。令我惊讶的是，她究竟做了哪些采访，就匆忙发表文章。要知道法庭还未开庭，新闻单位发表带任何一种倾向性明显的文章，都会给法庭的审判工作带来不良的影响。作为一个记者，不应当赶时髦，追浪头，更不应当推波助澜。突然，我萌生了一个念头，听听黄丽的文章是什么观点，然后去采访一下这个案件的审判长……

"怎么样，昨晚看材料了吗？有何感想？"爸爸开门见山地问。

我想了想，回答说："没有感想！"

爸爸笑了，摇摇头说："你呀，看来不适宜做记者工作喽！"

我也笑了笑。

就在这时，收音机里电台女播音员慷慨激昂的声音吸引了我们：

"下边广播本台记者黄丽采访的一篇通讯，题目是《四个"秦香莲"的命运》……"

我看见爸爸皱了皱眉头。

妈妈进来招呼我和爸爸吃饭，见状也悄悄地坐在一旁，聚精会神地听起广播来。

"四个命运相同的女人，带着对新生的'陈世美'的仇恨，含着冤屈，一同走上了当年秦香莲走过的道路，这本身就耐人寻味。记者走访了这四个'秦香莲'……"

接下来，是秦玉莲、柳知春、柳知冬、韩小侠的录音发言。在这四个人的发言中，秦玉莲的声音慷慨激昂，柳知春的声音理直气壮，柳知冬的声音悲愤难平，韩小侠的声音悲痛欲绝。秦玉莲的发言最长，达五分钟之多，又是柳知春的发言最简短，黄丽问一句，她答一句。她们讲的和材料上写的差不多，不过声音确实比材料效果好。接下来，是记者黄丽一段抒情性的评论：

"……四个'秦香莲'式的女人的命运，给了我们什么启示呢？答案就在我们身边……改革开放，经济发展，社会主义物质文明和精神文明建设取得了丰硕成果，但是，西方资产阶级思潮和腐朽没落的封建流毒，也不断侵蚀着我们的社会。家庭作为社会的一个细胞，其受害程度是不可估量的。80年代的'陈世美'，比古时的'陈世美'不同的是杀人的方法不同。古时'陈世美'用的是刀子，当代'陈世美'用的是刺伤心灵的刀子，其伤害的目的和伤害的程度又是相同的……奇怪的是，这四个'秦香莲'式的80年代的妇女，在受到了不平的待遇后，到我们的人民法庭告状，竟得不到同情和支持，被无情判决离婚……我们不禁要大声疾呼：包龙图，你在哪儿？……"

爸爸突然伸出手，"吧嗒"关上了收录机，愤愤然地说了一句"乱弹琴"！

我也无须再往下听了，黄丽的态度已很鲜明地表现出来了。

"怎么能这么轻率地批评法律、批评社会呢？"爸爸有点儿激动，目光正视着我，严厉地问，"你也准备这样写文章吗？"

我也逼视着爸爸反诘道："你这个做市长的，准备怎样表态呢？"

爸爸沉吟了一会儿，穿上风衣，走了。到门口，又回过头来望了我一眼。

屋里只剩下我和妈妈了。我明显感到，妈妈也有点儿激动，甚至是有些不安。我不想在这个时候刺激妈妈，于是也离开了家。

爸爸是从小定的"娃娃亲"。他上中学时，爷爷就逼着他和那个姑娘成家。他顶住了。大学时代，他和妈妈恋爱了。即将毕业的前夕，爷爷带着那个姑娘找到学校，告了爸爸一状。毕业分配时，爸爸被分配到一个边远的山区县城，妈妈也主动要求跟爸爸去了。虽然，爸爸和妈妈结合了，但得罪了家庭，得罪了家乡。爷爷到临死的时候，也不肯原谅爸爸。"文革"中，爸爸这一条也被定为罪状，妈妈成了"可耻"的破坏别人幸福的人……那时，他们是在50年代末期，是大胆冲破封建传统习俗。今天，这四个"秦香莲"，应该不应该引起社会的同情和支持呢？

七

一听说我是报社记者，女法官的神情马上严峻起来。

"记者同志，我们马上要开会，有什么问题你尽快说吧。"

我猜想女法官一定听了今天早上的电台广播，心里可能有了点儿压力。必须让她讲真话，我想。于是，我先单刀直入地说："今天早上电台广播了记者的文章，你听了有什么感想？"

女法官沉吟了片刻，稳重地说："我们已接待过秦玉莲等四位上访的同志，也调阅了案卷，准备认真进行审理……"

"我是问你个人的感想？"我打断她的官腔话，强调了一句。

她苦笑了一下，摇摇头，说："法律会做出公正的回答！"

我不禁有点儿懊恼，可是，我不能不理解这位女法官的心情。无奈，我只好告辞了。

刚走进报社，就听见同事们在议论电台广播的那篇文章，褒贬不一。我径直走进办公室，部主任和几位同志都已到了。一见到我，李主任就迫不及待地问："小彭，你的文章什么时候能写好？"

"大概要一周左右！"

"为什么？"李主任惊异地瞪大了眼睛，其他几位同事也面露惊疑之色。

我坦诚地回答说："我想深入细致地采访，主要还是想等法庭开庭审理以后。"

李主任很快就明白了我的意图。他想了想，说："总编一上班就问到你稿子的事，你是否和他当面谈一谈你的计划？"

"我想暂时还不必要！"我回答。

从报社出来，我愣怔了。我的采访应该走哪一步了呢？从来还没有过这种情况。真的，我已经深深地明白，这将是一次艰难而又沉重的采访。

对了，黄丽不是约我去云东宾馆吗？

八

云东宾馆盛况空前，是我万万也料想不到的。

大门外人们围得里三层外三层，连马路的交通也堵塞了，可想院里也一定被人们挤得水泄不通。不用问就可以想象得出，这些人是听了广播电台黄丽的文章后才来这儿的。前后不到一小时时间，一篇广播文章惊动了全市人民，不可低估我们舆论的力量呵。围观的人中，有老有少，有男有女，而更多的则是些中青年妇女。我默默地走进人群中，听着人们的议论。

"现在这个世道还是男人的天下。你不见都是男人玩够了一个老婆又甩掉，还未听说女人甩男人的。"

"怎么没有？就是少了点。"

"做女人真难！"

"唉，这四个'秦香莲'一闹腾，那四个'陈世美'受不住了，说不定脑袋也保不住！"

"话不能这么说……"

"怎么说？那些男人就该砍头，扒出黑心肝喂狗！"

"你没听广播里说吗，她们要把官司打到底呢！真是好样的，比'秦香莲'还胆大。"

"这算什么英雄？女人应当自强，少了男人就不能活了？哼……"

"你这个人怎么说这种话，亏你也是个女人。"

……

"女人又怎么样？嗓门再高，还不是可可怜怜地想拴住自己的男人。这种女人自己看不起自己，怪谁？……"

"你这个熊女人，还叫女人吗？"

我听着她们的争吵，既感到忧虑又感到兴奋。忧虑的是，更多的女人们还不能坚强起来，说到底自己还不能够解放自己，尽管语言表达不同，但内容确实是相同的，那就是把自己作为了婚姻的牺牲品，可悲呵！高兴的是，确实也有一些女人，已经能够并且开始认识自身的价值，对婚姻的解体并不悲哀。是的，我们有责任呼吁众多的女人自强自立起来！

围观的人群中，有的慷慨解囊，要给四个"秦香莲"捐献粮钱；有的表示要在舆论上和行动上支持她们。宾馆门前一时成了募捐活动的召集点。

"同志，你签个名吧！"一个干部模样的中年妇女，含着热泪，拿着写好的声援信和钢笔，逐个请妇女们签名。我看了一眼，扭转身向里挤去。我听见背后有几个女人在骂我。

黄丽正站在门前的台阶上，和市妇联宣传部的一位女部长交谈什么，见我进来，她表现得非常得意，扬了扬手中的纸说："小彭，你看看，从广播那篇拙文到现在，仅仅两个小时时间，全市已有三百多个妇女联名声援'秦香莲上访团'了！"

"我们的黄记者这一回不光名声远扬，而且立了大功！下一届妇代会，保准你得票最多！"妇联宣传部长开玩笑地说。

我淡淡地一笑，讥讽地说："黄老兄，你倒成了80年代的'包青天'了。"

我们说着走到楼上。307房间的几位客人到市委去了，我们刚坐下来，黄丽就问我的稿子准备什么时间见报。

"我想等开庭以后！"我回答说。

黄丽不无焦虑地说："这怎么可以呢？她们需要舆论的支持。如果等法庭开庭以后不就有点迟了吗？"

我针锋相对地说："照你这样说，我们的新闻舆论界可以左右法律了？再说，你的意思是不是担心她们会败诉？"

黄丽脸唰地红到了脖子根，好一阵儿没有回答上来。市妇联宣传部长倒很机灵，马上接着我的话解释说："彭同志，你不要误解。正义完全在秦玉莲她们一方。当然，从舆论上给予她们强有力的支持，也是很重要的。"

"我以为这种做法，可能会给法庭的工作带来压力……"

"我们就是这样想的！"市妇联宣传部长打断我的话，抢着表了态。

"不，不！"黄丽白了她一眼，笑着转向我说，"小彭，你不要见怪。我以为自己是搞新闻工作的。新闻新闻，重在新字上。如果到法庭审理结束，岂不成了旧闻。再说，我们新闻舆论应该理直气壮地支持正义！"

市妇联宣传部长不住赞赏地点头。

我知道，黄丽误解了我的意思。她可能以为因为她抢先报道了这条新闻，致使我对她产生了意见。其实，完全不是因为这些。不过，我不想对她作任何解释。世上很多很多事情，仅靠解释是回答不了的。事实是最好的回答。

服务员进来招呼市妇联宣传部长接电话。她走后，黄丽热情地坐在我身旁，再三给我赔礼道歉，并且说在今早广播这篇文章，并不是她的本意，而是台里决定的。按照她个人的意见，文章得晚两天广播，最好是在开庭前一天或当天。

我觉得黄丽和我是"老战友"了，过去一直合作得不错，有必要提醒她注意，就开诚布公地说："秦玉莲几个人的材料我都看过了。我也找柳知春的丈夫谈过了。但是，我以为采访还不够深入，现在发表评论为时过早。现在是80年代了，对于离婚案的审理，法庭有新的婚姻法为凭，我们搞报道的，也应该坚持实事求是，不能凭感情和意气用事。比如那个柳知春，我个人以为，一审的法院判决离婚是合理、合法的。柳知春本人也应该明白这一点。她那个丈夫，一言难尽，跟他一起生活也不会幸福……"

"就因为她那个丈夫受西方'性解放'的影响太深，才做出了抛妻离子的举动，对这种人，我们不应该揭露批判吗？"黄丽不服气，也针锋相对地和我辩论起来。她说，"这些 80 年代的'陈世美'是非常可恶的。他们视家庭、婚姻为儿戏，道德观念极差，不仅破坏着家庭，也污染了社会。"

"照你这样说，家庭一旦建立，就应该永远牢不可破；婚姻一旦结合，就应该永远坚如磐石，否则就是不道德了？这又是一种什么样的观点呢？传统的？现代的？"我也毫不退让，据理力争。

黄丽很镇静，好像胸有成竹。她从容地回答说："反正那些喜新厌旧、朝秦暮楚、玩弄女性的男人，就应该押上审判台。"

"玩弄女性理所当然要批判。可是，女性自强自立、自尊自爱也很重要。再说，具体情况要具体分析，比如秦玉莲的离婚案，我认为她不服离婚判决是没有道理的！"

"何以见得？"

"就从她的材料来看吧，她口口声声以丈夫、孩子、家庭的上帝自居……"我的话未说完，市妇联宣传部长风风火火闯进来：

"市委办公室电话，请二位记者去市委，一同参加接见，车在楼下了。"

黄丽挽着我的手，边走边说："好了，咱们的辩论告一段落吧。你的一些观点，我也赞同。"

九

参加市委的接见活动出来，我的心情非常沉重。黄丽、秦玉莲她们十分高兴，好像稳操胜券，信心百倍，走起路来也趾高气扬，唯独柳知春显得有点儿迷茫。

"我、我想撤回上诉！"回到宾馆，柳知春突然冒出了这么一句话。

黄丽惊异地张大了嘴。

秦玉莲惊异地瞪大了眼。

柳知冬和韩小侠也很惊奇。

我也没料到柳知春会来这一手，吃惊地望着她。

柳知春的两颊泛着红潮，神情却很认真、诚恳。

"你疯了，你为什么要这样做？"秦玉莲气急败坏，斥责柳知春说，"我们胜利在望，你没见市委书记今天表态也支持我们吗？你要撤诉，是不是没有理了，是不是害怕上法庭？是不是又同情那个缺德鬼男人了？"

柳知冬也在一旁劝说道："知春，你胡思乱想些什么呀？他坑了你，害了你，骗了你，扔了你，你难道就心安理得？你怕他以后报复你吗？他不敢！这个官司不打赢，你怎么回去见大叔大婶，往后你又怎么做人？"

"我怎么不能做人？"柳知春理直气壮地说，"这几天，我反复想了，官司打赢了又是什么样的情形。他能真心和我好吗？你搞得他身败名裂，他还能对咱好！就是好了，也疙疙瘩瘩的。再说，那个姑娘已等他这么长时间，让人家伤心吗？现在和往后，我一个人痛苦，如果再和我复婚，是三个人的痛苦呀！再说……"

"好了，好了！"秦玉莲不愿让柳知春再说下去，粗暴地打断了她的话，摆出一个经理与职工谈话的架势，一副居高临下、盛气凌人的态度，批评柳知春说，"小柳呀，照你这么说，当年铡陈世美，是包青天包大人的不对了？还有，秦香莲不该告陈世美了？玩弄了你的男人应该记功了？我说你这是什么思想？是不是谁给你施加压力了？一个女人，要尊重自己，不能把自己当玩意儿，让人家说玩就玩、说扔就扔。"

"他不让咱过好，咱也不能让他安生，非闹个天翻地覆不可！"柳知冬插话说。

柳知春沉默不语。过了一会儿，她默默收拾起自己的行李来。黄丽也着急了，拉了柳知春一把说："小柳大姐，你不能搞分裂呀！你这样一撤诉，一败阵，会带来不好的影响。"

"我只管我个人的事，你们愿打官司就打呗！"柳知春丝毫没有商量的余地。

秦玉莲恼怒了，脸色由白变黄，由黄变青，两只眼睛也张大了，她一把夺过柳知春的书包，"咔嚓"一声，书包带子也挣断了。她气势汹汹地说："不行，你不能说走就走，咱们……"

柳知春也有点儿恼了。

我实在忍不住了，对秦玉莲说："不要干涉她的选择，你放她走吧！"

秦玉莲不乐意地放开了手，恶狠狠地说："你走吧，我们大家就算没有认识过你。"

柳知冬叹息一声，说："你走吧，前功尽弃，看你以后怎么生活？"

柳知春充满自信地笑了笑，说："我会生活得很美好，谢谢你们这几天的关心。"她的眼睛里泪光一闪，大概怕我们看见，忙转过脸去，气昂昂地走出了门。

我没有犹豫，也跟着走了出去。

在楼下，我追上了柳知春。她边走边抹着眼睛。见我追上来，她淡淡一笑，一语双关地说："彭记者，不要送我，我知道怎样走！"

我郑重地点了点头，以示对她的信任。

我们边谈着，边向汽车站走去。

"你为什么又要做出这样的决定呢？"我问。

"怎么说呢？"柳知春很难过，看得出她做出这种选择，也是经过了一阵痛苦的，"开始，我也是抱定了好好报复一场的决心：你既然不让我的生活宁静，我也不能让你们的生活幸福。加上我姐姐一再劝说，我跟着来了。其实，区法院判决离婚，我是同意了的。今天，听了广播电台的广播，又受到市委领导人接见，我不但没感到自己信心十足，相反觉得很空虚，也、也很可怜……"

我很惊奇："你为什么会有这种感觉呢？"

"事实不就是这样吗？"柳知春站住了，望着人来车往的大街，若有所思地说，"即使靠着新闻界和上级领导的支持，打赢了这场官司，我个人的价值在这场官司中不是输了吗？我为什么非要把自己拴死在一棵树上呢？再说，破镜即使重圆了，裂痕又能弥补上吗？"

我赞赏柳知春的话，她在我心目中的形象渐渐高大起来。我紧紧握住她的手，激动得一句话也说不出来。

十

我敲开了法庭审判长家的门。

女法官不愧是做共和国眼睛的，虽然仅仅和我见过一面，但她马上就认出了我，并不热情地招呼我进了屋。

"我已经请了病假，不再担任这次审判的重任了！"她开门见山的第一句话，就给我一记闷棍。

我不知该怎样安慰这位女法官。是的，不须她解释，我明白她为什么在这个时候请"病假"。广播电台带有倾向性的记者文章；市委领导接见时的态度；几个"秦香莲"的逼迫要挟……是的，这实际上是一场权与法、泪与法、舆论与法的交战。我们的女法官尚未上阵就胆怯了。我应该同情她还是责备她呢？

我沉默着。女法官也沉默着。屋子里不像是秋天，而是盛夏三伏。最后，我实在忍受不了这种气氛，就告辞了。

回到家里，我摊开了纸，想把这两天来的采访、感受如实记录下来。刚摸起笔，爸爸回来了。

"准备写文章了？"爸爸目光炯炯，有点儿辛辣、认真地说，"你要注意领导的态度，群众的情绪，社会的舆论……"

"不，我要对得起人格！"我冲爸爸发了火，"你作为常委、副市长，为什么不敢发表自己正确的意见？你连一句'让法庭独立行使职权'的话也未敢说。你怕什么？怕别人说你是50年代的'陈世美'，与80年代的'陈世美'同病相怜吗？怕……"我自知语言过火了，低着头站在一旁，准备挨爸爸一顿严厉的责骂。爸爸好长时间没有动静，后来叹息一声走出去了。

我开始坐下来写我的感情。是的，我的每一个字都是感情的流露……

我忘记了吃饭，爸爸妈妈也没有招呼我去吃饭。

稿子写好以后，我就匆匆朝编辑部主任家赶去。不知为什么，我觉得心情越来越沉重……

十一

时间过得真快，转眼间又是秋天了。我在黄河故道园艺场采访，无意中见到了秦玉莲。

那天，风和日丽，是秋天里一个难得的好日子。百里故黄河滩上一片红红火火的景象，一阵阵欢歌笑语从绿树丛中飘飞，夹带着醉人的果香。置身在这样的环境里，真有身临仙境之感。我在一条绿荫道上走着，准备下果区去采访，迎面开过来一辆客货两用汽车。我只看见后边车厢里装着几辆崭新的自行车，还有成箱的烟酒等物品。说不定又是来拉关系的！我想。

中午，我被请到场部做客。跨进招待室的门，一眼就看见了秦玉莲。她正在和园艺场的女副主任热烈地谈笑。见我进来，女副主任先站了起来，正要把我和秦玉莲互相介绍，她却大大方方地站起来，向我伸出手，笑了笑，不无目的地说："彭记者，我们一年前就认识了。"

我们寒暄了几句，宾主到齐，开始进行午宴。真想不到，秦玉莲的酒量大得惊人，一场午宴下来，足足喝了半斤多白酒，面不改色，神情自若，谈笑风生。我心里忐忑不安：看她的模样，现在的生活一定很愉快。她的那位"陈世美"现在生活得怎么样呢？

趁秦玉莲去果区选果的时间，我同园艺场的女副主任闲谈起来。

"她这个人呀，真是不简单。"女副主任是秦玉莲的表妹，看起来对秦玉莲十分了解，口气充满了赞叹，说，"天大的事在她心里都不算事。比如一座大山，在她心里头就像一堆土。心里再苦，可你一点儿也看不出来，还以为她心里甜。再高再能的人，只要想和她斗，她非把你斗垮不可。她丈夫可算个有头面的人物吧，最后也乖乖地服了她。"

"她离婚又复婚，婚后的日子怎么样？"我问。

女副主任打量了我一阵，说："你想写她是不是？也许你早听说她的名字了吧？如果说到她个人的事，我虽然比别人知道得多，但要发表，还得征求她本人意见。"

我郑重地点了点头。

"我们姐妹俩从小光着腚就在一起，后来上学了，分开了，但一到假期不是她来就是我去，在一起就不想离开。离开了，每个星期都要通一次信，比热恋中的情人还亲密。我们表兄弟姐妹中，嫉妒我俩关系的不少。用现在西方的时髦话说我们是'同性恋'。"她说着，自己先笑了，然后又认真地说，"她心里的事，只告诉我一个人，有些连她丈夫、孩子都别想知道。说真的，我是她心灵的仓库。就说她眼下的日子吧，苦得不能再苦了。在别人看来，她打官司打赢了，和她丈夫复了婚，往后一定会生活得很美满。其实，她很苦，真的，苦得没人能比。她丈夫对她比过去还冷淡，同床异梦。人，就怕同床异梦。身子挨得再近，心却离得很远很远。她女儿对她也有意见，认为她把她爸爸的名誉搞臭了。她丈夫原来是局长，现在只是个股长，党内还受到警告处分。你想想，他能不恨她吗……"

"那么，她为什么非要抱着那个破碎的家庭呢？"我小心地问。

女副主任的神情突然飞扬起来，说："这正是她强者的性格。她要让社会上的人们看看，她的家庭是存在的，而且是美好的。她不是被丈夫随意扔掉的玩物，而丈夫则是她手心的孙悟空。我也曾劝过她，这样的家庭何必再维持呢？她说，女人也要争气。秦香莲的时代已经过去了。"

"这么说，她并不是因为感情上舍不得才要打官司的？"我感到有几分愤懑，提问时口气也变得冷峻了。

女副主任没有注意我的情绪变化，淡淡一笑，说："一言难尽。她有感情，可那个男人没有爱，长了感情不也就淡薄甚至没有了嘛。"

"没有感情怎么能维系家庭呢？太荒诞了！"我发了一句感慨。

女副主任望了我一眼，不满地说："彭记者，你还没有结婚，不理解一个有了家庭的女人的心思。难啊！要是男的主动提出离婚，女人的面子没处搁，特别是到了三四十岁以上的女人，再重新去组合一个家庭吗？不说是收

'破烂'，也别想找一个多好的。要是女人主动提出离婚，那还不知被别人说成个什么样。什么是感情？还不是摸不着看不见的东西，只要在一个家庭生活，别人就得承认他们是夫妻。你说说，人的感情值钱还是名誉值钱。你顾了感情，丢了名誉，生活不也是没了光彩。今年，为'五好家庭'的评选，她着实恼了一场。"

"可是，只顾名誉而没有感情，生活不更痛苦吗？"

我们还要往下谈，有人来喊女副主任，她匆匆走了。我呆呆地坐了一阵，思想像长了翅膀，忽而飞翔在遥远，忽而飞翔在附近。

我忘不了去年市中级人民法院开庭审理秦玉莲、柳知冬、韩小侠离婚案的经过。我是作为一个普通听众参加的。当时，我的心情不好，因为我采写的题为《挺起腰来——"秦香莲"》不但没有通过，相反还受到了报社领导的严厉批评，并通知我，不让我再插手采写这起离婚案。我不服气，但必须服从。

法庭的审理太令人失望了。秦玉莲的逞威，柳知冬的吵闹，韩小侠的泪水，竟然都起到了扭曲我们的法律，左右我们庄重严肃的国徽的作用……我始终没有忘记，也不想忘记这件事，一直想着"秋后算账"。

是的，到时候了，我不能再沉默了。我首先想到了柳知春，这个在我记忆中活得理直气壮的女人！

十二

"你真有福气，赶得早不如赶得巧。今天知春结婚，你带了什么礼物？"一个和我很熟的朋友开玩笑地说。

我一惊，但很快就明白了。我激动地说："我带来了一个朋友最诚挚的祝福！"

朋友带着我去新房找柳知春。这是我们这座古城常见的独家小院，两扇古铜色的大门边贴着红双喜字，门上贴着对联"石投苏水 月照秦楼"。令我感到奇怪的是：新婚之日，大门为何紧闭呢？朋友看出我满眼质疑，笑着解释说："如今大伙都是忙人，谁有心思大操大办，时兴在饭店请客，又整齐漂亮，菜也新鲜味美。"

"这是谁的家？"我问。

"知春的！你不知道，知春这回不是出嫁，而是娶丈夫。"朋友说着，笑了。

推开门，一个十六七岁的姑娘迎出来，笑容满面，亲热地说："他们都去云东餐厅了。我嫂子说，等你们来到就叫你们快去。"

朋友向我作了介绍，这个姑娘是知春原来那个丈夫的妹妹，叫小翠。

我又大吃一惊，她已经离过婚，原来的丈夫的妹妹怎么还跟着她呢？是来祝贺她新婚之喜的，还是……？

"知春原来的婆婆也住这儿。"朋友又介绍说，"她婆婆下肢瘫痪，长期卧床不起，这一年多都是知春伺候的。"

我简直不敢相信这是事实。但是，从朋友坚决的目光中，我又看得出这是不容怀疑的。走进堂屋，顿时觉得满屋光彩，四壁生辉。一个特大的玻璃镜柜吸引了我的目光。这是一张"五一"国际劳动节时发的奖状。

"柳知春同志荣获劳动模范称号"。下边是市人民政府的鲜红印章。印章上的国徽显得是那么庄严，那么神圣，又是那么亲近。

小翠给我们拿了喜糖，倒了杯甜水。

"谁来了？"屋里传出老太太的问话。

我应着，走进屋里。

一个满面红光的老太太身子半倚在床上，如果没听朋友介绍，仅从她的神态上看不出是个久病的老人。

我刚在老人的床沿上坐下，她就拉着我的手，亲热地说："你是知春的朋友吧，这一年也难为你们了。听知春经常谈起，夸你们是好人！"

"知春是个好人！"我赞叹地说。

我的一句话，启开了老人感情的闸门，她激动地、滔滔不绝地向我讲起了柳知春。

"我这个儿媳妇是千里难挑的好媳妇。不说以前，就说这一年吧。我那个没心肝的儿子和她离了婚……我那个儿子真是鬼迷心窍了。这么好的媳妇，就是打着灯笼也找不到呀！我捎了多少次信叫他回家来，他怕我骂他，不敢回来。知春这孩子，怕我生气伤了身子，也不叫他回来。那阵子我正生病，知春一直瞒着我，直到后来过了两个月，我才听小翠告诉我。我当时又气又恼，可又无可奈何。再后来，听说知春要去打官司，我给她说，你要是见了包青天，就说我这个老太婆求他再开一次杀戒。不知怎么的，她没有打官司就回来了……

"按说，我儿子和她离了婚，我这个婆婆和小翠就不该再待在她这儿了。可是，春儿不让我们走。她说，'妈，你住在我这儿，你放心，我也放心。他整日忙着连自己都顾不上问，哪还有心思问你。他新娶的老婆不是咱信不过，而是她不让咱相信。您老人家不要胡思乱想，你是我的妈，是我儿子的奶奶，我要对得起您'。

"她和我那个儿子离婚后，每月我那个儿子给小孙子二十元钱的抚养费，我、小翠还有春儿一家人，全靠春儿的几个工资过生活，可难了！有一回，我赶着小翠去向儿子要几十块钱，知春听说了，还老大不高兴。她吃舍不得，穿舍不得……

"我想叫小翠退学，在家待业，办个小商店什么的。就是卖大碗茶，也能弄几个钱，管着她自己的生活。可是，春儿不同意，为这事，我们娘儿俩还闹了几回气……"

老人说着，泪水像断了线的珠子落下来，声音也哽咽了。

"说真格的，离了婚的女人改嫁本来就是个难事，她又带着我这瘫老婆子，还有小翠和孩子，找对象就更难了。春儿对我说，'你不要担心我。如果没有合适的，我还不找呢。看不起我的男人，我更看不起他'。

"这一年里，春儿没少吃苦受难。好在她的人缘好，大伙都愿意帮助她。到底还是有识货的，这不，春儿又找的这个丈夫，就是个好小伙子……"

听了老人的一席话，我心头觉得很灿烂，犹如一缕阳光直射到了心底。

十三

为了不打扰柳知春的新生活，我在她婚后的第三天才去找到了她。

柳知春比去年瘦了一些，但更有精神了。看上去，真像个第一次做新娘子的女人。她正在车间里上班，是厂长亲自去把她叫来的。

"祝贺你，知春大姐！"我和她紧紧握手。她的眼睛里已经看不到一丝痛苦和忧虑的痕迹，充满着幸福和憧憬。

"彭记者，我知道你这次来找我的目的。说真的，我很忙，不能和你细谈，如果你有时间，欢迎到我家去。你有什么事，请问吧！"她很焦急，这一点我能理解，因为她刚刚被任命为一个二百多人的大车间的车间主任。

从哪儿问起呢？要问的话太多了。你这一年是怎么度过的？你是怎样排除了痛苦和忧虑的？你又是怎样赢得了爱情的？你对做一个 80 年代的新型妇女有何感想？你是如何理解和把握时代与女人关系的？……是的，太多了。我却什么也不想再问了，我握着她的手，有些激动地说："我是来看看你，向你表示祝贺的！"

柳知春也很感动。她想了想说："彭记者，有句话不知对不对，男人并不是女人的上帝。我们的上帝就是创造！"

"对极了！"我兴奋地紧紧拥抱了她。

柳知春走后，厂长又向我介绍了柳知春的工作和现在的生活情况。从厂长的介绍中，我进一步认识了柳知春，也进一步认识了一个新女性的形象。

回到报社，我向采访部李主任谈了自己的打算，准备采写一篇柳知春、秦玉莲等四个女人这一年生活、工作情况的报道。

"你是想为自己翻案吧？"李主任开玩笑说。

我笑了笑，没有回答。

"这样吧，你先用业余时间采访，以免招来麻烦！"李主任说。

我明白他所说的"麻烦"的含义，不过，我又能说些什么呢？

十四

就在我准备去找柳知冬的时候，却意外地见到了黄丽。她因为报道那起离婚案而名声大振，被提拔为新闻部副主任，后来，她又在电台开办了一个"道德法庭"专栏，全国几家有影响的妇女刊物都转载并大加赞赏。不过，我听电台一位女同志告诉我，黄丽的家庭并不幸福。这次见面，我一眼就看出她比过去瘦多了，也显得有点儿憔悴。

"小彭，好久不见你了，又在埋头搞创作了？"她见了我仍然十分热情，好像我们之间从未发生过什么不愉快的事。

我也宽厚地向她表示祝福。

"你又在忙些什么？又要把哪些人押上道德法庭？"我略带讥讽地问她。

她苦苦一笑，脸上掠过一丝阴云，说："唉，我正在为柳知冬的事奔走呢！"

"柳知冬？她又出事了？"我很惊异。

她又是摇头，又是叹气，还有点儿义愤。但是，她张了张嘴，很快又闭上了，看样子不想告诉我什么。我当然不便再问。但我心里已经隐约感觉到有什么事情发生了。

和黄丽分手以后，我匆匆向柳知冬所在的工厂赶去。一路上，我翻来覆去地猜想会出了什么事情。是不是柳知冬复婚后，二人感情不和，闹出什么乱子来了？会不会因为她丈夫"恶习"不改，又做了什么不光彩的事情？唉，当初这个柳知冬可没想到今天……

"柳知冬这个人，没法子说。她丈夫现在四处告她……"

"为什么？"

"她，她又找了个相好的，被她丈夫发现了。"

"啊！"我惊异地睁大了眼睛，望着女工部长。是的，我万万也想不到柳知冬会出了这样的事情。

女工部长向我讲了"出事"的经过。

"那些天，她老是加班，引起了她丈夫的怀疑。她丈夫给厂里打电话，也不知是谁接的，说根本就没有安排加班。她丈夫是个精明人，很快就明白发生了什么事。所以，那天晚上，小柳刚出门，她丈夫就跟上了，一直跟到云湖公园里，发现她和那个男人手拉着手进了小竹林。她丈夫悄悄跟了进去……嗬，两个人正亲亲热热抱在一起呢。你说说这个小柳还像什么样子！她丈夫不光四处告她，还告我们女工部当初支持她打官司，是制造痛苦和灾难的人。你说这个小柳也太不争气，太让人失望了吧。当初，你丈夫要抛弃你，我们觉着不对，所以支持你。可是，你自己却又做了个'女陈世美'……"

女工部长气恼地不住摇头叹息。

"她相好的男人是谁？"我问。

"说起来还真可笑，那个男人是个裁缝，给柳知冬做过几件衣服……她自己到处理直气壮地说她和那个男人有爱情。彭记者，你来评评，爱情是什么东西？"女工部长神情更加愤然，说，"那男人也是个离了婚的。你不知道，说出来也许你还不相信。那个男人蹲过几年大牢，出来后没有工作，是个个体户……"

女工部长的话确实让我不敢相信，但是，我又隐隐感觉出这里边一定有文章。你想一想，柳知冬当初不愿离婚，现在却又背叛她丈夫，而爱上一个劳改释放人员，她的感情是怎样度过这段经历的？女工部长告诉我，柳知冬现在已带着孩子在市近郊租了一间房屋，正在办理离婚手续。

"我们单位从领导到群众，没有几个支持她的，如果她要离婚，我们坚决反对！真给女人丢脸……"女工部长送我下楼时，仍然气呼呼地说。

因为天已晚了，又不知柳知冬家住何地，我决定明天再去采访她。

我赶回家，万万没想到黄丽已在家等候我了。

"你是为柳知冬的事而来吧？"我马上就猜到了她的心思，一针见血地问道，"都是老朋友了，有什么事情需要我帮忙，尽管说吧！"

她的脸红了，呆呆地望了我足有半分钟，才沉重地叹息了一声，说："这个柳知冬，太不知自尊自爱了！"

"为什么？"我故意问道。

她惊异地望着我，问："怎么，你没去柳知冬的工厂采访？"

我毫不隐瞒地告诉她，我已经去过了。

"我断定你会去的！"她勉强地笑了笑说，"你这个脾气，我是知道的。"

我也笑了笑，很坦然。

"你见到柳知冬了吗？"她又有点儿紧张了，"她怎么向你说的？"

我真捉摸不到这位"老兄"怎么想的，就把见到女工部长，女工部长告诉了我一些什么，如实地向她作了介绍。

她听了，沉默了一阵，忽然问我说："你对这个问题持什么意见？比如说对柳知冬的行为，你有何感想？是认为她对呢还是不对呢？"她那口气，完全像在和自己的采访对象交谈。

这家伙，明明是她自己最有发言权，却反过来问我。其用心不是昭然若揭了吗？我才不会轻易上你的当呢？我想了想，说："听她们厂女工部长介绍，干部群众对这件事反应很强烈，都指责柳知冬做得不对。"

黄丽的脸上浮动着一层阴云。我这才发现，我的这位"老兄"消瘦了，额头上和眼角边已隐约可见鱼尾纹了。她沉吟了一阵，缓缓地说："是呀，柳知冬这样做，不光会丧失威信，而且会遭到舆论的谴责。我同她谈过两次，她很顽固，坚持要和她丈夫离婚，并且扬言要辞职，跟那个男人搞个体事业去。"

"你批评她了吗？"我绕了个弯子问她。

"批评了！"她认真地说，"我几乎把劝说她能够用上的语言全部用上了，可是，她根本听不进去。我曾生气地问她，当初你丈夫要离婚你不同意，今天又是为什么？她回答说当初是当初，现在是现在，人的感情是在不断变化的。你说气人不气人？"

"你打算怎么帮助她呢？"我想了一会儿，才找到这么一句合适的话来。

她摇了摇头，说："我也不知该怎么办。"想了想，她突然问我，"你打算报道这件事吗？"

我不知应该怎样回答她，因为我已经明显看出她的担心。我突然感觉到我这个同行有点儿可怜，是生活的可怜。她自己的婚姻本身就是畸形的，但是她还是做出牺牲来维护这种痛苦的婚姻。她也明知柳知冬现在的选择是正确的，却又千方百计想对得起社会和舆论。说真心话，我是不愿伤她的，然而，我又不愿对不起自己的良心和责任。

"小黄，你想让柳知冬拴死在一根已经腐朽的马桩上吗？"我毫不客气地指出了她心灵的弱点。

她的脸上没有一点儿愧疚和为难的神情，相反还带有几分傲气和盛气，严肃地说："就是报道了这件事，对柳知冬没有什么好处。我是为她着想的。我觉得，她的心已经受伤，不应该再戳一刀！"

"不对，你是怕自己下不了台！"我针锋相对地反诘，"一个新闻记者，决不应该凭感情和意气用事，更不应该从个人目的出发……"

我的话未讲完，她已经红了脸，带着几分怒气走了。

我望着她的背影，笑了。笑什么呢？我自己也说不清楚。

十五

费了很大周折，终于在市郊一间半草半瓦的房子里找到了柳知冬。

令人不敢置信的是，她比去年胖了，也显得年轻了，好像这一年她没经受过任何风雨，没遇到任何挫折似的。

"你怎么找到我这个地方的？"她很惊奇。

这间小屋是郊区农民看菜园子用的。屋里放着一张新买的钢丝床，被褥之类也是新的，屋的另一边堆放着做饭用的杂物，自行车白天被"请"到了门外。由于烟火熏烤的缘故，屋子的四面土墙都变成了黑色。她给我倒了一杯水，然后望着我，看得出她心情有点儿惶恐和紧张。

"柳大姐，你的离婚手续办好了吗？"我做出一副亲切的样子，以打消她的顾虑。没料到她更加紧张了，甚至有点儿不知所措。

"柳大姐，你下决心离婚了吗？"我又问了一句。我敢说，我的脸上一直是带着笑容的。

柳知冬用不信任的目光望了我一阵，脸上渐渐升腾起一股怒气，突然，她瞪大了眼睛，愤愤地说："你们这些做记者的，为什么总要干预别人的私生活，挑动别人的感情呢？离婚不离婚，是我个人的事。我不管社会怎么评价，那些闲言碎语能代替我的生活吗？我能靠着别人的言论过日子吗？只要我个人认为幸福，只要我觉得那样做值得，我就会去做……"

我从她的话中知道她对我有误解。也许黄丽做过她的工作并引起了她的反感，因此，她也把我和黄丽相提并论了。我微笑着，等待着她把话说完。但是，我没有停止思索，而是在搜寻着如何解开她的误会，如何让她相信我并且同我亲近。

她发了一通火后，长长地出了口气。见我没有反应，反倒有点儿惊奇和不好意思了。我见她已出了气，才认真地说："柳大姐，我知道很多人不赞成你离婚，甚至有人骂你是'女陈世美'，不过，我是理解你的，希望你相信我。"

"真的？"她还有点儿不信，但口气又变得亲切了。

我郑重地点了点头。不知为什么，我有点儿激动，说："柳大姐，请您把心里的话告诉我。你不要把我作为记者，而是当作一个亲密的小妹妹或好伙伴。"

"好！好！"柳知冬激动地流下了泪水。她紧紧握着我的手说："彭记者，你和黄记者不同，现在，我终于又遇到了一个知音！"

"噢，你还有知音吗？"我问。

柳知冬连连点头说："有！有！知春是我的第一个知音，还有我们车间的小马、小赵两个年轻姑娘！"

"这么说，那些和你同龄甚至年龄大一点的都不支持你了？"我问。

"是的！"柳知冬脸上又掠过一层阴云。她若有所思地沉默了一会儿，说："如果没有小马、小赵几个年轻姑娘支持，我在车间里真无法待下去了。你不知道，我那个丈夫到厂里闹了一回，满厂风言风雨，很多人见了我不是给冰冷的面孔，就是不满的目光，有的还当面说些让人接受不了的难听话。

我真不明白，为什么一个女人获得真正的爱情就这么难！"

"是的！这是不公平的。"我当即表示了自己的意见。都是女人，不，都是普通的人，在这种时刻给予她一点慰藉都是难得的，何况她做得并不错。

我们正谈得起劲时，门外响起一个女孩子甜脆的唤声：

"妈妈，妈妈！"柳知冬的脸上立即"阴转晴朗"、阳光普照，她兴奋地站起来，忘记了我这个客人的存在，急匆匆又兴冲冲地迎出门去。

"回来了？"柳知冬问。

"对！屋里好像有客人？"这是一个陌生男人的声音。

"是报社的彭记者。"

"来采访你的？"

"是的！她为我们说公平话。"

我从柳知冬这句话中听出来人是谁了，于是，我也站了起来，刚要迎出门去，一个七八岁的女孩子闯了进来。女孩子长得像柳知冬，漂亮，但很大方，她挺神气地问我："你就是彭记者吧？"

真聪明的小家伙。我抱她起来，吻了她一下，问道："你从哪儿来的？"

"从学校来的，是伯伯接我来的！"她回答，略显着几分骄傲。

这时，柳知冬和那个男人一起进来了。那个男人个子挺高，也很粗壮，四方脸黑黝黝的，眼睛很大，额头上有一条长长的刀疤。他显得不卑不亢，但很热情。看他的块头，真不会相信是个拿剪刀的裁缝师。

"这是小张……"柳知冬向我介绍。

他向我伸出宽厚的手，和我握了握，笑着说："她呀，老是怕我老，总管我叫小张。其实该叫我老张，大伙都叫我大老张呢！"

是个直爽的人！我心里说。

"这样吧，你们先谈着，我去搞点儿菜来，彭记者如不嫌弃，咱们今天都在小柳这儿吃饭。"他说着就向外走。柳知冬见我要叫他回来，对我说："让他去吧！"

他抱着小女孩走了。

我和柳知冬又坐了下来。

十六

她不幸。的确，对于一个中年女人来说，被丈夫无情地抛弃，好端端的家庭被拆散，不能不说是一大不幸。她不愿承担这个不幸，于是才有了大闹法庭，上访告状的一系列举动……

法庭迫于市委的指示和舆论界、社会的压力，重新判决她和丈夫不予离婚。她非常感激党组织和妇联组织，非常感激那个为她们"伸张正义"的电台女记者。她和秦玉莲、韩小侠一起精心制作了一面锦旗，送给广播电台采访部。

丈夫因为她的告状，受到了党内和行政上的处分，完完全全成了一个落了难的"陈世美"。她起初十分自豪，是的，胜利了！

丈夫又回到了她身边。然而，不久她就清醒认识到自己犯了一个错误，对不起自己的错误。没有爱情的婚姻是不道德的。丈夫终日冰冷着脸，没有一丝阳光，没有一刻温暖。白天还好过，因为丈夫一天只在家吃一顿饭，到了夜晚，简直如同掉在滚沸的油锅里。同床异梦。如果没有男人，她也许比有这个男人还好受。她怕夜晚降临，犹如怕凶猛的野兽。从复婚到她重新找到爱情，十个月的时间，他们仅仅过了一次性生活。那天，他喝了很多酒，醉了。她已经睡熟了。他硬是扒下了她的内衣……后来，他又睡熟了，她却哭了，一直哭到天明。

"我是自己给自己讨苦头吃，自己给自己找罪受！"她不止一次这样责备自己。她的堂妹柳知春就不是这样。柳知春离婚后，并没有倒下，相反生活得更加轻松，更加愉快，更加朝气蓬勃。比比柳知春，再想想自己的处境，她越发痛苦不堪。怎么办，再要求离婚，不，不行！当初不同意离婚，不就是为了保持家庭的团圆，以免造成不幸？离婚，家庭不是又破裂了？

她开始加倍地疼爱丈夫，把一个女人能够奉献的热烈和温暖都奉献了出来。然而无济于事，丈夫再也没有给她爱。有时，她看见丈夫呆呆地坐在一个地方，愣怔着出神，心里就疼。"唉，我害了他，也害了我自己。"

是的，她不能不承认丈夫是个好人。结婚这些年，他从来没有骂过她一句，没有打过她一下。他有才气，有能力，也有胆略，如果不是因为家庭问题，他可能已经走上领导岗位了。"他为什么不爱我了呢？是他喜新厌旧？是的，他的确和一个年轻的女同事关系很好，但我毕竟没有抓住他们有什么不轨的把柄！现在，那个年轻女同事也不和他来往了，他的威信和名誉更是遭到了破坏。他有他的追求，而我却自暴自弃……"

那一段日子，是她最痛苦的日子。

丈夫病了，住进了医院。那些日子，家里倒清静了许多。俗话说眼不见心不烦，也许就是这个道理吧。她每天都要到医院去，那条路很长很长。

转眼入秋了，天气开始变冷。她去裁缝摊上做衣服，裁缝师是个高大的壮汉子，满脸春风，待人很热情。她不相信这样的汉子能做出漂亮的衣服，可是，他收费低而且取件快，就凭这一点赢得了不少顾客。

取来衣服，朝身上一穿，她惊奇地发现自己变了。是的，人靠衣裳马靠鞍。这身衣服太美了，给她浑身增添了光辉，使她变得年轻了，矫健了，美丽了。也许因为这一点，过去从未留意过的那个街头，她才开始注意起来。不过，她对我说，起初只是上下班路过时投去一个目光，他呢，有时正低着头裁剪，有时恰巧抬起头来，二人的目光相撞了，也仅仅是好感。

那天晚上她上中班，下班时正好下起了雨。秋天的雨不猛烈但却冰冷，她没有带雨伞，因为惦念着孩子，就找了块塑料布披在身上，匆匆向家里赶去。开了门，愣怔住了，沙发上坐着一个男人。是丈夫出院回家了吗？她很高兴，可是再仔细一看，是个陌生的男人。她吓了一跳，心都跳出了胸膛。她好不容易才使自己镇静下来，摸了菜刀，紧握在手中，想大声喊，终于没有放开嗓门，只是低声喝问一句："你、你干什么的？"

她对我说，当时，她的声音颤抖着，像从冰窟里发出来的。

他抬起头。她看清了，原来是那个裁缝师傅。

"你、你来干什么？"她很惊讶。

他笑了。

她没有笑，而是严肃地质问他为什么半夜三更跑进别人家里来。

"你家门锁着，我能跑进来吗？是你女儿请我来的！"他笑了。他告诉她，她的女儿病了。

"你不要担心，我已带她去医院看了，是重感冒，已经打针服了药，现在进入梦乡了。"他平静地说，"你这个宝贝女儿挺懂事的，她自己到饭店买饭吃……"

她没有听他说下去，就匆匆赶到卧室，见女儿已经睡着了，才放下心来。可是，她很痛心，觉着女儿这么个年纪，不是承担这艰巨和痛苦的时候。她流泪了，对女儿充满了愧疚和忏悔。等她想起来感谢他，走到客厅时，他已经无影无踪了。

"真的，那一夜我并没有多想他，心几乎都在女儿身上了。不过，我想过明天一定得去向他当面致谢！"柳知冬说到这时，认真地对我说。

她第二天上班时，果然去了他那个裁缝摊前，向他表示感谢。就这样他们认识了。

"你究竟怎么爱上他的呢？"我的话说出口，又有点儿后悔不该这样问。

她没有介意，大方地笑了笑，说："要让我说，也说不清楚。真的，我不是欺骗你。反正从那以后，路过他那个地方时，脚步就慢下来，总想多看他一眼。后来，我发现每逢我下班大概要经过那个地方时，他就深情地望着大街，好像在寻觅我的身影。再后来……"她笑了，脸上多了几分羞涩。

她和他恋爱了。她告诉我，那一阵子，总觉着生活中多了阳光，多了温暖。她是背着家庭、丈夫、女儿这沉重的十字架和他相爱的，但是，相爱以后，她竟像发了疯一样毫无顾忌，道德、责任、社会舆论以及可能出现的后果，已经不能成为她追求爱情的障碍了。

"是的，我像初恋时那么热情，那么执着，那么疯狂。有几回，我和他出去玩的时间太长，回家后竟一点儿恐惧也没有。我想，反正要离婚的，我没有理由怕你！"

她知道他坐过牢，知道他一无所有，是赤裸裸的光棍一条。

"当然，我也不是没有过顾虑。对于这次爱情，我还是十分慎重的。我怕受骗，但同时我也反复问自己是不是在欺骗他，最后，这些都被我否定了，不，准确地说是被我们否定了。"她是充满着幸福回忆和他交往的日子的。

她担心自己再一次犯错误，然而感情告诉她，这一次不是犯错误！她告诉我，她也曾多次想到，如果有人责备她，她该如何回答？她的答案是，我是在改正自己的错误！

的确，从她害怕被丈夫抛弃，千方百计维持不幸的家庭，到她抛弃了丈夫，寻找爱情的归宿，不能不说是一个飞跃。而这个飞跃过程是美还是丑，是崇高还是卑鄙，恐怕只有她和他最清楚，任何外界的指责、支持、反对、唾骂，都是无济于事的。

她的丈夫没有原谅她，这一点是可以理解的。但是，她的丈夫并非不理解她，相反，他很理解她。不过，他的报复并不高明。是的，他告她水性杨花，那么他自己呢？他告有人插足他的家庭，但究竟谁是他的家庭不幸的制造者？我想，每一个善于思考的人都会从中找到答案的。

柳知冬和她相爱的那个人，将被押上我们的"道德法庭"了。我愿意做她的一个辩护人！

十七

写完了采访柳知冬的文章，我理所当然去找韩小侠。

出乎我的意料，柳知春和她的新婚丈夫正在韩小侠家里做客。她的丈夫小秦是市总工会宣传部的干事，我们曾经在一起采访过，他还是我们报社的通讯员。既然是老朋友见面，少不了一番寒暄，接下来宾主入座开怀痛饮。

韩小侠的生活是幸福的，这一点我在跨进她家门以后就在心里下了断言。当然，在来之前我也从其他渠道了解过，韩小侠复婚后，她的丈夫的确认识到了自己的错误，和小侠又相亲相爱了。

没等我问话，韩小侠的丈夫就不无忏悔地告诉我，他并不是因为怕小侠告他，他会落得"陈世美"那样的下场而害怕，却是因为小侠和他的感情太深了。

"不瞒你们说，我当时就是有了几个钱，飘飘然了。可是，离婚以后，才分开几天，我就有一种失落感，好像失去了左膀右臂。人就是这样，感情如同野马。但是，真正的爱情，也就是真情只有一次，仅仅一次。说真格的，小侠不告我，我也会再求她复婚的。"

他和韩小侠复婚后，小侠并没有因为他曾经犯过错误而刁难他。她从来不揭他的"疮疤"，用她的话说：有个"疮疤"，本来就很痛苦了，为什么还要再去揭它，让它再流血呢！他们是真正相爱的，而且基础是牢固的。有了一段曲折和磨难以后，爱情愈发珍贵，也愈发热烈了。

韩小侠唤回丈夫的心，还有一个感人的事例。那个和她丈夫有过一段风流韵事的姑娘（插足他们家庭的第三者），曾经有过轻生的念头，小侠得知后，亲自登门，向她做了很多工作，并按照"传统风俗"，认那个姑娘为干妹妹。就在她和丈夫复婚不久，那个姑娘也出嫁了，现在生活得也很幸福。

"俗话说，苍蝇不叮无缝的蛋。后来，我想一想，自己也有很多不对的地方，一个女人拴不住自己男人的心，说明她自己的感情也有失误。我不能完全怪罪于他！"韩小侠这样对我说，"比如说吧，他经商得了一些钱，有钱就得寻找钱的出路。他曾提出带我去看看祖国的名山大川，如有可能也出国旅游，在洋大人面前耍耍威风。我呢，就怕花钱，见他买了一盒高级点的烟都要发牢骚。还有，我有时不信任他……唉，谁知越是这样越不行，其实，我也给了他推波助澜的作用。"

有这样的谅解，有这样的胸怀，爱情怎能不再回来呢？是的，爱情的双方都是人，而人与人之间是需要谅解的。

小侠夫妇告诉我，他们今年给幼儿园捐款，给灾区捐款，给福利事业捐款，总计达一万多元。

"祝你们互敬互爱，白头偕老！"我激动地举杯，为他们祝福。

关于韩小侠夫妇离婚复婚家庭幸福美满，应该如何写呢？是不是归功于舆论界的呼吁、法律的判决呢？我想，一定有人要把功绩归于自己的。那么，我就要告诉他（或她），真正的爱情也许会出现曲折，但真正的爱情是不会因曲折而失去光彩的!

十八

从韩小侠家出来,我同柳知春夫妇一起走了一段路,因为柳知春要赶回厂上班,我和小秦一道走了。

"你大概要采访我吧?"小秦红着脸问我。

我笑了。

小秦如实地告诉我,他是因为采访柳知春才和她认识的。认识以后,他又听人介绍了柳知春离婚到告状那段事情,发现柳知春是个有个性的新女性,于是,又进一步采访她。后来,就爱上了她。

"小柳告诉我,就在准备上法庭的前一天,她的思想发生了变化。变化的原因是,她觉着她和几个同时上访的女人太可怜了。通过权力和舆论要回一个并不爱自己的丈夫,不是和强迫你和一个并不爱的人结合是一样吗?她就是这样想的。"

"是的,我当时也看出了她的心思。"我赞同地说,接着,我又问小秦,"你和柳知春相爱,也一定遇到过风波吧?"

他笑了笑,点了点头,但答非所问地说:"知春说得好,'事后想一想,我也许不是真正地爱着他,否则也不会轻易改变观点了。如果你再和我离婚,说不定我会杀了你呢!'"

我们都笑了。我深深地理解了柳知春这句话的意义。

"对了,你去采访柳知冬了吗?"小秦突然问我。

我回答了他。

他说:"知冬这回压力可大了!听说,电台的黄丽找过她,劝她千万不能和她丈夫离婚,否则就要搞臭她!"

"真有这种事?"我有点儿气愤,甚至为黄丽的行为感到羞愧。

"黄丽这个人呀……"小秦欲言又止,看了我一眼,好像心有余悸。我知道他和黄丽曾经是同学，知道黄丽的事情，就鼓励他说下去。

小秦告诉我，黄丽在大学时，和一个同学恋爱。那个男的非常非常爱她，而且她也非常爱那个男的。大学毕业后，那男的要求回他的家乡——一个偏远省的偏远县城工作，黄丽曾要求和他同去。可是，黄丽的父母亲早已做好了工作让她留在了城里。后来，她父母做主，把她介绍给她父亲一个战友的儿子。

小秦没说完，我就一切明白了。

十九

我的这篇报告文学快要写成了，但是，总觉着缺少点什么，想来想去，觉得应该见一见秦玉莲。

"我是一个强者！"秦玉莲开门见山，说道，"在我的生命辞典里，是不允许出现失败这两个字的。"

她滔滔不绝地向我讲述了她的经历，从童年、幼年、少年到成年，一直到今天，她的经历确实坎坷，有些还富有传奇色彩。的确，用她自己的话说是没有出现过失败的。她最为得意、自我欣赏的是她中学时代，击败了一个男性对手。也就是从那个时候起，她就事事、处处以一个女强人的姿态出现，而且都是步步为胜。

那时候，她还是个 16 岁的少女，身材窈窕，不像现在这么肥胖，也有几分姿色。她是班里的团支部委员，她的那位男性同学是团支部书记。据她说一开始她就不服气那个男同学，觉得团支部书记一职应该属于她。她介绍一个好友入团，但团支部书记在团委会上说她介绍的那个好友意识不好，早恋，而且不是和一个男同学。她的好友因没入上团而大哭一场，她下了要搞掉团支书并取而代之的决心。不过，她毕竟还很幼稚，感情容易冲动，用她自己的话说是："像个浑身野性的男孩子！"她的行动被团支书事先知道了。她不仅没有搞掉团支书，相反还被撤销了团支委职务，还差点受了处分。

"我当然不甘心。我想为什么这个世界总是男人们在上呢？不行，我得把它翻个个儿。"她这样对我说。

从此，她老实了一阵子，并且给人一种认输了的感觉。其实，她一天也没间断自己的活动。她不仅拢得了团员同学的喜爱和拥护，也赢得了老师的青睐。终于，她胜利了，那个"男性公民"团支书因为看一本"黄色书籍"被她发现，丢掉了团支书的乌纱，她却跻身于团支书的领导岗位上。

"真的，我讨厌把女人和弱者联系在一起。"她显得有几分得意和自豪。

我见她闭口不谈家庭的事，心中有几分着急，想了半天，终于找到了一个合适的机会，问道："秦大姐，你现在家庭生活还不错吧？"

她好像早已胸有成竹，连连答道："很好，很好！"不过，从她的神情可以看出，她说的不是知心话。

"我那口子现在甘心认错，事事都重新做起，我们两人的感情比过去还好！"

她一句话就想堵住我下边要问的话。我不能不佩服她多年来的社会经验和生活经验，练就了这种高超的处世方式。

送我出门的时候，秦玉莲还故意问了我一句："到我家吃饭吧！我那口子要是知道你来了，一定很高兴的。"

唉，我忽然为她叹了口气。

我不失望，真的。我觉得已经如愿以偿了，秦玉莲这个人物形象，在我心中已活了起来。

绝镇佳人

一

沈富贵得意扬扬地走在大街上。

肥头大耳的儿子骑在他的脖子上，张着两只小手向路旁的行人致意。乖乖，真神气！瞧，咱们爷俩成了小镇上气壮山河的人物……

醒来了，又是一场梦。梦这玩意儿真不是好东西，老是搅得人心疼。你越是得不到的东西，越是缠在梦里。不是发誓不做关于生儿的梦了吗，怎么还会梦见这些呢？昨晚故意多喝几盅酒。过去只要喝多了酒，倒头就呼呼入睡了。今儿个老是做梦。看样子没有好预兆。

媳妇躺在身边正睡得香甜。她是个美人儿。苹果脸白里透红，柳叶眉妩媚动人，两只眼睛闭着也是那么美丽。无怪乎人们都说她是小镇上"第一夫人"。这"第一夫人"有两层意思：其一是沈富贵是镇上名气最响的"万元户"，是第一流人物，夫人也应当是第一；其二是指她漂亮，用乡政府秘书的话说是"绝镇佳人"。

我沈富贵的眼力还能差了吗？前年离了的那个女人也是公认的美人儿。唉，那个女人真叫女人，天生做贤妻的料子。没有脾性，任男人怎么使唤，没有一句顶撞。就是到离婚的时候，她还是那个样子，一句怨言也没有。当然哭也是怨言。没有办法，她虽然是个女人，能给予丈夫一个女人能够给予的一切，遗憾的是结婚五六年不生孩子。没办法，就离了。地再好长不出庄稼还不是荒地吗？喂只母鸡，五六年也该下多少蛋得多大利了。我沈富贵是沈家的独苗，再不能生育，沈家岂不要断了根？我怎么向九泉之下沈家的列祖列宗交代。唉，算了，娶个媳妇不能生育，要她干什么？离婚再找一个，反正世上能生能养两条腿的女人有的是。凭我沈富贵的名望地位，钱财相貌，讨个女人还不是像信手捡根草。离婚，离婚，一次次下了决心，一次次又失败了。无法跟她说。她太好了。找事打她，她挨了打还赔笑脸劝男人息怒，叫人又心疼她。不找个理由又无法提出离婚。就说她不能生育？不行，万万不行！因为不能生育而离婚，人家不骂我长了个封建脑袋瓜吗？我沈富贵是市里县里响当当的劳模、先进，小镇上顶天立地的人物，思想里还有这么浓的封建色彩？！得换个堂而皇之的理由。为找这个"理由"，他费尽了心思，绞尽了脑汁。那一段时间，身上瘦了几斤肉。好不容易找了个理由，又请民政助理喝了一场，还是离了婚。说真格的，感情上真痛苦过一段时间。人是感情动物，相处五六年，离婚还有点儿恋恋不舍呢！我给了她一万块钱，她只收下五千。如预料的一样，很快又讨了这个媳妇，比那个更漂亮，就是这个现在躺在身边的女人。还是钱顶用。

哪料一晃又是三年过去了，这个貌美的媳妇肚子仍不见鼓起来。难道老子又讨了个不能生养的女人？他惶恐了。万一她真的不能生养怎么办？再离婚……不，不，上一次离婚，脊梁骨叫人戳了几个窟窿。有人骂我喜新厌旧，是80年代的"陈世美"；还有人骂我缺德。不知哪个家伙还舞文弄墨写了篇文章投给电台，说什么金钱与婚姻……唉，你们哪知人家的心思！人就是这样，总爱瞎揣度别人的心思，用自己的尺度量别人。人言可畏，三个人骂你不如条狗，你就果真不如条狗了。我沈富贵不能让人骂得不如条狗。可是，现实问题摆在这里，媳妇不能生育，沈家就断子绝孙。

真是越渴越给盐吃！昨儿镇上开大会，又把我沈富贵评为计划生育先进代表，让我介绍晚育的好处。我只好不承认，这可不是闹着玩的。不承认晚育，又说什么理由呢？认了吧，硬着头皮编了一通假话。什么晚育可以腾出时间精力为四化建设添砖加瓦，什么晚育……心在滴血，脸上还要装出笑容。那个滋味真难受。我沈富贵这么大，也没有那一会儿吞的苦难多。二平在台下一个劲儿笑。这小子鬼点子多，不知又想到哪里了。臭剃头的！你笑什么？你……你嘲笑我？嘲讽老子？窝囊一肚子气，回到家想发脾气，媳妇洗澡去了，只有朝酒发了。谁知酒也给老子捣鬼，不光不催眠，还老是用讨厌的梦来缠人。

沈富贵点燃了一支烟，抽着。目光落在媳妇身上。天热，夜里气温像滚烫的水蒸人，她盖的一条薄薄毛巾被落到床下去了，袒露出透明的身子，要多美有多美。唉，就是不能生育。咦！这就怪了，难道你比别的女人少长了什么器官？早知你是个不抱窝的鸡……听说有个地方，女人得怀了孕生了孩子，才有男人愿意娶。这倒是个好法子。不，是个孬法子。那个女人怀的还不知是谁的种呢！娶一个别人占有过的女人，喝刷锅水。可是，可是……我沈富贵做了什么缺德事？是的，有过。老天爷你不该用这个法子惩罚我啊！用雷击，用电劈，用……只要能让我养个儿子，有传宗接代的，死也无憾。人生在世一辈子，讨媳妇，辛辛苦苦，还不是图得个儿子，能续香火。我沈富贵这几年，凭着在部队里学的技术，凭着能吃苦流汗，风里来雨里往，才把小日子搞得红红火火。小红楼在全镇是第一家且最漂亮，鹤立鸡群，耀武扬威。银行里存款好几万，光利息一年都差不多买一台"大解放"。总算是光宗耀祖了吧？爷爷过去给人干了一辈子工。父亲是活活饿死的。我沈富贵不怕饿，不愁钱了，连儿子、孙子都不用愁了。小红楼上下八间，地基牢固，建造美观，再过个几十年，也是小镇上一流的。别看咱当农民，进城开会不开自己的车，要租轿车，威风、气派。谁不说我沈富贵的日子比县长市长还抖！地再好不长庄稼，水再深不养鱼儿，有什么意思呢？想想，这辛辛苦苦，流血流汗，到头来死了连个哭爹的拉棍挑幡的也没有。你这个女人的肚子呀！

烟蒂烫了手指。扔掉。又接上一支。太不争气了。走在大街上，见了人都觉得矮了一截。就说那个臭剃头匠臭二平，凭哪点在老子面前趾高气扬？

不就是比我多生了个儿子？他那儿子也确实讨人爱，又聪明又活泼，谁见了谁喜欢。才 3 岁就会背什么诗词，认好多字，还会唱歌。几回做梦都梦见那孩子成了我的儿子，亲亲热热地和我在一起。臭剃头的每次见了我，都指着我让他孩子喊"大爷"。是羞我吗？论年纪，我确实该当他孩子的"大爷"，可是，可是……二平他媳妇真够丑的，不说脸膛，就凭女人长了罗圈腿，就再丑不过了。走起路来两个屁股一摆一摆的。呸！没想到丑女人倒生了个漂漂亮亮的胖小子。听说还要生，要不是计划生育抓得紧，卡得严，说不定她还能生几个。真够气人的！还有人说，女人丑俊不要紧，关键在能不能生儿育女。这话才叫憨人呢。不过也有道理。一个女人不能生儿育女，还不是个摆设？你这个"第一夫人"，你这个"绝镇佳人"，只不过是只花瓶而已。老子讨媳妇，可不是当画看的，可不是供神的。

再离一次婚？总得对老亲舍邻、上上下下有个交代吧？……

二

沈富贵踉踉跄跄地走出酒馆，跌跌撞撞地走了一截地，四下看了一眼，才又恢复了常态。大摇大摆地迈开了方子步。今天的效果特别好。镇子上一个近房兄弟结婚，在酒馆里包宴席。一排五桌，都是镇子上的老亲舍邻，当着他们的面，狠狠地骂了媳妇一顿。

"这女人真不是东西。做我沈富贵的老婆，也算对得起她了。可她偏把天堂当作地狱，一个劲儿不安分守己过日子。和她中学时一个同学勾勾搭搭……"

"还有这种事，太失体统了！"一个上了年纪的老头愤愤了，"沈家不应该出这样的败家子！"

"是呀，看她长得漂亮，心灵还这么肮脏，真……"沈富贵一个近房嫂子也大为不满。

"唉，真不愿提到这些，家丑不可外扬！"沈富贵摇头叹气，说，"不是今天喝多了酒，我说的全是实话。在镇子上，我沈富贵是富户，还有比我差距很大的贫困户哩。比如二奶奶，就娘俩，没收入，小姑还上学，全靠二奶奶卖几个茶钱度日子。我早就说帮二奶奶把茶馆翻修一下，这女人不光不同意，还说……"

"还说什么？"有几个人异口同声。

"别提了！也怪我，到底还是怕了她。"沈富贵一副十分痛心的样子，端起酒杯一饮而尽。他丢给人们一串猜测一串不满，一串对他媳妇的愤恨。

"还有些事，我都羞于启口。我没有父母，把老亲舍邻当亲人，今天只有向你们吐诉，要不憋在心里，不死也得窝囊场大病！"

"富贵哥，少说几句吧，我看……"二平劝他却招来众人敌意的目光。

沈富贵停顿了好大一阵，显示出十分为难、十分矛盾的样子，在众人的目光敦促下，才难为情地说："她还背着我，偷偷地积攒了不少钱，看样子……"

"一定是想和她中学那个同学私奔！"一个小伙子马上接了话茬。

沈富贵垂下头，既不承认，也不否定。

"这还得了！"刚才那个愤愤不平的老汉用手拍着桌沿，"那你还不赶快休了她，等她坑骗你一大场再走吗？"

"是呀，赶快离婚吧！凭你还找不到媳妇。"一个四川来的媳妇说，"嫂子给你介绍一个比她年轻漂亮的，保准你满意。"

沈富贵不住地摇头，连连摆手说："不能，不能。我已离了一次婚了。再……唉！"说着，扶着桌沿站起来，一副酩酊大醉的样子。接着，跟跟跄跄地向外走。

先给老亲舍邻留个话，臭臭那个女人，日后也少落骂名。唉，真对不起她了。她跟我三年了，没少帮我出主意，想办法。人说"一日夫妻百日恩"，咱好歹在一起过了三年，恩恩爱爱的。我这样做也是不得已。放心吧，我一定打发你好好出嫁，不让任何人瞧不起你。唉，不能生儿育女的女人到谁家也不会受欢迎。亏着我父母都不在世了，如果他们在世，说不定早已把你骂跑了。其实，我也看得出，你也想要个儿子或女儿。咱们不还为要男孩还是女孩争论过吗？你说你喜欢男孩子，我说我喜欢女孩子。我说的是违心话，目的一来让你看看我没白当几年兵，思想里没有重男轻女之念，二来我就喜欢找话和你抬杠，最好是能怒、发火，争吵打骂一场。为什么，我说不清楚自己的心理，好像是两个人在一起，没有孩子，显得寂寞，孤独。是的，要有个孩子就好了，一切都好了。我沈富贵30岁的人了，还有几年的等头？再不要个孩子，以后……唉，我想过几年你会原谅我的。

对面来的女人好面熟。是她！一点儿不错！离婚后，她不久就结婚了。丈夫的家离小镇十八里地。开始，他曾想和她做一门亲戚，来往了几趟。她丈夫不太乐意。他觉得有这门亲戚无这门亲戚无所谓，后来也就没来往了。

这女人怎么变得越来越年轻了！离开我家的时候，她又瘦又黄，神情憔悴，眼下却大不一样，又白胖，丰满健壮，神采飞扬。怀里抱的是啥玩意？哟！是个白胖小子。奇怪，她抱的是谁的孩子？是她自己生养的吗？不，不会，她是个不能生育的女人。向人家讨的？十有八九。眼下的女孩子，没出嫁生孩子的大有人在，生下孩子不敢养活，给人家养，还倒贴钱。计划生育卡得紧，超计划生的孩子要罚款，搞不好是党员的要丢党票，是干部的要受处分，当老百姓的要罚款。说不定是收留超计划生育的。是哟，不收养个孩子，做女人日后怎么生活？可是，可是收养别人家的孩子，总不如自己生养的孩子亲，长大了，翅膀硬了，不定哪会儿丢下两个老混蛋飞了。这种事儿见得少吗？

既然走了个对面，还是主动打个招呼吧。

"是你……"

"是你……"

都怪难为情的。其实人的感情就是微妙。恩恩爱爱、情意缠绵的夫妻，一旦散了伙，见面形同路人，昔日的感情呢？看起来感情这玩意儿也是个骗子。

"这是你……"沈富贵问话很有分寸。

"宝宝，叫大大！"她回答得也挺巧妙。

沈富贵脸红了，不知说些什么。突然，他像恍然大悟，忙从衣袋里抽出一张"大团结"，硬是塞到孩子手里。

"谢谢大大！"她说。

"谢谢大大。"小家伙挺聪明。

"几岁了？"

"前年腊月十八生的。"

"是，是……"沈富贵睁大了惊奇的眼睛，这孩子长得确实像她，眼睛、嘴唇，无一不是他熟悉的。果真是她生的吗？不，这绝对不能！

"跟大大再见。"

"大大再见！"

走了。他愣怔地站在路中心，呆呆地望着她的身影消失在拐弯处。是的，绝对不会是她收养的孩子。跟我几年没开怀，人人都知道，怎么会……也许是我看花了眼。那孩子的眼睛、嘴唇也许根本就不像她。天下不会有这样的奇迹。

有人拍肩膀，回头一看，是二平。对他笑笑，鬼知道笑里藏着什么。

"刚才见到了？"

他点了点头。

"生了个胖小子，长得很漂亮。"二平说话突然变得吞吞吐吐了，"看起来还是能生儿养女的。"

臭剃头的，这话是什么意思？她能生儿养女，言下之意是说我不能……还不如直截了当地唾我沈富贵脸上！我也许不会有一句怨言的。她能生儿育女，为什么和我结婚几年没有开怀？难道，难道……沈富贵不敢往下想了。他觉得一股寒气直往心里钻，两条腿不住哆嗦起来。完了，完了，我沈富贵怎么会得了这个病呢？长了个男子汉的体魄，竟然不能生育、传宗接代。爹娘白养了我。枉费了几十年的粮食。往后，我怎么做人，怎么生活？！老天爷呀老天爷，你真的瞎了眼睛吗？为什么把这个灾难降临我的头上呢？我沈富贵站着不比人低，睡着不比人短，堂堂五尺男子汉……唉！小镇上提起沈富贵，谁不是刮目相看。再艰难的事，我都愿干；再辛苦的果实，我都愿吞；再沉重的担子我都愿挑，可这个不幸我是承受不了的。不能生儿育女，就等于我白在这个世上混了几十年，活了半辈子。别人捣着脊梁骨骂我"绝户头"，连祖宗八辈都跟着丢脸，还不知哪辈上做了亏心事，干过缺德事。女人不能生养，我可以离了再讨；我自己不能生育，又该怎么办呢？不，不！我沈富贵绝不会得这种病的。医院现在可以检查，到医院查一查可以证明。不能去镇医院，那儿的医生护士我都熟，万一查出我真有这个毛病，大街小巷一传开，我怎么再有脸出出进进？去县医院，也不行。小镇上有两个在那儿工作的。那两个家伙可不是好东西，嘴唇像刀片似的，说出话割人肉疼。对了，还是去大城市大医院，一来谁也不认识，二来查出毛病可以就诊。我就不相信会得这个病。去大城市大医院，怎么给媳妇说呢？她缠着要我带她去游山玩水，我又不好拒绝。得想个办法骗她。办法有的是。我就说一去不知多少天，不过，她一个人留在家里行吗？镇上有几个年轻的小伙子早就贼溜溜地望着她，一个个准没怀好意。不过也不怕，派出所的老张和我有私交，给他打个招呼，关注一下就是了。唉，这是什么事，让别人替自己看老婆，传出去多丢脸。再说老张也不是个好东西，脱了那身黄皮，骨头缝里不比谁干净。媳妇就骂过老张不干正经。对了，怎么忘了她老娘。我出门挣大钱，家里只剩下她一个人守着栋楼房，把老娘接来过几天，顺理成章。今个下午就去接她老娘！明天就动身走。不行，后天镇子上要开大会，我还是劳模代表，要登台领奖、讲话的。这可不能让给别人做。晚两天就晚两天吧，反正不是心急能办的事。哎呀，差点忘了件大事，大后天镇长的儿子要结婚，说好去喝喜酒的。这可不能不去！又得推迟一天，推迟就推迟吧，越是在这个时候越要保持冷静。眼下这个时候，不能再给媳妇闹意气了。万一真的祸根在我身上，说不定她会"飞"的。往后再讨老婆就不那么容易了。这娘们儿恐怕又在看书了。陪的嫁妆不多，带的书倒不少。做女人的，做媳妇的，能伺候丈夫，生儿养女就行了，那些书啃烂装进肚子里，能变成白胖胖的儿子吗？烧过她一本书，她闹了三天三夜没安宁。现在不能再这样做了。对了，进新华书店给她买几本书吧，算作烧了她那本书的补偿，也算作赔个礼。这种赔礼法最好，不用语言，不显得低三下四，不让她瞧不起咱这个男子汉。抽空还得找找那个臭剃头匠二平，她和我媳妇的哥哥是同学，二人早就认识，关系也处得好。万一他把今个我在酒席上的话传给她，她能放过我吗？唉，我沈富贵没在人前求过谁，这回也要低头了。人就是这样嘛，大丈夫能屈能伸，才叫顶天立地。

三

　　柳儿呆呆地站在窗前。从这儿可以看见半个小镇。小镇确实太小了，一条主街全长不过半公里。不过，在这片方圆几十里的地方，小镇却是有名声的。这两年有人把它称为这一带的"小上海"。而这一带的一些姑娘把能进"小上海"做媳妇引以为豪。小镇上的瘸子都比周围村里健壮的男人好讨老婆。是呀，女人嫁到小镇上，吃国家商品粮，孬好有个几十元钱一月的差事。小镇上的男人大多不进国家或集体单位工作，而是让女人们去。男人们做生意。个体户能捞大钱。柳儿嫁到小镇上来，完完全全不是出于自愿，而是父母兄长施加的压力。

　　柳儿的娘家那个庄太穷了。四面是山，且都是荒山。纯粹一个穷困潦倒、苦难深重的村庄。柳儿兄妹六个，两个哥哥都已过30，因为家里穷，盖不起房子，都还是光棍一条。柳儿在兄妹中排行老五，是六兄妹中唯一念过中学的。父母疼爱她。哥哥姐姐小妹妹也都喜爱她。她虽然生长在穷困的家庭，但人出落得水灵秀气，漂漂亮亮。追求她的年轻后生成群结队。可是，她没有对哪个小伙子动过情。不是没有动情，而是没敢动情。20岁的姑娘，又识文知字，怎么会没有情潮的萌动呢？父母有他们的心思。这一点她看得明白。她的婚姻权利是操在父母手里的。违抗父母之命，她可以做得出，但又不忍做。结局是可想而知的。

　　她嫁到小镇上来并不感到荣幸。丈夫曾离过婚，又比她大八九岁，这些她都不计较，问题是没有什么感情。她是知道感情在婚姻上的价值和位置的。丈夫为了向她求婚，给她家盖了六间瓦房，使她两个哥哥讨了老婆。他在她娘家一家人心田中成了救命恩公。她在娘家全村人心目中形象却模糊了。有什么办法呢，这就是生活！生活并不是人的意志能决定、能左右的，她打掉牙只有往肚里咽，满腹的苦水无处倒。

俗话说嫁鸡随鸡，嫁狗随狗。既然嫁过来，做了人家的媳妇，就得安分守己过日子。她深深懂得一个做了媳妇的女人的职责。丈夫三天有两天半在外头跑，家务的重担，压在她一个人肩上，她默默地承受着。她曾经想过，努力培养感情，可是感情这玩意儿不像栽树养花能人为地培植出来。就说语言交流吧。语言是人感情交流的工具，可是她与丈夫没有共同语言。丈夫开口闭口谈的是钱，钱在社会上的作用，钱在生活中的价值，钱……而她谈的是人，人的感情，人与人的关系，人的价值。常常是不欢而散。丈夫坚持他的观点。她当然不认输。丈夫有时急了，还会破口大骂。她感到不解，他不是当过几年兵，还入了党吗？怎么会是这样不讲道理、不懂情理呢？与丈夫之间的鸿沟越来越宽，越来越深。

她不知是什么原因，丈夫不让她出门，更不让她做工。为这事两人不知吵闹了多少回，当然每次吵闹她都要挨一顿拳头。憋在家里闷得慌，多亏有书伴她的孤独与荒凉，否则真不知如何度日。她喜欢看书，还没结婚前，手里攒了几个钱，什么不买也得买书看。她读过小说，也看过哲学。她在书里耕耘自己的理想。书看得越多，对生活中的一些人和事越感到莫名其妙，当然也有认识清晰的。闲着无聊时，也写写画画，写一些顺口溜什么的以便泄泄自己心头的烦闷。她写的东西，全是自己熟悉的，有时完全是写自己的。她怕被丈夫发现，更怕传到外边让人家笑话，写了就烧就撕，从来不保留。她觉得心中有什么憋闷的东西，写在纸上，就如同大喊大叫了一阵，全都散发或倾泻出来，心头才痛快一些。她常常在想，真理与生活为什么会有这么大的差距呢？

结婚快三年了，至今没有怀孕。她也感到着急。和她同年嫁到小镇上来的几个女人，现在都已成为孩子的妈妈了。有时见到她们，免不了询问一番。每次她都觉得不好意思，无地自容。是呀，你是女人，人家也是女人，为什么人家已做了妈妈，你还……她多想要个孩子呀！给孩子喂奶，给孩子缝制衣帽，给孩子换洗尿布……夜晚，她和孩子一起甜甜地入梦。白天，孩子用哭用笑和她对话，再长大一些，她教孩子唱歌，给孩子讲故事。一切都充满富有和神圣。做一个女性是骄傲的，做一个母亲更是自豪的。亲眼看着从自己身上掉下的那团会哭会笑的血肉长成顶天立地的大人，多么骄傲啊！她不知没有怀孕的原因，也不好问丈夫。曾经有天夜里，她梦见自己给孩子喂奶，孩子不知什么原因哭了，她也哭了。丈夫粗暴地推醒了她，问她哭什么。她说了自己的梦。丈夫恶狠狠地瞪了她一眼，背转过身去不理她了。难道不能生养孩子的责任在我？她惶恐不安。一个女人不能生养孩子，别说在丈夫眼里没有地位，就是在左邻右舍眼里也不如一只会下蛋的母鸡，在乡邻面前也不觉矮了半截。她不相信自己一个女人身子不能生养，不愿接受这个残酷的现实。特别是这段时间，丈夫总是鸡蛋里挑骨头，时时找她的碴儿，甚至打骂污辱她。这使她更加感到将有一场罪恶和灾难降临到自己头上，可是她相反镇定和安宁下来。不就是生儿育女的事吗？你可以折磨我，怪罪我，大不了离婚。我是一个人，不是你生儿育女的工具！更何况这不能生育的原因不一定是我。

前几天，丈夫突然一反常态，对她出奇地热火起来，让人接受不了。他从来就反对她看书，这一回却给她买了几本书。过去进了家，脸像从冰窖里刚出来阴冷阴冷的，现在却满面春风，整个换了个人，夜间做爱，过去像只怪兽，疯狂地发泄，现在却像个温柔的女人一样脉脉温存。丈夫的变化使她感到莫名其妙，却又隐隐觉察到点什么。还未来得及摸透丈夫的心思，他便出远门去了，说是十天半个月才能回来，问他去哪儿，他支吾着不说出来。

一个星期过去了，柳儿一个人守着孤独、寂寞的家。母亲到来只住了两天，说是要回去看孙孙，走了。在这两天里，母亲可没少问她生儿养女的事。那天晚上，她和母亲一起洗澡，母亲眯缝着眼，打量着她的乳房和小腹，神情有些凄惨，开门见山地问道："柳儿，你肚子里还没觉得闹动静吗？"

柳儿脸红了，摇摇头又低下了。

母亲长长地叹了口气。

夜里，母亲翻来覆去总是睡不着，不住地长一声短一声叹息。她知道母亲的心事，也没有去问。唉，做母亲的为女儿费了这么大的心，应该怎样安慰她呢？怪丈夫？怪自己？谁也不能怪。女儿也是女人身，怎么会不能生养呢？

母亲走的时候，她送母亲上汽车。母亲一路上都沉默着，低着头，好像心事沉重。汽车启动的时候，母亲探出半个脑袋来，想说什么，嘴唇动了动，终于没有说出来。她是噙着泪一口气跑回家的，倒在床上哭出了声。做一个女人太难了。很多小说中的女主人都有这种感叹，她曾经不完全相信，现在切实体会到了这一点。

她等待着丈夫回来，好好地和他谈一谈。

一辆熟悉的"大解放"从街西向东驶来。车开得很慢，走得垂头丧气。柳儿的心莫名其妙地加快了跳速。是不是跑了七八天，轮胎的气尽了。是不是七八天没了吃喝，饥渴得动不了。过去它可不是这个样子，进出小镇趾高气扬，嗓门又高又尖利。它也会有什么心事吗？隔着车窗玻璃，她看见丈夫的头影影绰绰地在晃动，好像是在瞌睡，开车瞌睡可不是闹着玩的，弄不好撞了人。她真想高声提醒他，离得太远，怕他听不见。再说，怎么张得开口。难道他这次出门买卖砸了锅，蚀了本？他可从来没做过吃亏的事。

车停在酒馆门前。他一定又去喝酒了！

四

沈富贵一气喝光了一瓶二两装的茅台酒，胸中像燃起了一团火，烧得五脏六腑快要变成灰似的难受。

"二叔，你说人活在世上，究竟图个啥子哟？"他睁着两只被酒浸红了的眼睛，望着桌子上刚刚端上来的一大盆"霸王别姬"，头也没抬问对面的老头。至于老头回答了些什么，他一句也没听进去。

这菜名儿也不知谁发明的，老鳖炖鸡！称之"霸王别姬"还真有几分道理呢！人也是越活越有兴趣，就说这吃吧，想着法儿让你吃，一个菜就是二十几块钱。吃到肚里能比窝窝头多多少营养，还不都变成大粪排出来。其实，说到底人活在世上不也同样吗，父母生儿女，儿女再生儿女，儿女的儿女再生儿女……最后不都是走进那一座座落在地上的月牙儿里去吗！想想，人活着真没多大意思，辛辛苦苦，流血流汗，拼死拼活几十年，得到的东西再多，死了以后一个也带不走，唯一带走的是自己的一身肉。从母亲肚子里生下来是一团活肉，离开人世时是一团死肉。何必呢？……那是谁，镇长！镇长怎么也到酒馆里来了？他身旁那个大肚子一定比镇长的官儿大，不然镇长怎么会这副笑容可掬的模样？唉，我喝多了吗？刚才胡思乱想了些什么呢？镇长大概不会看到我心里想些什么吧。

"镇长，您来了，没吃饭吧，我请客……"他慌忙站起来，也是一副笑容可掬的样子。说着，果真从衣袋里掏出一大把"大团结"。他装钱从来不按张计算的。

镇长把他的手挡了回去，严肃认真地说："小沈呀，这怎么可以呢？我们镇的领导干部没有在万元户、个体户上揩油的作风，对不对？"

"对，对！"沈富贵连连应允。在你上级面前装得挺正经。不揩油，你那一溜六间红砖瓦房怎么盖起来的？不揩油，你儿子结婚专门给我这号的人说，每人拿了十张"大团结"……

镇长陪着上级进包间去了。沈富贵重又坐下，不知想到什么，嘿嘿笑了起来。

四周的顾客哑然，惊奇地望着沈富贵。

唉，也真会戏弄人。那天镇上开计划生育表彰会，妇女主任硬拉着我上去讲几句话。她也真够有办法的，先是介绍了一番。什么富了不忘党的领导，带头实行计划生育。看人家沈富贵多会安排生育。趁年轻力壮，先多为国家做点贡献，生儿育女的事先放一边。真叫人难为情。你只知道为了你的工作好做，硬是往人脸上贴金，其实是抹屎。上次就让你弄得下不了台，这会我得自己找个台阶，否则，否则……讲了些什么，这会儿不记得了。只记得全场人人目瞪口呆，妇女脸红一阵白一阵。对不起，我不能再打肿脸充胖子了。对了，想起来了，我说早想生个白白胖胖、结结实实的儿子。这是心里话，再说又没说多生，不违反计划生育。其实，这才是打肿脸充胖子呢！是不是那样我也得这样说，反正，反正不能说一辈子不要儿子。要儿女不是一句话就办到的。对于我沈富贵来说，不是不想生儿养女，而是而是……

沈富贵忘不了那天得到检查结果时的情景。开始，他不愿相信那个残酷的事实。我沈富贵不能生育？不会的，不会的！他抓住医生衣襟，愤愤地举起了拳头。你一定是故意污辱我。老子堂堂五尺男子汉，当过兵，是个硬种，怎么会不能生育？你是看我没塞"红包"吗？说吧，要多少，三千五千老子都给你。你不能这样简单给我做检查。你知道吗？不能生育意味着什么？我沈富贵是三辈单传的独根苗，到了我这辈断了沈家的香火，老天爷也不会降给我这种灾难。你是怎么断出老子不能生育的？科学，狗屁！我就是不信。

被人推出医院后，他痴呆地站在大街上，眼睛里看到的一切都在变幻，十几层的高楼在他的脚下了。宽阔的街道变得狭窄了。路上来往的行人都变成了张牙舞爪的魔鬼。天地间一片蒙蒙的混浊的灰色。一切都是那么陌生。完了，这下子是彻底完了！沈富贵啊沈富贵，你怎么摊了这条命？老天爷为什么偏偏和你过不去？断子绝孙，怎么有脸去九泉之下见沈家的列祖列宗？往后这几十年怎么度过？

幸亏交通警察及时地赶走了他，否则他已成为车下鬼了。

他把车开到郊外一家小酒馆停下。那天他喝了很多酒，酩酊大醉，他不知该怎么办。回家，哪里还有劲头走在小镇的大街上。见了媳妇怎么开得了口。年轻轻的女人能守着你这个不中用的男人熬那漫长的岁月吗？隐瞒是不能持久的，再过几年还不能生儿育女，一切就都昭然若揭了。老亲舍邻眼里，你会从很高很高的天上跌落到很深很深的水里面，最后连只公蛤蟆也不如。你银行里有存款，你家有小红楼、大汽车；你是首屈一指的富户；可是你没有儿女，就一分钱也不值。不怪别人看不起。人生生儿育女不是一大责任，而是头等责任。我沈富贵是共产党员，不是思想封建保守，生儿育女还是要做的。如今……

回来半个月，他连门也没出。跑车，挣钱，有什么意义呢？银行里几万块钱也够吃一辈子的了，何必再去辛辛苦苦，流血流汗！他颓丧极了，终日闷闷不乐，一个劲儿抽烟，嘴上烫起了一个小泡泡。也不知道谁给镇长说了，说他生了病。镇长带着秘书到家里去看望他。全镇最有影响的人物,领导当然关心。

得了什么病,难与人言。别说你是镇长,就是县长、省长来了,我也不会说实话。镇长,我这病来得快,也好得快。你看,我正要准备出车呢。您这样的领导真难得,关心一个普通老百姓的疾病。放心吧,我一定好好干,为咱们小镇争光。

镇长走了。沈富贵洗脸。对着穿衣镜一瞧两个瞳孔惊异地睁大了。这是我沈富贵吗?满脸络腮胡子,稀溜夹杂几根银丝。额头宽了。眼睛凹陷深了。两腮似刀削去了几层。唉,老了!其实满打满算才30岁。30岁的壮男人不应该是这副面容,不应该是这样憔悴。还没有当老子,就老了,真不忍心。谁在喊爸爸,是大街上传过来的声音,亲切而又动听的童音。那不是臭剃头匠二平吗?这小子神气活现的。你带着孩子在我门前窜什么?显你的家伙有本事?呸!

该去喝两盅了,十几天不出门,还不知小镇上又发生了什么新闻,特别是关于我的新闻。人们会不会知道我得这种病呢?不会的。既然不会,那沈富贵还是过去的沈富贵,应该打扮打扮,理直气壮地出门。

乖乖,今天怎么这么多人?想起来了,是小镇一年一度逢会的日子,那么多人带着孩子,敢情是来气老子的吧!闭着眼走,越看这些人,越有气,不是有气,真的有点儿自愧。

"刚才你看见了吗?那个江湖郎中说他有祖传秘方,专治不育症,还说能保生儿生女。我就不信他那套鬼话!"

"老弟,话可不能这样说。你没见他摊头挂着一面面锦旗吗?看样子真有几手呢。"

"屁!生男生女怎么能事先保证?"

沈富贵听着邻桌两个酒客的议论,酒气一下子全消散了。真有这样的神医吗?早就听人说过不育症可以治好,就没想起四处投医。踏破铁鞋无觅处,得来全不费工夫,老天爷总算睁开眼,不让我沈富贵断子绝孙,把神医送上门来了。对,问一下这个神医在什么地方。不,不慌张,要是让他们看出我求医心切，岂不露了我患不育症的馅。再说，那个未见过面的神医是不是个骗子？眼下骗子太多了。

"二叔，您老人家知道的东西太少了。不光生男生女能保证，现在外国还能造小孩了呢。"

"你这小子满口胡言，小孩是造出来的吗？要是能，还不都造童男子，少了许多麻烦。"

"哎呀，哪儿有焦味？"

全酒馆里的人都站了起来，扑打着身子，生怕火星是在自己身上燃着的。唯独沈富贵正在入神。直到邻桌那个年轻人拍了他的肩头，他才清醒过来。只知道听他们吹牛，烟掉在桌上，燃着了衣袖，三分之一的袖子都烧焦了。

"……"沈富贵想问那个神医开医的地点欲言又止。酒馆里的顾客中有小镇上的人。想了一阵，笑了，说，"你们二位刚才议论的这个神医，一定是个骗子！也许是你们瞎编的吧！"

"怎么呢？"年轻人有点儿不服气，说，"那个神医就在东头摆摊，围了不少人。不信你去看看。"

"我哪有那份闲心思。对了，我从来不信那些封建迷信。生男生女怎么样，就是没有孩子又怎样？"沈富贵说完，大摇大摆走出了酒馆。

那"神医"在街东头，你这双脚为什么往西走？不能让他们看见我是去求医的，不能！小镇上醒目的人物，共产党员，劳模，先进，去求一个江湖郎中，让别人知道了会怎样议论。我沈富贵从来是昂首挺胸的，现在不能垂头丧气。小镇巷子多，穿两条巷，拐个弯，神不知鬼不觉地走到"神医"的摊子前。围了这么多人，难道都是患不育症的？老的，少的，男的，女的；抱孩子的也来凑热闹。怎么过去，过去了怎么问？不行，千万千万不能过去。对门是二平的理发店，到那儿躲躲，等小摊前没人的时候再过去吧。反正该理发了。

五

　　朱二平是个精明的年轻人。人们对小镇上几个有头面的年轻人的评价是：沈富贵有钱，李小龙有拳（会武术），朱二平有思想。他小学毕业，文化基础差，但肯用功钻研，一边在理发店学手艺，一边自学中学课程。后来参加高校招考，竟以一分之差落榜。准备再考，母亲突然得病下肢瘫痪。苦难的母子俩的生活重担，全都落在他的肩上。他勇敢地挑了起来。实行责任制后，他办了个理发店，日子过得也算红火。

　　说朱二平有思想，因为他对任何事情都有自己独到的看法。镇子上有个年轻媳妇，丈夫在中越前线牺牲了。年轻媳妇守了孤独一年，想改嫁。镇上的领导、她的亲友、左邻右舍没有同意的。朱二平站出来支持这个女人改嫁。他说的道理大家都信服。小镇上的姑娘中，第一个烫发的，是他动员，并亲自给做的。他的手艺好，不论老人孩子，男人女人都喜欢到这个店里来理发。他不是个见钱眼开的人，理发精工细做，收费十分合理。日子久了，小店越来越红火，他和小镇上老亲舍邻的感情也越来越近。有的老人，因家庭闹意气，到这儿理发的一阵子，他就能把老人劝慰得心情舒朗，高高兴兴地回家。有的年轻人，讨了媳妇，带媳妇来店里做发型，实则是让他给参谋参谋。在小镇上人的心目中，他的形象比有钱的沈富贵和会拳的李小龙高大。

　　沈富贵一进门，开口就说："半个月没理发，跑了一次长途，那个熊地方，简直就不是共产党领导的，又脏又破，连洗澡理发的地方也没有。"

　　朱二平笑了笑，招呼沈富贵坐下。一排沙发上坐满了人，正合沈富贵的心事。沈富贵在最外边找个地方落座。顺理成章，来得晚自然排在后边，且能看得清对面那个"神医"的小摊。小摊前围得人山人海，看不清"神医"的模样。他心里不安宁，竭力镇静，悠闲自得地抽烟，烟落在身上不知弹掉。最不听话的是两只眼睛，老是想朝那儿看。朱二平递过来一本画报，他漫不经心地翻了几页。瞧这个胖小子多神气，要是我沈富贵的儿子，我一定把他武装得更威风。你这小丫头神气活现什么？小丫头也挺喜欢人的，像只小蝴蝶。养个小女儿也不错，每天打扮得像朵花。我沈富贵难道真的没有这份福了吗？"神医"，你要真是个神医，我沈富贵一定好好酬谢您！一辈子报答您的大恩大德。您要能让我生个儿子，我给您两万元的酬金，够您享用一辈子。您要是高龄老人，我沈富贵一定把您当作父亲，尽孝尽忠，让您享天伦之乐。您要能让我生个女儿，我也不会亏待了您。我现在看得明白，男孩女孩都无所谓了。当然还是男孩子好。

"富贵哥，您是大忙人，先理吧！"朱二平招呼沈富贵。沈富贵的心思在门外那个"神医"的摊子上，没有听到。朱二平接连喊了他三遍。他才转过头来，装作若无其事的样子说："那边围了很多人，看什么的？"

"是个江湖郎中，专治不孕症的，还能保证生男生女呢！"

"扯淡！"沈富贵让他前边的人先理，义正词严地说，"他真能治好不孕症，我看是骗人的。生男生女也能保证，更是欺人之谈。咱这小镇上的人就是好奇，你看围了多少人。"

"眼下患不育症的人不多，想生男孩子的大有人在，谁不想讨个医，保准生个男孩子。富贵哥，你老是晚育，也该生育了，去看看，让他保准给你生个男孩子。"

沈富贵的脸红到了脖子根，愤愤地说："我才不信江湖上那一套骗人的鬼话呢。再说，我要是生孩子，根本不计较男孩女孩。男女都一样嘛！"好你个朱二平，硬是说些让我心疼的话。等着吧，老子以后真的治了病，生了个儿子，看看谁的孩子有出息吧！

围观"神医"的人越来越多，看样子等到日落也散不尽。他是怎么治的病，十有八成是卖的药。再等一会儿，他把药卖完了，我再过去不是一场空了吗？不行，得过去了。

刚欲起身，又坐下了。过去可以，但得找个能说得过去的理由。满店理发的都是熟人，知道我沈富贵是个思想进步的人，去看江湖郎中卖狗皮膏药，轻则说我闲着无聊，说重了还不知会怎么骂我。特别是朱二平这小子，鬼点子多，猜测我也是去求医的，说给大伙，大伙再在小镇上传开，我……对了，你刚才不是骂了那江湖郎中是骗人的吗？何不用去教训他的理由，既堂而皇之，还可以及时得到药。

于是，沈富贵理直气壮地站起来，打趣地说："这个江湖骗子一定是个高手，不然怎么会骗那么多人。他一定赚了大钱。看看去！"

挤进人群里，转回头仔细朝理发店里看了一眼，没有人注意他，这才松了口气。刚才一阵紧张，闹了个满脸是汗。

江湖郎中 50 开外的年纪，身体强壮，满面红光，看上去相貌非凡，像个身怀绝技的人。沈富贵又松了口气。看样子这人不是骗子。再看江湖郎中身后，在两棵小树上拴了根铁丝，上边挂了十几面锦旗，其中一面锦旗上写着"神医送子来，恩德深似海"，下边还落了姓名住址。沈富贵的心更踏实了。他迫不及待地挤到江湖郎中面前，张了张嘴唇，突然又赶忙闭上了。他看见"神医"身后站着两个小镇上的熟人。你们有儿有女，跑到这儿来凑什么热闹？又把老子的好事给冲淡了。再四下扫视一眼，乖乖，十几张熟悉的面孔，他又紧张不安了。刚才咋没想到会在这儿遇见熟人呢？他们是来看热闹的，我呢？他们有的有儿有女，有的尚未讨媳妇，与我结了两次婚，婚龄七八年没有生育不一样。再说，就是论我的身份，论我在小镇上的地位，也不该来看这个热闹。可是既然来了，就得找个理由退出去。

"我说是看玩猴的呢，原来……"说完，摇了摇头，转身挤出了人群。

回到理发店坐下，心神更加不安了。我既然进去了，就不该再出来。现在再进去还有什么借口呢？真是聪明一世，糊涂一时，刚才已挤进去，明明可以找到立住脚的理由。唉，难道我沈富贵真的没有这个缘分了吗？

"富贵哥，你进去看一眼，有何感想？"朱二平早已看出沈富贵的心事，只是不愿当着大伙的面戳穿，故意问了沈富贵一句。

沈富贵不屑一顾地说："我不相信他那一套鬼话！想骗那些没有头脑没有文化的大老粗罢了。"唉，话是这么说，心不是这么想。我沈富贵不能让你个臭剃头匠瞧不起。哼，等着瞧吧！让人家等着瞧，就得抓紧治好这个病。错过这次投医的机会，还不知什么时候能找到下个店。不行，还是得过去求服药。怎么开口呢？说是给一个朋友求药，鬼才相信呢！反正，反正不能说是我沈富贵自己要的。回家叫媳妇来要，更不行。一来我没有把真相告诉她，怕她知道了万一和我分了心；二来就是她知道了，也不会当着这么多人的面来求医。女人的脸皮比男人还要薄。唉，世上任何一件事，做起来怎都这么难呢！我沈富贵这辈子也没遇到过这样难做的事。

"富贵哥，我看你的样子，一定有急事。你先理吧。理完发回家，想做什么事再想办法。"朱二平看出沈富贵想求医，又碍于面子，心情十分矛盾、痛苦，实在憋不住了，就旁敲侧击地说了一句。

沈富贵开始没弄明白朱二平的意思，忙连连摆手说："不了，不了，还是先来后到。大伙都有事，我也没什么大事。"

朱二平无可奈何，只好又招呼前边的一个顾客落座。他心里既为沈富贵着急，又为沈富贵的虚伪不平。你堂堂正正的男子汉，何苦这样折磨自己呢？明明知道要做些什么，却又不敢去做，太不尊重自己了。

沈富贵见朱二平嘴角浮起一丝嘲讽的笑，心中大为不满。你朱二平有什么了不起？你敢说出老子不能生育吗？谅你不敢。你小子不是假惺惺一再招呼我吗？这不说明你也尊重我。我坐在这儿，任何人也看不出我的心思。但是这样坐下去也不是办法。对了，回家！回家吃饱喝足，等着"神医"散集时离去，悄悄地跟着他。神不知鬼不觉，还能办成事。如果他的药卖完了，我跟他回家去取。反正老子有汽车，跑起来百八十里地要不了多长时间。沈富贵想到此，豁然开朗，忽地站起来就朝外走。朱二平喊了他几声，他也没听见。走出几步，突然又想起该给朱二平和熟人有个交代，隔着窗户对朱二平说："我忽然想起今天家里有朋友来，看，还没打酒买菜，也不知朋友来了没。我先走了，抽空再来理……"

六

柳儿忙了一下午，做了十几个菜。这些菜她从来没做过。在家里都是母亲做饭，虽然她也帮着做，但那些都是简单的饭菜。嫁到小镇上以后，丈夫家虽然有钱，但请客都是在饭店包桌，从未到家来过。所以，丈夫说今晚有客人，花了几十块钱买了菜来。她不知哪样菜该怎么做。同时，她也感到奇怪丈夫今晚请的客人是谁？为什么不到饭店包桌呢？

丈夫上个月又"大病"了一场，在家睡了十几天。要去请医生，丈夫不允。也不知什么病。只是夜里听见他骂了一个"神医"是骗子。"神医"是谁，怎么骗的丈夫？她没有去问。她只是暗暗着急，上回他就"病"了一场，后来不知丈夫从哪儿弄来的中药，有二十服，每天煎一服，整整二十天才服完。丈夫亲自煎药，喝药时神情专注认真。在那二十天里，丈夫表现得喜愁无常。高兴时，又唱又念，还打几套在部队学的捕俘拳给她看；愁闷时，站在窗前或躺在床上发呆。她看得出丈夫愁闷中带有忧虑和不安。那一段时间里，丈夫的性欲也表现得空前高涨，不管她是否乐意。他简直有点儿疯狂了。她甚至怀疑丈夫生理上发生了病变，暗暗痛苦不迭。丈夫不止一次得意忘形地给她说："我们快有孩子了！"真叫人莫名其妙。有孩子应该是女人先知道，你怎么能这样胸有成竹呢？她也曾想过丈夫吃的是治不育症的药，但只是想想而已，因为丈夫过去曾再三说过要晚育，她何尝不希望早有个孩子呢？所以，她也跟着得意忘形的丈夫高兴。

丈夫服完药以后的日子里特别是夜晚的情绪变化，更让她难以捉摸。他不愿关灯睡觉，还让她脱光衣服，连内裤也不穿。他用被方向盘磨得光滑的手，在她的肚子上抚弄，有时还停下很长一阵子，好像要知道她肚子里装了些什么东西。

"你觉得肚子里有什么异常吗？"

她摇了摇头。

"比如、比如是否觉得里边有什么东西在活动？"

她又摇了摇头。

丈夫脸上的笑容消失了，眼睛里流露出几分不满，几分不安，沉重地翻过身，把脊梁丢给她。

夜里，她仿佛觉到肚子上有什么东西爬行，用手想推开，却触摸到丈夫的手。睁开眼一看，丈夫坐在床上，两眼呆呆地望着手抚弄的那片洁白。

说不明白是骗人的。她从丈夫的言行里，看出了丈夫的心思。他是想要孩子了，而且心情十分迫切。他为什么吃了二十服中药，她也隐隐明白了。可是，她怀疑丈夫吃的药来历不明，不一定中用。但她没有点破，可是，一个月过去了，两个月过去了，丈夫的态度变化更大了。

那天下午她来了例假。丈夫晚上睡觉知道了，突然瞪大了眼睛，恶狠狠地望了她一阵。接着就拼命抽烟，一支接一支，呛得她喘息都十分费力。那一夜，丈夫翻来覆去睡不着，叹息一声接一声。好像有话要说，然而终于没有开口。

唉，何苦这样折磨自己呢？人活着固然要生儿育女，传宗接代，但这并不是生活的全部内容。既然是患了讨厌的病，又不能医治好，狠狠心把这苦果吞下去就是了。没有儿女，生活多了一片空白，但并不意味着生活失去了意义。是的，在咱们这个地方，没有儿女的人被人瞧不起。咱又何苦非让别人瞧得起。再说，咱们可以收养一个孩子，把他抚养长大，等咱百年以后，逢年过节有人到坟前添把土。如果他有了出息，也不会忘了咱们的恩。只因为不能生养儿女，就这样每天每夜苦苦折磨自己，弄得夫妻生活阴影浓重，对一切都失去信心，又有什么意义呢？人来到世上，绝不单是做生儿育女工具的……这些话，她不知想了多少回，几次想对丈夫说，话到嘴边又咽了回去。

丈夫曾经离过婚。他对她说过离婚的理由，是因为那个女人生活作风不检点。她开始相信丈夫的话。后来，她从一些亲邻的谈吐中，慢慢明白了一些真相，是因为那个女人不能生育。她对丈夫因此而离婚不满。那个女人不仅是你的媳妇，还是一个人。你把她作为生儿育女的工具，不能满足你生儿育女的需求，你就像抛掉一支烟头似的把人扔了。你心目中还有一点儿人的位置吗？她也同时感到惶恐，万一我也不能为他生儿育女，下场也就可想而知了。和这种男人一起生活，心灵的负荷多么沉重啊！

又是两个月过去了，她还是没有怀孕。丈夫的情绪坏透了。阴云密布的脸上终日见不到一丝笑容，动不动就发脾气，摔碗撂盘子。但是，他却没有像以前那样对她挥拳头，看得出他是自己同自己怄气，内心有一种自卑、内疚感。而她的忧患预感更加强烈。丈夫一定是得的不育症！他是三辈单传的独根，求子的心情可以理解。现在，他的努力全都成了泡影，内心深处怎能不痛苦呢？她不知该怎样劝慰丈夫，心里有些话，但难以启口。夫妻之间的感情淡薄了，交流少了，有些话自然不愿说。她不知自己应该怎么办，丈夫患了不育症，意味着她今生做母亲的愿望破灭了。她的身边不会有儿女欢乐的笑声，也不会有感情的富足了。离婚吗？万万不行。别说因为这一点离婚的理由不充足，就是在父母兄长面前也讲不通。你是一个女人，既然嫁了丈夫，就得铁心一辈子。背叛丈夫是大逆不道的。在众人眼里，离了婚的女人地位是卑贱的，漫长的生活岁月中艰难和困苦，不平和不幸的沉重会压得你喘不过气来。不离婚，就这样生活下去吗？本来感情就不富有，她曾想过等有了儿女，感情也许就会好起来。而今后漫长的生活岁月中，荒凉和冷寂，贫穷和空白，也会折磨得感情辛酸。唉，人生难，女人的人生更难。

柳儿曾回过一次娘家，见到早她一年出嫁现在已经是两个孩子妈妈的姐姐。她把自己内心深处的苦痛向姐姐讲了。姐姐听后，沉默了好长时间，一句明确的回答也没有。柳儿明白了，姐姐不回答的原因是：就是姐姐在这个位置上，也是无法做出选择的。

一切只有听天由命了。

柳儿做好菜，丈夫回来了。不知什么原因，他今天兴高采烈，见了柳儿亲亲热热的，脸上的愁云全都消散了。柳儿奇怪，却不好问。夫妻之间缺乏感情，但有一种和睦也是应该的，于是，她也跟着有了欢愉。

"今晚来的客人你认识！"

柳儿不知丈夫所指。嫁到小镇上两年多了，因为丈夫管得严，她很少出入大街小巷，街坊邻居很多人仅仅是面熟，没有任何交流。她认识的人太少了，特别是男人。

沈富贵看出妻子的疑窦，开门见山地说："我今儿个请的是理发店的朱二平。"

柳儿认识二平。他是她大哥的同学，曾经去过她娘家几趟。她对朱二平的印象很好。他不仅相貌出众，且知识渊博。虽然没有深谈过，但从哥哥的赞誉中，从小镇上人们的评论中，她知道朱二平很多很多事情，也很佩服他的才华和为人。丈夫与朱二平从来没有过交往，有几回，她提出到朱二平家串门儿，丈夫都粗暴地制止了。丈夫对朱二平有些不满，而这种不满是出于一种嫉妒，因为他在小镇人心目中的形象远不如朱二平的高大。朱二平的优点，是他拥有的所有金钱物质也换不到的。丈夫请朱二平做客，太令人莫名其妙了。她费尽心思猜测着丈夫请朱二平的动机，怎么也找不到答案。

朱二平如约而来。他和柳儿一照面，两人都愣怔住了。目光对视了一阵，脸上都泛起了亲热的微笑。

"二平哥，你是稀客，今天哪阵风把您吹来的？"柳儿用玩笑的口吻说。

"您这是大庙，俺进不来。"朱二平笑了。

沈富贵的脸上却露出一丝不满。你朱二平说些啥？大庙小庙的，不是在骂人吗？我这是庙，言下之意我就是和尚了……

柳儿忙着给朱二平泡茶，把茶摆好。她想到卧室里去。男人们喝酒，女人并不能偎桌的。丈夫喊住了她，一本正经地说："柳儿，二平不是外人，咱们一起坐。你也陪二平喝两盅！"

柳儿不好意思地笑了笑。

"你就坐那边吧！"沈富贵指着朱二平邻近的一张折椅说，"一辈子同学三辈子亲。二平和你哥是同学，理应和咱是亲。以前我不知，昨天听你说才知，使我后悔不迭早不请二平来吃饭。"

丈夫在说假话。柳儿心里最清楚。她哥带她来相亲的时候，就是在二平家吃的饭。你沈富贵当时也作陪了。眼下说这话骗人，还谈什么亲不亲的。相处两年多了，我还不知道你的德行吗？用着谁，甜言蜜语，亲亲热热，甚至当老子敬待；用不着谁，丢在一边，冷落不说，有机会还踩人家。我说过几次到二平哥家玩玩，你都不让，骂人家不是好东西。不是好人，你何必花钱请人家的客？保准又打二平哥什么坏主意了。

两杯酒下肚，柳儿的脸上飞起了两片红霞，本来就俊秀的脸庞更加妩媚了。朱二平的目光不住地停留在她脸上，柳儿也隐约感觉到了，像夏日午后的太阳，热烈而火辣。她羞怯地低下了头。对于她的美称，她也略有所闻。什么"绝镇佳人""小镇第一夫人"，她听后心里曾经产生过许多联想。小镇上的人们只看到她长得美，嫁给了一个大富翁，不知道她内心深处的隐秘。她甚至想过用"绝镇佳人"的美名，在小镇上干一番事业，就是当镇长也愿意试试。只是丈夫管得太严，她无法把自己心中更美的东西发挥出来。

"我这个人思想虽不多解放，但也不保守。"沈富贵说，"比如对柳儿，我就不像其他男人对媳妇管得那么严。她可以自由出入，大量读书，我还想在小镇上办个公司，让她出来做经理……"

"富贵哥，你说到能做到吗？"朱二平打断沈富贵的话问。

"你这是什么话？"沈富贵既有几分不满，又有几分惊讶，神气地说，"你又不是不了解我这个人，从来不说假话。真的，柳儿有知识，有能力，让她办个公司，当个经理还是响当当的。只是，只是还没有找到合适的业务。"

"合适的业务有的是，关键在于你让不让柳儿干。"朱二平说话直来直去，"咱这儿有山，石料又好，搞个采石公司不就很好吗？"

"采石公司，不行不行？"沈富贵又是摇头又是摆手，"柳儿怎能经营这种公司呢？"

柳儿坐在一旁，想笑，笑不得；想说，张不开口。

朱二平沉吟了片刻，说："眼下有项事业可以办。小镇上还没一家幼儿园，如果用你这楼下几间房子，办起来，一定很受欢迎。凭柳儿也一定会办得红火。"

柳儿心一动，刚要开口，见丈夫脸色略带阴沉，又把话咽了回去。二平的话又刺痛了你。幼儿园，就是孩子们的天地。一接触到孩子，你心中的隐痛必然发作。其实人家又不是故意揭你的疮疤。到底还是二平有见地，想得也周到、合理。这么多间房子，空闲着不如利用起来，办个幼儿园，终日听见孩子的笑声，心里也安慰、踏实。生活也有意义了。

沈富贵呷了一口酒，叹息一声说："别人的孩子再好也是别人的，咱见了瞎眼热。"

柳儿的脸上掠过一丝淡淡的忧愁。

朱二平假装不解地笑了笑。

沈富贵觉得失言，马上改口说："俗话说，孩子都是自己的好！我这些房子是将来留给孩子的。要办个什么班，不出一年房子就糟蹋得不像样了。"

酒桌上的气氛趋向阴凉。

朱二平沉吟了片刻，笑着说："富贵哥，你是咱小镇上的富户，头面人物，有件事想征求你的意见。"

沈富贵望了柳儿一眼，有点儿扬扬得意，意思说，你瞧见我沈富贵的名望地位了吧？一高兴，喝酒也来了劲，接连和朱二平干了三杯酒，两人的脸都泛起了红潮。沈富贵本来就不能喝多量的酒，三杯酒下肚，舌头不当家了，说出的话也没有把门的了。他只看见朱二平和柳儿的脸上一会儿阴云密布，一会儿晴空朗朗；一会儿惊愕，一会儿不解，至于自己说了些什么话，甚至全无记忆了。大概柳儿坐不住，起身走了。

沈富贵说："二平弟，大哥想求你帮个忙……你能让我生个儿子……你说什么条件，我都答应……"柳儿听见丈夫语无伦次的话，心里引起了强烈的震撼。什么东西！喝醉了酒胡言乱语，亏你说得出口。哪有请别人帮忙生孩子的？什么"我的地好，可是我没有种子……"这话是什么意思，缺德！要不是看着朱二平的面子，我非扇你几个耳光不行。天下也找不到你这种男人！你不要脸皮，干吗还要污辱我！我是你的媳妇，是一个人，不是专供你生孩子的工具。就算是工具，也是你沈富贵的，你把我转借给别人，不是欺负我污辱我吗？沈富贵呀沈富贵，你怎么想起来这个主意。你把俺柳儿当成什么东西了？

柳儿想着，泪水如泉涌。她心中一阵阵隐痛，一阵阵酸楚，一阵阵惶恐。她离开了酒桌。离婚，真的要离婚，我不能让你这样低廉地出卖我，这样无情无义地践踏我。可是，用这样的理由离婚，岂不终生让人嘲笑。唉，我柳儿一时糊涂，听了父母兄长的话，嫁给了这个无情无义的男人！现在该怎么办呢？他找二平哥来喝酒，谈这种事，是什么目的？难道他是想……不，二平哥会答应吗？沈富贵你倒有心计，借种也想借好种。二平哥有文化，有教养，有思想，有能力，又是相貌堂堂。他的宝贝儿子长得漂亮，聪明活泼。可是、可是这能是玩笑的话吗？做这种事情，对二平哥也是一种污辱。假如二平哥真的答应了，又该怎么办？不，不，二平哥不会答应的。他不是那种人。但是，但是……记起来了，二平哥早就对我有意，还是他刚开始讨媳妇的时候，曾向我家提过亲，要讨我做媳妇。我哥哥是答应的，他了解二平哥。可是，父母嫌二平哥家穷，不能帮大忙，拒绝了这门亲事。我是后来听姐姐无意中说出这件事的，也没往心里放。嫁到小镇上来以后，二平哥见过我几次，每回见面都亲热得不得了，隐隐看得出他对我嫁给沈富贵有点儿不满。听说他和媳妇不和睦，经常闹矛盾，究竟为什么也不知道。在我心目中，二平一直是一位值得尊敬的兄长。我也曾经想过，如果当初嫁给二平，日子一定会过得美满，心灵也一定会富足的。但那只是短暂的一瞬，且还伴着内疚。万万没想到，丈夫要做这种缺德事，而且选中了二平哥。要是二平哥答应了，我怎么办？

柳儿的心情矛盾，痛苦，正坐在屋里流泪，二平走了进来。柳儿一愣，猛地站起来，眼中喷出愤怒。二平哥，我一直尊重你，把你作为兄长对待的，没想到你是这种人格低下的人，沈富贵几盅酒把你砸昏了头，你竟然真的答应了他。你来干什么，你难道不知道那样做，对你对我都是一种污辱吗？假若你敢走近我，我绝不会客气的。

朱二平确实有几分醉意了。他也万万没有想到沈富贵会向他提出这样的要求，而且当着柳儿的面。沈富贵呀沈富贵，你疯了！你醉了！你混蛋！柳儿是你的媳妇，你这样做对得起谁？对你媳妇是一种污辱，对我也是瞧不起。你把你媳妇和我都当成了你要传宗接代的工具。要不是在你家里，我非得狠狠揍你一顿不可！你可以小瞧我，不该小瞧你老婆。她是个好女人，嫁给你已经委屈了她。你再不把她当作人待……柳儿在哭吧？是的，她确实够难过的了。我该去劝劝她。

朱二平从柳儿敌视的目光中，看出柳儿在怀疑他，于是停住脚步。唉，刚才光知生气，没想该怎样劝慰她，我突然闯进来，柳儿还不知怎样怀疑我呢？柳儿生气时也讨人喜爱，目光虽然因愤怒而强烈，如火，火也暖人。白嫩的脸透出红晕，如荷花出水，两颗晶莹的泪珠恰似在荷花上闪烁。一股难以遏制的冲动使朱二平浑身颤抖。不，不能，我不能对不起柳儿……他转过身就要走。

"二平哥！"柳儿喊，声音有点儿颤。

二平站住了，但没有回过头来。

柳儿欲言又止。二平哥，刚才他说的那些你全听见了。你告诉我，我该怎么办？当初，我就不该嫁给他，如果是嫁给了你，我相信绝不会受这么多的苦难。你是个真正的男子汉，真正的人！我，我……

沉默，空气仿佛凝固了。

"二平哥！"柳儿向前走了两步又站住了，只感觉浑身血液沸腾，她强压住一种热潮。"二平哥，你喝水吗？"柳儿不自然地说。心中的恐慌却是掩饰不住的，倒茶，烫了手，茶杯掉在地上摔碎了。

朱二平竭力保持镇静，说："柳儿，我想来问你，你哥他们都好吧？"半天，想出了这么一句话，自己也明知是故意掩饰什么。

"好，好！"柳儿回答。她真想看看二平的眼睛。眼睛是心灵的窗户，从那里，她可以看到点她想知道的东西。突然，她发现窗外的屋檐下有人影晃动，她明白了，愤愤地走了过去……

沈富贵到天快黎明时才醒过来，屋子里弥漫着尚存余味的酒气。又醉了一场。每天都要醉一场。还是醉了好。醉了也就糊涂了。糊涂人比聪明人还聪明。

七

柳儿昨天上城了，朱二平的理发店昨天也关门休息。谁也不会把他们两个联想在一起。只有沈富贵心里最明白。这是他亲自导演的一场戏。自从朱二平在他家喝了酒以后，这场戏就按照他的导演开始了。第一幕是在三天后，他买了两张电影票，排号在一起，一张交给朱二平，一张交给柳儿。他心里想，如果他俩在电影院里见了面，心里都不高兴，或者有一方不高兴，就会走出来，最起码有一个走出来，他在电影院门前等候着。他的心里是痛苦的，焦急的，一会儿希望柳儿或朱二平走出来一个；还有一阵，他甚至想进去把柳儿喊出来。自己欺负自己，把老婆让给别人……不行，我沈富贵不能这么蠢。不要儿女，也不能把老婆让给人家。俗话说，一个老婆半个家。老婆让人家占有了，半个家就毁了。万一传出去，我沈富贵的脸往哪儿搁？死了也让人唾骂，嘲弄。我真是一时糊涂，做了件混蛋事。好在媳妇和朱二平还没发展到那一步，否则真的抱憾终身了。沈富贵想着，大步跨进了电影院里。

眼前一片昏黑，到哪儿去找他俩呢？太笨蛋了！刚才怎么忘了把排号记住。喊吧，绝对不行。让人知道沈富贵到电影院里找老婆，还不知会怎么议论呢。算了，让他们看一场电影吧，反正电影院里不能干什么事。就在门口等他们，只要柳儿一出电影院，就把她带回家，以后不准朱二平再入我家门，不准柳儿再出门，就什么事情都不会发生了。

沈富贵在电影院门前的台阶上席地而坐，点燃了一支烟，默默地抽着，继续想他的心事。假如媳妇和朱二平好了……不，不会的。媳妇不是那种人。朱二平也难是那种人。唉，我怎么不假思索，就做出蠢事呢？没思索是不对的，明明想了很多天。没有儿女，我沈富贵岂不是在人世上白活一场？等到白发苍苍的时候，膝下无儿无女，屋里冷冷清清，那时候又怎么熬过晚年？再说我沈富贵是堂堂五尺男子汉，要钱有钱，要力有力，在小镇上算是个头面人物，没有儿女，怎么向老亲舍邻交代？怎么对得起沈家的列祖列宗。人再有本事，再有钱财，没有儿女人人都瞧不起。媳妇是半个家，儿女是整个家。没有儿女是终身最大的遗憾。无论如何，也要生养个儿女。我这病是治不好了。地再好，没有种子，就不能萌芽，结果摊了个俊媳妇，不能让她生儿育女，真让人痛苦。怎么才能生个儿女呢？只有"放羊"。"放羊"就是借种，就是把老婆让给别的男人睡，这怎么成呢？且不说老婆是否同意，我沈富贵也不愿给自己头上戴顶绿帽子，背上加黑锅。可是，不这样做就不能生儿育女，不这样做就不能传宗接代。媳妇就是生儿育女的。既然我不能生育，让别人在我这块地上耕种，又有何妨？只要能给我生个儿子，续上沈家的香火，就是媳妇失身也值得。可是，找谁借种呢？当然要找一个有文化，有教养，又有相貌的。好种出好苗。再说，媳妇也能看得上。小镇上排来排去，就数朱二平最合适。媳妇认识他，又对他有好感。再说朱二平是全镇上数一数二的美男子，而且有较高的文化，一肚子墨水。想了很多天，终于做出了抉择。本想先给媳妇谈谈，又怕带来麻烦。万一她不同意，大吵大闹不说，弄不好要让计划落空。找朱二平谈，更不行。万一他不答应，还会认为是污辱他，我沈富贵在他眼里就一分钱也不值了。对了，他们俩过去就认识，又都有好感。朱二平几次在他面前说，谁能讨柳儿做媳妇，是一辈子的幸福。柳儿也提到过朱二平几回，夸他这也好那也行。如何创造个机会让他俩接触，慢慢都有了这个意思，就会水到渠成。到时候，只要柳儿怀了孕，就把朱二平对柳儿的恋情割断，不准他俩再往来。你朱二平霸占良家妇女，告到法院，非判你几年徒刑不可。这样，朱二平一辈子也不会往外说。柳儿自己也不会往外说。谁也不会怀疑儿子不是我的。想是这样想的，谁知道那晚喝了几盅酒，嘴上没有个站岗的，把心思都当着他俩吐露了出来。夜里，柳儿哭了整整一夜，要不是我再三哀求原谅，她说不定会把事情闹大。终于也没有闹大，柳儿也难以把这种话说出口的。此后几天，谁也没再提这件事。

可是，柳儿进城以后，他渐渐地发现柳儿有点儿变了，常常站在窗前，向对面的理发店张望。看起来她对朱二平真有点儿那个意思了。这该怎么办呢？她如果真的能勾来朱二平，生个儿子，倒合了我的心愿。算了，一不做，二不休，就给你们个机会吧。

这狗男狗女真的坐在一起看电影了。把我丢开了，冷落了。我怎么能忍受这种欺负呢？不行，我不能容忍！不容忍又怎么办？只要能为我生个儿子；只要他们以后不再勾搭；只要……哪来这么多只要。只要生个儿子就够了。至于媳妇……唉！

沈富贵站起来，拍了拍屁股上的土，怏怏地离开了电影院。回到家，倒头就睡。怎么也睡不着，脑子里闪过一幕幕电影镜头：朱二平和柳儿手拉手走出电影院。朱二平和柳儿走到小河边。朱二平和柳儿紧紧拥抱、疯狂地接吻。朱二平和柳儿……老想这些干吗？让他们俩折腾去吧。反正你朱二平再有本事也不能把我媳妇夺走。哼，你不要高兴得太早，等我媳妇身上怀了孩子，我不会轻饶你。

柳儿回来很晚。一进家，疲惫不堪地倒在床上，连衣服也懒得脱。呸，熊女人摆什么臭架子，要在以往，我非狠狠揍你一顿不可！散了电影还不回来，又跟朱二平去哪儿了？不要脸！这都是他心里的愤懑，脸上却笑容满面，关心地问长问短，只字不提她和朱二平的事。他想柳儿先告诉他。

柳儿一直到发出鼾声前，也没告诉他一句话。

那一夜，他的心都要碎了。半夜里爬起来，自斟自饮，喝了足足八两酒。还是醉了好。人一醉，什么就都忘记了。他真想一直醉下去，等到媳妇生了孩子再醒来。

此后，柳儿每晚都要出去一会儿。他当然不问她的行踪。昨天，她上城去，他心里明白是和朱二平一起去的。晚上未归，他不免着急了。这一对狗男女要在城里过夜吗？拿着老子给的钱寻欢作乐，天下哪有这样便宜的事。不行，我的媳妇应该陪我过夜，躺在别的男人怀抱里一夜，老子怎么受得了。开车找他们去，一定把他们找回来。

车发动了，又熄了火。他无力地趴在方向盘上，心里一阵酸痛。既然决定这样做，不让他们一起过夜怎么能怀孕生孩子呢？唉！既想要儿子，就不能要媳妇的贞洁。瞎子放驴随它去吧……好歹这一夜就怀了孕吧，老天爷，求你保佑了！

八

柳儿一觉醒来，睁开眼四下看了看，房间里只有她一人。看了看手表，时针已指向午夜十二点。她惘然了。他一定是另外包了房间住了，不愿和我同居。他是八点钟离开这儿的，说是到外边转一转，找个同学，可一去不见归来。二平哥呀二平哥，我终于认识了你！没想到你的人格这么高尚。天底下恐怕再也找不到你这样的第二个男人。他的容貌神态，他的举止谈吐，他的彬彬有礼……立刻浮现在柳儿的面前，她感到惊奇，感到惶恐。难道真的喜欢上了二平哥？是的，是的！不仅仅是喜欢，而且是一种感情的产生。

二平哥与丈夫不同。柳儿早听人说，二平喜欢写小说，小学时的理想就是将来当一个作家。她读过二平在省刊上发的小说，文中的人物活生生的，血肉丰满，就像神气活现地出现在你面前。她极敬佩二平的才气。他是她文学上的启蒙老师。由于丈夫管束得严，她很少有机会和他交往。可是，他在她心目中是高大的。也有好几回，她都想去找朱二平，到了他家门前又转回了身。唉，这算什么，女人的自卑感往往最强烈，也最能遏制自己。

　　二平在酒桌上听了沈富贵的一席话，没有恼怒，柳儿感到二平和沈富贵事前就有约定。她对二平有点儿瞧不起了。所以，二平跟着进屋后，她是持一种敌对的目光望着他的。事实却与她的猜测相反，二平没有对她不轨的意思。她内疚，惭愧。这种内疚、惭愧的感情，渐渐地竟被另一种感情代替了。这是一种莫名其妙的感情，来得太匆忙了，有时连自己也难以预测，难以掌握。是爱情吗？一个已经有了丈夫的女人，对另外的男人产生爱情，在这块土地上，在女人身上，是最大的罪恶。万一这种感情一爆发，后果不堪设想。她竭力控制着自己，不去想二平。但是，越是强烈压抑着，越是压抑不住。她感到激动，感到惶恐……

　　夜深时分，她才朦胧入梦。梦中，见到自己和二平赤身裸体躺在一片开阔的土地上。蓝天是被，皎洁的月光洒在她雪白的肉体上，如同镀了一层金。二平热烈地拥抱着她……她感到幸福，感到甜蜜，激动不已地呼唤着二平。

　　第二天早晨，丈夫说要进城，丢下她一个人走了。她没心思做饭，躺在床上看书。一个字也看不进去。二平的容貌神态不断地在脑海中闪过。她起身走到窗前，向街对面的理发店望去。她的心已被那宽敞的门面吸引过去了。

　　二平出来倒水，向这边望了一眼。她的心跳加速了，周身的血液沸腾、翻滚……她甚至想一下子扑到他的怀抱里，向他倾诉一个女人的苦恼、愁闷、挚爱。

　　时值深秋，天气已凉了。她只穿件线衣，心里和身上都觉得闷热。对着穿衣镜，她打量着自己。白白净净的瓜子脸，楚楚动人的眼睛，线条秀美的身材，纯粹一个美丽的女人。然而这个女人的美丽，在丈夫的心目中价值低廉。人是靠感情生活的，没了感情，就好像没有了火，没了热，没了温暖，没了光明。

她下了楼，蹒跚地走在大街上。

理发店近了，可以听见里边的谈笑声了。但她却止住了步，转回身子，三步并作两步，急匆匆地赶回家。唉，人就是奇怪，有时做事情连自己也莫名其妙。出去转一遭有什么意思呢？想做的事又不能做，累了两条腿不说，还加重了心灵的负荷。早知如此，不如在家看看书。看书也不行，一个字也看不进去。干点家务吧，洗洗衣服，做做饭，也许会好一点儿。

洗着衣服，心仍然不能安宁下来。我柳儿的命太苦了。生在贫苦人家，长在贫苦山村。长大了，又嫁给感情贫乏的男人。家贫村贫都好过，就是感情贫苦不能忍。一生还很漫长，就这样过下去吗？不，我是一个人，一个有生活权利的女人。

衣服放在盆里，水涨高了，也不知道，心难过，泪水不由得落进盆里。女人的软弱，流泪是一个象征。我柳儿也是软弱的。要不软弱，当初为什么答应嫁给沈富贵，听任父母兄长之命？要不软弱，为什么还和沈富贵继续生活下去？要不软弱，为什么不敢向自己所爱的人倾吐肺腑？软弱病人人都有。二平不也是这样吗？他明明不喜欢自己的媳妇，还要和她一起生活。是的，这种软弱病太难治了。

一盆衣服，洗了半天，泪也流了大半天。

中午过后，丈夫回来了。他很高兴，看样子在外边得了喜讯。好景不长，没过一支烟的功夫，脸上又晴转多云，阴沉沉的了。不说话。过去就很少说话，夫妻之间一天有时候谈不上一句完整的话。他抽他的烟。她织她的毛衣。

"柳儿，今晚镇电影院放什么爱情片，去看吧？"

"嗯。"

"我去买两张票。"

丈夫走了。开天辟地，结婚以来还是第一次邀她看电影。是不是想培养感情，故意做出这种事？唉，他心里也够痛苦的。天地间恐怕要数人的事情最复杂了。没有感情，不能在一起过，你说好散，不行，有数根绳子捆住你。什么时候人才能自由自在呢？

柳儿早早做好了饭。

吃罢饭，丈夫突然提出要去镇长家，有事了。

"那张电影票，让我送人了。"没说出送给谁，柳儿心里明白了大半，想拉下脸来说丈夫几句，转念一想，何苦呢？他有他的心思，我也有我的心思。去看场电影有何妨，就是别人看见了，谁也不知是同时买的两张票。

进电影院那阵，柳儿心情紧张，说不上是激动，是惶恐，还是……二平早到了，见了她笑笑，笑得有点儿勉强。她冲他笑，比哭还难看。周围没有认识的人，可以敞开谈一谈。二平，你知道吗？我有很多很多的话要对你说。可是，几次张口，几次又都把话咽了回去。一直到散了电影，二人没说一句话。

出门来，二平说了声"再见"。她突然站住了，好像怕一件珍贵的东西丢失。二平也站住了。

"二平哥，我有句话想对你说。"终于说出了口，柳儿脸上发烧。

二平点点头，表示同意。

到哪儿去，反正不能站在街上说话，二平又没有走动的意思。她抬头看了自己的小红楼，卧室里亮着灯，丈夫还没有睡。鬼知道他此刻在想什么做什么。

"二平哥，我们到河边走走好吗？"鼓了半天勇气，她又说了一句话。

那天晚上，在女儿河边，两人谈了很久很久……

是怎么相约进城来的，对了，她提出要进城买书，让二平给当个"参谋"，他答应了。跑了几个书店，买了几十块钱的书。天晚了，末班车没有了，只好住旅社。这是她故意拖下来的。二平好像也有意。订了个高级包间。他却没有来。她不理解，想了很久，终于恨起自己来。我这是做什么？勾引二平哥进城非法同居？完了，我在二平哥心目中，一定是个坏女人，受丈夫摆弄，任丈夫拍卖的坏女人！为了能生儿育女，完成丈夫交给的"使命"，才来勾引二平哥的。这不是对二平哥的污辱吗？他是一个人格高尚的人，怎么会"上当受骗"呢？二平哥，我对不起你！可你不知道，我不是那种你想象的坏女人。我是爱你，真挚地爱你。为生儿育女，我不会做那种事情。我对你，完全是因为心中爱你。那天晚上在女儿河边，我把心中的痛苦说给你听，那只是我痛苦的一少半部分。我没有把爱你，因爱你而承受的苦痛告诉你。那种痛苦（爱又不敢爱）比任何痛苦都沉重。为了我一个女人的清白，为了我不被所爱的人瞧不起，二平哥，我愿把这一切都告诉你。

九

柳儿，别说了，我理解你。原谅我的粗心，结过婚的男人大多是粗心的。别哭，真的。瞧你这双美丽的眼睛已经禁不起眼泪浸泡了。

这两天，我反反复复地问自己：朱二平，你爱柳儿吗？开始，听不到回声。现在，我可以大胆地回答，我爱柳儿。开始只是不敢承认罢了。你知道吗？好早以前，你是带着一身稚气，一身美丽闯进我心灵中的。我记得那时你爱梳两根羊角辫，看上去挺调皮。我很喜欢你。后来，大概是我结婚的前两年，是的，就是那年春上的一天，你跟你哥哥来我家。你已经长成水灵灵的大姑娘了。尽管穿着破旧，仍然是光彩照人。你在吃饭时，只说了一句，那句话至今我也没忘。那是说到你哥的婚姻时，你哥叹息，我又叹息。你说："女孩子小时候，父母给予的爱是纯洁的，长大以后父母给予的爱就变了……"我知道你那句话的含义。我惊讶地发现，在你们那个偏僻的山沟沟里，还有你这样一个有思想有见地的女孩子。你走后，我为你写了日记。柳儿，说真格的，那时我就非常非常喜欢你，心想要能讨你做媳妇该多好！

后来，我对你的求婚得到了你家庭的拒绝，并且得罪了你哥。我痛苦了好长时间。但是，我在心里为你祝福，祝福你幸福。我万万没想到，你会嫁给沈富贵！我想过，你是因他的金钱，一定是的。因此，你在我心目中美好的形象扭曲了。甚至，我也曾恨过你！

沈家的小红楼在小镇上顶天立地，很少有人跨进那幢小红楼。我虽然想见到你，也只有"望楼兴叹"。慢慢地，我的心冷寂了，对你彻底失望了。

柳儿，我不知道你心中有这多痛苦。我以前错怪你，原谅我吧！我今天终于看到了你一颗水晶般透明的心。我有什么权力拒绝你的爱呢？你知道，我也深深地爱着你!

是的,现实生活是残酷的。一个结过婚,做了父亲的男人,同一个结了婚做媳妇的女人相爱,会被人们认为大逆不道。诅咒、鄙夷、敌视,一切一切都会袭来。柳儿,你有这种思想准备吗?有就好,看起来你是坚定的。我吗,当然也有,只是,只是……原谅我,柳儿,我也许是个弱者。你知道,三十年的生活,三十年的风雨,我是艰难而又勇敢地走过来的。比如说结婚,我明明不爱那个女人,却偏偏还要和她结婚。为什么呢?一句话说不清楚。我现在深深地感觉到,我,你,还有周围成千上万个你我,不是自己在这样生活,而是被一种力量支配着怎样生活。当然,这不仅是我们这一代人的悲剧,还是无数代人的经历。我们要面对的就是这样一种现实。你要爱吗?不,那是伤风败俗,那是道德败坏,那是危害他人家庭,那要坐牢……太可怕了。假如因为爱一个人,而让所爱的人付出的代价太沉重,爱岂不就失去了光彩?柳儿,你理解我的心情吗?

不用问我为什么,我也说不清,真的说不清。闭上眼睛睡吧,只要入了梦,你的感情驰骋才会有自由。

明天,我们该回去了!

十

鞭炮声,锣鼓声,喇叭声。小镇陡增了几分节日气氛。沈富贵家里里外外,人山人海,上门祝贺的,看热闹的,形形色色的人,形形色色的神情。

沈富贵喜得贵子,摆了四十桌酒席,请来了八方亲朋,热热闹闹。到底是小镇上首屈一指的富户,喜庆的场面是小镇空前未有的。小红楼的四沿披红挂花,张灯结彩。鞭炮从黎明到正午,没住地放,满院落了一层雪花似的炮皮。两班喇叭轮流地吹打着喜庆的曲子……

"哎呀,这一场不三千,也得有两千五!"

"你说错了,总共花了八千多块!"

"乖乖……"

"乐的什么，孩子又不是自己的种，哼！"

"瞧，沈富贵来了！"

围观的人们窃窃私语。

沈富贵比做新郎那天还气派，一身深灰色西服，脖子上系了一条花领带，胸前佩戴朵鲜艳的大红花。他那张本来就像猪肝似的长方脸，红得像涂了一层血。他扬扬得意，见了男人就敬烟，见了女人孩子就递糖。你们瞧瞧，我沈家到底还是洪福，生了个宝贝儿子。我沈富贵不比你们谁差子吧！有了儿子，沈家的香火就不会熄。我沈富贵以后的日子更有奔头。我沈家的气派，你们谁能比得上？那几个家伙在笑什么？笑我……不，他们不会知道的。我媳妇大门不出，二门不迈，自然不会告诉别人。他朱二平就是吃了豹子胆，也不敢把这件事向外说。朱二平的老婆，那个猪一样的女人，能向外说吗？那天夜里的事……

那天夜里，朱二平的老婆到他家来。听见敲门声，睡在楼下的沈富贵慌忙起来，披起衣服去开门。淡淡的月光下，他一眼就认出是朱二平的老婆。

"你，你来干什么……"他有些惶恐。

"我找朱二平！"朱二平的老婆理直气壮，一副盛气凌人的样子。

"他没来！"他毕竟心虚，说话也少气无力的。朱二平明明在楼上，此刻正在和他媳妇一个被窝里睡觉呢。吃罢饭就来了，怎么搞到现在还不走。他几次想上楼去赶朱二平，脚踏梯上又缩了回来。赶不得，赶不得！现在，朱二平的老婆找上门来要男人，万一吵开了怎么得了。沈富贵从来没在人面前低过头，这回却变得毕恭毕敬了。

"弟妹，你不要这么大的火。二平弟确实没来。你看，我早已睡了……"说着，他掀开了衣襟，露出一片男人的厚实。

朱二平的老婆抬头望着楼上，两只眼里流露出愤懑的妒火。

"弟妹，你还是到别处找找吧！"他说着就要关门。朱二平的老婆一只脚踏在门里，一只脚踏在门外，见他要关门，把那只门外的脚提到门里来。"姓沈的，你不要演戏给老娘看。老娘早已看出门道了，要不今天也不会到你家来要人。"

这娘们难道对丈夫跟踪追击了。瞧她说话理直气壮的，万一真的被她发现了，坏了我的大事不说，传出去我沈富贵可没脸做人了。赶她走，不行，来硬的相反会把事弄糟。让她进来，也不行。她那双贼眼一旦看到什么，就是大麻烦。你朱二平怎么搞的，这么长时间还办不成事。乖乖，还亮着灯，胆大包天了。再说，有这站岗放哨的，碰上你老婆这样天不怕地不怕的角色，也难以阻挡。唉，我沈富贵真该倒霉了。

正在犯愁，朱二平的老婆说话了："富贵哥，二平八成不会到这儿来，我只是顺便来看看，另外想向您借几个钱。二平他不好开口。"

借钱！明明是讹诈，臭娘们，鬼点子倒不少，你男人来搞我女人，我还没有向他要钱，你倒向我讨钱来了。沈富贵家不是妓院。沈富贵的钱也不是谁想图就图的。臭娘们，再纠缠老子打断你的腿！

"贵富哥，你要为难，我上楼找嫂子商量去。"朱二平的老婆说着，抬脚就要上楼。这还得了，她一上楼，一切就完蛋了，说什么也不能上楼。臭娘们，真会施小计。

"弟妹，钱都在我这儿！借多少？"沈富贵问。

"二百！"

没假思索就说出数来，看样子是事前想好的，说不定还和朱二平定了计呢。该我沈富贵破财。别说二百，两千老子也不会含糊，只要能给我生个宝贝儿子。

这臭娘们能把那天晚上的事向外说了吗？不会的。一来她没有逮着二平和柳儿睡觉，二来她说出来对她丈夫有什么好处？对，也许那几个家伙是在穷开心，笑老子这身打扮有意思。没见过大世面。你们也瞧瞧我那宝贝儿子，一顶虎皮帽就是成百块钱，那一身衣服也百十块钱。我送给他的金项链可值大钱了，就是你们几个穷酸加起来干半年，也挣不了买项链的钱。我沈富贵的儿子怎么能受委屈呢？

"小沈，恭喜恭喜！"镇长亲临贺喜，给沈家添了几分光彩。沈富贵受宠若惊，忙着敬茶递烟。

"小沈，该领独生子女证了吧？"镇长夫人是妇女主任，管计划生育工作，开口不离老本行。

沈富贵马上响亮地回答："我早已写好了申请，保证只生一个！"

楼上楼下、院里院外爆发出一阵笑声。谁的笑这么刺耳？抬头一看，朱二平进来了。奇怪，众人竟自动地给朱二平闪开一条路。朱二平有点儿不好意思。沈富贵一时竟愣怔住了。

"小朱呀，你也来了。"镇长招呼朱二平。

朱二平走过来。沈富贵好大会儿，脸上的神情十分复杂，装在衣袋里的手把烟都捏碎了，也没抽出来。楼上楼下、院里院外的人们，含着各种各样的目光注视着他俩。镇长也觉得奇怪，望了望朱二平，又望了望沈富贵。沈富贵回过神来，脸上堆笑，亲切地去拉二平的手，心里却十分地不乐。早已不让你到我家来，你也答应了，这会儿怎么闯进来了呢？

自从媳妇怀孕后，沈富贵就给媳妇和朱二平约法三章：不准朱二平再进沈家门；不准他俩暗中往来；不准向任何人提起这件事。他拍着胸脯说，如果这三条做不到，他就要上法院告朱二平破坏沈家的家庭。朱二平和柳儿当时都答应了。果然，直到今天朱二平才踏进沈家的门。既然来了，又是小镇上的亲邻，不能不给面子。不给他面子，也就等于不给自己面子。

酒席一直到夜深时分才散尽。沈富贵忙里忙外，辛苦了一天，累得腿痛腰酸，吃力地走到楼上，听见有哭声。开始以为是儿子在哭，进去一看，妻子、儿子都在哭。这是做什么，今天应该高高兴兴。你娘家来了人。我的亲朋好友都来了。谁不夸你生了个漂亮的娃子呢？

"你、你把二平哥赶走了？"柳儿开门见山地问。

沈富贵一愣。哪有这种事情，朱二平来了，我也接待了。安排他吃酒，和其他亲朋一样。我忙里忙外，又没单独接待谁。他朱二平什么时候走的，我根本不知道。你这个臭女人，提朱二平干什么？他来了走了有什么关系，难道你心里还想着他？沈富贵生气地板起面孔，说："是的，我不想让他在这儿多待一分钟！你不要再提他！"

"我就要提他！"柳儿突然从床上跳下来，昂首挺胸，理直气壮地说，

"孩子是他的。生下来他还未看一眼。我要让他看看孩子。"

"你、你混蛋！"沈富贵恼羞成怒，举起了拳头，"孩子是我的。我是花了钱的。我给他家三间瓦房的钱，就是买的他的种。从今后，不准你再提朱二平这个名字。"

柳儿愤怒地瞪着沈富贵，针锋相对地说："姓沈的，你、你真不是个东西。告诉你，这孩子是朱二平和柳儿爱情的结晶，你别想吞为私有财产。你快去把二平哥找来，不然的话，我抱着孩子去找他！"

沈富贵不敢相信自己的耳朵。你这个臭女人发疯了吗？

十一

柳儿确实忍无可忍了。

沈富贵不尊重，也根本不懂得她和朱二平的感情，还自认为是他耍的手腕成功，轻而易举地俘虏了朱二平，又轻而易举地赶走了朱二平。其实，柳儿是为二平哥着想，忍辱含悲答应了沈富贵的约法三章。她心灵的痛苦是沉重的。

二平哥，不是我无情无义，也不是我自私。我是不忍看着你因为我去坐班房。你还年轻，有抱负，有理想，不应该因为女人的事（谁又能理解爱情呢？法律对爱情也是残酷的）葬送了自己的前程。我会永远记住你给我的爱，够我享用一辈子的了。孩子生下来以后，我一定悉心培养。等他长大以后，我会把真相告诉他。他是我们的儿子。我们的儿子应当理直气壮地生活，应当成为有志向、有前途的人。我要用全部的心血培养他，让他争取做联合国主席。真的，你放心吧，我不会被击倒的……

十月怀胎，漫长的十个月，柳儿的心无时无刻不在痛苦的煎熬中。她想念着二平，回忆着和二平一起度过的一个个甜蜜、幸福的夜晚。尽管她怀孕后，丈夫比过去更加亲切，热烈，感情像酒一样浓。但是，她却感到丈夫的感情的浓酒带着血腥，令她作呕。她也曾想过，既然和二平不能结为终生伉俪，对丈夫应该亲近一些。可是，无论她怎样努力也不行。笑，能勉强做出来，却比哭还难看。特别是那颗心，无论如何也不能和丈夫贴近。她深深懂得了，爱情的力量是神奇的。她的心已经永远属于二平了。

当那块会哭的血肉从她身上掉下来的时刻，她迫切地想见到二平。我的一切都应该属于二平，真的。他是我心中的太阳，永远不会沉落。对爱的压抑是不道德的，我不能再这样苦苦折磨自己了。可是怎么才能见二平呢？自己在月子里，丈夫又不会答应让二平来见我，到了吃"喜酒"那天他一定会来的。我要让他给儿子起一个响亮的名字。我要……盼望的一天来了。然而，连二平的人影也没见。一定是沈富贵没让他进门，或者是把他赶走了。沈富贵呀沈富贵，你污辱了我，不能污辱二平哥。你不是不让他见我吗？我偏偏要见他。闹吧，闹个痛痛快快。要么咱们去法院离婚，要么你不准干涉我和二平哥的交往。我实在不能再过这种辛酸的日子了。

柳儿和沈富贵彻底摊牌了。

沈富贵目瞪口呆，半天没答上一句话。他万万没有想到柳儿会提出这样的要求。你，你纯粹不想让我沈富贵做人了？我堂堂五尺男子汉，身上流的血比谁的血都红，怎么能受了这种屈辱呢？闹个痛快就闹个痛快，大不了离婚。离婚？我沈富贵如果两次离婚，到哪儿再讨媳妇？即使讨了媳妇，不能生儿育女，我，我……唉，老天爷，我沈富贵怎么摊了这条命呢？

谁都不怪，怪我自己。我不该想要个儿子，让柳儿和姓朱的小子勾搭。没想到他俩竟结了良缘，分也分不开。这杯苦酒是我自己酿造的，既然已经喝进肚子里，吐也吐不出来。一边是家破人亡，妻离子散；一边是睁一只眼，闭一只眼，只要柳儿还是我名正言顺的媳妇，只要儿子还是我名正言顺的儿子，瞎子放驴随它去吧。我沈富贵也能搞别的女人……

沈富贵终于想通了。按照柳儿的要求，去找朱二平。唉，存心让老子丢人现眼。当初我请朱二平是借他的种，为我生个儿子。那是我心甘情愿的事。眼下去找朱二平，来跟我媳妇亲热，这……没想到灾难落在老子头上。这满街筒子的人，让我的脸往哪儿搁？

"二叔，还没上街呀？我今儿个有点儿事……"

"对，找二平，想让他给我的宝贝儿子理理发。"十几天的孩子，理什么发，说谎也说不到点子上去。

"三婶子，您老这是上哪去呀？我那宝贝儿子吃的可喜欢人了。你去瞧瞧，跟小老虎似的，嘿嘿……"

沈富贵满脸堆笑，不住地跟街两旁的行人打招呼，开口闭口"我那宝贝儿子"。如果不生下这个宝贝儿子，老子能这么理直气壮吗？

理发店今个怎么拥了这么多人。如果这时候闯进去找二平，怎么开口？闹不好连个台阶也没有。朱二平，你小子还不快得什么病死了吧！你死了，我媳妇对你的心也就死了。往后，我们一家安安稳稳过日子，谁也不会知道我那儿子的来历。你要是死了，老子给你弄口水晶棺材。唉，还是别死的好，如果你死了，我媳妇会怎样？她要是心灰意冷，抱着孩子远走高飞，我岂不是鸡飞蛋打。你要是有良心，就劝劝我媳妇，以后别再和你来往。我对得起你朱二平了，三间瓦房，还给你老婆二百块钱。就是金种子银种子也值了吧？早知你小子能让她神魂颠倒，不如当初找个丑男人。

沈富贵找来了朱二平。没有带他去家里，是带到了野外。

"姓朱的，你也欺人太甚了。你老实说，想让我沈富贵家破人亡，断子绝孙，还是想保你自己一条小命？"沈富贵说着，从腰里拔出一把明晃晃的匕首，在朱二平脸前晃了晃。

朱二平先是一惊，很快就明白了眼前发生的事情的来由。他静静地望着沈富贵。沈富贵呀沈富贵，自己也照照自己的模样。你就是舍命也要保护你那些封建的病毒性东西，值得吗？可悲可叹！

"你、你为什么不说话？"沈富贵恶狠狠地说。你姓朱的小子太不识趣了。我沈富贵总算对得起你了吧？你搞我老婆，暗着搞就是了，我装作看不见，从未刁难你。你的胃口不小，现在倒要明搞了，要娶她做老婆了。你这不是欺人太甚了吗？我沈富贵也是男子汉，也是有骨气有血肉的男子汉。你想叫我丢人现眼，我也不能让你安生。咱今天把话说个明白。只要你不说娶我老婆、夺走我儿子，你说什么条件我都答应你！

朱二平冷冷地望着沈富贵。沈富贵呀沈富贵，你看你还有个人样吗？为了传宗接代，生儿育女，你不惜把自己的老婆……你不把她当人看待。你的心目中，她只是你传宗接代的工具。我不是因为你才和柳儿温存的。我是爱她！爱她！也正因为我爱她，才没答应和她结合。现在看来，我是真的应该和她结合，才是给予了她幸福。鲜花插在牛粪上，也许花能更肥些，因为牛粪也有营养。而你连牛粪也不如。柳儿果真跟你一辈子，还不知要吃多少苦，受多少难，弄不好被你窒息死。柳儿，我理解。我也理解爱情和占有的关系了。

沈富贵见朱二平久久不回答，以为他害怕了。他又晃了晃手中的刀，说："告诉你，只要你敢把柳儿拐走，我杀了你，杀了你全家。"

"你是为了柳儿一个人？"朱二平反诘道。

"不，我才不为她呢？如果她不是我老婆，如果她不为我生养儿子，如果……"沈富贵见朱二平突然笑了，莫名其妙地停住了话头。他觉得朱二平的目光十分锐利，像匕首，像刀剑，扎得他的心疼。他拿着刀的手开始颤抖，浑身也不住哆嗦。

朱二平挺了挺胸。

沈富贵突然丢开手中的刀，"扑通"一声双膝跪在朱二平的面前，哭泣哀求说："二平弟，原谅老哥莽撞。我不是想害你，而是想求求你。求求你千万别叫柳儿改嫁。你知道，我沈富贵是三辈单传的独根根；你知道，我沈富贵为了生养儿子耗尽了心血；你知道，我沈富贵在咱们镇上……"他抬起头，朱二平已经走远了。月光下，朱二平的身影越来越模糊。

沈富贵痛不欲生地哭了。冷寂的田野上，他的哭声犹如苍茫大海上的惊涛声……

相逢一笑

一

袁青田是大年三十回的家。

按说他应该在下午五点就到家的，可是接他的车子下了高速，他突然让司机把车停在路边，说是憋了一路子，下来抽袋烟。他二女儿袁莉说，爸，您再忍二十分钟就到家了。他生气了，二话没说打开车门就跳下去。袁莉无奈，只好把他的大衣拿下车给他披上。他肩膀一晃，把大衣抖落在地上。老子冻不死。

袁莉笑了，爸，我看就是朝你从头到脚泼一盆冰水，你都不会咳嗽一声，就你这身体，壮得像头牛。说着，把大衣捡起来，拍了拍上边的土，嗔怪地说，这件大衣是我妈买了给你晃新年穿的。为了买这件大衣，我妈跑了三趟商场。说完又说外边太冷，我比不了你，我先上车了。

袁青田吐了个大的烟圈。

一支烟抽完，袁莉打开车门喊他，爸，咱们走吧，我妈都跑阳台上看八回了。

袁青田没理，接着又点了一支烟。他抬头朝西看了看，西半边天空还有一抹红色的晚霞没有退去。那道晚霞的形状仿佛抹了口红的女人的上唇。五年前在法庭上，法官义正词严的声音突然在他耳边响起：

袁青田，这支法国口红是你送给原告的吧？

袁青田，你内裤上的这个口红印痕没有错吧？

口红，口红，口红……袁青田的心颤抖了。他运了一口气，把含在嘴里的烟头狠狠地吐出去，烟头在空中飞成一道弧线，落在十几米外。这是他五年中练的一种功，其实也是他借题发挥吐恶气。每到那时他就愤愤地想，口红，狗屎！

五年里，他眼前不止一次出现口红，也不止一次咬牙切齿地诅咒那个把他送进监狱的女人。不仅仅因为五年的牢狱生活，最重要的是她断送了他的政治生命，给他辉煌的尊严蒙上永不谢幕的黑屏，让他回家都得摸黑。老子绝不会放过你！

袁青田是从省城监狱回来的。虽然出狱之前，监狱里的干警反复给他和即将服刑期满的犯人做思想工作，还请专家做了心理辅导，他觉得自己没有心理负担了，然而真正回到故地，他又感到了一种沉重的压力。他的这种压力与尊严有关。五年前，他刚45岁，在丰湖县任县委书记，在这个城市十几个县、区的"一把手"中是最年轻的。传说市委把他列为主要培养对象，下一届换届时，他就要进市委班子。仕途上春风得意的他，遇见的都是热情，是笑脸，是赞扬，是掌声。他家住的是市委的宿舍大院，就连门口外号叫"猴子"的保安对他都比对别人高看一眼。有的人家家里来了信或包裹，"猴子"站在楼下院子里，冲着窗户喊门牌号码，来取你家的东西！末了还加上一句：丢了我可不负责。袁青田家来了信或包裹，"猴子"总是亲自送到他家里。碰巧他有时在家，扔给"猴子"一支烟。"猴子"夹在耳朵边，点头哈腰一口气能说八遍谢谢。路上，他问过袁莉，咱门口保安还是"猴子"吗？

袁莉哧哼一声，不是他是谁？就他那样，还能当了市长！

他还问了袁莉一个人，住在他家楼下的市人大原副主任高主任。袁莉含糊其词，没说清楚。他大学毕业的第一份工作，就是在高副主任任局长的农业局农科所当技术员。高局长是新中国成立前参加工作的老干部，原则性强，也很有工作能力，就是脾气倔，说话直来直去。别看高局长本人识字不多，对袁青田这样有知识又爱琢磨事的年轻人却很厚爱。袁青田参加工作的第二年，一头扎到当时还是郊区的小北湖湖滩，用了三年的时间，成功地将千亩湖滩荒地改造成优质高产水稻田。高局长破格把他提拔为副所长，副科级，那年他才25岁，还没有结婚。当时，不光全市农业系统，就是全市也一片哗然。市长曾因为这事当面问过高局长：小袁年轻了点，是不是先让他当个所长助理？高局长对市长拍了桌子，25岁还年轻啊，战争年代这个年龄当军长师长的多了。

副科级这一台阶对袁青田来说非同寻常。其实，对所有公务员来说都一样。如同许多人一起爬山，你第一个台阶上得早，只要不出现意外，再往上一个个台阶很大程度上就会比晚上一步的人快。果然，30岁那年，袁青田又解决了正科。解决正科不久，他就离开了农业局，35岁那年又解决了副处，40岁到丰湖任县委书记。那时，高局长也到了市人大，当了副主任。

审判袁青田那天，高副主任也去旁听了。从开始到宣判，高副主任一直挺着腰杆，瞪着大眼，怒不可遏地看着袁青田。袁青田知道老人家为他惋惜，为他伤心。这次回来，肯定会见到老人家，一个楼上一个楼下，怎么会见不上呢？

他不由得在心里埋怨女儿，你老大不小，也是结婚成家有孩子的人了，还像个小孩子一样看不明白事。你老爸不想早点回家啊？可是，天还没黑，遇到熟人，人家万一爱理不理，你爸这张老脸往哪搁？

天完全黑下来之后，袁青田才上了车。

路灯已经亮了，大街小巷五彩纷呈，充满节日的气氛。五年了，城市变化着实让袁青田感到陌生，感到惊奇，甚至有点儿激动，可是一进家门，他的眼泪差点儿掉下来。一套旧家具是他十几年前搬到这所房子时买的，客厅一对沙发还是他结婚时当木匠的舅舅撅着屁股花几天时间给他做的；电视是他当副局长时买的一台二十英寸的国产彩电，屏幕上出现的人影有些模糊……五年了，这个城市变了，而他的家却依然如故。尤其让他感到惊奇的是，妻子张美丽比他小两岁，满打满算48，头上却落了一层雪花，眼神有些呆滞，缺乏光润，用当地老百姓骂人的话叫“眼里没有水”。他不忍看妻子，把头转向一边，心里像喝了醋一样酸酸的。他想，我袁青田对不起这个女人，往后就是当牛当马也得照顾好她。

张美丽让袁青田去洗个澡。她拿来一堆衣服，有内衣、外衣，还有那件羊绒大衣。袁青田做县委书记时，当地一个外号叫“黄牛皮”的皮鞋厂老板过节时给他送过一件羊绒大衣，价格是三千多元，他当即给退了回去。五年过去了，好多东西在涨价，这样一件羊绒大衣少说也得涨到七八千了吧？他皱了皱眉头问张美丽，我走五年了，你是工资翻了几番，还是炒股赚发了，这些东西从哪儿来的？

张美丽不满地瞪了他一眼，哟，在里边蹲了五年，咋像上了五年党校，觉悟越来越高了。你要问就问你宝贝闺女吧。我给你说不清楚。在厨房里帮厨的袁莉已经听到了父母的对话，手里拿着锅铲就走了出来，说，爸你就放心吧，你女儿不会搞腐败。这是我和刘刚两个人的年终奖金给您买的，你就放心地享用吧。

袁青田不解，我一个闲民，穿这么好的大衣干什么？

袁莉不满地噘着嘴，妈说了，得让你爸体体面面。妈的指示，我敢不坚决贯彻落实？

袁青田有点儿不高兴，体面也不在穿戴上。我过去……他突然打住了。好汉不提当年勇，还什么过去过去的。

袁莉哈哈大笑，爸，您已经不是那个被丰湖百姓称为“袁青天”的县委书记了，该换换脑筋了。

张美丽发觉女儿说错了，可是制止已经来不及，只得打了个圆场，说，你爸现在也不是以县委书记的身份和你谈话，是以父亲的身份和你聊天。

袁青田并没有发火，只是长长地叹了口气，问张美丽，我的那件军大衣呢？给我找出来吧。我习惯了穿它，暖身子。

袁莉不高兴了，脸拉得很长，话说得也狠：唏，爸您啥意思？我就是怕您再回忆往事，才把那件“老皇历”给扔了。

　　袁青田一下子沉默了。

　　这时，袁莉的老公，也就是袁青田的女婿刘刚带着他两岁的外孙女来了。袁青田见了外孙女，高兴地把她举了起来。让外公看看，我孙女漂亮不漂亮。哎呀我的小宝贝，和你妈小时候长得一模一样。说着，他把张美丽事前给他准备的两百元钱的红包塞到外孙女的手中。外孙女没见过他，也不知道他往她手里塞了什么东西，吓得哇哇大哭，弄得袁青田在女婿面前很尴尬。袁莉从袁青田怀里接过女儿，指着袁青田对女儿说，快叫外公。她女儿扭过头，背脸对着袁青田，嘴里喊着回家，回家。

　　袁青田十分沮丧，走到阳台上抽烟去了。他听见张美丽在对外孙女说，外公以后给你买房子买车买新衣服，你不和外公亲，外公生气。袁青田心里想，还买房子买车呢，老子如今连玩具车都买不起。

　　袁莉不想让气氛太沉闷，赶忙上了菜，招呼一家人入席。袁青田坐下后，认真地看了女婿一眼。女婿长得很帅，高高的个子，宽宽的额头，黑黑的眉毛，大大的眼睛，厚厚的嘴唇，尤其是周身散发出的男子汉的气质，让他很是满意。他想，女婿是在他成了囚徒之后和女儿相爱到结婚的，说明这孩子不是势利之徒。他心里有些感动，亲自给女婿倒了一杯酒，来，来小刘，我敬你一杯。你和莉莉是患难见真情，我感谢你！

　　刘刚说，爸咱不客气。我是丰湖人。我的父老乡亲当年很敬重您，我也敬重您。

　　袁青田虽然听妻子探监时说过，女儿找的男朋友在市委宣传部工作。但是，没告诉他是丰湖县人。他一下子紧张起来，女婿该不是嘲弄自己吧？

　　刘刚看出袁青田的心思，亲切地笑了笑，说，我上高二那年，您曾到我们学校去过。我们学校在湖边，那次遇上暴风雪封路，车子开不进去，很多同学不能回家过元旦。您带着县委县政府的一百多干部，亲自给我们清除大雪。那天，您给我们讲话时动了感情，说这条路早应该修了，我这个县委书记没尽到责任，向你们检讨。说完，您给我们深深地鞠了一个躬。我至今还清楚地记得，您当时穿着一件旧的军大衣，上边沾满了黄泥巴。您的脸有几处冻伤。我和同学感动得哭了……

刘刚说完，端着酒走到袁青田身旁，给他鞠了个躬。爸，我敬您！

袁青田一把抓住刘刚的手，使劲摇着。小刘，爸对不起莉莉对不起你啊！

刘刚说，爸您错了。我和莉莉结婚之前，根本就不知道她爸爸妈妈是谁。快结婚时，莉莉告诉了我。她让我选择。我说我就选袁青田的女儿。

袁青田当县委书记时，女儿谈了一个男朋友。那个男孩子的父亲是一位退休干部。两家人一起吃过饭。男孩子的父亲给他敬酒时，笑容可掬地对他说，亲家，孩子我就交给您了。他的前途任由您安排。话虽然说得不是十分露骨，也够直截了当。没想到，他入狱的第二天，那个男孩子就和袁莉分了手。有比较才有鉴别，刘刚无疑是值得女儿爱一辈子的男人。

想到这里，袁青田的泪水流了下来，情不自禁地抱紧了刘刚。

二

袁莉一家走时已经是晚上十一点，张美丽把袁青田推进卫生间，说，把晦气褪了！他刚刚打上浴液，家里突然来了不速之客。

张美丽听到门铃响，问了句：谁？然后就从门上的猫眼向外看。来者是个中年人，她好像在哪儿见过，一时又想不起来。她犹豫了片刻才开了一条缝，你找谁？

我来看看袁书记！中年人笑容可掬。说着，不等张美丽招呼，一步跨到了屋里，然后才自我介绍，我姓海，叫海波，袁书记在县里当书记时，我在县委办当科长。阿姨，您不记得我了？

袁青田在丰湖当了几年县委书记，张口闭口工作忙，不让张美丽和女儿去打扰他。她借单位出差去过一次，袁青田还不让她住县委接待宾馆，安排她在一个普通旅馆住了一宿。那时，袁青田对她和女儿要求很严，不准她们放任何陌生人，尤其是丰湖县的干部到家里来。女儿袁莉大学的一位同学在县里一个部门工作，春节时到家中来看老同学，带了一箱丰湖特产鸭蛋。他听说后，硬是逼着袁莉退了回去。所以，张美丽不认得丰湖县机关的人。但是，她表面上却热情得不得了。是海科长啊！怎么能不记得。你快点坐，快点坐。我给你泡茶！

海波四下看了眼，袁书记不是回来了吗？

袁青田心里咯噔一下，毕竟有五年没听到"袁书记"这个称呼了，既有点儿新鲜又有点儿惊愕。他一激动，裹了条浴巾就开了门。海波看见他，高兴地走上前与他握手。他的手本来扯着浴巾，一伸手，浴巾掉在地上，下半身全暴露在外边，弄得他和海波都不好意思。张美丽扔了套睡衣给他。他又回到卫生间里换了衣服才出来，握着海波的手，你小子吃长生不老丸了吧？还那么年轻英俊！

海波摸了摸自己油光发亮的秃脑门子，老了，这头发有一半下岗了。要是走在大街上碰见，袁书记可能都认不出我。他咧了咧嘴，把手抽回来，心想，这老袁力气还见长了！

袁青田说，扒了皮我也认得你骨头！说着，又冲海波肚子上给了一拳头，小子，肚子缩编了？接着才拉着海波的手坐在沙发上。

张美丽已经泡好茶。海波端起茶杯晃动一下，看了看里边的茶叶，又闻了闻，放下杯子，从提袋里取出一盒茶叶，说，老领导，尝尝我给您带的上等普洱吧，味道真不错。

张美丽重新泡上海波带来的茶。袁青田又招呼海波坐。海波说，袁书记，您这是羞我呢！我怎么敢和您平起平坐。

袁青田一下愣了。这五年来，他都是给别人立正、报告。他激动地站起来，紧紧握着海波的手，哽咽着说，患难见真情！我这个落魄的人，还蒙你关心，实在感激不尽！

海波的眼睛也红了。袁书记，这么给你说吧。不管你怎么样，在我心目中永远是最尊敬的领导，最可亲的长者。我只把你的事当作一个人在人生漫长的道路上跌了一跤。看看，你依然是我心中高大魁伟、英俊潇洒、铮铮铁骨的男子汉！只有那些忘恩负义的小人，才看不起你、败坏你、贬低你。就因为这，我才受到了他们的打击、排挤，把我划到你的线上……

袁青田茫然了。他毕竟是经过风雨见过世面的人，对那些喜欢搬弄是非，在领导面前唯唯诺诺、低三下四的干部最看不惯。有一次县委讨论乡镇主要领导人调整、任用问题。组织部分管的副部长在汇报八里堡镇长人选考察情况时，县纪委提出那位镇长人选生活作风问题。组织部副部长看了看县长张苏生，闭口不说话了。会后，他专门找那位组织部副部长谈话，组织部副部长显出很为难的样子，说，我也是为你袁书记好。他问：什么意思？说话痛快点。组织部副部长告诉他，那位镇长人选是县长张苏生媳妇的一个近房侄子。接着诚恳地说，我怕你和张县长党政两个一把手之间闹矛盾，所以，所以……他当即发了火，你所以个屁！你不要忘了你是代表县委，或者说是代表党在管干部，必须对县委负责。一个镇上万百姓，一镇之长选不好，就是咱们工作失职！

结果，那个镇长候选人搁浅了。后来，经过调查，那人确实有生活作风问题，受到了党内严重警告处分。他在县委常委会上建议对那个副部长的工作进行调整。他常常对班子成员和身边的人说，如果一个干部刻意讨好领导，或者在主要领导之间游戏，那你就要对他的动机打问号。所以，海波今天的表现和他的话，让他如坠云雾里。我是一个刚刚出狱的囚犯，他为什么要来表白这些呢？

海波已经看出袁青田在怀疑他，又转了个话题，说，袁书记，我今天来就是想看看你，没有别的意思。看见你身体健康，我这心里特高兴。我打算约几个在县委办工作过的同志，选个吉日给你接风洗尘！

袁青田又是摇头又是摆手。不必了！不必了！我想好好休息一段时间，调整调整，过些日子还准备去北京看看大闺女。

那你对今后有什么考虑？海波问。

读读书，练练字！袁青田说。一提到练字，他兴致来了。这几年我有时间潜心研究书法。我体会到书法是一门博大精深的学问。它不仅能陶冶人的思想、情操、修养，还能增强人的智慧、觉悟、记忆，同时对人的身体也有益。我在里边还办过个人书法展！

海波面露惊讶，一边点头称是，一边大加赞赏，袁书记，您的字过去就写得好，大家风范。你再练几年，那就不得了啦！我先申请求您一幅字。

袁青田点点头，好，我过几天就给你写，只是别扔垃圾桶里让别人拣了去，看见袁青田三个字笑话，不要就一把火烧了！

你不打算做点什么？海波又问。

袁青田说不想做了，50岁的人了，又没什么专业特长。说到这里，他又马上警觉起来，这小子什么意思，摸我的底来了！在铁窗里这五年，他不止一次反思自己前半生的经历，曾感慨万端地对几位狱友说，那些在机关当官的最值得你处处、事事提防。他又对海波说，我媳妇每月两三千元的工资够我俩花的了。

海波点点头。反正有什么困难您甭客气，大忙帮不了，小忙还能帮上！他说着从包里取出一个信封，放在茶几上，过年了，这是我的一点儿心意。

袁青田一下子被激怒了。多年来，他从来不收礼，更不用说现金。他说，小海你这样做就不对了。我不能收你的……他的话没说完，海波就接上了，收我的贿赂是不？袁书记您现在是一介平民，我向你行贿干什么？我就是把您当长辈，过节时看看您，您不必那么计较。

他的话提醒了袁青田。是呀，自己现在什么也不是，人家凭什么向你行贿？就在他动摇不定的时候，海波已经站起来，准备告辞。袁青田把信封塞到他手里，小海，你的心意我领了，这钱我不能收。

海波把钱扔茶几上，愠怒地说，你袁书记看不起我不是？权当我请你写字先付的润笔费吧！

袁青田说我不是书法家，更不卖字，这钱我拿着烫手。

张美丽给袁青田使了个眼色，说，你就先留下吧，小海又不是外人。别说你现在不是县委书记，就是县委书记，朋友之间这点经济来往也算不上事。袁青田也觉得再坚持会让海波不高兴，就没再吭声。他送海波下楼时问了一句，小海你现在还在县委办？

海波回答说，在市煤管局，还是科长。说完，他又低声说，那个女人也调市里来了，还搞老一行，接待。袁青田下意识地回头看了一眼，见张美丽一脚门里一脚门外，目光和他的目光相遇时，赶忙躲闪开了。

袁青田返回屋里，看了一眼信封里的钱，五千元，钱是新钞票。他把信封托在手掌心掂了又掂，一时没了主意。张美丽白了他一眼，说，瞧你那点出息。你现在的身份别说收五千元，就是收五万元，谁能给你定个什么罪？

袁青田最后还是把信封扔在茶几上。

海波对袁青田说的"那个女人"，是袁青田这几年做梦都想着的女人。她的笑容，她的一举一动常常出现在他的梦中。不过，不是那种让男人想了就激动、冲动，而是让他想起就咬牙切齿、恨不得把她撕成碎片的那种想念。

三

袁青田到丰湖县上任后被安排住在县委的丰湖宾馆一个大套间。刚坐下，宾馆经理带着一位年轻漂亮的服务员登门了。那个女服务员左手托着一个托盘，托盘上放着一只茶杯、毛巾。她自报家门说，袁书记您好，我叫马兰兰，是这个楼层的服务员。从今以后，您的服务由我负责！

袁青田挥了挥手，不高兴地说，我又不是走不动，不需要专职服务员！

宾馆经理解释说，这层楼住的是常委级的领导，小马是常委楼的专职服务员。

袁青田说，那就换个男的，这几个常委都是男同志，一个女同志不方便。

张苏生县长当时也在场。他笑了笑说，算了袁书记，人家宾馆男服务员少，怎么安排咱怎么服从。你一个县委书记还管这种鸡毛蒜皮的事！再说，你就把马兰兰当闺女看呗！这闺女可是个好闺女。

袁青田当时没有多想。这些年，随着干部制度改革不断深化，干部交流的力度也在加大，像袁青田这样从市级机关部门到县任职的很多，被人们称为"空降干部"。市级也是同样，市的宾馆里住着从北京、省城到市任职的，往往凑够一桌饭，"小餐厅""常委灶"各种称谓都有。在丰湖宾馆，就住有十多个。书记、县长每人一个套间，其他每人一个标间。专职从事服务工作的服务员自然很辛苦，要做到让每个人满意实在不容易。就说一日三餐吧，得与小餐厅的管理员和领导的秘书之间逐个联系、沟通，落实领导在不在宾馆用餐。某个副县长昨天下午去市里开会，晚上回家住宿就不回来了，第二天早饭准备不准备他的一份，你得联系好，掌握准确的信息。某个副书记主持一个会议，一般散会后要吃一顿，但有时也不一定，那你也要弄清楚到底回不回宾馆吃饭。尤其是晚上，领导大多有应酬，可也有些应酬少的，像从省、市来挂职的，没有实权，请的人少，他一个人你也得给他开小灶。

有一天晚上十点多了，袁青田正要洗澡睡觉，听见走道上有人吵吵嚷嚷。他出门一看，是一位从省城来挂职的副县长正在训斥宾馆经理。原来，那位副县长陪省城来的一位同学吃饭，钥匙不知丢哪去了。他找楼层服务员没找到，就把宾馆经理叫来，臭骂了一通，你丰湖宾馆服务员狗眼看人低？看我是挂职的副县长是不？

县长张苏生和其他几个早点回来的领导都在房间里不出来。事不关己，高高挂起，何况这位副县长跟市委刘书记当过多年秘书，是刘书记的心腹重臣，他要真奏上一本，有你的好戏看！袁青田开始也不想管这事，他不是怕那位副县长，是认为鸡毛蒜皮的小事，用不着他这个书记出面。不料那个副县长借着几分酒气，咣咣咣地跺起门，袁青田这才勃然大怒，拉开门走出来，大声训斥那位副县长，你看看你什么形象？喝醉了要耍酒疯啊！你跺吧，你跺一脚赔一百块！

到了这时，张苏生才从房间出来。张苏生说，袁书记你息息怒，这事不用你操心。又转头对宾馆经理说，再开个房间让副县长先休息。

马兰兰不知从哪里钻了出来。她给那位副县长开了门，又说了一堆赔不是的话。宾馆经理搞了一肚子火没处发，又想对那位副县长表示忠心，冲着马兰兰一阵狂风暴雨：老鼠会钻窟窿打洞，看来你比老鼠还厉害。这大半天你跑哪去了？单位发传呼机给你干啥，就是好随时联系你。你把传呼机交上来吧。这个楼层你不用管了，明天好好向副县长作深刻检讨！

马兰兰没经过这种场面，吓得浑身哆嗦，不住地抽泣。袁青田已经回到了房间，听到马兰兰的哭声又走出来，见马兰兰正把传呼机递给经理。他说，马兰兰你先别交传呼机。今天不是你的错，谁也没有权力处分你。谁处分你我就处分谁！说完，他砰的一声关上门，自言自语地骂了一句，奶奶个熊，还让人老百姓活不活了！

有人后来对袁青田分析说，马兰兰从那时起就认识到了一把手的权力和威严，开始慢慢地观察他、琢磨他，想方设法接近他。他不以为然，屁，一个乳臭未干的黄毛丫头懂得什么权力不权力。她就是一个农民女儿那种朴实的感情，觉得谁向着她护着她谁最亲！

在服刑的几年里，他也经常回忆与马兰兰的接触经过。从市级一个部门的局长调任县委书记，尽管级别没有升，但属于重用，他所在的这个市从处级升到地厅级的干部，多是从几个县里提拔的，这叫地方工作经验。市委主要负责同志和他谈话时讲得非常明白，丰湖县人际关系复杂，经济发展较其他几个县慢一些……一句话就是不好干。市委选你去丰湖，是对你的充分信任，也对你寄予很大希望。今后，可能有更重要的担子交给你挑。机关干部中也在传言，他到丰湖最多干一届，就会提拔到市级领导岗位。所以，他可谓踌躇满志，春风得意。平时，他早出晚归，工作忙得要命，回到宾馆就想洗个澡睡觉。他用半个月的时间跑完了全县的三十多个乡镇。明知是走马观花，毕竟也观到花了，比连花也不观的强。他虽然明确说了两个月内不开大会，不研究干部，但一些小会如常委会、办公会、民主生活会总得开。县里这个部门开会，请来了市对口部门的主要负责人，与你同级别，甚至请来了市人大市政协的副职领导，你不能不陪吧？这不光是礼节，还是态度。

他记得马兰兰第一次求他办事，是为她家乡新建的小学题写校名。那天晚上他就在丰湖宾馆宴请一个省里来的局长，结束得早一点，也是他到丰湖后第一次八点前回到宾馆的房间。马兰兰送上茶水后，没有马上离开，站在门口，偷偷地看着他。他问，小马你有事吗？马兰兰吞吞吐吐没有立即回答。他说我这边没什么事了，你忙去吧！马兰兰这才红着脸说有事求他。

他问，啥事？

马兰兰从衣袋里掏出了一张纸条，说，我家那边新盖了一所小学校，想请您为学校题写个校名。村支书在我家坐着不走，对我爸说，你女儿如果办不了这事就开除她村籍！

他一听乐了，还有这样逼人的村支书？我哪天去会会他。说着，他就铺开了宣纸。

马兰兰吞吞吐吐地说，村支书还让我爸带了两只鸡一口袋花生，说是送给您的。

他说，这些东西你帮我退回去，校名我可以帮你写！不过，我的字可一般般……

他真正注意马兰兰是在丰湖县工作两年之后。

一般来说，一个地方的主要负责人需要一年半载才能打开工作局面。除非你是神仙，神仙也没那么大的本事！首先说人事关系，盘根错节，错综复杂，你初来乍到，上上下下、左左右右的关系网比蜘蛛网还要复杂，你弄不清的话，一不小心就会被网住。有一天他到一个民营的皮鞋厂视察，看见会议室里挂了几十张厂长同领导的合影，光部长就有几个，有的在职有的不在职，他也只见过一两位。他有些疑惑：这些照片是不是电脑合成的？那个外号"黄牛皮"的厂长见他的目光在墙上的照片上停留的时间太久，猜出了他的心思，马上拨了个电话，喂，林部长，我是你黄老弟啊！今儿新来的县委袁书记到我这儿视察。袁书记是好官，老百姓私下称他为"袁青天"。你和他说几句话吧！接着就把电话交给他，袁书记，北京林部长的电话。

袁青田和林部长有过一面之交，那次林部长来视察工作时，市委刘书记让他陪同并且让他汇报工作。所以，一听口音比较熟悉，果真就是林部长。几句客套话过后，林部长说，你们县民营企业搞得不错，还要再前进一步。你现在去的企业是个龙头企业，黄老板是个有事业心、有敬业精神、敢闯敢干的好同志，你们县委要多支持、扶持！

果然，"黄牛皮"在汇报时，提出了一堆困难和问题，希望能解决企业扩大生产规模需要的土地、银行贷款、减免税收等优惠政策。

实事求是地说，他对"黄牛皮"没有多少好感，尤其是对"黄牛皮"拉大旗做虎皮很不高兴。不过，他没有意气用事，对"黄牛皮"提出的合理要求，他指示有关部门尽快调查研究，给予帮助，当然，他认为不合理的要求，则婉转给予拒绝。那天回到宾馆已经九点多了，海波送他上楼时拿了一个手提袋，说是"黄牛皮"送的纪念品，与他同行的人人一份。他打开一看，里边放着一双"黄牛皮"的工厂生产的皮鞋，还有一个信封，里边装着一千元钱。他当即火了，骂了海波一句：你混蛋，你经过谁同意把东西拿回来。你现在就给我送回去，不然我就处分你！

海波没敢打愣，赶忙拿着手提袋走了。当天晚上十一点，海波给他打来电话，说东西已送回到"黄牛皮"那里。

他原打算第二天在县机关干部会上讲一讲这事。张苏生劝他不要张扬。张苏生说，老黄是咱们县树的民营企业先进典型。你这样一搞，让老黄不是很没面子吗？再说，还牵涉到十几个部委办局的同志，不如让他们悄悄退了，私下做个检讨算了。

就是这位民营企业家黄老板，把他的目光巧妙地牵扯到了马兰兰的身上。

那天，"黄牛皮"新建的工业园区开业。省政协一位副主席和市里几位领导来了，他只得硬着头皮参加。主持典礼的是一个身材高挑的姑娘，穿一身红色旗袍，亭亭玉立，光彩照人。她的普通话说得也好。省政协副主席对她赞不绝口，问"黄牛皮"那姑娘是演员还是电视台主持人，你花多少钱请的？"黄牛皮"笑答说，她就是土生土长的丰湖人，在丰湖宾馆当服务员。坐在一旁的袁青田感到惊奇，问，丰湖宾馆的服务员，我怎么不认识？"黄牛皮"说，这姑娘天天伺候您，您只是没注意。她就是马兰兰！袁青田忍不住看了她一眼。爱美之心人皆有之，这句古人的经验之说往往被我们忽略，好像你一做上官就必然与美断绝关系！

袁青田打从那天起，就开始注意马兰兰了。

有人针对官场上近年来出现的种种问题，总结出各种各样的现代官场厚黑学，其中一条就是不爱财的官员往往偏重于爱色，对下属越是严厉、治吏出手较重的官员相反越是具有同情心。他袁青田属于后者。有一天晚上，他因到乡下视察回宾馆很晚，看见马兰兰正坐在走廊里的值班台前低着头缝褂子。他本该从她面前头也不低地走过去，没想到马兰兰听见脚步声抬起了头，而且慌张地站起来，手中的褂子掉在了地上。他有些惊奇，问她，你在干吗？马兰兰说，外套烂了个洞，马上换季要穿，找出来洗洗补补。他的确是出于同情，还有几分好奇，低头捡起那件褂子看了一眼。那是一件红底白花的纯棉外套，看上去有几年的光景，上边已有一块补丁。他发自内心地夸道，如今像你这般大年龄的女孩子会针线活的不多了。我两个闺女从小到大没摸过针线。

马兰兰说，我家负担重，有弟弟妹妹，还都上学，能凑合着穿的我都补补再穿。

这一次，马兰兰给他留下了很好的印象，他觉得她是个懂生活会生活的好女孩。

没过多久，县直机关动员给灾区捐款。他在县报上看到一个在县宾馆工作的服务员拿出了三个月的工资捐献给灾区，自己过冬了舍不得买条围巾。这个服务员就是马兰兰。她的这一举动让他很是感动。他从自己工资里拿出两百元，让宾馆经理转给马兰兰，说是补贴她家过年用。他还让二女儿袁莉帮着买一条红围巾，强调说送给女孩子的。为这事，张美丽审了他几回，他无论如何解释，张美丽都不信，硬说他在丰湖有了情人。张美丽说，查出的比你级别高几级的贪官都有情人，就你这个好男人让我摊上了？他火了，我就是送小情人，你看怎么办吧？张美丽这才不吭气了。

整个冬天，马兰兰天天都围着那条红围巾，一直到立夏了还舍不得摘下来。

那年春节，他像到丰湖的前几个春节一样，在一个偏远的村子里和村民们一起过年，晚上一高兴多喝了几杯酒，有点儿醉意，回到宾馆洗了澡就上床休息了。蒙蒙眬眬间，听到有人敲门。他开门一看，马兰兰站在门口，手里拎着只篮子，上边盖着层红布。他用身子挡着门，问她这么晚了有什么事？马兰兰说她今年春节在宾馆值班，家里为了感谢他，让她给他送点土特产。袁书记，真的就点土特产。我们家穷您是知道的，送不起什么贵重东西。再说，咱丰湖谁不知道有个袁青天书记不收礼？

那次他没犹豫，收下了马兰兰送的土特产，有花生、红枣、鸡蛋。不知为什么，他关上门过了一会儿，竟然又打开门朝外看了一眼，见走廊里空无一人，他的心也突然空落落的。你袁青田是不是动邪念了？警告你，这样的邪念动不得！除非你想掉乌纱帽。他越是告诫自己却又越想着马兰兰，想她那双水灵灵的眼睛，想她那张红扑扑的脸蛋……他浑身开始发热。第二天早上见到马兰兰时，他像对她犯了错误一样，脸涨红了，心跳快了，眼睛也不敢正视她。

又过了几天，马兰兰突然消失了。他想问她到哪儿去了，又不敢张口。让他和他周围的人感到莫名其妙的是，那两天他的脾气变得比过去大了，动不动就发火。有一天早上在食堂吃饭时，从来对饮食不挑剔的他嫌稀饭做得稠，骂了厨房师傅几句。张苏生不动声色地笑了，说，我的袁大书记，不就多加了几把米吗？这是你昨天专门交代的。他一愣，我交代了吗？看我这记性。

当天晚上，宾馆经理告诉他，马兰兰的父亲患重病去上海医治，光手术费就要十几万。她愁肠寸断，痛不欲生，打电话来说打算在上海打工，还说不能为您和几位领导服务，她会抱恨终身，让您多保重。

他一听就急了。这怎么行？丰湖连十几万手术费掏不起啊？这样，我和张县长赞助一万，其他领导根据情况自报赞助数，你们宾馆也出点血。无论如何不能让马兰兰的父亲住不起院，交不起手术费，也不能让马兰兰同志感到无路可走。他故意在马兰兰的名字后边加了"同志"两个字。

半个月后，马兰兰回来了。那天也是晚上，他在外边陪客人多喝了几杯，加上心里烦躁，回到宾馆的房间就躺下了。他刚刚想闭眼，有人敲门。没等他开门，门被打开了，马兰兰走了进来。她作为宾馆专职服务员，每天要给领导打扫卫生，整理房间，所以每个房间的钥匙都有。他看见她，愣了一下，揉揉眼睛。小马，真是你，你什么时候回来的，你爸手术成功吗？……他惊喜的神情让马兰兰全都看在眼里。她低头摆弄着衣角，没有正面回答。他一连问了几个问题她都不答，心里正在纳闷，突然看见擦得雪亮的地板上落下一滴豆粒般大的泪珠。那一刻，他忘记了自己与眼前这个小姑娘的身份差距，好像站在面前的是自己的亲生闺女，多日的想念、惦念、怀念化作激动的潮流，推动着他，簇拥着他忘乎所以地把她拉到怀里，紧紧地抱住了她。她也毫不迟疑地把嘴唇贴到他的嘴唇上……

两人上了床，马兰兰已经脱了衣服，他突然听到门外有脚步声，一下子紧张起来，让马兰兰穿衣服，又打开卫生间的门让她藏进去。马兰兰紧紧抱着他，吻着他的眉毛，说，你是这里的土皇帝，谁敢来查你的房！说着，手不停地摆弄他。然而，他怎么也想不到，三两下就泄了……

事后，他后悔莫及，他有一种做贼的感觉，有一种犯罪的压力，在卫生间里，他刷了两遍牙，还专门在嘴唇上打了香皂，搓了好几遍，就差没搓破皮，第二天早上起来，又再三对着镜子看有没有口红的印痕。之后，他故意回避与马兰兰见面。他每天一大早就下乡，晚上到熄灯后才回来。他一遍遍在心里谴责自己，更多的是心有余悸，生怕马兰兰会要挟他，利用他的职权谋私，又怕和马兰兰的事让张苏生等人发现，自毁了美好前程。冲动是魔鬼，你连这一点都不懂吗？一个县委书记怎么能沦为流氓？

然而，到了夜间一个人躺在床上，他又一次次失眠，脑子里不时出现马兰兰鲜红的嘴唇、雪白的胸脯、耸立的乳峰……那些日子里，张苏生等人明显感觉到袁青田脾气很坏，动不动就训人，还不时爆出几句脏话。

一周后的一个星期天的晚上，马兰兰果然来找他。她说，我爸看我收入低，怕给我增加更多负担，就到黄老板的皮鞋厂帮忙。黄老板看我爸身体不好，把我爸安排在他们厂在县城的办事处工作。

袁青田说，这样好啊，你们爷俩能相互照应。再说，老人有个病什么的，离医院近也方便。他见马兰兰还没有离开的意思，问她还有事吗？马兰兰说，咱县的纺织厂这几年不景气，县里打算把纺织厂改制。黄老板想把纺织厂买断……

袁青田马上警觉起来。他知道纺织厂改制的事情，不光是纺织厂，地方国营企业都要改制。市里上周专门开了大会，要求加快改制的步伐，在规定的时间内完成改制。县委常委会讨论改制议题时，有的常委提出反对意见，认为在改制问题上不应当"一刀切"，还有的提出请专业的评估机构对需要改制的企业进行评估，确保国有资产不流失。他听县委办的海波反映，纺织厂的厂长和黄老板私下做了交易，做了假评估，打算把纺织厂"零改制"给黄老板。海波说现在老百姓议论纷纷，说有的人打着改制的幌子，实际上是明火执仗地抢夺国有资产，瓜分国有资产。纺织厂是有债务，可纺织厂的地理位置好，卖地皮都够建几个新厂。

袁青田想到这里，直截了当地对马兰兰说，这事让黄老板找"改制办"谈。再说，要找县领导也得找张县长，这事张县长分管。

马兰兰上前一步抱住他，亲了亲他，说，谁不知道你是丰湖县的皇上，只有你的话一言九鼎。说完，马兰兰拿出皮鞋厂的报告，黄老板说你在上边批句话，这事就成了。

袁青田恼羞成怒，把报告撕成碎片扔在地上，严厉地说，你走吧，明天我就通知把你调离宾馆。

马兰兰哭着离开了他的房间。那一夜他又失眠了，戒了几年烟的他竟然一夜抽了一包烟。第二天，他并没有通知有关部门让马兰兰调离，只是让宾馆经理给马兰兰调了份工作，不再负责领导楼层服务。

半个月后的一个晚上，马兰兰又来找他，向他赔礼道歉，说是再也不给他的工作找麻烦。她的态度非常诚恳，既看不出丝毫做作，也看不出任何掩饰，相反有些战战兢兢，忐忑不安，就像一个犯了错的孩子站在严厉的父亲面前。他不禁有点儿心动，顺手把张苏生出国考察回来送给他、让他送给女儿的口红给了她。这时，他房间的电话响了，他忙着去接电话。电话是张苏生从市里打来的，说是给他汇报市政府改制工作会议精神，一说就是二十多分钟。等他放下电话才发现，马兰兰已经躺在他的床上……

这一次，他还是像上一次一样，只三两下就完了事。他想，也许自己今后废了。第二天起来，他发现内裤上有一双鲜红的唇印，是马兰兰留下的口红。他赶忙用洗衣粉去洗，记不清搓了多少遍，还是有印痕，一怒之下，他把它扔进垃圾桶里，接着就下乡去了。第二天，他接到市委通知，让他到市委参加工作会议。一进会场，他就被两个警察带走。摆在他面前的证据确凿：马兰兰的内裤上有他的精斑，他的内裤上有马兰兰的口红……

你等着，老子出来再和你算账！他在法庭宣判后，恶狠狠地对马兰兰说了这么一句话。从县委书记到囚犯，这一步的反差确实太大了。他心里对马兰兰怀着刻骨仇恨。

海波这小子为什么提起她？他想不明白。他问张美丽，这几年海波到咱家来过吗？

张美丽正躲在床上看报纸。她取下老花镜，小心翼翼地放在床头柜里，双眼一闭，想了想说，就你回来之前来过一趟，我不在家，听对门说一个姓海的中年人来咱家，可能就是他了！

袁青田不想再说海波的事，说了声睡觉就爬到床上。张美丽刚关灯，他一下子把她搂在怀里，又是亲吻又是抚摸。他五年没有碰过女人，确实有一种饿虎扑食的劲头……可是，他上上下下翻腾了几次，直到累得气喘吁吁，下边的家伙还是硬不起来。他沮丧地长叹一声，懊恼地下了床，坐在床头上抽起烟来……

张美丽沉默了一会儿，也悄悄地下了床，给他披上大衣，想安慰他又找不到合适的词，就拿海波说事。她说，人家海波是来告诉你，他没忘记你这个老书记，想帮你！

袁青田不信，他一个小屁科长能帮我什么？

张美丽说，别看官不大，可是权不小。他管煤炭，煤炭现在紧俏。交通局那个比你早进去两年的局长，去年出来了，利用些老关系倒腾车皮，听说一年挣了几百万。

袁青田还是不信，狗屁，他进去那天权就丢了，谁帮他？一年几百万，做梦吧？

张美丽有点儿生气了，说，你以为人家都像你。当年他就帮了不少人。他出来那天，门口停了十几辆车接他，风光得很。听说他回家一天就收入十几万的红包……

袁青田一愣，他是受贿罪进去的，出来还敢收？再说在那里边天天也受教育。

张美丽说，你要不信明天去小北湖那边转转，最好的一栋别墅就是他新买的。咱这城里房价最高的那一块，普通住宅都涨到八千一平方米了，别墅更贵，要两万一平方米，他那栋三百多平方米，加上装修和家具，怎么也得七八百万。

袁青田说，得得得，别听瞎吹。要么是他当年交代不彻底，藏着掖着了。我就不信他不怕再查他。

张美丽到客厅倒了一杯水，一口气喝个精光，不满地冲袁青田发起牢骚，查，查，谁查一个从那里边出来的？再说，人家是出来后做生意赚的钱，莉莉说这叫"权力寻租"。

袁青田不再作声了。张美丽却来了劲，穷追不舍地说，你也不能在家白吃白喝，下半辈子还长呢。咱大闺女从北京一来电话就哭，说工资太低，一半用去租房、打车、吃饭，什么时候能买起一间小平房？大闺女到现在也没找男朋友。莉莉家的情况也好不到哪里去。说完，又埋怨他，你当县委书记几年，天天提心吊胆，过年节都不敢收礼，到最后家里空空……

袁青田吼了一声别烦我，走到阳台上抽烟去了。

四

事实证明张美丽的猜测很准确，袁青田出狱后的第一桶金是海波帮他赚到手的。

那是他在家里待了半个月后的一天晚上，海波又来找他，见了面惊讶地说，袁书记，你这段时间养得不错，白了，也胖了。

张美丽说，一天到晚不见阳光，跟妇女坐月子一样，能不白不胖？

海波咂咂嘴，唏，还没找事做？又说，这怎么行呢？别说你过去没留下多少积蓄，就是有积蓄也禁不起坐吃山空啊。

袁青田叹了口气，你也不是不知道，我要技术没技术，要资本没资本，能做啥？他没有说自己怕见熟人。

海波埋怨他，袁书记这就是你的不对了。你要想做点啥事，只要说一声，你的老部下都会支持你、帮助你。

袁青田看了海波一眼。

海波低声说，要来钱快，做一单煤炭生意。接着，他给袁青田介绍，做煤炭生意就是人们说的"倒煤"，上游产品像煤炭是煤炭企业开采的，下游需求方大多是发电类企业，你不过是到生产煤炭的企业把煤订购了，然后卖给下游的需求方，一买一卖之间的价格差额就让你赚到手了。后来，他赚了钱也没弄明白：全国每年搞煤炭订货会，煤电双方定下个合理价格，这样省去双方很多成本，为什么非要中间这些经纪的环节呢？就说车皮吧，你有多大的运力自己能不知道？超计划的车皮供需双方都拿不来，偏偏只有经纪人能拿来。今天发电企业喊着成本高，明天煤炭企业喊着利润低，到底是个啥原因？一个市几百上千家"倒煤"生意的都清楚。袁青田过去任职的丰湖县是煤炭资源大县。那时，找他写条子打招呼的人不少，他从来没答应。但是，对煤炭企业发展他倒给予了很多支持。丰湖煤业集团因为占地与农民的纠纷经常发生，有一次双方闹纠纷大打出手，还伤了人。他亲自带队到企业和周边农村做了一个礼拜的调研，写出了调研报告，做了些政策调整，既保护了企业的利益，又维护了农民的权益，这一模式还被很多地方学习和采用。丰湖煤业集团当年负责矿社关系的副总经理马久平，如今已当上了董事长。

海波对袁青田说，你找他，他保证会给你这个面子！

袁青田抽了一口烟，说，小海你小子你别阙我，我哪还有面子，连里子都丢光了。

海波说，这就看你拉不拉下脸啦。给你实话实说，老马不止一次问起过你。他说你当年可是支持过他。没有你的支持，不光没有丰湖煤业的发展，也没有老马的今天。

袁青田说，那都是公事公办，我也不敢徇私舞弊。再说，即使他给我面子，我手里也拿不出钱。

海波狡黠地笑了。我的袁大书记，你真是啥也不懂，手里拿到了煤炭计划就是提到了钱袋子！

袁青田未置可否。

海波出面约了马久平。袁青田接到海波的通知却犹豫不决了。去还是不去？他反复权衡，反复琢磨……张美丽看透了他的心思，骂他死不悔改。你袁青田不光不是县委书记，连个党员也不是，说是下海，水还没沾，还讲什么面子？

袁青田说，你懂个屁！万一人家给我挡回来，我……

张美丽也懒得再理他。她回到卧室不久，就喊袁青田接电话。你大闺女的电话，长途，你快一点儿！

袁青田回来后，在北京工作的大闺女袁红一直没回来看他。袁红和他通过几次电话，每次都哭得一塌糊涂，让他心烦意乱。袁红反反复复就说一件事，工资低，买不起房；买不起房就不结婚，这辈子独身过哪一天是哪一天，所以不能为二老尽孝……大女儿和小女儿一样，没有埋怨他犯的错误给她们带来的痛苦和伤害，也没有埋怨他没给她们积累财富。但是，大女儿目前所处的现状他能够理解。北京的房价高得惊人，这一点他从新闻里了解到了。她一个大学毕业生，每月工资收入二三千元，一年不吃不喝，连三环内一个卫生间也买不下来。这半个月，他对房地产类节目特别感兴趣。张美丽也早看在眼里。

爸，听说你要正式下海了，热烈祝贺！袁红在电话中一改过去开口死气沉沉的语气，兴高采烈地说，爸，您早该下这个决心，我和妈一直在等你下决心。现在这个时代，不是讲学历、讲奉献、讲理想的时代了。我上学时一个女同学家庭生活困难，偷偷跑出去坐台。老师知道后批评她，她说那好，我可以崇高，但你给我解决学习费用，你帮我找份工作，你为我解决住房……说得同学都给她鼓掌，老师只好仰天长叹。

袁青田听了，心里感到很沉重。他说，闺女你听好了，再苦再难你也不能去做丢人现眼的事。

大女儿说，我也在考虑是去那种地方还是找个老板包起来。我爸我妈年龄大了，爸没有收入，我这点工资不够自己花的，我无论从为父母尽孝还是为自己生活，都不该再清高下去……

袁青田急了，我和你妈不要你操心。你的事也不用你操心，你爸还没死呢。

话说出口了，袁青田决心也下定了。他不能再把自己困在家里，他要发财，要报复！

袁莉莉和刘刚不同意袁青田和海波那样的人接触。刘刚不好当面说，就让袁莉莉回娘家找袁青田。袁莉说，您已过半百的人，劳累了几十年，如今就在家练练字、锻炼锻炼身体，享受享受生活，别再拼老本了。张美丽和在北京的大女儿观点相近，一听袁莉莉说这种话就恼火。你爸过去只想着自己往上爬，不敢给家里捞一把。现在他该还欠家人的债了。母女俩一说就顶牛，弄得袁青田向左也不是向右也不是。大女儿有些话最能击中他的要害。袁红说，您现在既不是公务员又没有个单位，万一遇上个大病从哪变出钱来？我妈跟您苦了一辈子累了一辈子，到了这个年龄，您总不能让她再拼老本挣钱养家吧……

袁青田决定跟海波试一次。

马久平酒量大得惊人，所以，外号又叫"马酒瓶"。袁青田的酒量也大。两个人喝着喝着上了劲，换了二两的大杯子，一连喝了三大杯。马久平已经缩溜到桌子下边了，袁、袁书记，不袁大哥，我把别人的先掐了，给你五万吨指标。

袁青田算了一下，五万吨得几千万，他一下子犯了难。他说，算了，算了，我不要了。

海波说，我早帮你找了个下家，每吨给你提二十元。

袁青田不敢相信，就这动动嘴的工夫，活生生地赚了一百万，太不可思议了吧！政策再鼓励一部分人带头致富，也不能这种致富办法。这不用说叫投机倒把，叫暴利，这、这……他想不出形容自己行为的新名词来。他对这一百万不放心：别玩我袁青田的吧？

他想起自己在县委书记任上处理矿区矛盾时，八里堡镇一个姓陈的村支部书记流着泪对他说过的话。那位村支部书记说，俺几辈子在这块土地上生活，地下煤炭资源你说是国家的，俺也认，可你在俺们地底下开矿，一车子煤恨不得挣俺种一辈子地的钱，还弄得地塌墙裂屋歪，就给那几个补偿说得过去吗？他觉得那位村支书的话有一定道理，就把煤矿负责人找来，让煤矿每年给村民一定的补偿，同时给村里投资建一个企业，安排村民就业。那个煤矿负责人当面点头应允，背着他却跑到省里告了他一状，说他敲民营企业的竹杠。为此，他受到了一位领导的批评。市人大高副主任支持他。高主任说，小袁你做得对！我支持你。咱们的利益分配机制得改一改。他煤老板不光是敲竹杠，是敲金杠！他一边写着检查，一边督促那家煤矿为村里办企业。最后，那家煤矿还是给村里投资办了个企业。现在轮到自己了，就几杯酒挣了一百万？只不过煤矿老板是挖煤，他是"倒煤"；人家老板还投了资，他是空手套白狼。

袁青田犹豫了。

张美丽说，姓海的在中间挣得比你多，你不要前怕狼后怕虎！你一没偷二没抢三没反对共产党四没乌纱帽子怕人抢，怕个熊！然后又告诉他，她把一百万中的五十万汇给在北京的大闺女，让她付买房的首付款用；给了袁莉二十万。剩下的三十万，张美丽说你得用这钱打点打点。袁青田一瞪眼，打点谁？你是说让我给人家行贿，让人家犯错误栽跟头？这事我不干。我不能让朋友帮了忙，反过来害了朋友！

张美丽生气了，说你赇等着，看还有谁帮你。

袁青田说，我不用人帮，我自己干自己喜欢做的事。

袁莉在收到他给的钱的第二天，就把钱送了回来。袁莉说，我们家刘刚说了，爸现在急需用钱，我们帮不上他，也不能啃他。然后又小声问他，爸，这钱是不是您过去存的私房钱？

袁青田说，我过去的工资都是你妈领，哪来私房钱？

袁莉不信，沉默了一会儿又问，爸，这二十万不是个小数字，以您当县委书记时的工资，就是不吃不喝也得存好几年。您不会……？

袁青田明白袁莉话中的意思，恼火地说，纪委也不是没查我的经济问题。查来查去，你爸没受过贿，没贪污公款，没在企业入股做生意。你还不知道你爸呀？！

袁莉歪着头想了半天，爸，那这二十万……？

张美丽正好从菜市场买菜回家，听到袁莉的话，不高兴地瞪了她一眼。袁莉你是捡到天上掉下的金元宝了？你怕钱咬手啊？你爸现在是老百姓，自已做生意挣钱。你要是怕钱咬手，不要就算了。

袁莉不想惹爸爸妈妈生气，没再往下说。临出门，她又悄悄对袁青田说，爸，虽说您现在是老百姓，可闺女还是希望您做点正经生意。

袁青田从袁莉的眼神中看到一种关爱，一种期盼，一种希冀。他决定听袁莉的话，不再与海波那些人来往。已经失去了五年自由，他不想再与自由分手。

五

袁青田对书画比较喜欢，就开了个书画店，自己也练字，这样一举两得，快哉快哉。书画店开业的第二天，高副主任突然从天而降，出现在袁青田面前。

一开始，袁青田隔着窗户的大玻璃看见了高副主任，赶忙背过身。高副主任进来后，咳嗽了一声，他也假装没听见，直到高副主任喊他的名字，小袁，你给老子装聋作哑是不？

袁青田转过身的工夫，眼泪掉了下来。高副主任的眼睛也湿润了。小袁啊，过去了，都过去了。

袁青田给高副主任泡了一壶茶，两个人慢慢聊起来。

高副主任说，你就当提前退休吧！

袁青田说，嗯。

高副主任说，你的字又有长进。我看你要是练到80岁，不得了！

袁青田说，就一爱好。

高副主任端着茶杯，送到嘴边又放下了，问：生意好做吗？

袁青田实事求是回答，不好做。名气太大的价高卖不出去，没有名气的价低也卖不出去。

高副主任笑了笑。

袁青田说，有时，我真想到小北湖那儿租几亩地种种……他的话没说完，高副主任突然变了脸，端着茶杯的手微微抖动，茶水溢出几滴，把袁青田刚才写好的一幅字浸湿了，墨汁快速溶解。高副主任放下茶杯，什么话也没说，缓缓地走了出去。

回到家，袁青田把这事给张美丽说了。张美丽一拍脑袋瓜子，哎呀，瞧我这记性，怎么就忘记告诉你。

你是说高局长搬家的事吧？我早知道了。袁青田说。他回来的第三天，袁莉带着孩子来家，孩子玩耍时不小心把椅子碰倒，咣当一声，很响。袁青田赶忙把椅子小心地扶起来。袁莉说，爸，您是怕惊动楼下的高老爷子吧？他去年就搬走了。

搬哪去了？

袁莉说，老爷子的儿子高文革在小北湖风景最好的地方买了一栋大别墅，把老爷子接过去住了。

袁青田皱皱眉头，你说高文革？他不是在市政府机关管理局工作吗？他哪来的钱买别墅？

袁莉说，高文革交上了一个搞房地产的港商。那个港商看小北湖是块好地方，就让高文革帮着拿下来，给高文革算干股……

你说什么，再说一遍。袁青田急了，小北湖湖滩是一块高产良田，又是咱这个市的农业试验田，怎么会让他们搞房地产开发？

袁莉说，那是良田，农业局的农科所就在那里。

袁青田点点头，是啊，老高局长也不会同意。

袁莉说，高局长开始是不同意，可禁不住高文革、高文革的妈、高文革的老婆孩子一起上阵找老爷子闹腾。再说，高老爷子早不管农业局的事了，现在的农业局长同意了，他有啥法子阻挡？

袁莉还要往下说，一看表，送孩子的时间到了，就急急忙忙出了门。袁青田想等张美丽回家来再接着问，结果一忙起来给忘记了。

张美丽说，不是搬家的事，但是与搬家有关系。高老爷子这几年最忌讳的事情，就是在他面前提小北湖的房地产开发。那是他的心病，他灵魂中的一块伤疤。

你啥意思，能不能痛快点。袁青田有点儿急了。

张美丽接着告诉他，高文革开始并没打算动老爷子这层关系。他从小在市机关大院长大，和市领导的子女都熟悉。管农业的副市长的儿子是他小学一直到高中的同学，搞房地产开发的港商又是本地丰湖县人、张苏生副市长的亲戚。这伙子人搅和一起，那还不能成事？

袁青田说不对，张苏生不是丰湖县人，啥时在丰湖有亲戚啦？

张美丽说怎么没有，姓黄，原来开皮鞋厂，后来看房地产赚钱又搞房地产开发，先是在丰湖搞，再后来来了市里。高文革他们也不傻，一开始是以建都市农庄、发展旅游的名义把小北湖的地拿到手……

袁青田不想听张美丽没有重点的絮叨过程，想尽快知道结果，就问张美丽，高局长高老爷子的态度呢？

张美丽比他还着急，干脆利落地说，态度，什么叫态度？高老爷子如今就住在那儿，你说他什么态度！

难道，难道……袁青田想不通。

张美丽夹了块肉放在他碗里，然后又夹出来放在自己碗里，把一盘子肉拨拉到自己跟前，用筷子敲着碗沿，看到了吧，这一盘子肉放那儿，你就忍心看我独吞？

袁青田仿佛听明白了，长长地叹了一口气。

书画店开业两个月，一张字画也没卖出去，倒赔了几万块钱的房租。这期间海波来过两次，每次都是站一会儿就走，说是顺路过来看看老领导，也没提请他写字的事。只有一次，海波撂下一句意味深长的话，老领导，人家马兰兰现在都当股东，几百万资产了！

袁青田知道海波是在提醒他，不要忘记马兰兰对他的伤害。其实，他压根就没有忘记。不是你这个女人，老子怎么会待在这间屋子里？他想过许多报复的办法，但是又被自己一一否定了。

这天，海波又来了，和过去一样，说了几句话就要走。袁青田喊住了他。小海你今天不能再不留下了，我请你喝几盅。海波推辞了几句，然后说，那我安排个地方吧！

海波选的饭店就在小北湖岛上。

海波带了一个年轻的姑娘，看上去也就 20 刚出头。酒席之间，那姑娘和海波打情骂俏，一会儿摸一下海波的头，一会儿拍下海波的肩，完全不把袁青田放在眼里。袁青田趁那个女人去卫生间时对海波说，你是个公务员，怎么不怕……海波说这有什么，陈希同、成克杰、陈良宇都是高官吧，哪个没情妇？

袁青田说，他们只是少数。

哈哈哈，海波笑了，我的老书记你是真不知道还是装糊涂。权威部门公布的数字，这些年查的官员中百分之九十几都有女人。百分之九十几还是少数吗？

袁青田说，贪官在干部队伍中的比例还是少数。

海波嘲讽地说，我的袁大书记你这是理想坚定啊！这社会有几个不贪？只是贪的方法不同，有的直接收钱，卖官收，卖资源收，卖计划收，那是傻×，很容易进去；有的是变相收，比如让老婆孩子七大姑八大姨开公司、做生意，你查也不好查，你总不能让当官的家里人扎起喉咙吧？还有最高明的就是推磨……

袁青田一愣，推什么？

海波用手比画着，说，推磨。就是转圈。我把资源给了你，不收你一分钱，可是，你那资源蛋糕总得给我切一块吧。这样说吧，还记得丰湖纺织厂吧，后来"零改制"给了黄老板。黄老板就那块地皮硬是赚了上千万！黄老板盖房子用施工队，中标的是张苏生的小舅子，空调用的是张苏生小姨子代理的品牌空调……

海波没说完，袁青田一拳砸在桌子上，铁青着脸骂了一句，这些狗日的！他突然想起什么，问：海波，黄老板咋成港商了？

海波说，那还不容易，花钱在香港买房子买户口呗！

袁青田又问：张苏生咋又和黄老板成亲戚了？

海波笑了，他俩这亲戚挺特殊，说亲，特别地亲，说不亲吧，又八杆子打不着。说着看了跟他来的姑娘一眼。

袁青田急了，瞪着眼，你老实说，别玩虚的。

海波把嘴贴在袁青田耳边，说，黄老板和张苏生都喜欢和马兰兰睡觉，人称一个大门出进的两兄弟，你说亲不亲……

袁青田马上理解了张苏生和黄老板的关系。同时，对马兰兰报复之心又在萌动。他自言自语地说了一句，他就不怕？

海波说，人家这叫会当官。有人说现在当官要围着"三老"当。一是为老板办事，说白了你给老板办事，老板给你好处；二是为老婆打工，你不把老婆的事弄好，怎么做到外边彩旗飘飘，家中红旗不倒？三是替老百姓说话，就是口号喊得响一点，老百姓好哄，一听哪个当官的嘴上老是惦记老百姓，就认为他好……

袁青田不想听这些，嚷着，吃饭，吃饭。

饭菜上来后，有一碗汤，汤里像粉丝一样的东西。袁青田说这粉丝也越做越细了。那个跟海波来的姑娘鄙夷地看了他一眼，嘴里咕哝了一句袁青田没听清的话。海波说，这道菜叫鱼翅，咱们市做得好的就这家。袁青田皱了皱眉头，说鱼刺怎么这样长？再说吃鱼都把刺挑出来，还有专喝鱼刺汤的？一根刺卡喉咙里人都受不了，这一碗刺卡喉咙里人还能喘气呀？他说着，把鱼翅碗推到海波面前，意思是让给海波吃。海波有点儿急了，我的老领导，这一碗鱼翅八百元。我就是想让你了解了解现在的世界是个什么样子。

八百元？袁青田蒙了。他最喜欢羊肉汤就烧饼，尤其对羊油和红辣椒炼成的辣椒油情有独钟，早上喝稀饭都要放上一点。当县委书记时，全县都知道他的习惯，无论到哪个乡镇或者企业，只要他留下吃饭，羊肉汤是必备的。他一听一碗鱼翅八百元，觉得不可思议，让服务员退掉。服务员说已经做好了，不能退。海波也说现在请客吃饭吃的是档次，是身份！你以后慢慢就明白了。

这顿饭花了三千多元。海波没有主动要求结账，袁青田买完单就黑着脸。他不是心疼那三千多元钱。他是吃的不开心，不满意。

海波上了车后说，袁书记，下个节目我安排。袁青田不知他又要搞什么，但不好拒绝。这时，身上挎着小书包、胳膊上戴着红袖章的看车人过来，他看了看车玻璃窗上的纸条，说停了三小时，收费六元钱。海波拿出两元钱，说没零钱了！看车人问你要不要票？海波说不用。看车人马上换了一副笑脸，谢谢你。然后热情地指挥海波倒车，还给海波摆了摆手，老板走好。海波对袁青田说，老书记你看到了吧，这看车的农民工都搞腐败！

袁青田不解，他少收你四元钱，你还说他腐败。

那个姑娘接上说，大叔你真外行。你要发票，给他六元，他得全部交公司六元，你不要发票，这两元他就装自己兜里了。

袁青田这才恍然大悟。他四下看了一眼，觉得这个地方既熟悉又陌生，问海波，这是小北湖吗？

海波说是呀，就是你最早发家的地方。现在被开发出来了，你老领导高局长的儿子和"黄牛皮"联合开发的。

袁青田眼睛一下子瞪大了，瞪圆了，目光像燃烧着火。跟随海波来的姑娘吓得赶忙躲到海波身后。

海波带袁青田去的第二个地方是洗浴中心。在池子里泡澡的时候，他问海波下一步该怎么办？海波说你上次赚的一百万还剩多少？他说给大女儿五十万，给小女儿二十万让退了回来，开书画店时房租加进字画花了十万，现在估摸还有四十万。海波说你拿二十万出来，送给老马！

老马，哪个老马？袁青田问。

海波说，丰湖煤业的老马呗！

袁青田一听吓了一跳。二十万，万一出事，最少也得判十年以上。咱这不是害朋友吗？再说，马总那么有钱，还在乎我的二十万？

海波说，得了吧，你能告他还是他自己能告自己？说完，又叹气，你要是因为腐败问题进去，今天就不需要我费口舌给你上课了。他上次批五万吨给你，你给他二十万，一吨四元，比行规已经少了一大半。

袁青田沉默着没有表态。

海波说要做个按摩，开了两个豪华包间。他和那个姑娘进了一个包间，让袁青田自己一个包间，还给他找了个女孩。袁青田一直在抽烟想心事，连看也没看那女孩一眼。

那女孩笑容可掬，我叫冰冰，老板贵姓？

袁青田白了她一眼。

冰冰说，老板你是做泰式韩式港式还是打快炮？见袁青田没理，她以为袁青田没听明白，进一步解释说，做正规按摩我给你请个中医技师来，我只会做让你舒服那种，冰火、口活……她见袁青田无动于衷，只是坐在沙发上抽烟，于是三下五除二脱光衣服，坐到袁青田大腿上，用两只硕大的乳房朝袁青田脸上摩擦。袁青田火了，一下子把她推到地上。怎么这么不要脸？谁说要和你干事了？！

冰冰从地上爬起来，衣服也没穿，骂道，臭不要脸的男人还装孙子。你要脸你来这里来干啥，你不知道这就是干那种事的地方？我最看不起你这种男人，五六十的人，背着媳妇孩子在外找小姐，还得装孙子。不就是看不上我吗，早说。现在说晚了，我已报过钟，你得付钱。

袁青田气不打一处来。他扬起拳头想打冰冰。冰冰毫不畏惧，你打，你打我一下试试。她的两只乳房在袁青田眼前晃悠，袁青田的心怦然一动，接着下意识地朝门口看了一眼。冰冰拦腰把他抱住，大哥你不用怕，这儿没事。说着，她的手伸到袁青田的裤裆里。袁青田觉得浑身的血往上涌。不过，他还心有余悸，说，我不行。冰冰说，男人不能说不行。接着一用力把袁青田掀翻在床上，骑到了他身上……

六

从那以后的连续几天里，袁青田每晚都去找冰冰。他和冰冰做爱一次比一次的时间长。他觉得自己又回到了青年时代，浑身上下仿佛用不完的力气。不过，只有他自己知道，他是把那个叫冰冰的小姐当作了马兰兰。他找她做爱，心里却想的是报复马兰兰。每次冰冰叫的时候，他都抽她几耳光，骂她浪货、贱人！

又过了几天，海波约来了马久平，三个人在一起玩了个通宵。临走时，袁青田把装了二十万的手提袋放在了马久平的车上。第二天上午，马久平打来电话，说过些日子再给他批两万吨。袁青田算了一笔账，一吨赚二十元，两万吨又可以赚四十万。他索性把书画店关了，注册了一个煤炭经销公司，专门从事煤炭生意。不久，有个熟人告诉他，海波每次赚得比他还多。他想，这个狗日的海波，自己不出面，找老子当出头鸟。不行，我得给他谈谈。

还没等他约海波，海波先给他来了电话。海波说有人要请老领导吃饭。我不是给您说过，原来你的部下要给你接接风吗？看看都半年了人才刚刚凑齐。

袁青田说我请客。放下电话，他又有些后悔，怎么面对自己这些老部下呢？当初，我在他们面前教育他们廉洁自律。你自己倒自律到监狱里去了。转念又想，你总得生存生活，生存生活就不能不见人！

海波召集来了七八个人。这些人当年都是在县委机关工作的，如今有的是乡镇长、党委书记，有的是政府部门的局长，还有一个已经当上了副县长。当年那个被他否决的镇长候选人也来了。他们见了他，还是一口一个袁书记的叫着，给他敬酒时也是恭恭敬敬，让他感到心里热烘烘的。他想，都说世态炎凉，其实人与人之间还是讲感情的。他一激动，端起酒杯敬了一圈酒，感慨万端地说，有的当年我提拔的，知道我回来，到现在也没露面，连个电话也没一个，而你们这些人，大多数在我任上没得到好处。所以，我很感动……他竟然泣不成声。

那些人也都端着杯子来给他敬酒。

有的说，袁书记你一碗水端平，用人上不搞歪门邪道。可现在呢，不跑不送原地不动，又跑又送提拔重用，哪儿还有公平！

有的说，袁书记你不知道，咱县干部怀念你当权的年代，用人公平，现在当官就差没明码标价向外卖了。

那个当年被他否决的镇长候选人、张苏生媳妇的远房侄子也过来给他敬酒，袁书记我当时对你还真想不通，后来才慢慢理解了。你要不那样做，我可能会滑得更远……

袁青田发现这些人都变了。他自己何尝没变呢？要是搁在过去，这些人在当面奉迎他，他一定会觉得心里不舒服，毫不客气地把他们全部赶滚蛋。可是今天听了他们的话，他倒觉得心里像灌了蜜一样甜滋滋，甚至有点儿飘飘然。临走，海波给他们每人送了一盒月饼，说，马上到中秋了，这是袁书记送给你们的。袁书记说这些老部下辛辛苦苦跟着我干了几年，我没来得及答谢，今天我自己当老板，有钱了，就算答谢各位了。

袁青田一愣，这小子事前也不告诉我？但表面上他还要装出热情的笑脸，对他们说，应该的，这是一点儿心意。结账时他才发现，海波把月饼钱都记到了饭菜上，而且不光是每人一盒月饼，还有一千元钱的红包，各项加起来，这一顿花了两万多元。他只能打掉门牙往肚里咽。但是海波一句话给了他启示。海波说，你以为他们奔感情来？屁！是奔你的礼品和红包来的。不过，你以后使唤他们，我保证比你当县委书记时还好使！

海波的话很快应验了。有一天，张美丽的嫂子带着孩子找上门来，说是在城关镇租了个门面卖点农产品被镇城管查了，要封门还要罚款。嫂子说乡下人不懂得还要先办证。

袁青田开始拒绝了。他说，我现在草民一个，给谁说去？

张美丽说，你那天吃饭时不有城关镇书记吗，你给他打个电话呗！

他犹豫了半天，几次拿起手机又放下了。第二天，他去了一趟城关镇。没想到城关镇书记当即答应帮他管这事。这城管太没眼色了，连袁书记的面子也不给，我撸他们！

袁青田以为是糊弄他。第二天张美丽的侄子来电话说事办成了，城管不但没罚款没关门，还答应尽快给办证。张美丽这才告诉袁青田，她在他给城关镇书记带的一幅字中夹了一万元钱。

袁青田开始觉得心里有点堵，很快又释然了，自古不就有句话吗，叫有钱能使鬼推磨。

第二天泡澡时，他问海波，小海，你小子为啥对我这样好？这个疑问一天不找到答案，他心里一天不踏实。他自己做过官，并且在官场重重地摔倒过一回，深深懂得官场的复杂。你当官时，有些人对你毕恭毕敬，那不是敬你，而是敬你的权力，一朝权失去，他就不再敬你。他弄不清海波葫芦里到底装的什么药，一直心有余悸地生怕海波拴个套把他绕进去。

海波脱口而出地回答，爱戴老领导呗！

袁青田说，少给我玩立格愣，我在位时只不过给你提了半级，而且是按照干部管理规定办的……

海波半个身子在水里，半个身子在外边。他给袁青田点了一支烟，四下看了一眼，见没有熟悉的面孔，才对袁青田说，从公说，我敬重你的为人。还记得从"黄牛皮"的企业考察回来，你让我把他送的皮鞋和红包送回去吗？

袁青田唉了一声，说，我那时真怕出事栽跟头，毁了政治前途！

海波说，你当县委书记几年，两手空空，什么也没捞着。你后边的张苏生，往少说从丰湖带了几百万走。他对丰湖县的奉献根本不能和您比，我心里不平衡，就想让你挣点钱。从私说，你帮过我，只是我还没来得及报答你，你就被那个女人害了。

我帮过你？袁青田有些不解。

海波把身子朝袁青田挪近了些，声音也压低了，说，丰湖煤业的老马是我亲舅。当初他处理矿区矛盾出了麻烦，上边正要查处他，是你去给他解了围，还让他立了一大功。他多次说过，只要有机会，我得好好报答袁书记！

袁青田越听越不明白，我处理矿社纠纷那是工作范围内的事啊！

海波摇摇头，说，不一样就是不一样，刚开始是张苏生县长处理的。他收了私人矿主的好处，一边压国营矿一边压老百姓，挑动老百姓同国营矿斗，所以事越闹越大。张苏生对你的意见就从那开始的。我给你实话实说吧，那个婊子就是张苏生挑唆才害你！

袁青田大吃一惊，整个身子从水里站起来。不会吧，他这样干怎么还能提副市长！

海波说，这就是我和我舅想帮你的根本出发点。我舅说，张苏生害老袁，等老袁出来咱帮他！

袁青田连连摇头，说，不对，马兰兰告发我最起码不是他挑唆的，因为我对小马确实做了那种事。

海波说，你和她就那么两三次，张县长和姓马的天天晚上干，一百次一千次都有了，怎么就没事？我说老书记，您别再像过去那样天真无邪了。他见袁青田额头上的青筋在跳，又说，我知道你恨姓马的娘们，想报一箭之仇。可是，你没得办法。你现在要权没权，要钱没钱，杀人吧，你没那个胆量，到头来还得赔命；毁容吧，你想想也不值；打她骂她一顿吧，解不了你五年牢狱之苦的恨。只要你有了钱，才能找到报复她的机会。

袁青田沉默了。海波拉他去房间，他丝毫也没犹豫，和冰冰做爱时，他突然变得野蛮起来，对马兰兰五年的仇恨仿佛在这一刻发泄出来。我弄死你，我弄死你！

冰冰开始还装着愉悦地叫，渐渐地变成了真的哭，抱着他的手越来越紧，事毕，她还抱着他不松手，说，大哥，我今天遇到真正的男人啦。从今往后您想什么时候来打我就什么时候来，我不要您的钱！见袁青田不解地瞅着她，她又说，大哥你今天让我懂得了什么叫男欢女爱，什么叫真正的性生活。

袁青田还是不解，你不是天天接客吗？

冰冰哼了一声，唏，和大哥你比，那些人哪能叫男人……说着又紧紧抱着他，我也不光想挣钱，还想要女人真正的性爱！

当天晚上他就住在了洗浴中心。这是他出狱后第一次在外面过夜。一夜里，他反反复复折腾冰冰。海波进来辞别时，要是搁过去他早魂飞魄散了，可此时竟然不慌不忙，从容不迫，连拉条被单盖一下都懒得动，倒是海波脸红了。

冰冰最后被他折腾得受不了，跪在床前求他放了她。大爷咱今后有的是时间，你啥时想来就来。你今天就饶了我行吗？他一巴掌打在她脸上，老子要把你天天带在身边！

第二天上午，他给海波打了个电话。让他中午在市政府宾馆给他订一个吃饭的包间。海波心领神会，不一会儿就把包间号发到他的手机上。他又给冰冰五千元钱，让她去商场购几件靓丽点的衣服。他说，你今天陪我去吃午饭，我给你发工资。要是你让我砸了，我就废了你！

一个人不管他的性格多坚强，多勇敢，在实施一项有可能让自己或者对方受到伤害的行动之前，内心都会紧张，彷徨，甚至出现瞬间的恐惧。袁青田在房里来来回回转了几十圈，烟也抽了十几支。洗浴中心按摩房间一般装修得比较隐秘，窗户也大都闭着。不一会儿，服务员过来敲门，说消防器报警了。冰冰回来后，伸了个头又缩回去，哎呀妈呀，咋像失火了？

袁青田心烦，说，别废话，咱们现在就走！

做过县委书记的袁青田对接待工作了如指掌。接待接待，就是不停地迎送客人。接待处长也好科长也罢，说白了是个有职位的服务员。他十分有把握地断定今天能见到马兰兰。

海波和几个朋友已经在房间等候袁青田。他把袁青田拉到一边，悄悄地问他见没见马兰兰？袁青田说没见。海波说，袁书记袁大哥你今天就专拣贵的点，喝酒喝茅台，从气势先压倒她，让她不敢小瞧你。

袁青田瞪了他一眼，你把姓袁的看成街头上的小流氓了？

海波不以为然地说那倒不敢。我只是想知道你还有没有当年的那股英雄豪气。

袁青田把冰冰朝海波面前一推，问问她呗，她会告诉你！

服务员进来点菜，海波说，让你们马经理来！服务员出去一会儿，回来说马经理今天休假。海波一拍桌子，不光服务员吓了一哆嗦，连袁青田的心都咯噔一下。海波说，我刚才还见了你们马经理，你说她休假。告诉你，不是马经理点的菜我们不吃，吃了也不买单。

服务员这次出去后，很长时间没回来。海波不急不躁，招呼同来的几个朋友打起扑克。

有人敲门，海波刚问了声"谁"，门就开了。袁青田以为是马兰兰来了，心一下子紧张起来，目光仍盯在电视屏幕上。直到听海波喊张市长，他才扭头看了一眼。来人果然是他做县委书记时的搭档张苏生，他身后还跟着做皮鞋起家的那位民营企业家"黄牛皮"、高副主任的儿子高文革。张苏生故作惊讶，上前一步握住袁青田的手，哎哟，我的老班长没想到你在这里，听文革说你回来了，早想请你吃个饭，老是抽不出时间，今天无论如何要敬你几杯酒。

高文革也说，我得给青田大哥端三杯。

袁青田马上明白了，张苏生是马兰兰找来为她自己解围的。由此看来，马兰兰调到市里当了科长是张苏生的导演，海波说的自己当年出事是张苏生策划的也不是空穴来风。他强压着心中的愤怒，和张苏生寒暄了几句。张苏生拉着他在旁边座位坐下，主动拿起菜谱，招呼服务员点菜。点到最后，他对袁青田说，老班长我知道你喜欢吃羊肉喝羊肉汤，现在口味变了吗？没变就来一份。

服务员说，我们这里是五星级，不做羊肉汤。服务员说的的确是实情。尽管这一带有喝羊肉汤的习好，但羊肉汤又是上不了宴席的下等菜。

张苏生恼火了，你们平时不做今天就不能专门做吗？做不了就去外边盛一锅来。我给老班长老领导接风洗尘，我的面子也不给呀？

海波在一旁接上说，张市长，今天我买单！

张苏生从进屋就没正眼看海波一眼，听他一说，啪的一声把点菜的本子朝桌子上一扔，说，海波科长你也太张狂了吧，什么时候轮到你小子说话了？

海波连忙点头称是。我也是很长时间没见张市长了，今天想表现表现。

张苏生指着海波的鼻子，海波你别给我装。我的办公室你不知道门朝哪吗？就是办公室找不到我，你到我家还找不到吗？礼拜天节假日我都在家。他指了指脑袋，你呀，是思想感情问题！

袁青田终于找到了说话的机会，不失时机地说，海波你小子进步怪不得慢，原来是不登张市长的门。

张苏生哈哈大笑几声。笑罢就端起了酒杯给袁青田敬酒，老班长，我先敬你一杯，跟你搭档几年学到了不少知识。你喝干，我抿抿！

袁青田急了，说，你说什么，我喝干了你抿一抿？亏着你还喊我老班长。是不是你工作抓得不好，财政收入下降，酒钱都付不起了？

张苏生显然不想和袁青田急脸。换了哪个官场混过的人都一样。他袁青田是一介平民，你跟他急脸不是说明你胸怀狭窄没有气量？再说，他现在的身份在你面前很卑微，很渺小。张苏生哈哈一笑，大度地一仰脖子喝干了杯中酒，把杯子朝底一抖，看看，滴水不漏！

袁青田说，老张，咱哥俩换大杯子，喝个痛痛快快！

张苏生脸上闪过一丝不满，但稍纵即逝。他说，舍命陪君子，老班长既然发令了，我不执行就是目无组织纪律。

服务员过来斟酒，张苏生让先给袁青田满上。他向海波要了两支烟，一支给了袁青田，并且亲自给点上了火。他自己也点了一支，说，我从来不抽烟，今天见老班长高兴也陪你抽一支！不过他只抽了两口就放在烟灰缸上，然后和袁青田碰杯。

一玻璃杯酒有二两，又是一口气喝干，袁青田觉得有点儿上火。他知道张苏生过去不怎么喝酒，只有陪上级来的领导时才喝几盅。所以，他提出用大杯子喝酒是想从气势上压倒他。没想到张苏生一杯酒下肚后脸不变色心不跳，谈笑自如，还说老班长你酒量不行了，弄得他更是火上浇油。他从服务员手中要过酒瓶，说咱再喝，老子不信喝不过你！这时，海波走了过来，从他手中夺过酒瓶，袁书记你不能再喝了，再喝你连人都认不清了！

张苏生这时站起了身，拍了拍肚子，老班长，我这还能装个半斤八两的。他看了看表，说是还有个客人要接待，先走一步。临走，他亲热地拥抱了袁青田，老班长，有事尽管找我！不要拿我当外人啊。你要是挣大钱也别忘了兄弟，我入股，我入股……

海波一行人都出去送张苏生了。袁青田借着几分酒气，让冰冰喝酒。他说，你今天陪老子喝两杯，老子保准让你今天晚上更舒服。冰冰夺过他手中的瓶子，嗔怪地说，你也太实诚。你喝了三大杯白酒，人家喝了三大杯白水，还嘲弄你？

他听了恍然大悟，拿过张苏生刚才喝酒的杯子闻了闻，果然没有酒味。他又闻了闻自己的酒杯，一股浓烈的酒气直扑心肺。我被这小子骗了！他气得抓起张苏生用过的酒杯向门外扔去，正砸在进门的海波身上，然后掉在地毯上。海波弯腰捡起酒杯，把在手中玩了一下，又放回张苏生坐过的桌子上，说，袁书记，这事不能太较真。人家现在是市领导。

袁青田红着脸说，屁，他肚子里有多少墨水老子不知道啊！

酒是没法往下喝了。袁青田一转脸看见窗口一条长方形桌子，桌子上摆放着文房四宝。一些地方政府宾馆因为经常接待上级来的领导，在房间和餐厅里摆上笔墨纸砚，以便领导留下宝贵的墨宝。当年他当县委书记时，丰湖宾馆的房间和餐厅也有这些东西。他眼睛一亮，海波，你不是要我的字吗？我今天就给你在这现场写一幅！

海波赶快让服务员铺好毡毯和纸。袁青田走到桌前，两腿劈开，牢牢地站稳，然后运了运气，挥动了笔，写下了"难得糊涂"四个字。他对海波说这是写给你的。

接下来，他给海波同行的几个人每人写了一幅字。最后，他闭目思考了一会儿，又写了一幅"河东河西"。这幅字他没有题上名字。海波心领神会，对服务员说，这幅字是送给你们马经理的。

袁青田把笔狠狠地一掷，大步走出门去。海波紧随他身后，说，袁书记，你该送她"礼义廉耻"四个字！

他扭头看了海波一眼，说，明天去一趟丰湖煤业集团！

回到家，张美丽正坐在沙发上一边看电视一边织毛衣。我以为你又犯事进去了，进去了倒利索。张美丽不热不冷地说。

袁青田挨着张美丽坐下，张美丽忙起身坐到另一只沙发上。袁青田问你啥意思？张美丽说我怕脏。袁青田从包里取出一枚金戒指，往茶几上一放，在灯光下耀眼夺目。他说，这东西不脏吧？张美丽连看也没看，我不稀罕。我在家等了你几年，就等着你给我这枚金戒指？说着，两颗泪珠落下来。

袁青田笑了笑，正要给张美丽解释，手机电话响了。他怎么也想不到，电话是张苏生打来的。张苏生约他明天晚上出去坐一坐。老班长啊，很对不起，我中午没陪你到底，半路上跑了。下午打你手机，一直不在服务区，所以，明天想约你去喝喝茶聊聊天。

袁青田没表态。他的头脑却像已经点火的发动机飞速旋转着，思考着张苏生约他的动机。张苏生是不是猜到，他已经知道他和马兰兰的关系，怕他报复他们？或者是马兰兰看见他，又看了他送给她的字，心里害怕，求张苏生来讲和？抑或是张苏生想羞辱他，戏弄他？约我聊聊天，我们之间聊什么？聊你怎么当上的副市长，聊你和马兰兰怎么合伙算计我？聊你……

张苏生猜到了他的矛盾心理，恳切地说，老班长啊，您放一百个心一千个心，我没有别的意思，就是想你，想和你聊聊心里话。你又不是不知道，像咱们这样的人没有几个知心朋友。当年咱们搭档时都在官场，互相之间说不了心里话。

张苏生的这番话的确对袁青田有些触动。中国官场自有中国官场的潜规则，官场上的人必须小心翼翼遵守这些潜规则，不敢越雷池半步。比如书记与县长之间，除了工作上的事很少互相走动，即使在一起喝酒吃饭，可以聊工作，甚至可以开玩笑，比赛讲荤段子，但不能像朋友一样推心置腹地谈话。市里下了个文件，文件中有与实际工作不适应或者说不好操作的条款，你心里即使有想法，有意见，不能与你的搭档聊出来，今天聊出来，明天市领导就会知道，你就可能得挪窝。至于你感情上有什么问题，生活中有什么事情就更不能随便说。想到这里，他同意了和张苏生会面。

那人是人面兽心！张美丽警告袁青田，你受他的苦还少吗，还不接受教训？

袁莉也不同意袁青田同张苏生打交道。她说，爸您又不是不了解姓张的是个什么样的官。机关干部私下都称他叫"张畜生"。您要是和他搅和一块儿，还得让他害了您！

袁青田说，我也不是3岁小孩，听听他放什么屁吧！

七

张苏生约袁青田见面的地点在小北湖。

沿着柳荫成行的湖边行驶，一座座隐身在林海深处的建筑不时出现。有度假村，有别墅区，有政府部门的接待中心。出租车司机告诉袁青田，这里原来是湖滨公园，现在被占完了。不是领导就是有钱人，什么世道！袁青田比出租车司机更了解这里的情况。早先他到丰湖任职之前，担任规划局局长时，就向市委市政府建议要严格限制"三边"开发，即水边、山边、林边。当时一位分管副市长批评他太极端，只有这些地方人家房地产商才感兴趣，房价才能上去，地价也才能涨，财政收入也才能增加。你画了个圈圈这不许那不许，不是把人家手脚捆起来了？没想到这几年"三边"开发速度比往年加快，小北湖就是个典型。让袁青田想不到的是，小北湖里还有个非常隐秘的去处，门口挂的是一个科研单位的牌子，但里边却是比五星级宾馆还豪华的休闲场所，有游泳池、温泉，还有网球场、乒乓球房。张苏生在一个桑拿屋里等着他。见了面，张苏生指着自己赤裸裸的身子说，咱哥俩今天都赤裸裸的，不要有什么顾忌！

服务生送上两杯冰镇可乐和两条没拆封的毛巾。张苏生对服务生说，不叫你就老老实实在外边待着！

袁青田笑了笑，干吗搞得这么神神秘秘？

张苏生掐了掐两只肥胖的胳膊，又摸了摸隆起的肚子，感叹地说，老了！岁月不饶人。看看这肚子，就是不听话。他看了袁青田一眼，老班长，你的体形还是保持得那么好，不胖不瘦，非常适中。

袁青田心中也无限感慨。我是外强中干。他指了指胸口，这儿冠心病，不知哪天就去见——他原来想说些党政干部常说的见马克思，一想自己党籍早已开除，所以改口说见上帝。

张苏生有点儿紧张，神情不安地说，你有冠心病咱就别蒸了。咱去池子里泡一泡吧。说着，不等袁青田同意，拉着他走出了桑拿房。袁青田看了一眼，见只有两个淋浴。张苏生不等他问，主动对他说，这是一个民营企业老板的私人会所，主要接待上边来的领导和高端客户。这个老板你也认识，老黄，"黄牛皮"。

袁青田脱口而出地问，听说你和"黄牛皮"有亲戚？

张苏生一愣，继而哈哈大笑，转了个话题说，这小子聪明，改行搞房地产，先是在咱们县城里做，去年又到市里发展，在海南也建了两个楼盘。

袁青田一愣：不是说拿地要有关系吗？

张苏生已经全身置于热水池中了。他说，黄老板听说你回来了，想请你到他的企业做顾问，年薪一百万，再给你配辆好车。他让我先问问你的意见。

袁青田没说他正在做煤炭生意的事。但是他相信张苏生知道他现在并不缺钱。他没有马上做出回答。尽管他想起曾经给"黄牛皮"的企业做过些好事，那都是应该的。他担心的是张苏生的企图。这小子喝酒都糊弄我，能给我多大诚意？

张苏生见他不回答，说，你老哥是不相信我，对吧？那我就给你讲一件事，反正今晚既没录音也没有记录，你就是说出去我也不承认。

袁青田出事后，丰湖县委书记一职空缺了一段时间。丰湖在这个市是经济条件最好的县，有煤炭资源，这些年丰湖书记没有不提拔的。有人说坐上丰湖一把手，最低可以弄个副地级的官帽。所以，争着到丰湖来做官的人很多。张苏生心里着急，来一届新县委书记起码也要干个两三年，两三年后即使他接上县委书记，再干上两三年，年龄就失去了优势。有人研究中国官场的腐败问题如买官卖官，认为选官不公是问题主要根源。一个县的主要领导，实际决定权往往就在上一级党委主要负责人手里。大家都想去当这个县委书记，最后找来找去到了那个有决定权的人手里。找副职不管用，只能找上级或者这个决定者的亲戚朋友。于是就形成了一个源源不断、生生不灭的买官卖官景观。张苏生正在为难的时候，"黄牛皮"找到了他，暗示他"活动活动"。张苏生说我上边不硬。"黄牛皮"主动提出帮他找林部长，让林部长给说说。

那你送了多少钱？袁青田半真半假地问。

张苏生说，没有，一分钱没送，骗你不是娘生的。

袁青田说，林部长真廉洁，不过他并不了解你，"黄牛皮"推荐他就信了？

张苏生说，县纺织厂你还记得吧？位置好，占地面积也大。"黄牛皮"刚涉入房地产，想把那块地皮拿过来，他找过你，你让他按规矩办。

袁青田未置可否。因为当时找他的是马兰兰，所以"黄牛皮"没有正式找到他；而马兰兰代表的是"黄牛皮"，也算是找过他。

张苏生说，我排除种种干扰，把纺织厂的一百八十亩地给了"黄牛皮"，他这一个项目就赚了五千万。至于他给谁好处我不管，我也管不了。换句话说，我不知道，我也不能知道，不敢知道。

袁青田不解地看着张苏生，故意引他的话，林部长不可能收他的好处吧？

张苏生得意地笑了，用手在水中画了个圈。现在谁还傻得去收钱送钱。这叫推磨法，你给我办事，我给他办事，他再给你好处，这样你查也查不出实据。比如说我，我连林部长家都没去过，查我啥？至于"黄牛皮"，他和部长是朋友，朋友来往不犯法吧？

袁青田这下明白了。他轻轻叹了口气，腐败也与时俱进呀！

张苏生忙打断，说，咱哥俩今天不讨论腐败的问题。听说海波帮你做了两单煤炭生意，让你赚了点钱。

袁青田警惕起来，认真地说，我是合理合法做生意挣钱。

张苏生哈哈大笑，笑声在水池里发出激动的回响。袁青田不知是受了感染还是故意和张苏生比个高低，也放开嗓子笑了几声。他的笑声比张苏生的笑声持续时间长了一些，心情也轻松了很多。这难道就是谁笑到最后的诠释？到了这个时候他不能不表态了。他说，"黄牛皮"那边你先帮我应着。我呢，再考虑考虑。我得看看自己有没有这方面的能力。

你当县委书记时为过一些人，这些人现在还念你的好。这些都是资源！张苏生毫不掩饰地说。

其实不用张苏生挑明，袁青田已经想到了这一点。这几年在监狱里在反省自己问题的同时，监狱里经常对他们进行"反腐倡廉"学习，一些典型案例他也知道。权力是资源，这个资源往往会起到其他资源不可替代的作用。关系也是资源，说白了关系就是关节，关节打通了，办事也就通畅了。他做过县委书记，经他手提拔的干部、办过的好事的确不少。那时，他没有向人伸过手。不是他不想，是不敢。他那时算计的是自己年龄上还有优势，又深得领导的赏识，政治上还有发展前途，没必要因为经济问题栽跟头。

张苏生说，老班长你是装糊涂呀！就说你过去坚持原则，清正廉洁吧，说到底不就是想爬得更高点吗？怕得了钱丢官吗？

袁青田从丰湖煤业集团那件事让他明白了，只要他开口，还有人会给他面子。用现代的新名词说，这就叫"权力寻租"。想着，自己笑了，人家说权力寻租是指退下来的干部，你一个从监狱出来的也权力寻租……

张苏生善于察言观色。他看出袁青田心动了，又快马加鞭地跟着说了一大堆劝导他的话。老班长啊，响鼓不用重槌，我现在说的都有点儿多了。你先跟"黄牛皮"做一段时间顾问，他的公司一上市，你就是大股东之一，几百万，几千万……往后几十年就舒舒服服地过吧！

直到他们要离开时，"黄牛皮"才匆匆赶来。他握着袁青田的手一口一个老书记，一口一个对不起，来晚了。最后再三邀请袁青田到企业去看看。袁青田注意到，"黄牛皮"的车上坐着两个年轻貌美的女人，一个酷似马兰兰。

八

第二天九点，袁青田如约地下了楼，一辆加长版黑色奥迪 A8 轿车停在他家的楼下，一个身材高大的小伙子从车上下来，接过他的包，把他扶上车。袁青田开始没注意，上车后从反光镜里一看，才认出他是过去在市委机关宿舍大门当保安的"猴子"。

"猴子"说，袁老，我是董事长派来专门给你开车的。

袁青田问"猴子"，你啥时候学会的开车？

"猴子"说，是高文革大哥把我带这公司来的。昨天他才通知我，说是让我给你开车。我当然高兴，袁老，老朋友啦。

"黄牛皮"给他的办公室，在"黄牛皮"的上一层，同"黄牛皮"的办公室格局相同，面积相当，连办公室家具等也是一个牌子。一个 20 岁左右的年轻姑娘在门口笑容可掬地等待着他。他进屋后，那个姑娘自我介绍叫马岚岚，是董事会的秘书。从今天起，我就是您的专职秘书！她说。他抬头看了她一眼。她穿一件蓝底红花的对襟上衣，纽扣是传统的布织，白色，蝴蝶形状，上下排列的规整有序，下身是一件白裙子，既有南方少女的娇媚，又有北方姑娘的质朴，站在那里仿佛一棵竹子，高风亮节。袁青田愣了好大会儿，心想，狗日的"黄牛皮"不仅会做皮鞋，还会做公关，找个秘书马岚岚，和马兰兰的名字音近，人长得也像当年的马兰兰。

马岚岚递给他一个夹子，打开首页是马岚岚的自我介绍，姓名、身高、年龄等一应俱全，在学历栏上写着本科毕业，家庭地址却是本市解放路花园小区。袁青田这才松了口气，这个马岚岚和马兰兰没有亲属关系。

你们老板呢？袁青田问。

马岚岚说，老板在市里参加政协会。我们老板是市政协常委。又说，老板让我先带袁顾问参观一下企业成长展厅和各个部门，请您提提意见。下午老板回来再向您汇报。

她就带着袁青田从六楼一直转到一楼，每个部门都看了一遍。袁青田不能不对"黄牛皮"刮目相看。从过去一个生产队饲养员，到一个现代化企业的董事长，没有真本事显然是不行的。

晚饭后，袁青田回到家，张美丽问他知道"黄牛皮"的股东有哪些人吗？张苏生的大女儿、小孩姨夫，高副主任的儿子高文革……

袁青田说，这有什么大惊小怪的？领导的儿子就不能入股开公司了，哪个文件规定的？我当过县委书记怎么都不知道？

张美丽哼一声，你是现眼书记。你看看你那五年，除了一身病，家里你连一桶香油也没拿回来过，更不用说钱了！

袁青田火了，我要是受贿，今天都不一定能出来，可能脑袋早搬家了。

张美丽也火了，人家张苏生怎么没进去，就你自欺欺人，吓唬自己。张苏生的大女儿和咱家袁莉是同学，看看人家女儿，开的宝马车，穿戴全名牌。你女儿和人家在一起，矮人家一头。都知道张苏生黑，可谁查他了？张苏生为啥拉你去"黄牛皮"的公司，他啃丰湖煤业啃不下来，还不是想把你当枪使！

袁青田听了张美丽这么一说，突然想起"黄牛皮"下午给他介绍公司情况，说到今后的发展时，说过正打算上市。"黄牛皮"说上市事关重大，必须有一个有经验、懂管理的人负责，所以想请老书记您协助我管这一块。他当时回答说，我对经济尤其是上市这块基本上是外行，恐怕担不了重任。"黄牛皮"说您就帮着把把关，出出点子!

上市要有业绩，看来"黄牛皮"要咬丰湖煤业这块肥肉。他想。

丰湖煤业集团共有八对矿井，全部坐落在丰湖县境内。作为省属重点国有企业，企业负责人参照级别是正厅级，比县的级别高出一级。在矿乡关系较为紧张时期，上边为了确保煤炭供应，还曾让丰湖矿务局局长兼任过市委副书记。20世纪80年代，丰湖县境内上马了数百家乡办煤矿村办煤矿，到90年代后期大都改制归了个人。这些小煤矿同大煤矿在地下打起了资源争夺的游击战，袁青田在县委书记任上处理过这类纠纷不下几十起。"黄牛皮"先是用二百万买下了一个年产二十万吨的村集体煤矿，如今这个煤矿的工作面与丰湖煤业的工作面接上了，他想把附近的八里堡煤区买下来，丰湖煤业集团也想把八里堡纳入版图。张苏生去了几次，"马酒瓶"非常热情，一口一个老县长老领导地叫着，好吃好喝好招待，上来就是二两一杯，连喝三杯，脸红脖子粗了才入正题，老县长你就把心放肚子里，在我这里你的话永远是圣旨，你就是把整个丰湖煤田都拿走，我姓马的绝不会皱眉头!

张苏生心里干气，这不是骂我姓张的是强盗吗? 可是，表面上他又挑不出刺来。他也找到八里堡镇党委书记刘发展，刘发展不是躲着不见，就是推辞说这事得找丰湖煤业，噎得张苏生像吞了只苍蝇。他知道袁青田与"马酒瓶"关系不错，刘发展又是袁青田提拔起来的，于是把袁青田推荐给了"黄牛皮"。

袁莉和刘刚听说袁青田要给"黄牛皮"做顾问，表示坚决反对。袁莉说，爸，您要是给他当顾问，无疑是给抢银行的盗贼当向导。刘刚没有直说，但也是婉言相劝，让他离"黄牛皮"、高文革那伙人远一点。刘刚说，八里堡是姓黄的老家，他早盯上那块肥肉了。当地的老百姓不想让姓黄的和高文革他们拿走。

为什么? 袁青田问。

刘刚说，姓黄的和高文革他们给老百姓的补偿费低，又不注意环境保护和科学开采……袁青田懂得这些，点了点头。

可是，张美丽支持他，还把远在北京的大闺女袁红拉上，这样，家庭就形成了两派，而且人数相当。袁青田很为难，拖了几天也没动身去丰湖。

这天，他正在吃早饭，高副主任在儿子高文革搀扶下来找他。袁青田住的房子没有电梯，又在四楼，70多岁的高副主任爬上来真不容易，让袁青田有点儿受宠若惊，忙着亲自去泡茶。

高副主任说，小袁你别忙了。我就是听文革说你当了他们公司的顾问，对他们很支持，过来谢谢你。

袁青田说，哪里，哪里。我既顾不上，也问不了事，惭愧，惭愧！

高副主任说，既来之则安之，能问多少就问多少吧！人不能闲着，闲着容易闲出病。再说，你还年轻……

高文革递给张美丽一个手提袋，说，这是我爸送给袁莉的孩子的。

老爷子送给孩子的东西，袁青田没理由拒绝。张美丽连声谢谢也没说，早已接过去。

高副主任又说，人也不能没有亲情。等你到了我这个年纪，就会体会更深刻。

高文革在一旁接上说，退下来还不得子女管。是、是有高干病房，有医生护士，可那毕竟是工作关系，谁把你当亲老子。我爸这副地级，连个车用也没有，上回我妈半夜里心脏病突发，正赶上我不在家，我爸给机关服务局打电话，就、就差乞求了……

袁青田注意观察高副主任的表情，见高副主任听到这里时，眼睛有些湿润。他猜得出老爷子的心情，不由得在心里叹息。

高副主任挥手打断了高文革的话，文革，以后好好向你袁哥学习，他的经验比你多。

袁青田一边在心里感叹高副主任的变化，一边暗自下定了决心。

送走了高副主任，袁青田立刻打电话叫"猴子"过来。"猴子"来时，马岚岚也跟来了。

袁青田到丰湖第一站是八里堡。

八里堡是丰湖的一个镇，也是煤田的中心区。这个乡十几个村的村下压着千万吨煤。袁青田在县委书记任上曾来处理过矿乡纠纷问题。他之所以选择第一站到这里来，是因为八里堡镇现任镇党委书记刘发展和他熟悉。他任县委书记时，刘发展是县农委一名科长，经常跟他到基层调研。他觉得刘发展思路清晰，作风踏实，有创新精神，在原八里堡镇长人选搁浅后，他推荐刘发展到八里堡当镇长。为此，有人说他用刘发展是和张苏生的权力斗争。他觉得有必要先摸一摸刘发展的底。

　　车子一进入八里堡的地界，公路一下子先变了脸。八里堡这边的公路水泥路面平平整整，而八里堡地界内的公路像女人洗衣用的搓板，颠簸得非常厉害。公路两边的村庄都灰头灰脸，老态龙钟，有的房子已经裂开了大嘴。路边，一字排开了几十个卖梨的小摊，有的是用平板车，有的是用农用三轮车，有的还是人挑来的。那些卖梨的有白发苍苍的老太太，有十二三岁的女孩子。不用猜就可以想象得出，她们家的男劳力都外出打工了。袁青田前边几辆小车不知什么原因停下来，那些卖梨的老奶奶、女孩子拿着装梨的塑料袋争先恐后地挤到车前，敲着窗上的玻璃，卖梨了，早上刚摘的新鲜梨，两块钱一袋。

　　"猴子"开了车门，挥手吆喝着驱赶她们，快，快滚一边去！

　　袁青田瞪了"猴子"一眼，然后下了车，掏出一百块钱，买了一个女孩的两袋梨。这下惹来了麻烦，前前后后的卖梨人都拥了上来。马岚岚见状，赶紧把袁青田拉进车里，催促"猴子"快点开车。

　　"猴子"说，前边车让老百姓用石块挡了。肯定是这些卖梨的人干的，真讨厌。要是在城里，我早动手修理他们了！

　　前边几辆车开走了，袁青田的车却被一群老太太和孩子团团围住，纹丝动弹不得。后边有一辆轿车沉不住气，一个劲儿按喇叭催，"猴子"从窗户探出头，不耐烦地骂了一句，赶着报丧咋的？后边那辆车的司机跳下车就冲过来，要动手打"猴子"。袁青田一看这架势，不顾马岚岚拦阻，硬是下了车。他正要说话，一个老奶奶认出了他，你，你不是袁书记吗？怎么，你又回来当书记了？

　　有个年轻人眼尖，认出袁青田坐的车前边有"黄牛皮"公司的牌子，高声喊，是"黄牛皮"公司的人！

　　老奶奶可能没在意，拉着袁青田的手继续说，现在有些当官当老板的越来越不讲理。俺祖祖辈辈住这里，老板开煤矿从俺的村子下过，地给捣鼓陷了，房子给折腾裂口子，水也给污染了，就给俺万儿八千元钱的补偿，让俺搬迁，凭什么？

袁青田说，你们村子下压着煤田，所以这些年一直没让你们这儿发展。你们看看周边都富了，变化了，你们再这样下去，只会越过越穷。

老奶奶说，那也得说得过去，不能一边倒地光想着顾着煤老板吧？有个姓马的熊妮子，不知仗谁的势，说话狂得很，要把俺这荡平！

袁青田马上想到老奶奶说的是马兰兰，心头顿时像着了火。他说，那个姓马的女老板说到做得到，你们还是别惹恼她。

老奶奶不高兴了，怎么是俺惹恼她？明明是她不讲理。

袁青田说，不是给了你们土地补偿款吗？

老奶奶说，过去咱不会算账，算不明白。现在村里有大学生村官，对老百姓挺好。那个大学生村官帮俺们算了一笔账。你要他的补偿款，几年花完了怎么办？就是你这辈子够吃，下辈子又吃什么？

袁青田说，我劝你们一句，还是赶快搬吧。

老奶奶好像第一次见到袁青田，眯缝着眼睛，上上下下打量了他一会，失望地说，你、你不是那个袁书记，不是！

没等袁青田说话，那个刚才说话的年轻人替他说了，他是"黄牛皮"的人！

老奶奶朝袁青田呸了一口，说，你活该！

马岚岚怕袁青田再纠缠下去可能有麻烦，喊"猴子"一起把他拉到车里。袁青田沉痛地闭上眼睛，无力地靠在座位上。

九

八里堡镇党委书记刘发展正在冲着电话发脾气，袁青田进来后，他只是礼节性地点了点头，继续对着话筒吼，别拿这个那个压我，我不吃那一套。我刘发展宁愿丢了乌纱帽，也不让老百姓指着脊梁骨骂！

刘发展放下电话，过来和袁青田握手。袁青田这才发现，刘发展人比过去瘦了，黑了，也明显见老了。

刘发展说，老领导，认不出来了吧？

袁青田说，认得，认得。

刘发展指着头上说，现在是雪花那个飘了。说着，起身去给袁青田倒茶。马岚岚没经袁青田同意，给了刘发展一张袁青田的名片。刘发展看了一眼名片，见上边的职务是黑金牛企业集团董事会顾问，脸色瞬间变得一片阴暗，把已经打开的水壶盖重又盖上，茶也不倒了，口气也冷淡下来，老领导，你倒真会选地方啊？

袁青田已经意识到了刘发展的情绪变化，摆摆手，说，我不是黑金牛的成员。顾问顾问，不顾时就不问了。说完，哈哈大笑。

刘发展说，老领导，我对你坦诚相待，实话实说。你这次来的目的我已经明白了。

马岚岚抢着回答，是呀，袁顾问来，还是为八里堡那块煤炭，希望这块资源给我们集团，因为它对我们集团的发展至关重要……

袁青田瞪了她一眼，又看着刘发展，等待刘发展往下说。刘发展从桌子上的文件夹里取出一张报纸递给袁青田，说，老领导你看看这上边的一篇报道，是关于整个丰湖煤炭开采区可持续发展的调查研究，矿区利益分配问题，统筹发展问题，环境保护问题……说得很有道理，发人深省。

马岚岚哼一声，说，这篇报道已经被传到网上，炒得沸沸扬扬。那个作者是市宣传部的新闻干事。他经常报道咱市一些阴暗面的东西，想出风头、出名。有的老板放出风，要弄他个残疾呢！

袁青田想，刘刚不就在宣传部搞新闻工作吗，难道这篇文章出自刘刚之手？那老子还真得好好看看这小子的文笔怎么样。他问刘发展：张苏生来和你谈过一次吧？

刘发展说，何止一次。张副市长那叫上心。他亲自来找过我两次，我到市里开会时还专门找我谈过一次。张副市长对黑金牛这样的民营企业的确是关怀备至，让我们感动。

马岚岚又插话，说，那还有人说是你们镇领导支持一些刁民同我们集团对着干呢！

刘发展火了，一下子从椅子上跳起来，爆出一句脏话：我操……他还想往下骂，见袁青田冷静地看着自己，又改了口气，说，骂老百姓是刁民的人，肯定不是什么好东西。他要是敢在我面前这样说，我宁肯不要头上这顶乌纱帽，也得揍他个七窍流血。我从镇长到镇党委书记已经五年，加上小时候在农村长大，我这40岁有二十年在农村。天下还有咱中国农民这么好的百姓吗？勤劳、善良、老实、忠厚，只要有饭吃，肚子饿不着就满足，你不骑到他脖子上拉屎，他不会主动招你惹你，就是你骑到他脖子上拉屎，他能拨拉掉，忍一忍也能过去。中央三令五申，土地承包政策不变，农民有自主权。你要占人家的承包地，总得公平合理吧，换句话说得让人家觉得以后不会饿肚子，不怕饿肚子。他越说越激动，竟然拍起了桌子，有的煤老板，一亩地给千把元钱的补偿，还不够他抽两包烟喝一瓶酒的钱……

马岚岚说，那也比种庄稼的钱多啊！

刘发展说，十年后二十年后呢？农民的下一代的生存生活呢？

袁青田问：小刘，你有什么考虑？

刘发展指了指报纸说，我推荐给你的这篇文章，你回去研究研究，可以给黑金牛的老板们提个建议。

马岚岚说，就那狗屁文章，一句一个群众利益。现在是资本时代……

刘发展没理她，对袁青田说，我特喜欢看反映共产党创立、红军反"围剿"和抗日战争、解放战争的电视剧。那时候的打土豪、分田地，保卫胜利果实的提法，不，不，叫政策，考虑的都是老百姓的利益。

这时，刘发展的电话响了，他对着话筒说了句，马上过去！然后就和袁青田告别，老领导，有个村子百姓又为黑金牛煤矿污染的事要上访，我得去一下，中午就不留你了。

袁青田和刘发展握手时，意味深长地朝他肩上打了两拳，你小子行，行！

一上车，马岚岚不满地骂道：什么东西，假正经！

这回是袁青田火了,你不说话别人不会拿你当哑巴。你知不知道,这些基层干部每天背负着多么沉重的压力?上边千条线,下边一根针……算了,给你说不清道不白。说完,闭上了眼睛。

接着,袁青田一行又到了丰湖集团。他让马岚岚在集团豪华的客厅里等候,他说要和马久平马董事长单独"磋商"。

没想到,马久平这回也没给他面子。马久平说,老领导,我这集团年产上千万吨,每年给你批个三万五万、十万八万吨既不显山也不露水,没太大问题。八里堡那块煤,是我这个集团可持续发展的重要支撑。

袁青田点点头,表示理解。

马久平又说,"黄牛皮"这人口碑不好。八里堡的百姓一提他就破口大骂。他上边早办了手续,就是老百姓不同意和他签合同。虽说煤炭是国家资源,但那块煤田在老百姓的村庄下地底下,得老百姓同意。现在谁敢像黄世仁那样逼着老百姓摁手印?

袁青田吐了个大大的烟圈,海波是不是找过你?

马久平说,找过,不止一次。

袁青田问:海波在帮谁?

马久平眨眨眼皮,没有正面回答,他想让他媳妇和我媳妇入股,我没同意。

袁青田隐约感觉到,海波可能也在帮张苏生、"黄牛皮"做事。这很正常,他想。于是,又问马久平,你估计能坚持多久?

马久平愣了一会儿,像是在思考,又像是在算计。袁青田憋足气,一口把烟头吐到窗外,顺手从桌子上拿过纸和笔,写下老板、老婆、老百姓一行字,推给了马久平。马久平边看边琢磨,笑了,海波给我说过为"三老"服务的事,说过,说过。接着又点点头,说,老领导您放心,放心!

中午吃饭时,马久平的目光不时在马岚岚的脸上、胸部跳来跳去,就像一个小偷看见一只钱包,想用刀子挑破看看钱包里的钞票,他的目光也具有刀子般的杀伤力。袁青田被他这么一引诱,也注意起马岚岚。他越看越觉得马岚岚长得像马兰兰,就连浮云般的笑容和笑时眉毛的轻微跳动,也酷似马兰兰。他忽然想起海波给他说过，马兰兰是"黄牛皮"公司的股东，拥有几百万资产，眼前这个马岚岚会不会就是马兰兰的代表。毕竟马兰兰的身份不能公开参股。没等他想出个名堂，马久平已经帮他找到了答案。

马久平说，马小姐，咱们都姓马，是一家子。我斗胆问一句，小姐老家是哪里？

马岚岚看了袁青田一眼，含糊其词地回答，就这里呀！

马久平故意低头朝裤裆看了看，就这里呀？

马岚岚轻轻推了一下马久平，马总，你真坏。

马久平说，我坏吗？

袁青田说，喝酒，喝酒。想把话题转移开，马久平不依不饶，说是给马岚岚看手相，把她雪白的小手抓在手里反复揉着。马小姐我没看错的话，你就是丰湖人。

马岚岚高兴得忘乎所以，唏，你怎么看出来的？

马久平继续说，你上边有一个姐姐，长得和你一模一样。

马岚岚好像意识到了什么，又偷偷看了袁青田一眼，说，马总你是瞎蒙的。

马久平说，你姐姐和你有两处不一样。一是个子比你矮……

马岚岚脱口而出地说，错，我姐比我高一厘米。

马久平根本就没让马岚岚有思考的机会，接着又说，你姐还有一点与你不同，两个乳房不匀称，一大一小……

马岚岚脸红了，你、你……这时她才发觉自己刚才说漏了嘴，有点儿紧张，又有点儿恼怒，站起身进了卫生间。马久平对着她的背影朝袁青田努了努嘴，低声说，我早看出来了，马兰兰的妹妹。

袁青田说，不对啊，她的简历上明明写着住市里解放路……

马久平端起酒杯一饮而尽，说，我的老领导老大哥，那不就是马兰兰住的地方吗？

袁青田恍然大悟，我这狗脑子。

马久平跟袁青田碰了杯，问：见着她了？

袁青田摇摇头。

马久平说，越长越好看了。上个月我集团有个活动，她跟张苏生一起来过。有 30 出头了吧？少妇，不光风韵犹存，简直就是风华绝代。说完，看了看袁青田，又说，张苏生真有福气。官升了，钱挣了，美女也搞定了……

袁青田额头上的几根青筋像快要挣断了。他把面前小酒杯子里的酒倒在还有半杯酒的大杯里，一仰脖子喝了个底朝天，指着马久平说，马总，不，兄弟，没有你老哥的话，谁让你把煤田切出一块，你都不能吐口，能做到不？

马久平郑重地点点头，能！

临上车时，马岚岚像来时一样坐在了司机旁边的副驾驶位子上。袁青田拉了她一把，坐后边，挨着我坐，我有话跟你说。车一发动，他借着发动时的颠簸，就势把头靠在了马岚岚的肩膀头。他用目光扫视了一眼窗外，马久平正得意地朝他笑。他也向马久平招招手，意味深长地说了一句：谢谢噢！

车子驶出镇子，道路颠簸得越来越强烈，袁青田的身体摇晃的也越来越有节奏。马岚岚几次想把他推开，没想到袁青田就像黏液黏得更紧。"猴子"不知出于什么用意，加快了速度。在坎坷不平的道路上，车子开得快，就像跳舞一样，袁青田竟然张开双臂把马岚岚紧紧抱住了。马岚岚厌恶地皱了皱眉头。"猴子"说，袁顾问喝多了，不是故意的，你就小心伺候吧。万一他跌落车下摔伤了，黄老板肯定饶不了你。

马岚岚无奈，把头扭向窗外。

十

袁青田回到城里，"黄牛皮"和高文革已经在小北湖摆好酒宴，说是给他接风。

高文革说，大哥，你一定不虚此行吧？我爸说了，只要你袁大哥出马，一个抵俩！

袁青田故意皱着眉头，慢慢腾腾地说，这事有点儿棘手，有点儿棘手。

高文革愣了，看看袁青田，又看看马岚岚，然后把"黄牛皮"拉到门外嘀咕了一阵。袁青田故意装作看不见，一边摆弄着马久平刚送他的打火机，一边哼着小曲。马岚岚仿佛受了很大委屈，板着脸，眯缝着眼，看也不看袁青田。

过了一会，"黄牛皮"和高文革一起进来了。"黄牛皮"对服务员嚷着，快上菜，一天不骂你们，你们就不像话。服务员给他上茶，又让他骂了几句，没长眼睛怎么的？然后指指袁青田，说，看不见领导在这儿。以后长点眼色，别没大没小。袁青田说我一顾问，算啥领导？充其量和小马一样，是给你"黄老板"和文革兄弟打工的。马岚岚哼了一声，我姐可是股东，她授权我可以代表她。

屋子里一下子沉寂了。酒菜上来以后，"黄牛皮"端起酒杯，给高文革使了个眼色，高文革恭恭敬敬地站起来给袁青田敬酒，袁大哥，"黄老板"我们商量了，八里堡煤田拿下来，公司送你股份。

袁青田这时才明白，"黄牛皮"和高文革他们误会了他，以为他故意说棘手，实则在向他们讨价还价。其实，这一点他真没想到，或者说他还没有弄懂。他说，这怎么行呢？高文革说怎么不行？别说你现在无官，就是张苏生副市长、接待处马兰兰科长……"黄牛皮"打断了他的话，说，喝酒，喝酒。今天晚上咱给袁顾问，不，不，是袁领导接风，不谈生意。

袁青田至此已经明白，张苏生、马兰兰这些人在"黄牛皮"的公司里都有股，只不过用的不是自己的真实名字。他想，马兰兰算什么东西，就靠着"脱"，官当到了市里不说，还成了千万富翁。想到这里，他看了马岚岚一眼。让他感到莫名其妙的是，马岚岚对他的态度突然有了一百八十度的大转弯。从八里堡上车，他靠在马岚岚身上起，一直到酒店包间坐下，马岚岚对他都是鼻子不是鼻子脸不是脸，就差没骂他脸上。此刻，马岚岚眼睛里是笑，嘴唇边是笑，笑得让他有些困惑，让他不安。

"黄牛皮"很精明，大概从马岚岚的表情中看出了她的心思，让服务员给马岚岚倒了一大杯红酒，怂恿地说，小马，你跟袁董事跑了一天，学了不少东西吧？我提议你敬袁董事一杯。

马岚岚端着杯子走到袁青田身边，袁董事，我敬你。你随便，我也随便，咱俩都随便。

高文革说，男人不能说不行，女人不能说随便。你要是随便，袁大哥也随便，你们俩想干啥？说罢哈哈大笑。

袁青田有点不好意思，端着杯子想起身，一转身碰到了马岚岚的杯子，杯子里的酒洒到马岚岚身上。高文革拍手大笑，好，袁大哥让岚岚湿（失）身了。说着，递给袁青田一条湿巾，说，袁大哥，你给岚岚擦擦，又补充一句，给点力啊！马岚岚不但不恼火，还高兴地咯咯咯笑。

接下来，酒桌上的气氛越来越热烈。"黄牛皮"、高文革、马岚岚轮流给袁青田敬酒。袁青田又醉了。

袁青田回到家时已是晚上十点多钟。二女儿袁莉和女婿刘刚都在等他。他看见刘刚，突然想起刘发展给他的报纸，从包里取出来，放在刘刚面前，问：这上边的文章是你写的？

刘刚毫不掩饰地说袁青田带回的那张报纸上的文章是他写的。他理直气壮地说，当初"黄牛皮"参与纺织厂改制我就反对。我还反对企业改制搞"一刀切"。世界上有哪个真正的经济学家说过所有制性质决定企业的兴衰成败？又有哪一个真正的经济学家说过市场经济就完全姓私？为什么不分青红皂白，效益好的和不好的国企全都改制，还非得要卖给民营企业。这不符合中央的精神。"黄牛皮"把纺织厂拿到手后，一分钱也没投入进行技术改造，上新产品……

张美丽说，几百个工人一夜之间全都买断工龄。我二表妹都是孩子妈了，没办法只好到夜总会去当坐台小姐。有人写了篇文章叫《下岗女工》，说了那些下岗女工的生活困难。张苏生还兴师动众地让调查是谁写的。

刘刚说，那文章就是我写的。张苏生向市委宣传部告了我一状，给我戴了一顶破坏企业改制的大帽子。幸亏我们部长主持公道，新来的市委书记讲究原则，我才没受处分。

袁青田长长地叹了一口气。他手中摆弄着烟，不时闻一闻。袁莉带孩子来家时，他一般都不抽烟。他对刘刚说，此一时彼一时，你搞新闻宣传工作的也得跟得上潮流。

刘刚不服气，说，张苏生他们那种做法也叫潮流？我看是暗流、逆流！就说他们现在打八里堡煤田的主意，嘴上说是"边角"不利于大型煤炭生产企业开采，实际上是想着法儿掠夺国家资源和侵占农民利益。你今天也去了八里堡，那里基层干部和老百姓的态度，你也一定了解了吧。

袁莉说，爸，张苏生的女儿刚才给我打电话，说你已经成了黑金牛的股东。你哪来的钱入股？张苏生、高文革、"黄牛皮"还有那个姓马的女人没有一个好东西。他们搞的那一套看起来冠冕堂皇，打着建设新农村的旗号，其实就是把农民迁出，把土地和地下资源都揽到他们名下。农民说得有道理，我们上了楼失了地，往后喝西北风啊？

袁青田何尝不明白这些道理。张苏生这些官员屁股都坐哪边去了？就不怕被火烧？不过，他还是劝刘刚少说话，更不要把自己的意见写成文章发表，给人留下把柄。刘刚有点不高兴，说，我是个党员，在共产党领导的社会主义国家里，连意见也不敢发表，那岂不是党的悲哀、国家的悲哀？

袁青田说，有人已经放风了……

刘刚笑了一声，是要我的一条胳膊或者一条腿吧？我和袁莉已经说好了，袁莉说真出那事也不怕，她养我！

袁青田摇摇头，自嘲地笑了笑。

袁莉和刘刚走后，张美丽又问一句，老袁你真入他们的股了？

袁青田未置可否，你不是鼓励我发大财吗？

张美丽说，我鼓励你发大财没让你和他们捣鼓一起去，尤其是那个姓马的女人一伙的。咋着，你不恨她了，还想和她死灰复燃？

这话惹火了袁青田。他一拍屁股，抬腿就朝外走，到了门口回过头，冲着张美丽挥了挥拳头，老子这就去找她！

张美丽冷冷一笑，讥讽地说，就你，把自己卖了也换不了她的一个车轮胎，她要让你闻一闻她身上的臊气，回来我把头割给你。

张美丽的话深深刺痛了袁青田。他大步流星地下了楼，在路边截了辆出租车，对司机说，去小北湖。

出租车司机说，大叔，我只能把你放在小北湖的堤外，往里就进不去了。

为啥？袁青田明知故问。

出租车司机说，大叔，这你比我清楚。别说出租车，就是奥迪、宝马这些车，没有特殊的牌照也进不去。那地方是私人会所……说着，好像想到了什么，笑了笑，又说，大叔你真逗。你肯定是那里的常客，有那里的贵宾卡。刚才问的那些，是逗我玩呀？

袁青田没说话。出租车司机从反光镜看了他一眼，也沉默不语了。

到了小北湖，袁青田直接去了泡温泉的地方。让他无论如何也想不到的是，竟然发现了张苏生和海波在一起。

泡温泉的池子有四个，挨得都很近。不过，这里的灯光昏黄，加上热气缭绕，两三米之外很难认出面孔。袁青田下池子时，看见隔壁的池子里有两个人，头挨得很近，像是在密谋什么大事。他没有在意，也不能在意，到这个地方来的人，谁也不愿意窥视别人和被别人窥视，这是规矩。连这点规矩都不懂的人，就没有资格进到这样一个秘境。他在池子里泡了一会，心里想着张美丽的话，想着那个让他恨之入骨的女人马兰兰，想着报复马兰兰的计划。就在这时，隔壁池子里一个人的手机电话响了，那人接电话时说，二舅，我现在就和张市长在一起。袁青田听出是海波，心震动了一下。他竭力控制着自己的情绪，不动声色地听着。

海波说，张市长说了，可以让你那边占两个百分之五十。啥，这你还不懂？他压低了声音，往后的话袁青田听不清了。其实袁青田也不需要再听清，凭他的经验，凭他的能力，已经明白了海波说的两个百分之五十的含义。第一个百分之五十是把八里堡煤田一分为二，丰湖煤业集团占百分之五十，黑金牛占百分之五十，第二个百分之五十是在黑金牛的这百分之五十里，再给马久平百分之五十。袁青田想，你们私下成交，还把老子当枪使啊？他心里发怒，但是没有表现出来。遇到不高兴的事情就表现出来，是没有内涵的人才会做出来的。他袁青田是有内涵的人。

海波接完电话，和张苏生爬出池子。张苏生问：老马这回该没意见了吧？

海波说，他很感谢您。他说第二个百分之五十不能吃独食，也给你百分之五十。

张苏生说，老马这叫胸怀大局。沉吟了一下，又说，这五十我不要，你和马兰兰各五十。对"黄牛皮"那边嘴严实点。这个狗东西心太黑……

海波问：高文革那边呢？

张苏生不知低声说了一句什么，海波说，我明白，我明白。

两人朝按摩室走去。海波说，她在二号等你。你自己过去吧，我不打扰了。

袁青田猜测，海波说的她八成是马兰兰。他想，自己如果突然出现在张苏生和马兰兰面前，会让那两个人无地自容，那种场面一定很刺激。可是，他还是劝住了自己：老袁，你已经是进过监狱、失去过五年自由的人，遇事不能再冲动。张美丽说得对，你现在官丢了，权没了，挣钱、发财是第一位，还和天斗和地斗和人斗啊？

袁青田出了温泉池，换好衣服，一边朝外走，一边给刘发展打电话。他对刘发展说，我一路上和回到家反反复复琢磨你的话，联想到在八里堡看到的现实，觉得你的想法是替老百姓着想的，我支持你！说完，自嘲地笑了，你袁青田算老几，还支持人家？

果然，刘发展在电话那头吭哧了一会儿，说，要都能像你这样理解，我们基层干部的工作还那么难吗？

袁青田问：是不是有什么新方案了？

刘发展说，还没有。我听说马久平让步了。

袁青田想了想，没有把在温泉池里听到的海波和张苏生的原话说给刘发展，而是进行了编辑加工，然后说，他们肯定是达成了默契，共同切分八里堡这个蛋糕。你还真得盯紧点。

放下电话，袁青田仰天出了一口气。

十一

第二天是个星期天，袁青田一大早就给海波打电话，海波，你今天晚上的时间留给我，我找你有正经事。海波当即答应了，约好晚饭后去小北湖泡温泉。

袁青田把白天的时间给了家人。他回来后还没有陪家人出去转转。开始是脸皮薄不好意思，后来又忙着挣钱没时间。袁莉埋怨过他，张美丽叨唠过他，所以他决定和妻子、女儿今天带小外孙女好好玩一玩。他过去就会开车，加上有个司机"猴子"，到哪里、干什么事情不方便，所以改成自己开车。他在一双双疑惑、不解、不满的目光中，大大方方地发动了车。张美丽上车后对窗外低声骂道：看什么看，人家高老头早就坐大奔了！

袁莉带着孩子在自家门口等候。她一看袁青田亲自驾着一辆大奔，眉头一皱，爸，您、您这样影响不好吧？

张美丽下了车，指着袁莉的额头说，狗屁影响。你爸又不是党员又不是公务员，自己挣钱自己想怎么花就怎么花。说着，把孩子抱上了车。袁莉犹豫了一下，也随后上了车。

袁青田跟小外孙女逗着玩，好大会儿没有发动车。张美丽拍了拍他的后背，开车！

袁青田说，刘刚还没下楼呢。

袁莉说，他不去。

袁青田问，他不去？

袁青田的小外孙女说，爸爸跟妈妈吵架了。

袁青田没有当面问袁莉和刘刚吵架的原因。到了湖上公园，袁莉带着孩子去玩了，张美丽才一五一十地告诉了他。原来，袁莉想给孩子找个好点的幼儿园。在这个城市，市直机关幼儿园当属一流。可是，大家都想把孩子往这家幼儿园送，幼儿园的门槛儿自然就高了，就连收费也水涨船高。小两口先是为托关系进市直机关幼儿园犯愁，接下来又为昂贵的学费犯难。人一遇上犯愁犯难的事，心情容易犯病，磕磕碰碰的事就难免发生了。

袁青田说，这有啥犯愁的，钱咱出！

张美丽说，问题是刘刚和袁莉两个孩子都不愿使你的钱。

袁青田火了，咋的，我的钱是擦屁股纸？

张美丽脸一撂，有火给你闺女发去！

袁青田点了一支烟，刚抽了两口，看见高副主任老两口过来了。他本来想躲开，已经来不及，只好迎上前几步问候，高局，您也来逛逛？高副主任看了看袁青田开的奔驰车，笑了笑，说，这车得一百多万吧？

袁青田说，嗯。

高副主任说，别说你要是现在还做县委书记，就是做了市委书记也不敢坐这种车，更不用说是你自己的了。

袁青田点点头，噢。

高副主任的媳妇和张美丽也很熟，两人手拉着手像一对亲姐妹，在一旁也聊得热火朝天。

高副主任又问了袁青田在黑金牛公司工作怎么样，公司上市的事跑得有眉目了吗，末了，说了几句让袁青田既感到莫名其妙，又感到发人深省的话。他说，你头脑清醒，思想解放，进入角色快，这都是优点。不过，有些事得想明白点……见袁青田有些发愣，又说，其实，有些事从一个角度看是坏事，可是换个角度看又是好事。

高副主任挽着老伴的手走远了，袁青田还在回味着他的话，烟头烫着手指才回过神来。

中午，袁青田和张美丽、袁莉母女俩在公园附近的一家酒楼用餐。袁莉说，爸，打我记事起，您这是第一次和我妈、我逛公园，在外边吃饭。

袁青田说，惭愧，惭愧。

张美丽埋怨道，你爸那时光想着怎么把工作干好，出人头地。尤其当县委书记那几年，礼拜天节假日也不说休息，电话一天二十四小时开着……

袁青田望着烟波浩渺的湖面，轻轻地叹息了一声。这时，张美丽的手机响了，她听了几句，高兴得眉飞色舞，对袁莉说，咱家孩子进市直机关幼儿园的事搞定了。说着把小外孙女高高举起来，吓得袁莉上前夺下孩子，紧紧抱在怀里，说，妈你疯了。

张美丽重新坐好后，喝了一口茶，看了袁青田一眼，瞧瞧你，天天不知是顾着自己的面子，还是像过去那样坚持你的这性那性，孩子上学这么大的事也不伸个头。看看，我刚才给人家高局长的媳妇诉了几句苦，人家这才多会就办成了！

袁青田没吱声。这件事让他心里不痛快，究竟是为张美丽还是为了帮了女儿的高副主任的媳妇，抑或为他自己，他也说不清。

晚上和海波一起吃饭的时候，海波看出他精神状态不好，没有多问，而是打电话把马岚岚叫来了，说是陪他喝酒。马岚岚一夜之间酒量突然大增，不光和袁青田喝白酒，还用大杯子一连干了三杯。袁青田都觉得快架不住了，她和没事一样谈笑风生，还要和袁青田再干两杯。袁青田说，我不行了，不行了。马岚岚说，男人不能说不行。不行就是不中用。

海波在一旁鼓掌，说，岚岚，你信袁书记不行了吗？马岚岚说，不信，打死都不信。海波倒了一大杯酒，朝马岚岚面前一放，逗她说，你喝一大口酒，对着袁主任的嘴给喂下去，看你有没有这个本事。

袁青田以为马岚岚会恼羞成怒骂海波和他，或者不辞而别。没想到马岚岚果真喝了一大口酒，一手抱着他的脖子，一手掰开他的嘴巴，然后嘴对着嘴把酒送到他嘴里。她做这一系列动作时很快，让袁青田来不及反应，更没有时间考虑后果。他想，这熊女人比她姐还骚还浪！当初要是换成是她，自己就不至于蹲五年监狱了。

想到蹲五年监狱的事，袁青田自然又想到了马兰兰。不知为什么，他今天没有像过去那样，一想起马兰兰的名字就怒火中烧，咬牙切齿。难道是马岚岚的行为帮她姐姐抚平了他心中的创伤？或者说他已经忘记了对马兰兰的仇恨？他走到阳台上点了一支烟，抬头看了看白云飘浮的天空，脑子里竟然一片空白。

他回到房间坐下，看见马岚岚正在接电话。他不知给她打电话的是谁，只看到马岚岚板着脸，最后生气地说，我的事你少管，就挂断了电话。海波倒是说了一句，现在这社会谁顾谁，谁又和钱过不去！

马岚岚的情绪很快就恢复到刚才。她不再找袁青田喝酒，而是和他谈起了公司的事。她说，袁顾问，八里堡煤田的事你还得盯紧了。这一单做成，你就是千万富翁，我也跟着当个小股东。

袁青田这才恍然大悟，这熊女人不是对他态度好，而是对即将成为千万富翁的袁顾问态度好。要是换在过去，他会对她翻脸，现在却笑了笑，说，看咱俩的福气啦！

海波说，没问题，没问题。岚岚你让袁书记舒服了，事情当然就不成问题了。

马岚岚嘿嘿笑了，说，袁顾问，你说我怎么样才能叫你舒服？

袁青田目不转睛地盯了马岚岚一会，突然把她拉到怀里亲了几口。海波说，你俩快点走吧！说着从包里掏出一张门卡，又说，贵宾 2 号。

马岚岚没等袁青田行动，主动上前挽起他的胳膊。

袁青田这次感觉到是和马兰兰在做爱。完事以后，他说了句：谢谢你！马岚岚乐了，谢我，为啥？袁青田说，你让我舒服……话一落地，高副主任在公园里对他说的话突然在他耳边响起。他一下子明白了高副主任话中的含义，是啊，假如你袁青田现在还在县委书记任上，你敢和马岚岚做爱？你能有奔驰车坐？你会天刚黑就关上手机，睡觉睡到自然醒……这叫什么，看透人世间的纷繁？

袁青田这时才觉得自己真的醉了。

第二天，他和马岚岚又去了一趟八里堡。

这一次，刘发展出乎意外的热情，摆酒宴接待了他。刘发展说，丰湖煤业的马久平这回特痛快，我们镇几个地下有煤的村农民提的条件，他都答应。

袁青田说，是不是你在背后支持农民和他们闹？

刘发展露出狡黠的笑容，大大方方地说，给农民说话的能力和水平咱不差。

袁青田又问：都给了丰湖煤业？

刘发展点点头，说，老书记，你让人捎的话对我和我们镇班子启发很大。我得谢谢你。

袁青田一愣，我让人捎话？

刘发展说，是呀！高文革告诉我，袁书记说了，你八里堡人总不能一直把煤炭资源踩脚底下吧？你得把资源优势转化成资本优势、效益优势……

袁青田没让他说下去，端起酒杯，说喝酒，喝酒！

见到海波时，海波告诉他，刘发展再顶就要掉乌纱帽。"黄牛皮"上边打点好了……

袁青田说，噢，怪不得说替老板办事！沉吟片刻，又问：海波你小子怎么不再提帮我找马兰兰报仇了？

海波挠着头皮，嘿嘿笑了，没有马兰兰，你今天能得到更年轻的马岚岚？又说，左边马岚岚，右边还有个冰冰。

袁青田一时目瞪口呆。

半个月后，在黑金牛集团的一次招待晚宴上，袁青田和马兰兰不期而遇。他先是犹豫了一下，两眼看着马兰兰涂着口红的嘴唇，心里翻江倒海般翻腾了一会儿，才向马兰兰伸出手。

马兰兰也迟疑了一下，紧紧握住他的手。

袁青田说，你越来越漂亮了，小妖精。

马兰兰说，你越来越健壮了，老流氓。

两人哈哈大笑。

尾　声

时间到了年底，入冬的第一场雪飘然而至，袁青田已经穿上了张美丽给他买的羊绒大衣，一场政治地震在这座城市发生了：

副市长张苏生因涉嫌受贿、生活作风腐化等多项问题被"双规"；

黑金牛企业集团老板"黄牛皮"涉嫌向国家工作人员行贿、偷税漏税、违法开采等多项罪名，在即将对他采取措施时，他闻到风声出逃国外；

丰湖煤业集团董事长马久平因经济犯罪被"双规"。

据说，案发的原因是刘刚和刘发展共同举报……

袁青田又开了个画店。画店门前停着那辆黑色奔驰车……

相见恨晚

一

　　周二出版的铁山报文艺副刊发表了一首题为《山村好母亲》的诗，作者署名马尚升。这首诗全文如下：

坎坷不平山路上，

一位妇女走得忙，

身上背个女娃娃，

热得汗水往下淌，

急急忙忙去医院，

为给孩子早治伤，

世上只有妈妈好，

原来她是孩子娘。

　　本来，文艺版发表一首短诗是再正常不过的一件事，可这首诗却在铁山县直机关和乡镇引起了很大反响。

反响之一：这首诗作者马尚升和铁山县现任副县长马尚升名字一字不差，人们怀疑是不是同一人。县委老书记私下向当过他秘书的宣传部邹副部长打听，真是马副县长呀？这诗……

反响之二：这首诗算不算诗？县一中有位语文老师直言不讳地说这叫狗屁诗，充其量是顺口溜。马县长怎么会写出这样四不像的东西，即使写出来也不会用自己的名字在县报上发表。可能是重名重姓的吧？

反响之三：这算不算另一种形式的腐败？县报每周二期，文艺版只有一版，除去大半版广告，每期只能登三两篇短文。全县那么多业余文艺爱好者，尤其是农村文艺青年的好作品有时排队等半年，马尚升是副县长，就不用讲质量、讲水平了？

更多人认同那位语文老师的观点。于是，县直机关里有人开玩笑时也哼着"原来她是孩子娘"。

这首诗的的确确出自副县长马尚升之手，而且是马尚升在西山乡检查工作时，当场念出来的。水利局孙副局长、文化局赵耀副局长那天是主要陪同人员，在场的还有西山乡的乡长、县政府办公室一位副主任、马尚升副县长的秘书等七八个人。那天，他们一行刚到西山乡西坡村的山坡上，因为路被前几天一场暴雨冲毁了，车子驶不过去，只好下车步行。马尚升左边是孙副局长，右边是西山乡乡长。走了没多远，孙副局长好像感觉到不对劲，硬是把西山乡乡长拉到马副县长左边。左为上右为下，这有讲究。人家西山乡乡长是正科，你水利局副局长是副科，不能站错位子。而同为副科又因职能和权责不同，排序也分先后，文化局副局长赵耀自然走在马副县长后边。官场上就是这样，你不讲究有人讲究，所以得步步小心，一不留神就可能得罪人。被你得罪的人往往不明说，见了你照样点头微笑，在酒桌上依旧给你敬酒，但背着你能把你骂得一钱不值。到了关键时候比如干部提拔、民主测评，百分之百不投你的票。

西山乡乡长不住向马尚升副县长介绍西山的发展变化。马尚升副县长兴致很高，脸上一直泛着红光，好像化了妆。他平时话不多，那天却一下子话多起来，边走边听边问三问四。他走着走着，突然在高处停下脚步，深情的目光在山坡上环视一圈，挥着双手，接连说了几个"好"字，西坡的风景实在太美了。转头对西山乡乡长说，我要为西山人民唱唱赞歌。说完，给秘书一个暗示的眼神。秘书心领神会，马上掏出笔和笔记本。在一行人的掌声中，马副县长即兴朗诵了一首诗：

> 满山果树排成行，
> 随风吹得四处香，
> 西山人民志气昂，
> 脱贫致富奔小康。

马尚升人长得高高胖胖，嗓子也特别洪亮，加上朗诵时激情澎湃，声音在山谷中引起一阵轰鸣。他刚念完，周围响起一片掌声和叫好声。

西山乡乡长称赞说马县长出口成章，真是大诗人！

赵耀说你还不知道吧，马县长经常在咱县报上发诗。不过，马县长特谦虚、特低调，发表大作时用的都是笔名。

西山乡乡长钦佩地直点头，马县长我从小就喜欢诗，没想到今天诗人来到我面前，敬佩敬佩。

只有孙副局长站在一旁抽着烟笑而不语。

马尚升显然因为自己的诗受到好评而沾沾自喜，那喜是在心头。心头乐开了花，脸上却平静平常，这才叫会做人。不过，再怎么遮掩也会出现痕迹。此刻，他额头上的皱纹都笑开了。他说我最不喜欢那些风花雪月无病呻吟的诗。小时候读那些诗头就疼。还是来自生活、歌颂人民群众创造精神的诗读着过瘾。对不对赵局长？

赵耀忙点头称是。马县长的诗就让人读来心潮澎湃！

孙副局长这时插话说，马县长的诗可以自成一体，就叫"马体"吧。赵耀看了看孙副局长，又看了看马尚升副县长，心里有些不安。很明显，孙副局长是在嘲弄马尚升。没想到马尚升副县长听了哈哈大笑，又是摇头又是摆手。老孙你过奖了。我写诗就是为了以诗会友，沟通感情，哪里谈得上自成一体。

　　就在这时候，一个妇女背着孩子慌慌张张地从山下村子里往坡上爬。她爬得快，爬得艰难，坡陡的地方腰弯成弓状，脸几乎贴着地。离得很远，就可以听见她背上孩子急切而又迫切的哭声。西山乡乡长的司机是西坡人，认出那个妇女是自家的邻居，上前和那个妇女打招呼。那个妇女告诉他，孩子调皮，爬树上摘苹果时不小心从树上掉下来摔伤了。孩子的爸爸在省城打工不在家，她赶着送孩子去乡医院。她脸上的汗水、泪水融合在一起。说完，她背着孩子匆忙走了。马尚升久久地看着她的背影，好像陷入了深思。

　　西坡村支书满头大汗赶到了。他在衣服上擦了擦手，上前想和马尚升握手，乡长拦住了他。等等，你着什么急？没眼色，看不见马县长正在构思新诗。

　　西坡村支书是个老实人，不解地看了马副县长一眼，不是说马县长来检查水利吗？俺村水现在提不上来，急得人心里都直冒烟……

　　乡长低声说马县长写诗夸你们有志气，你们应当感到骄傲。

　　村支书不满了，脱口而出地说，这能当饭吃吗？

　　马尚升已经构思成熟，于是又出口成章念出了那首县报第二天发表的《山村好母亲》。当然，也又一次获得热烈的掌声和赞美声。

　　这事一经传开，有人在不同场合向孙副局长、赵耀和西山乡的乡长打听。孙副局长不以为然，领导有那个爱好，这有啥大惊小怪的？哪个文件规定领导只能念讲话稿不能背诗？人家马副县长一脑子装满了诗。你看人家马副县长额头上皱纹多，那不是皱纹是诗行。

　　赵耀的回答却与孙副局长截然不同。他说马尚升副县长才是真正的知识型领导。马县长的诗贴近生活贴近百姓，通俗易懂朗朗上口，好诗。说完，又补充道，马县长已经在县报上发表了几十首诗，"尚风"就是他的笔名。马县长有时候在办公室写了新诗，马上打电话念给我听，或者让秘书打印出来送给我学习。咱县诗词学会马上改选，我们打算推荐马县长任名誉会长呢！听的人心里马上明白了，赵耀这是在表明他和马副县长的关系好。有人问，马副县长过去都用笔名，怎么现在用起真名来了？

不管谁这样问，赵耀都是笑而不答。

也有人向西山乡的乡长打听，马县长真的是当场念出来的诗？西山乡的乡长不屑一顾地哧哼一声，唏，有啥？这样的顺口溜我一天能写十八首！不信，我现在就当场念一首你听：

东山坡上种果树，

西山坡上种果树，

果树树上都结果，

吃到肚里能压饿。

念完，自己先笑出了声，哎老哥，我也算诗人呀？你看人家贺敬之的诗，"几回回梦里回延安，双手搂定宝塔山……"这才叫诗。不过，话是这样说，看到县报上登的署着马尚升副县长大名的诗《西坡人民颂》，这位乡长心里也是美滋滋的。毕竟西坡是西山乡的一个村。副县长写诗赞美西坡村，等于赞美西山乡，从一个侧面说也是肯定他这个当乡长的政绩。副县长的诗总比一个普通记者的新闻报道分量重得多吧？

过了不到一周，关于马尚升副县长要接替即将调走的县长，升任县政府"一把手"的消息在县里传开了。西山乡的乡长见了县直部门和各乡镇的负责人，不要别人开口打听，就主动夸奖马副县长的文化水平高，诗写得好，而且还加上绘声绘色的形容。你们当时不在场，没机会看到马县长创作时的表情，那真是完完全全一副诗人气派！就说马县长创作《西坡人民颂》那首诗吧。他朝高处一站，眼睛从东朝西看了一遍，然后又从西朝东再看一遍。看到树上鲜红的苹果、金黄的梨子，脸上露出了笑容。突然，他额头上出现了一道亮光，是灵感冒出来了。接着，马县长就高声念出了那首诗……

这话传到马尚升副县长那里。马尚升副县长谦虚地笑了笑，说西山乡乡长这小子懂政治，是块料！

二

几天后，马尚升副县长在一次由他主持的会议上讲话时，突然脱开秘书事前写好的稿子，充满深情地讲到了自己的诗，称自己的诗都是有感而发，表达的是真情实感。就说我写西山那首诗吧，的确是看到西山发生了变化，心里高兴，诗就自然而然地涌出来了。他喝了口茶，又接着说，有句流传很久也很广的话，说宋朝诗人李白斗酒诗百篇。我认为这是对李白先生的贬低。诗要源于生活，高于生活，你喝得酩酊大醉还能出灵感？他喝了口茶接着说，我每次去西山乡，都能看见 20 世纪 70 年代当地农民用白灰在山坡写的两句诗："西山人民志气高，誓叫山河换新貌"。看看，多有气势，多有气魄。

台下一片窃窃私语。有人说那是口号不是诗……

马副县长皱了皱眉头，张口念出一首诗：

台上领导做报告，
台下有人说悄悄。
要问是个什么人，
没有文化没礼貌。

这一下子台下安静了。

马副县长很得意，又讲了一些诗以言志的话。

说者无意听者有心。马副县长用诗表达自己的真情实感，再引申一下，不就是马县长用诗肯定干部的政绩？再联系到马副县长即将接任县长，有些人沉不住气了。县直有的部门和乡镇邀请马副县长前去考察、视察、检查指导工作的电话和书面报告纷至沓来。县报收到的诗词类稿件也明显比过去翻了几番。文艺版编辑给总编发牢骚说，咱铁山是不是像"文革"时期天津的小靳庄搞诗歌"大跃进"！

总编辑没好气地说，写诗的权利在他手上，发表的权力在你手上，你要是认为达不到发表的水平就不发。

文艺版编辑说这是邹部长转来的，我，我……

邹部长是县委宣传部的副部长。这位副部长平时也喜欢写写诗词和书法，市报、县报上经常出现他的大名大作。赵耀平时最不服气他，私下里没少对他的诗词评头品足。赵耀还写过一篇杂文，在省报上发表，说现在社会出现了一种"领导体"，有诗词，有书法。大小商场、旅店宾馆，甚至机关学校，门口挂的匾额是"领导体"，就差男女厕所没有挂。一些地方的诗词学会、书法协会的名誉会长也多是退下来的领导担任……他在文章最后呼吁领导切勿随意动笔。当然，他在发这篇文章时用的是笔名。他后来听人说，邹副部长看了这篇文章拍了桌子。

邹副部长专门主持召开了一次诗词创作座谈会，邀请马尚升副县长到会作"重要指示"。会上，马尚升副县长引经据典，说铁山自古就是诗词之乡，当年苏东坡、陆游、曹雪芹等名人大家都到铁山以诗访友，以诗会友。铁山要振兴，诗歌要先行。

会议休息时，邹副部长悄悄告诉马尚升副县长，咱们市里新来的市委书记是个诗人，出过两本诗集，闲暇时一不打牌二不唱卡拉 OK 三不洗桑拿，就爱和文朋诗友一起论诗。他对马尚升说，市电台王台长知道不？也是个诗人，过去和咱这位市委书记在省城一起参加过诗歌研讨班。市委书记刚来第二天就把他提拔为区长了。

马尚升一脸惊讶，是吗？新书记年龄不大，像他这个年纪、这样级别的领导还喜欢诗太少见了。心里却想，王台长提拔也不是新来的市委书记办的，哪有到一个新地方第二天就提拔人的，组织程序、手续也来不及办啊！

其实，马尚升早就知道新来的市委书记是个诗人。官场上就是这个样子，一个地方新换了主要领导，一些千方百计想往上升的人总是千方百计打听这位领导的"底细"，比如原来在某地某部门任何职，社交圈子里有些什么人，特别是有哪些爱好……知道了领导的爱好才能投其所好。马尚升副县长之所以在邹副部长面前表现得惊讶，是不想让邹副部长把他写诗和新来的市委书记联系起来，让人觉得他是想与市委书记"以诗会友"。"文革"时期，铁山出过一档子新鲜事。那年春节期间地区的一位喜欢书法的领导到铁山一个公社视察，看到食堂门口贴着一副对联，是行草，就问是谁写的。公社领导说是一位女知青，她的父亲是地区有名的书法家。那个地区领导边听边点头。没过几天，那个女知青突然接到通知，让她到地区革委会文艺组工作。那个女知青退休前是市文联（地区后来改为市）下边的书法家协会副主席。马尚升的家和她家在同一栋楼，对这事特清楚。

当天晚上，马尚升把赵耀请到他的办公室，向他全面了解铁山县诗词创作的情况。可是，没等赵耀讲完，他又不耐烦了。赵局长，咱县有没有哪个同志出过诗集？

赵耀一口咬定没有。现在出版社讲效益，诗集的销量小，不赢利，达不到政府补贴水平的诗词肯定得自费出版。一本诗集的书号费、编审费、印刷费等杂七杂八加起来，没有个两三万元钱不够。咱县的工资收入水平，哪个肯拿钱自费出？他没有告诉马尚升副县长，他自己的诗词早已编辑成集子，就是因为掏不起出版费才至今没有出版。

马尚升问要销几千册出版社才能赢利？

赵耀马上明白了马尚升的用意。他在心里匆匆算了一笔账。如果马尚升出诗集，最起码可以印五千册。这样，自己的诗集也可以"搭车"出版。他说咱铁山县还没人出过诗集。您马县长要是今年出诗集那就是铁山第一。

马尚升摆摆手，我的诗不够结集啊！再说，出版诗集要花很多钱。马副县长前半句是实话。他这两个月才开始写诗发表诗，加起来也就二十多首。

赵耀说您零散发了几十首，再写个几十首，有百把首就够了。至于出版费用，不需您操心，光发行费就够了。全县二十多个乡镇，三十多个部委办局、事业单位，加起来六七十家，一家买一百册就是六七千册。

马副县长看了赵耀一眼，说这样影响不好吧？上边好像对这种事特敏感……

赵耀说，您都是写咱铁山县各条战线取得的成绩，这诗集还不畅销？等诗集出来，您签上大名送给市委、市政府领导，那既宣传了铁山，又让市领导知道您的才华！

马副县长说我考虑考虑。

第二天，马副县长又去西山乡检查工作，让秘书通知赵耀参加。路上，他把赵耀叫到自己车上，谈了他的考虑。老赵还是你说得对，我出诗集也不是为个人而是宣传铁山。这事你操点心吧。

当天，马副县长在西山又当众朗诵了自己即兴创作的一首新诗：

清晨我站在西山的顶上
看那果树闪着呢金光
像一片大海托着那巨轮
给西山人民送来哪小康……

赵耀听了前几句就实在听不下去，这也太有点儿明目张胆，不顾礼义廉耻了。

但是，赵耀还是勇敢地接过了马副县长给予的光荣任务。他不但承担起马副县长诗集的编辑工作，还负责选题策划，也就是安排马副县长到某个单位视察，当场写诗。他对人说，马县长打算近期把诗作结集出版。这本诗集中的诗作，多是马县长为全县各条战线先进单位和优秀人物所写，换句话说是树碑立传。

于是，他的办公室和家里络绎不绝地有人登门拜访，一改过去门前冷落车马稀少的局面。他家住在七楼，一梯八户的格局。只要晚上八点以后有提拎着东西上电梯的，楼下传达室的老先生就会对人说，又是七楼赵家的客人。也不知咋啦，过去没见过这么多人来找老赵啊！是不是……言下之意是不是赵耀要提拔了。

那些登门拜访者无不态度恳切，理由充分，请求赵耀帮忙邀请马副县长到他们单位去考察。这个说马副县长去西山乡好几趟了，写了好几首诗表扬西山乡。其实赵局长你知道，西山乡怎么和我们比？论经济实力、论群众收入、论社会稳定……马副县长到我们那儿才更能找到诗的灵感。那个说赵局长你也真不够哥们！你当剧团团长时几次排大戏不都是我们企业赞助？马副县长马上要当县长了，你也不为哥们出点力……来者当然不能空手，有带名烟名酒的，有带土特产品的，也有带"红包"的。赵耀的媳妇有点儿害怕，几次提醒赵耀别接待这种人。他们名义上请马尚升去检查指导工作，实际上是看好马尚升要接县长，先做感情投资。你收了人家的，万一……赵耀说这就是铁山县官场的现状。我年龄大了，就是马尚升当了县长也不会提拔我当局长。我没有别的期望，就是想搭他的"车"，把我的诗集也印出来。我写了一辈子诗，出诗集是我最大的梦想。现在出书要书号费，还有编审费、印刷费，加起来三四万。就他那破诗，什么玩意儿，整个"文革"遗风。可是写一首县报发一首。我写首诗想在县报发，还得厚着脸皮，屁颠屁颠去找总编。十首能给我发一首就很大人情……

赵耀的媳妇见丈夫动了感情，赶忙劝他不要灰心。就是不搭马尚升这车，我让儿子和闺女每人掏一半，在你有生之年也得给你出诗集！

赵耀感动得热泪盈眶，紧紧拥抱了媳妇。媳妇好长时间没享受这样的温存，竟然有点儿不适应，一边挣脱着一边结结巴巴地说别流氓。

三

其实，赵耀自己也百思不得其解：马尚升副县长来铁山四年了，前几年并没见他有写诗的天赋，也没见他发表过诗作。他的业余时间是打牌、下棋或者唱卡拉 OK，看书都不多，对诗歌不光没研究，甚至没有一点儿兴趣。有一次马副县长下乡检查，文化局派他陪同。在同一辆大巴车上，有同志给马副县长介绍赵耀是诗人，马副县长漫不经心地说了一个字：噢。当时赵耀心里还老大不高兴。

再从马副县长的经历来看，也不应当诗兴那么大。他老家是铁山邻近县的，高中毕业后在当时的大队里当会计，以后又当村支书、副镇长、县乡镇企业局副局长、局长、市畜牧局副局长、铁山县副县长。他最后的文凭是后来在省党校上的本科，读的是经济管理。前几年，县直机关春节搞联欢，马副县长每回都登台献节目。别人唱一首歌,他却唱两首甚至三首。赵耀听台下有人议论说,马副县长最喜欢唱歌,晚上如果没有重要会议,他会定时出现在卡拉 OK 厅里,人们虽有微词,但马副县长有马副县长的道理,怎么着,辛苦一天还不能放松放松?我一不找小姐二不花公款。再说了,唱歌也是种锻炼方式。

马副县长的确不找小姐,因为他有固定的歌友——几个同样喜欢唱歌跳舞的在机关工作的女同志。当然,马副县长不光不花公款,根本就不用花任何钱——他唱歌是在机关工会的小会议室,那里装了卡拉 OK。

马副县长突然爱好上写诗,赵耀一开始颇为费解。

其实,马副县长在市报上发表的第一首诗,还是赵耀亲自送到报社,找到自己当总编的同学死缠硬磨才发表的。

那天,马副县长把赵耀找到办公室。那是赵耀第一次踏进马副县长的办公室。他是文化局副局长,马副县长是分管农业、乡镇企业的副县长,按机关的称谓不是一个“口”。所以平时接触很少。他开始想马副县长找他可能是工作上的事。这几年,党中央、国务院更加关注民生,各级政府也加大了民生工程力度,农村文化建设被摆到了重要议事日程。虽然按照分工,农村群众文化不归马副县长管,但分管农业的马副县长重视农村文化建设也是好事。没想到坐下以后,马副县长却和他谈起了诗。

马副县长开门见山,老赵啊,听说你是咱县的大才子、大诗人,所以我请你来,想向你请教诗歌方面的事。

赵耀有点儿受宠若惊,摆着手说过奖,过奖,马县长您言重了。我充其量就一诗歌爱好者,写过几篇习作。接着,他就给马副县长介绍起铁山县诗歌创作的情况。他说 50 年代咱铁山还真有过“诗歌之乡”的称号。那时候搞“大跃进”,当时的县领导爱写打油诗,走到哪里写到哪里。于是,一些基层干部也跟着学习,一级跟着一级学,县广播站每天一开机就播打油诗,村里的墙报、田头地边的板报上写的全都是打油诗……

马副县长显然对这些不感兴趣。他打断了赵耀的话,开门见山地说老赵你谦虚了。我上周还在省报上看过你一首诗,写一个农民田间劳动休息时和牛对话的，不错，不错。

赵耀谦恭地笑了笑。

马副县长拉着赵耀在沙发上坐下，递给他一张纸，笑了笑，我写了一首诗，想请你批评指正。

赵耀接过看了一眼，这首题为《赞市"两会"胜利召开》的诗共有四句：

两会好似春风来，
千树万树梨花开。
小康宏图已描绘，
万众一心朝前迈。

赵耀读完，扑哧笑出了声。这哪是诗，最多可以说是一段顺口溜。顺口溜是你原创也无可厚非，偏偏还抄袭大家名句！但是，这话他没有说出来，而是赞不绝口地连说两遍，好诗，好诗！

马副县长让秘书给赵耀送来一杯茶，还亲自打开茶杯盖，递到赵耀手上。老赵啊，这是我参加市"两会"有感而发，当晚写的。你帮着润润色。赵耀刚说出不敢，马副县长又向他郑重其事地提出了要求。听说市报社总编是你大学同学。你帮我把诗送市报发表一下吧。

赵耀有点儿为难。市报总编的确是他大学同班同学，而且还在一间宿舍住了四年。不过，他这位总编同学比较"呆板"，对发稿把关很严，从不发关系稿。他当总编四年了，赵耀发的诗稿没有一篇是他安排或者交代过的。就马副县长的这段顺口溜，拿到他那里肯定不会通过，弄不好还会被这位老同学讽刺挖苦拍领导马屁。

马副县长见赵耀没有马上表态，相反有些暧昧，眉头皱了皱。不过，马副县长毕竟是副县长，心宽。他说要是为难就算了，我再找宣传部的同志帮忙吧。

赵耀赶忙从沙发上站起来。由于起身过猛，手中的茶杯一下子翻了个，一杯茶全泼在地上，有几滴进到马副县长裤脚上。马副县长没在意，只是看了赵耀一眼。赵耀说马县长您放心，这事不用找宣传部，我完全可以给您在市报上发表。说完，看了看马副县长的表情，又补充一句，这样的好诗，又是歌颂市"两会"的，市报抢还抢不到手呢。

马副县长一直把赵耀送到电梯口，连说了几遍相见恨晚，相见恨晚，相见恨晚呢！老赵，赵局长，我早该去拜访你。

赵耀也说，相见恨晚，相见恨晚。

赵耀话是说出口了，出了门却又后悔。万一市报总编老同学不给面子，怎么向马副县长交代。虽然马副县长不分管自己，但毕竟是副县长，政府班子成员、政府领导人之一。你一个副科级副局长糊弄他，不是粪耙子摇头——找死（屎）！

赵耀回到家中，仍然一脸心事重重，阴云密布。他媳妇问他是不是遇到什么麻烦事。你再用两年就二线了，别为"转正"的事烦心。不当那个正的咱就不吃不喝了？赵耀说你懂个屁？接着把答应马副县长的事给媳妇说了。他媳妇一听拿筷子轻轻点了一下他的额头，骂他脑子比猪脑子还笨。你就朝市里跑一趟，找你那个同学说是马尚升给你下的死命令，让你那个同学看着办。我就不信他这点面子也不给老同学。他女儿去年结婚，咱是随了份子的，两百块呢！

赵耀摇头，这事不能难为老同学。要是真想给马尚升发诗，我得帮他好好改一改。说完，连饭也不吃了，丢下筷子就钻进书房。过了一会儿他媳妇见他不出来，就把饭端了进去。他拉着媳妇坐下，把刚改好的诗念给媳妇听。他媳妇说你改马尚升的诗他要不高兴呢？赵耀深思了一会儿，才长长地吐了一口气说，不会吧。

第二天一大早，赵耀的媳妇说是去市里买东西，让赵耀陪着。赵耀知道媳妇的用意，是陪他去市报社，只好硬着头皮跟着去了。到了市报社门前，他又犹豫不决，在车上不下来。他媳妇跟他急了眼，老赵你能不能当断就断。你要不想给马尚升办这事，就给他挑明了说。他一个副县长总不能因这么屁大点儿私事整你。你要是答应了人家就去办。他媳妇说完，扔了一个手提袋给他，说是给他那位总编同学的。他打开一看是两条中华烟，脸马上拉了下来。这两条烟上千元钱，你，你不心疼？

他媳妇瞪了他一眼，把他拉下车，又推拥到门口。

市报社是一座四层老楼，没有电梯。总编的办公室在四楼。赵耀上楼梯时两腿发软，还有点儿抖。等到上了四楼，额头上汗都冒出来了。

市报总编看了马尚升的诗，含蓄地一笑。老赵，这个尚风是谁？

赵耀说尚风就是马尚升，我们县的副县长。

市报总编摘下花镜，仔细打量着赵耀，好像第一次认识他。赵耀有些不好意思地低着头，兄弟，你就给个痛快话吧。你嫂子还在大门门口等我呢！

市报总编说，老赵你怎么也搞起对领导投其所好、拍马逢迎的事来了？

赵耀说有那么严重吗？我和你嫂子听说你闺女生了个胖小子，所以来登门贺喜。马副县长听说了，顺便让把他的诗捎给你批评指正。你看人家马副县长多谦虚！

市报总编说好了好了，我还要开会。你们马副县长的大作先放我这儿，我和文艺组的编辑商量商量。临出门，他看见赵耀放在茶几上的手提袋，拿起来看了一眼，这啥东西？中华烟，你又不是不知道我不抽烟。拿走拿走，别来我这儿搞污染。

赵耀坚持不拿那两条烟。老同学你得答应我，马县长的诗你一定得发！

市报总编笑而不答，只是拍了拍他的肩膀。

赵耀还在坚持。你要不答应我，我就坐你这不走了。

市报总编说你把这两条烟拿走，我就考虑给你发。

赵耀这才接过烟，高高兴兴地离开市报总编的办公室。到了车上，他媳妇一看他又把手提袋和烟拿了回来，骂他脑子进了水。你那个老同学连烟也不收你的，说明他压根儿就不打算帮你忙。

赵耀恼了，冲媳妇吼了一声不帮算逑！

因为心里没有底，赵耀回到县里没去见马副县长。

没想到过了两天，市报文艺副刊登了一首署名马尚升的短诗，题目是《贺市"两会"胜利闭幕》。不过四句话里，马副县长的原诗只保留了半句："小康宏图"。赵耀高高兴兴地拿着报纸去找马尚升。他心里想着媳妇那句话，不知马副县长看了被改得面目全非的诗会不会生气。所以，把报纸递给马副县长时，手有点儿颤抖，不敢正眼看马副县长。

马副县长接过报纸放在桌子上，说我已经看到了。然后直截了当地说，老赵你晚上没什么安排吧？市政府有位副秘书长来检查工作，我请他吃饭，你也陪同吧！

赵耀说这，这合适吗？我……

马副县长热情地拍了拍他的肩膀，你怎么，你是文化局副局长，又是全市闻名的诗人，身价可非同一般。说完，眯缝着眼睛看了赵耀一会儿，怎么，不愿带我这个业余作者玩？

赵耀忙说不敢不敢，我是怕影响领导谈话。

赵耀临走，马副县长又把他送到电梯口，对他说，哪天见了市报的你那个总编同学，代我邀请他来咱县做客。你就告诉他，我很想认识他这样的朋友，相见恨晚呢！

赵耀说，相见恨晚，相见恨晚！

此后，马副县长诗兴大发，虽然不是每天有新作问世，一周也总有几首诗让赵耀"指教"。每周出版两期的县报，每期的副刊上都有他的诗。市报上也发过几首，但不是赵耀送去的，而是县委宣传部邹副部长办的。邹副部长与市报文艺版主编关系不错。他找马副县长出面，让铁山一位做农副产品生意的农民企业家拿了二十万，赞助市报文艺版搞了一个征文栏目。市报文艺版作为回报条件之一，发了一篇反映那位民营企业家成长经历的报告文学，一篇歌颂铁山经济社会发展成就的专访，还有邹副部长的几篇文章，至于马副县长的诗，都是三言五句，不占太大版面，偶尔发一首也让邹副部长有个交代。赵耀对此却耿耿于怀。邹副部长明摆着是摘桃派，不光讨好了马副县长，自己也发了文章，好像还从报社拿了广告"回扣"，一举三得。最近又听到风声，说县长马上要调走，马副县长可能接任县长，承诺让邹副部长兼文化局局长。赵耀更是恼怒。他思来想去，决定得加大在马尚升身上的投资力度，除了加快给马尚升出诗集，还得把马尚升拉到诗词学会里弄个职位。铁山县没设文联专职机构，挂在文化局，由赵耀兼文联主席，诗词学会是文联的一个分会，主席也是赵耀兼着。赵耀在这个学会有话语权。

四

铁山县诗词学会换届会议在县宾馆隆重举行。

诗词学会是个纯群众性组织，挂在县文联名下，又不同于县文联下属的文学协会、戏曲协会、书法协会、美术协会等协会，后边这几个协会好歹也算在编的群众团体，专业驻会干部还享受科员股长级待遇。同样是群众性组织，"协"会与"学"会是区别，财政拨款与自收自支又是区别。用通常话说是"官方"和"非官方"的区别。诗词学会不在编制序列，没有财政拨款，活动全靠"自收"也就是创收，说不中听的叫找赞助。好在一些老领导包括退休的老书记、老县长、人大主任、政协主席中不乏喜欢写诗词、书法的，诗词学会把他们吸收进来当个名誉会长、顾问，活动时请他们出面找企业赞助方便一些。虽然上边三令五申不许这样做，可上有政策下有对策。人家老书记、老县长只是跟着到企业采风，没有说一句让企业掏钱的话，企业掏钱也不是给哪个个人，而是给了学会，对号入座也找不到人家老领导。就说这次换届会议能在县宾馆举行，都知道是马副县长亲自关照的，可是谁又能拿出是马副县长关照的证据？

会前，酝酿学会领导名单时，多数人不支持马尚升当名誉会长。70多岁的老县委书记拍了桌子。他姓马的写的那些玩意儿叫诗词？我就给小邹说过，姓马的诗登在县报上是污染县报版面。他说的小邹就是现在的县委宣传部副部长。邹副部长曾经给老书记当过两年秘书，老书记骂他就跟骂自己孩子一样。

一位退休的老宣传部长说得也很干脆，要是把马尚升那小子拉进诗词学会，我就公开发表声明退出诗词学会！

赵耀虽然想让马尚升进诗词学会，以便诗词学会将来活动方便，但又不敢违背大多数会员的意愿。他一个个做工作，苦口婆心，死缠硬磨。老书记啊，马副县长非常支持咱这个学会的工作。别说咱这个学会，就是国家级的学会、协会不也有明文规定，从事创作组织工作的领导也可以入会。明摆着不也是为了获得支持吗？他好不容易说通了几个老领导和几个副会长，给马尚升争了个名誉副会长的头衔。他以为马尚升不会有意见，名誉会长是老县委书记，老县长也只是名誉副会长，你一个副县长当个名誉副会长算是和老县长平起平坐，应该满意了！再说，这还是我求爷爷告奶奶帮你争来的。

他拿着候选人名单跑去找马尚升，想得到马副县长的表扬。没想到马副县长拿着候选人名单看了一会儿，笑了笑，推辞说这样不好，我怎么能和老书记老县长这些德高望重的老领导排在一起呢？说完，把候选人名单扔在桌子上。过了一会儿，又拿起看了看，摇着头说不妥，不妥。老赵你这是羞我呢！说着，他拿起笔，在自己的名字上画了个圈。

赵耀说这是和几个候选人酝酿过的。他们都认为您的诗词写作水平完全具备当名誉副会长的资格。马县长您就别推辞了！

马尚升的脸一沉，老赵你这是害我啊！我说不行就是不行。

赵耀有点儿感动。看看人家，到底是领导，风格就是高。不像有的同志，总觉得自己的诗词写得比别人好，为争个常务理事都闹得红脸。他说马县长您放心，我一定把您的意见转告给筹备组的同志。

马尚升又笑了笑，打开了文件夹，不再看赵耀。赵耀觉得坐下去没有意思，就起身告辞了。走到门外，他听到马尚升办公室里响了一下，很沉重也很响亮，好像是用文件夹拍桌子，又像椅子被绊倒了。他犹豫片刻，终于没有回头。

眼看选定的换届的日子就要到了，赵耀和诗词学会的一位副秘书长把会议通知发出了，但县宾馆那边的房间、会议室还定不下来。诗词学会副秘书长去联系，宾馆经理说没接到县政府办公室的会议安排通知。赵耀一听着急了，赶忙给马尚升打电话。马尚升好像非常生气，说这怎么可能，我亲自给办公室主任交代过了啊！这些人办事效率太低，我再帮你问问。说完，又补充一句，老赵，那个副会长我不当啊！

又过了一天，宾馆那边还是说没接到通知。赵耀不好再催马尚升，就去找分管的政府办公室副主任。办公室副主任说县宾馆有重要会议，诗词学会换届会要为县委县政府的中心工作让步，我看往后推迟吧。

赵耀急了，这怎么能行？我们的会议通知已经发下去了。

办公室副主任不耐烦地挥挥手，那是你们自己的事，不归我管，更不归马县长管。马县长又不是你们学会的头。

办公室副主任最后这句话提醒了赵耀。我靠，说来说去，马副县长对名誉会长看得还是很重要。没办法，他又去找那些反对马尚升当名誉会长的人做工作。他对老书记说您老人家消消火，马副县长的诗词水平是有待提高。可是，诗词学会领导既要有诗词水平高的也需要热心组织者。您想想，如果马副县长接了县长，他是咱的名誉会长，那咱以后开展学术活动、采风活动甚至评奖活动，还不是一路绿灯？

老书记叹了口气，半天才骂出一句脏话：这个狗日的！

老书记的思想工作一通，其他人的思想阻力自然减弱。赵耀拿着新酝酿的名单又去找马尚升。马尚升正在开会，听秘书说赵耀找他，马上宣布会议暂停十分钟。他拉着赵耀的手一起到了他的办公室。老赵，赵局长，诗词学会换届的事筹备得怎样了？你那天打过电话，我就把办公室主任狠狠熊了一顿。你们不懂诗词，难道不知道诗词的巨大威力？铁山要振兴，诗歌要先行。我们要靠诗歌把人们的精神振奋起来，把人们的干劲鼓动起来。

赵耀说是，您是领导您站得高看得远。

赵耀把名单递给马尚升。马尚升好像已经知道他和老书记一起被确定为名誉会长，摆着手说不看了，不看了。这是学会内部的事，我一个诗词爱好者怎么好干涉。开会时你们如果通知我，我一定参加。

诗词学会换届会议终于如期在县宾馆召开了，而且比以往任何一届都隆重。马副县长也如约到会，并在会上发表了讲话。他说铁山是诗歌之乡，不会写诗来铁山当领导也当不好。他指着老书记等几位老领导，这几位老领导的诗词水平就很高。

老书记把头扭向一边，从会议开始到结束都没看马尚升一眼。马尚升很大度，一直笑容满面。

选举是会议的一项重要内容。赵耀和两位副秘书长事前就考虑到，如果采用差额直选的方式，马尚升有可能落选。他们绞尽脑汁想出了一个办法：两位名誉会长不搞选举，而是鼓掌通过。在此之前，由他介绍两位名誉会长的工作经历、创作经历以及发表诗词的情况。介绍完老书记又介绍马尚升副县长，当他说到马尚升副县长的诗词已经形成了独具特色的"马体"时，会场上响起一阵热烈而持久的掌声。马尚升得意得容光焕发，几次站起来向大家拱手致谢。

宣布老书记为名誉会长时，会场上掌声响了很长时间，老书记两次站起来鞠躬答谢。宣布马尚升为名誉会长时，会场上的掌声稀稀拉拉，而且都是坐在主席台上，事前经过赵耀再三做工作的那些人的无奈之举。台下无一人鼓掌不说，县一中一位语文老师竟然拂袖而去。赵耀脸红了。可是马副县长的脸没红，相反坦然自若。

会议闭幕时，马尚升在讲话中又念了一首新诗《贺县诗词学会换届》：

铁山宾馆风光媚，
全县诗人来相会。
以诗会友增感情，
君子之交淡如水。
人民需要我歌唱，
我为人民写诗歌。
同声高歌新时代，
明朝铁山更加美。

念完，他四下看了一眼，期望像他平时在各种场合做报告一样，会场上响起热烈的掌声。可是，他听到的则是稀里哗啦椅子的响动声、有人不知有意还是无意的咳嗽声，夹杂着窃窃私语。他脸红了红，接着大步流星追上到了会议室门口的老书记，亲切地搭着老书记的肩膀，老书记，以后还得请您多支持。

老书记犹豫一下停住脚步，毫不客气地说，马县长啊，我几次给你们建议，铁山这几年水利建设欠账太多，比如西山那边的灌溉渠就被雨水和人为破坏拦腰截断了好多段，县里应当加大投入，赶快修整修整。这比写几首诗词重要……

马尚升副县长没听老书记说完，就打断了他的话。老书记，您多保重，多保重。我还有个会，先走一步。

老书记看着马尚升高高胖胖的背影摇了摇头。

五

马副县长的诗集即将编辑完成。赵耀按照县政府办公室编印的电话号码查找一遍，还缺几个部门马副县长没写过诗。水利局的孙副局长已明确表示不劳马副县长动脑子费神力写诗表扬。赵耀想这小子在四个副局长中排列最后，不急于提拔，所以无所谓。计生委主任前段时间出去学习刚刚回来，赵耀把电话打到他的办公室。计生委主任没等他讲完重要性就表了态，希望马副县长这两天百忙中抽出时间去视察工作。

赵耀向马副县长作了汇报。马副县长沉吟了好大一会儿，才点点头，老赵，你帮我找找有没有人写过这方面的诗。

赵耀想了半天，肯定地说，没有，真的没有。倒是前两年有两句口号，现在也不提了。

说来听听。马副县长很感兴趣。

赵耀说我也是前几年下乡时在几个村看到写在墙上的，叫什么“要想快致富，少生孩子是条路”。

马副县长边听边点头。

第二天下午，马副县长在赵耀一行陪同下来到县计生委。按照惯例先参观成就展，然后听计生委负责人汇报，最后马副县长作“重要讲话”。马副县长说咱改革一下会风，别搞老一套。我不分管这项工作，没有重要讲话和重要指示。但是，我对县计生系统取得的成绩感到精神鼓舞。这样吧，我就现场作一首诗。

赵耀和计生委主任带头鼓掌。马副县长在一阵热烈的掌声中高声念了一首诗：

> 计划生育好处多，
> 少生一个又如何。
> 少生孩子致富快，
> 小康路上大步迈！

赵耀虽然还是带头鼓掌，心里却老大不高兴。你好歹也写过几十首了，怎么能把人家前几年的宣传口号照搬过来？这还不说，四句话二十八个字中"少生"用了两处。你、你这不是给我这个编辑增加工作量吗？

没想到第二天到了县妇联，马副县长依然又是当场作诗，又是让赵耀头疼。马副县长这首诗写道：

> 铁山妇女人人夸，
> 能文能武干劲大。
> 敢叫日月换新天，
> 小康路上大步跨。

回到办公室，赵耀打开电脑看了一下马副县长的几十首诗，最后一句写"小康路上"占了一多半，不是大步迈就是大步跨，或者是奔小康，迎小康。他绞尽脑汁改了几首，已经感到力不从心。你马县长那边像不尽红潮滚滚来，我姓赵的可没有让你取之不尽用之不竭的本事，换句话说叫源泉。生活才是诗歌真正的源泉。这话他又不敢对马尚升说，也不敢对其他人发牢骚。就在他苦思冥想，为自己江郎才尽苦恼之时，马副县长又亲自打来电话约他去谈谈。老赵啊，下班了怎么还没回家？

赵耀说我在食堂简单垫巴一下肚子，正在读您的诗稿。他不敢说编，更不敢说改，所以用了一个读字。

马副县长好像很感动。老赵我真没看错你。像你这样对同志满腔热情、认真负责又无私奉献的人现在很难找了。这样吧，我去看看你。

赵耀忙说不敢劳您大驾。您马县长有什么事尽管吩咐。

马副县长在电话中沉吟了片刻，说那好吧，我在办公室等你。

一见面，马副县长又给了赵耀一首诗。这是我给你写的一首诗，准备选进诗集里。

赵耀一边接过，一边谦虚地说这可不行，我承受不起，承受不起。他匆匆看了一遍，忽然有一种想呕吐的感觉，赶忙喝了一口茶才把胃里翻腾的东西压下去。

马副县长这首诗题为《相见恨晚——赠县文化局赵耀同志》，也是四句：

相见恨晚是真情，
因为都有爱诗心。
以诗会友论古今，
同是写诗颂人民。

赵耀心想：马副县长我的马大爷，你老人家最好别把这诗选进诗集，不然我这张老脸以后没法儿见人了。什么谈古今，那不就是说我和你关系近，无话不谈？县里一些人事问题本来就错综复杂，让你这样一说，别人还以为我在你面前对某些同志说三道四呢！再说万一你马副县长接不上县长，或者上级一张纸下来你拍拍屁股走人了，我老赵还能待下去？心里这样想，嘴上却说诗是好诗，不过我老赵怎么敢和你马副县长称诗友？论水平你比我高，论职务你比我高，论认识问题的能力你更比我高。你就别羞我了。

马副县长非常精明。有一个作家说生活在底层的中国农民比较聪明，而从农民当上官的就更聪明，是人精。马副县长猜出了赵耀的真实心思，慢慢地品着茶，脸上笑嘻嘻的，把话题转到了工作上。老赵啊，过两天市委书记要来咱铁山视察工作，点名要去看西山乡的脱贫致富工作。说到这里突然停顿下来，目光如炬地看着赵耀。

赵耀一时猜不透马副县长告诉他这个消息的意图，冲马副县长笑了笑。

马副县长扬了扬手中的报纸，老赵你还记不记得我写的那首《西山人民颂》？

赵耀点头，记得，当然记得。后边两句是"西山人民志气昂，脱贫致富奔小康"……他说完又看了一眼马副县长的表情。马副县长容光焕发，依旧笑眯眯地看着他。他脑子飞快地转动着，寻找着马副县长笑容背后隐藏的秘密。唏，是您马县长这首颂西山的诗作把市委书记吸引来的呀？

马副县长表情没有太大变化，也没有直接对赵耀的话表示肯定或否定，而是激动地说，老赵啊，我现在相信诗歌的力量了。诗歌是战斗号角，嘹亮的军号，是刺向敌人的锐利武器，是教育人民、鼓舞人民的工具。你说得对，用诗词宣传比新闻报道的力量还大！

赵耀深深地吸了口气。

他刚出县长办大楼，迎面碰上和妻子一起在县委大院里散步的水利局孙副局长。孙副局长问赵耀吃饭了没有？赵耀点点头。孙副局长挨着他的肩膀，低声细语地说你老兄买对了股票！赵耀连连摆手，我没炒股，不懂，不懂！孙副局长哈哈大笑，你小子别给我装孙子。我是说马副县长是只潜力股。现在咱县直机关都知道你赵耀和马副县长最"铁"。

赵耀板起脸，皱着眉头，老孙你啥意思？我和马副县长马尚升同志就是诗友……话一出口，后悔莫及。好你个老孙，你，你耍我呀？！

两人正在你一言我一语地掰扯。马副县长的司机一手拎着一个手提袋匆忙赶来了。赵耀你亏着没走远，要不我就苦了。

赵耀问你有事吗？

司机有些不好意思地挠挠头。是这样，马县长说你太辛苦，要慰劳慰劳你。你不抽烟，他就让我给你准备了点茶叶、水果，还有点补品，让我给你送家去。可是我今晚家里有点儿事，麻烦你自己拿回去吧！

赵耀把双手倒背在身后，一边往后退着一边说使不得。马副县长怎么给我送东西，这、这不弄错了。

司机说没错。这水果放我车上都两天了。马县长说就是给你的。说着，他的手机响了。他看了一眼来电显示的号码，把两个手提袋往地上一放，老赵，赵局长，我可给你送到了啊！

司机匆忙走了。赵耀看看一直在笑的孙副局长，脸腾地红了。孙副局长拍了拍他的肩膀，老赵，赵局长好好享用吧！然后搀着妻子的胳膊肘儿走了。走出几米外，又回头冲赵耀笑了一笑。

这一刻，赵耀恨不得自己的头变成钻头，把地钻破个洞栽下去。他盯着摆在地上的两只手提袋，仿佛那是两颗炸弹随时就会爆炸。明天，我老赵收礼的事就会传遍整个县机关，而且是马副县长送的礼。这会让机关的同志怎么想？

天已经黑下来，赵耀脸上的表情也越来越暗淡。

六

市委书记第二天果然来了铁山县。不过，赵耀没有参加这次视察活动。他在电视镜头里也没看到马副县长。

电视报道说，市委书记在铁山县视察两天，有一整天是在西山乡，晚上还住在西山乡一个农民家里。从电视镜头看，市委书记很年轻，精明干练。他到西坡村时，村支书正带着村民从山下挑水上山抗旱。市委书记指着引水渠，问在场的铁山县委书记、县长为什么不把引水渠利用起来。县委书记实事求是地回答说，引水渠多年没有修整，不少段倒塌了。市委书记非常生气，让把水利局长找来。水利局长在外出差，孙副局长当时在场。孙副局长实事求是地介绍了修整引水渠资金困难。他说，党中央、国务院提出城市反哺农村，工业反哺农业，城乡统筹发展，到了我们这个贫困县就成了单纯的口号。接着他向市委书记介绍了全县这几年农业、水利投资的情况。市委书记听后，向在场的县委书记和县长作了核实，严厉地说，你们县不是打算搬迁新县城吗？市委已经研究了，必须停下来，把资金先投到山区农田基本建设。不光你们县，咱们市凡是要建新县城的项目都要进行重新论证。别说贫困县，就是经济再发达的县，非得把办公大楼盖得比白宫还豪华吗？

县委书记、县长当即表示拥护市委的决定。市委书记指着孙副局长告诫县委书记，这个同志坚持实事求是，敢讲真话。你们不能给小鞋穿，相反要重用。我们要在全市党员干部中大力提倡这种说老实话的作风。这样，我们才能尽最大可能减少决策失误！他把自己办公室电话和手机号码都告诉了孙副局长，让孙副局长和他保持联系。

市委书记走到西坡坡顶，在一块高高大大的石碑前停下了脚步。赵耀看到这里时，心一下子提到了嗓子眼。他媳妇平常不喜欢坐沙发，总爱坐小板凳，当时就坐在小板凳上，其实并没有挡赵耀的视线。但赵耀怕她挪动身子时挡了自己的视线，推了她一把。唉我说，你能不能挪一下魁梧的身子？他媳妇气得忽地站了起来，踢倒小板凳，转身进了屋，丢下一句充满火药味的话：你不如干脆直接说我胖。也不撒泡尿照照你自己！

那块石碑是三天前刚刚立起来的。虽然不是赵耀个人的杰作，但他参与了策划、设计、建设、验收全过程。

一周前，西山乡乡长来找赵耀，提出想请马副县长再去一趟西山乡，为西山乡再写一首新诗。他明白西山乡乡长的用意，就给他出了个主意。马县长上次不是写了一首《西山人民颂》吗？他对这首诗十分满意，据说市委书记看了这首诗也很感动，打算到西山来视察。你们不如在坡顶立块石碑，把那首诗刻在石碑上。这既是一处文化景观，又是一块广告宣传牌，同时，也让马县长更加重视西山乡。

西山乡乡长疑疑惑惑，这、这合适吗？书记县长还没刻碑呢，让他们看见会不会有意见？

赵耀说不会。书记县长又不写诗。再说了，这又不是领导题词，马副县长歌颂西山人民取得的成就，还不是给书记县长脸上贴金。书记县长看了还会高兴呢！

西山乡乡长回去后马上就安排。西坡村的石头多、石匠多，乡长一发动，又给拨了专项经费，只几天工夫石碑就刻好了。西山乡乡长是个有心人，专门安排人拍了照片，拿着去找马尚升。马尚升看了果然高兴，剪彩那天亲自去参加。

市委书记在看石碑上的诗的时候，西山乡乡长主动上前介绍，说这首诗是我们县马副县长马尚升写的，县报市报都发表了。它对鼓舞我们全乡人民的志气，宣传我们乡的成就起到了很大作用。所以，乡政府顺应西坡村广大村民的强烈要求，立了这块石碑。

西坡村村支书在一旁插话，乡长你说话不能缩着舌头，俺西坡村可没强烈要求，是乡政府安排的，还说是政治任务呢。

市委书记严厉地看了西山乡乡长一眼。这时，赵耀看见老书记和现任县委书记一左一右站在市委书记旁边。

镜头接着切到市委书记到贫困户家访问。赵耀看不下去了。市委书记对马尚升的诗是什么评价呢？别看是一首短诗一块石碑，关系到马副县长的升迁或沉浮，也关系到他赵耀的声誉和前途，他怎么能不关心呢？他拨通了西山乡乡长的手机电话。电话嘀嘀嘀响了，赵耀的心突然紧张起来。电话一通，他就迫不及待地向对方抛出一串问题：市委书记看了刻着马副县长诗的石碑后说话了吗？是夸奖还是批评或者是不屑一顾？

电话那边传来一个妇女的声音，你是找我们家乡长吧？他正在洗澡，不方便接电话。

赵耀说那你乡长洗完澡给我回个电话。

放下电话，赵耀坐卧不安，一会儿在屋子里走几圈，一会儿频繁地调换电视频道。他媳妇骂他有病。看看你个熊样，遇到屁大点儿事就沉不住气。他姓他的马你姓你的赵，有事也摊不到你身上。赵耀说你懂个屁！姓马的诗集的出版印刷费是我先垫着的，万一……说着，赶忙又拨印刷厂厂长的电话。厂长一听他的声音，直截了当地说赵耀你就放心吧。我把其他活儿停下，先印马县长和你的书。我估摸这会早已印完，明天就装订，后天可以送过去。不过，你得把余款给我们一次结清，我这几十个工人等着发工资呢！

赵耀放下电话，长长地出了一口气。他看了看表，已经过去一小时，西山乡乡长的电话还没回过来。这小子洗个澡用那么长时间？他拿过手机，想看看有没有没接的电话。他媳妇嘲讽地说你屁股都没挪一下，有电话铃响还听不着，你耳朵又不是摆设！

时间又过去一小时，西山乡乡长的电话还没有回过来。赵耀突然有一种不踏实的感觉，身上也开始冒汗了。他到卫生间冲了个澡，出来后又在阳台上站了一会儿。

突然，赵耀的手机铃声响了。他三步并作两步跑到屋里找手机，茶几上没有，沙发上没有，就在手机铃声即将结束的关键时刻，他才想起放在洗手间门口的柜子上。他刚按下接听键，里边传来的是宣传部邹副部长的声音。赵局长，马县长又写了一首新诗，是，是歌颂咱们新来的市委书记的。不，不，不能叫歌颂，准确地说叫赞扬。马县长让我问一下，如果他的诗集还没开印，最好给补进去。

放下电话，赵耀心里松了口气。邹副部长的电话给他传递了一个重要信息，就是马尚升现在很踏实。

第二天上班，赵耀看到新一期县报上边马尚升的诗《市委书记下乡来》：

市委书记下乡来，
铁山群众乐开怀。
西坡顶上挥铁锤，
引水上山好灌溉。
村小学里送温暖，
贫困家中谈发展。
铁山人民斗志高，
誓把山河重安排。

赵耀读着读着皱起了眉头。这个马尚升也真够呛，如此肉麻的句子也能写得出来。不过，他马上就理解了，现在一些领导干部就喜欢听拍马逢迎的赞歌，说不定市委书记很欣赏马尚升的"才华"呢！他又往下看，是邹副部长用笔名发的评论文章，通篇都是赞美之词。他这时不禁有些后悔。这样的好事怎么自己没抢在前边，又让姓邹的领先了呢？难怪人说官场一个等级有一个等级的水平，在拍马方面尤其如此！他想。

七

三天后，印刷厂把马尚升的诗集送来了。一共五千册，占了赵耀办公室半间屋。赵耀的诗集没送来，是他自己让印刷厂错开时间印刷，比马尚升的诗集晚半个月。这样就会省去很多闲话。我赵耀毕竟是个文化人，不能让人说咱做事没有君子风度。

他抱了一捆马尚升的诗集去找马尚升，气喘吁吁地爬到三楼，马尚升的办公室却锁着。听见他敲门，隔壁屋里的政府办公室副主任房间的门开了。办公室副主任看看他抱着一摞诗集，扑哧一声笑了。我说赵局长你真够尽心尽力，不光亲自改、亲自编、亲自跑出版社买书号、亲自跑印刷厂校对、亲自监印，还亲自当发行员……难得马尚升副局长这么看重你。

赵耀说应该应该，咱都是为领导做服务工作的嘛！说完，突然反应过来，问办公室副主任，你刚才说什么，马副局长，哪个马副局长？

办公室副主任故意一惊，怎么，你赵局长信息那么闭塞啊？

赵耀说我昨天到乡下去了一趟。又问什么信息。这时，他已经有了一种不祥的预感。

办公室副主任拍了拍他的肩膀，说马尚升马副县长工作调整了，到市文化局当副局长，和你对口，以后你们可以多交流写诗的经验了。他今天已经去报到了！

赵耀一愣，怀里抱着的马尚升的诗集一下子掉在地上。包装纸摔裂口了，书散乱一地。办公室副主任拿起一本看了一眼，嘟噜一句赵耀听不清的话，转身进了办公室，接着又砰地关上了门。

赵耀满头大汗地回到办公室，一屁股坐在椅子上，呆呆地看着半间屋子的马尚升的诗集，脑袋一下子涨大了。

回到家，他才听他媳妇告诉他在县直机关听到的传闻：新来的市委书记是个诗人，发表过不少诗，出过诗集，马尚升为了投其所好，突飞猛进地写了一些诗词，还托人拿到市报上去发表。新来的市委书记在西坡上看了刻在石碑上的马尚升的那首打油诗后，皱了眉头。后来，市委书记又看了马尚升的那首《市委书记下乡来》，更是反感。市委书记在一次会上不点名地批评了马尚升。市委书记说，我们提倡官员学习，但是，绝不允许态度不端正、滥竽充数，更不能助长某些人写几首打油诗来标榜自己的歪风邪气。我们有的同志写诗的态度不端正，让人把自己的诗刻在石碑上，还让下属单位用公款买自己的诗集……这样的同志能担当重任吗？

赵耀听了他媳妇的讲述，半天没有说话。

不过，此后他在机关也听到了其他一些议论。

有的说老书记对马尚升副县长和他争县诗词学会名誉会长一职耿耿于怀，在市委书记那里告了马尚升一状，说马尚升对整修西山灌溉渠抓得不力。市委书记听了老书记的建议，才否定了提拔马尚升接任县长。老书记这样的老干部，在位时心胸很宽，退位后心胸变得狭窄了！不就一名誉会长，值得把人位子搞丢了吗？！

有的说是水利局孙副局长告的状。孙副局长反映，马尚升副县长安排文化局的赵耀副局长找他，让水利局买三百册马尚升副县长的诗集。每册定价三十八元，共计一万多元。孙副局长说水利局计划内的财政经费都是“人头费”，买马副县长诗集的钱只能从事业经费中出，我们正愁用什么名义报销。市委书记是个很正直、很讲原则的人，听了这话能不生气？市委书记说要真把一个县交给这样的人，老百姓不天天告状才怪呢！

赵耀对这些议论已经不关心了。他最关心的是怎样处理马尚升的五千本诗集。出版社的书号钱是付过了。他瞒天过海，要了个丛书的书号，把自己的诗集也塞了进去。印刷费只付了首付，也就是部分款，说好了等诗集卖完余款一次付清。现在马尚升调走了，谁还买他的诗集。没人买他的诗集就意味着印刷费余款没有下落……

他考虑再三，给马尚升发了条短信：

马县长您好，您的诗集《铁山颂》已经出版，您看给您送到哪里？

短信发出一周，马尚升那边也没回信。赵耀每天到了办公室都看着那堆书发呆。这天，他正在看着马尚升的诗集犯愁，他媳妇从家中打来电话，老赵你赶快给我滚回家来，家里出事了！

赵耀大吃一惊，说话也结巴了，什、什么事？

他媳妇说你干的好事，印刷厂来了个业务员还带着两个工人……

赵耀问是给我送诗集的吗？

他媳妇说你做梦吧你。人家说你的诗集已经从机器上撤了下来，不给钱就不印了。他们是来要马尚升诗集欠的印刷费。人家业务员说了，再不给钱他们就在咱家安营扎寨，在咱家吃在咱家喝在咱家拉屎撒尿。

赵耀一下子急了，我靠，这、这……他边说边站起来。不知是起身过猛，还是这几天愁得过狠，一阵头晕目眩，差点儿栽到地上。

发表于《作品》2012 年第二期，原题为《诗人马尚升》

相映成趣

一

刘勇强做梦也没想到自己会成为县机关大院里众人瞩目的人物。

刘勇强貌不惊人，一米六几的个头，瘦得像根高粱秆，皮肤像是被烟熏出来的腊肉。他这副长相饱受小舅子的嘲笑。小舅子叫孟凡翔，又高又壮，是个白胖子。为了捍卫家族的基因，刘勇强辩称自己的长相与生在60年代初的困难时期有关。对此，孟凡翔总是穷追不舍：孟云也生在困难时期呢！嘁。孟云是孟凡翔的姐，刘勇强的老婆，是个天仙。

刘勇强能攀上白而丰满赛过杨贵妃的孟云，完全得益于他的工作。他在县文化馆上班，具体工作是搞群众书法摄影辅导。20世纪80年代初期，县里还没有电视台，那时候他很算个人物，县领导下乡经常带上他，拍一堆照片回来，放在橱窗里展览。上边来了人，也得他陪着，摄下尊荣把照片发到报纸上。那时候的刘勇强吃香喝辣临走还得揣上烟。有头有脸的人物家里办喜事，先得把刘勇强定下了才放心，不光是他相机好，重要的是他拍得好，更重要的是他是刘勇强。事后人家观赏结婚照片时，只需淡淡地说一句勇强拍的或是刘老师拍的，那面子顿时大得脸盆都装不下。

　　刘勇强是名人，刘勇强还是才子。才子配佳人，就是那个时候，惹得机关的小青年们夜不能寐的孟云找上门来要刘勇强照相。刘勇强当然给她照了，照着照着就照到了暗房里。接下来，孟云嫁给了刘勇强。机关的小青年们就能睡得着觉了，孟云所在的办公室门前也一下子冷清下来。后来，电视台成立了，刘勇强渐渐地被冷落，以至这几年想换个镜头、领几张宣纸都难。文化馆虽然没被撤销或合并，但财政拨的人头费只够发工资，几乎没有什么活动。要想发点福利，就只能靠出租临街那几间破门脸给人家开游戏室和美发屋，就这还经常成为公安打击的对象，说是藏污纳垢。这也不怪，在县领导看来，文化馆是县里文人扎堆的地方，要想让他们听话，最好的办法就是饿着点。小舅子孟凡翔经常讽刺县文化馆是个扎三刀也不见一滴血的穷单位。就这样，刘勇强的时间大多用在练字上。孟凡翔多次动员他做点小生意，他都摇头，说自己没那个本事。孟凡翔一脸怜悯地看看他，也是哈，要人脉没人脉，要本钱没本钱，自己还长成那样，嗨，我姐算倒了霉了，走了。

　　孟凡翔的话对他的刺激并不大，习惯了。刘勇强只管写自己的字。写字是他的爱好，也是他的退路。最不济时他可以卖字，按眼下的行情，他的字值一条烟，约等于一百块钱。一百块钱卖字，卖的觉得寒碜，买的也觉得寒碜，挂起来就更寒碜了。好在他还会照相。

　　两周前，张集镇搞了一个农民书法展。刘勇强作为县文化馆负责书法工作的馆员和县书法家协会理事，去参加了这个活动。当天晚上，县文化局和县电视台还在张集镇合作搞了一场演出。没想到第二天凌晨网上出现一张照片。照片上一名男子和县剧团一个年轻女演员在车里嘴对嘴地抱作一团。那个女演员还没卸妆，那个男子雪白的衬衣领子上留下了一抹口红。照片下面还配了字："激情演出，猜猜男主角是谁？"县城不大，放个屁也立刻家喻户晓，何况这种有图有真相的活人演出，想不轰动都难。用不着人肉，大家立马就认出那个男子是张集镇党委书记王昆。接下来，王昆被停职。继而，县纪委又查出他有贪污受贿的问题，对其采取了"双规"措施。

　　至此，大戏似乎很快就要落幕。但刘勇强不知道，这只是序幕，接着粉墨登场的竟是自己。

　　人们当然不甘心剧情平淡，追求跌宕起伏是人们的文化需求之一。于是，照片是谁拍的，又是谁发到网上的就成了这出戏的续集，并且毫无悬念地猜到了刘勇强头上。刘勇强虽然用的是台老旧相机，但老旧相机也是相机，何况，刘勇强是摄影高手，擅书者不择笔，擅杀者不择器，呵呵……接着，刘勇强又被人肉出和王昆是情敌，王昆年轻时曾经激烈地追求过刘勇强的妻子孟云，据说前不久还有人看见王昆和孟云单独见面，哎呀，这事……刘勇强有动机，在现场，有时间，有照相机这个硬件，有摄影技术这个软件，不是他还能是谁？

　　大家都觉得是刘勇强时，刘勇强自己并不知道。他走在大街上，不停地有贩夫走卒跟他打招呼：嗨，刘老师！呵呵，老刘！接着伸出大拇指。走在县大院里，白净富态的干部们或向他投来带有敌意的目光，或意味深长地一笑。住在他楼上的作家、诗人纪柯还一边向他伸出大拇指，一边夸他：勇强，战士。纪柯是个老愤青，平时就爱对貌不惊人脾气也不惊人的刘勇强挖苦几句，刘勇强对他多是敬而远之。这次纪柯的一反常态让刘勇强觉出了不对，又不知哪里不对。

　　但王昆的老婆就没那么含蓄了，见了刘勇强就恨恨地骂娘。刘勇强本来想对倒霉的王昆老婆施以安慰，可还没等他张嘴，王昆老婆迎面就来了一句：狗东西。刘勇强张了张嘴，被噎在那里。他理智地认识到，王昆的老婆是不能惹的，原因有二：一是她脸上的肌肉争先恐后地横向扩张，仿佛一条张牙舞爪的八爪鱼随时准备把对手勒死，二是她爹是县配种站老站长，从小在配种站长大的她骂人时擅长运用牲畜。刘勇强只好认倒霉。

　　回到家，孟云已经躺在床上。孟云白鹅般的身子引起了刘勇强的兴趣，刘勇强刚伸出手，孟云一翻身坐起来，指着刘勇强吼：刘勇强你正事不干，充什么六个脚指头的！孟云说的正事是挣钱，或者做官，这两样刘勇强都没有，男人没钱就没腰，没官就没胆，刘勇强又被噎住了。怎、怎么了？吭哧了半天刘勇强问。孟云说你还跟没事人似的，满大街都知道是你拍的。我拍什么了？刘勇强问。孟云说，事到如今了你装憨卖傻有什么用！刘勇强说，我到底怎么了？孟云说，王昆的照片你能说不是你拍的？

刘勇强说我的天哪！想了想，恍然大悟：我说呢！哎孟云，我的相机是标准镜头，网上的那张照片一看就是变焦镜头拍的，怎么能是我呢？再说，黑天半夜的，我的那台老相机像素也不够啊！孟云没理他，蹬上鞋就走了出去。

接下来，刘勇强就开始解释。他的解释没人相信。他岳父、他媳妇孟云、小舅子孟凡翔，还有县机关大院的熟人没有一个相信。文化馆长、文化局长找他谈话，旁敲侧击地问他是不是还有没拿出来的照片。

刘勇强说不是我拍的。局长说拍了也没事。刘勇强说真不是我拍的。局长说，老刘，你要这么说，我就得跟你说说公民的隐私权了。刘勇强说局长，说出来不怕丢人，我的相机只有一个标准镜头，那张照片一看就知道是变焦镜头拍的，你们弄错了。局长并不急，局长说老刘，擅书者不择笔。馆长说，擅杀者不择器。馆长虽然老，但却是局长的老师。局长说你是高手，高手可以手中无剑。馆长说，对，无影剑。

刘勇强笑了，笑得坐不住，斜躺在沙发上。局长亲切地说，老刘，你错了吗？没错，一点儿都没错。可是你是站在自己的位置上，你要是换个位置，换到我这个位置，换到部长的位置县长的位置你就知道，咱们县今天的局面来之不易。照片一上网，全国都知道了。馆长说，全世界都知道了。局长说，对，地球人都知道了。

刘勇强站起身，嘭的一声把自己的那台老相机蹾在桌子上，说，相机就在这里，你们可以找公安局搞刑侦的来检查，看是不是我拍的。

局长笑了，老刘，拷贝和删除照片连小学生都会。刘勇强没理他，径自走出办公室。

下午，刘勇强刚刚上班，馆长就通知他宣传部的韩部长找他谈话。他一愣，韩部长？

馆长点点头。

刘勇强问，还是照片的事？

馆长严肃地说，这回恐怕不单单是照片的事。

刘勇强真的不高兴了，有完没完？我说了我那天没拍照，再说，被拍的不是已经"双规"了吗，说明有问题嘛！还追究什么人拍的干吗，想打击报复啊？整人啊？

馆长笑了，小刘，别神经紧张。你不是早就想着搞一个个人书法摄影展吗？我向文化局和宣传部领导都汇报过了，一直在等韩部长表态。说不定部长找你有好事呢！

刘勇强过去也来过韩部长带套间的办公室。每次都是在外间的沙发上坐着等韩部长接见，往往都是等了半天，到了吃饭的时间韩部长才忙完，和他打个招呼，小刘，有事吗？有事抓紧说。他三言两语说完事，韩部长也三言两语打发他，就这样吧，我知道了。这次，韩部长专程在等他，而且安排办公室主任孟云提前给他泡好了茶。孟云就是刘勇强老婆。

你和王书记是什么时候认识的？韩部长开门见山地问。

刘勇强实事求是地回答说，王昆在县机关党委工作时负责搞宣传，一搞活动就拉上我帮他写标语、拍照片，大院里几个橱窗的宣传都是找我布置。说着，得意之情溢于言表，仿佛又回到了十几年前。韩部长右手的中指有节奏地在沙发扶手上敲着，时而像雨点紧密，时而如小河流水纤细。刘勇强从韩部长这一习惯动作中体察得出他心里有一种焦虑。于是，他又强调说，我和王昆纯粹是工作关系，没有任何个人来往。我不抽烟不喝酒，连一支烟也没抽过他的。哦，我给他老婆拍过工作照，放在文化馆的橱窗里展览过，我记得清清楚楚的，背景是一匹种马，标题是：我为革命配种忙。

韩部长笑着，敲击沙发的手指停下来，用手掌拍了拍沙发扶手，好了小刘，我今天更理解你们说的艺术一脉相通了。嘿嘿，一脉相通，都得虚构。

刘勇强慌了，韩部长，我说的是真话。

韩部长已经站起身，摆出了送客的架势。刘勇强也站起来，说，那时我就看这小子早晚要出事。他那时还是个股长，天天抽中华，哪来的钱？

韩部长好像又想到了什么事情，重又坐下，指了指沙发让刘勇强也重新坐下，然后认真地说，勇强，我不是问你张集镇那个王昆。我是问你和县纪委新来的王大山书记什么时候认识的？

王大山？刘勇强脑海中闪电般地跳过一个个熟悉的人，摇着头，说，不认识。

韩部长抽出一支烟，也是中华。韩部长把烟点燃后并没有抽，而是在指缝中夹着，眯着眼看烟雾飘动。他说，他去过你家。

这些天因为照片的事刘勇强已经有些迷糊了，现在又冒出一个王大山王书记，还去过他家，刘勇强不敢懈怠了。他清楚地看到老婆孟云的身影在门口闪了一下，他知道这事也让他老婆十分揪心，他必须慎重对待了。他提起精神，认真琢磨着韩部长的意思，生怕一不小心使自己陷入更大的被动。

刘勇强抬起迷离的眼睛，一脸无辜地看着韩部长说，部长，我怎么不记得王书记去过我家？

韩部长叹了一口气，想不到老刘你这个文人也学会政治了，我就当你是不记得，我再提示一次，昨天上午八点半，孟云不在家，王书记在你家待了二十多分钟。

刘勇强这才想起，昨天晚上县电视台新闻报道了新的县纪委书记上任的消息。他觉得这个王书记有点儿面熟，想了好大一会儿才想起新上任的王书记有点儿像早上来他家的那个人。可是来他家的那个人戴着顶棒球帽，穿圆领T恤、牛仔裤、旅游鞋，T恤衫的下摆也没扎进腰带里，根本不可能是新来的纪委书记。现在的领导，一头黑发，不黑也要染黑，衬衫一定扎进腰带里，脚上一定蹬着一双亮闪闪的皮鞋，他能是王书记？刘勇强脑子飞快地转着，"照片门"已经让他四面楚歌，他无法判断这个突然出现的王书记王大山会不会让他更惨。他现在能确认的是，那个人是不是王书记对他都没有什么好处。他琢磨着韩部长找他谈话的意思，决定装傻。刘勇强以守为攻地问，部长，你怎么知道八点半我们家去了一个人呢？

韩部长根本没想到蔫头巴脑的刘勇强会问出这个问题，一下子语塞。说调查不妥，说跟踪更不行。韩部长想明白了，以玩笑的语气说，你就说去没去吧，幸亏是个男人，要是个女人呢？我们孟云不是吃亏了？

部长一开玩笑，刘勇强就没词了，嘿嘿，嘿嘿。

气氛轻松了一些，韩部长岔开话题，老刘啊，咱们都是一个系统的。王昆到张集任职之前是在咱们系统工作过，那时还是个要求上进的干部嘛！他出了事，有人说是我提拔他。这就不对了。一个几万人口的大镇的党委书记，我一个宣传部长有权力提拔啊？那得一把手定。还有人说我三天两头朝张集跑。张集是我的联系点，我不跑怎么深入群众？

刘勇强说，嗯。

韩部长又说，勇强，你也是宣传文化系统的老同志了。我记得我还在张集中学当老师时，你已经在文化馆工作了。那年我们学校搞歌咏比赛是你去给拍照的。

刘勇强点点头说，噢。

韩部长说，你抓拍的技术不错。高三有个长得很漂亮的女学生，在张集中学被称为校花。你专门给她拍了张特写，在学校橱窗里挂了一个学期。说着说着，他嘿嘿笑了。

刘勇强也笑了。

韩部长突然伸过头，神秘地问：怎么样勇强，和她还有联系吗？

刘勇强使劲地摇头，两手摆得像风中的荷叶，没有。没有。绝对没有。说完，他的脸已涨红了。

刘勇强之所以脸红是有原因的。那时候他还没找对象。从张集中学拍了照片回来，在暗房里洗照片时，他把那个女学生的照片放大了，又放大了，反反复复地看，心怦怦地直跳。明知道他不开门别人进不来，他还是做贼心虚地看了几遍门闩，又在门后放了张椅子。后来想想，他心里承认面对那个美丽的女中学生的确动了情。那算是暗恋。后来，他也的确给那个女学生写过一封求爱信。那个女学生收到信后，交给了班主任老师。莫非韩部长就是……他的心咯噔跳了一下。

刘勇强说，部长，要是没事，我，我先走了。

韩部长说，这就走啊？你不是还有事没跟我说吗？

刘勇强问，什么事？

韩部长说，呵呵，你们馆长不是说你找我有事吗？

刘勇强想起自己书法摄影展的事，这时，他突然打消了办展的念头。他嘿嘿一笑，说，部长日理万机，我就先不添麻烦了。

韩部长说，日理万机也得管你的事，不然又得有人说我不关心群众了。

刘勇强忙说，不会不会，您在咱县宣传系统的威望如日中天，哪有人说你一个不字啊！

韩部长一直眯缝着眼睛看着刘勇强。勇强，在王书记那儿可不能用如日中天这个词啊！那可是故意给我下眼药。

刘勇强想再解释一下自己和王大山书记没关系，想想又放弃了。越抹越黑，他韩部长爱咋想就咋想吧。

二

刘勇强从韩部长办公室出来，进电梯时手机响了，他刚想接，电梯就没了信号。一出电梯，他媳妇孟云就一通吵吵。刘勇强你怎么不接我电话？

刘勇强说，我在电梯里。

孟云告诉他，我爸让咱回家吃晚饭。

刘勇强平时最怕上岳父家。在他眼里，岳父家无异于虎口。除了逢年过节不去不行，平时极少登门。他和妻子结婚时，好歹还算县机关里的名人，他岳父那时还没退休，在县城三中当校长，副股级，虽说同意了他和孟云的婚事，但心里并不是十分乐意。这些年，他一路走下坡，岳父对他的态度也日趋冷淡。最恶劣的是那个小舅子孟凡翔，一见面就讽刺加挖苦。有一次甚至借着几分酒意，说他和孟云不般配：我姐当年是县大院的一枝花，多少人追求她，有的当了局长、副县长，调到省里工作的，还有的当了厅长，她嫁给你真正是鲜花插在牛粪上。他当时气得就差没被一口酒噎死。

一进屋，孟凡翔不在。他松了口气，老老实实地在岳父对面的沙发上坐下。

岳父喜欢喝茶。刘勇强刚认识他那时，喝茶还不盛行，茶叶也贵，县领导都喝茶叶末儿，他岳父那时就喝龙井。一个月的工资得有三分之一用来买茶叶。他岳母说得好，他喝茶总比抽烟好。抽烟有损健康，喝茶养精提神。

这几年，岳父喝的茶叶质量也在提升，闺女孟云儿子孟凡翔隔三岔五拿点好茶回来。岳父的学生也知道他的习惯，来看他时少不了提好茶叶。刘勇强见茶几上放着一包金骏眉，不禁暗叹，这茶叶老贵了！

你个人书法摄影展的事筹备得怎么样了？岳父开门见山地问。

刘勇强吭哧吭哧了一会儿，实事求是地回答，作品都准备好了，就是经费还没落实。

孟云在一旁讥讽地说，就你，天天装出一副清高的样子，给谁也不低头，能找来经费除非天上掉下来。我看你就等下辈子吧！

岳父瞪了孟云一眼。岳父这人从不训人，更不骂人，刘勇强知道他瞪你一眼就是最严厉的。没等孟云说话，岳父指着刘勇强说，你给你凡翔兄弟说说，他说不定能帮上这个忙。自家人不存在谁求谁，别不好意思开口。小小那几万元钱的学费不就是凡翔帮着掏的？

小小是刘勇强的女儿。前年高考分数没达到本科录取线，哭着闹着要上那种3+1，刘勇强半天才弄清3+1是三年国内一年国外的学校，而那种班的学费比正常录取的高出几倍。几万块钱的学费让刘勇强着实犯难。最后，是孟云向孟凡翔借的。为这，孟凡翔没少奚落刘勇强，就差没把他说成天下最无能的男人。平时，刘勇强在大街上遇见开着车的孟凡翔，孟凡翔大多是摁一声喇叭算是招呼，遇上有话要对他说，最多就是把车窗开一条缝喊一句：刘勇强，过来过来。好像称刘勇强姐夫是一种恩赐，小舅子吝惜恩赐。让刘勇强去求他，无疑是逼着老鼠求猫生个孩子。所以，岳父让他求孟凡翔出钱给他办展览，他只是淡淡一笑，说，早一天晚一天没关系，不办也没关系。

岳父看了他一眼，抿了一口茶，说，勇强，话不能这么说。你搞摄影也有几十年了，办个人影展，出个集子，是成果汇集嘛！韩部长才练几年书法，字写得那叫一个臭，不照样出了两本书法作品选。

刘勇强皱了皱眉头，没说话。他对岳父说的韩部长写书法也有看法。韩部长在张集镇任党委书记时，对书法一窍不通，根本分不出书法和一般毛笔字的区别。省里一个老书法家的侄子为了安排工作，托到他那里，送了一幅那个老书法家的字给他，他很不高兴，私下埋怨人家看不起他。给我一张纸，上边全是些方块字，还什么艺术，糊弄谁呢？结果，他把那幅字随便地放在办公桌上，不知被谁顺手牵羊给拿走了。他当宣传部长后，参加书法展览一类的活动多了，才知道老书法家的那幅字值十多万。当上宣传部长后，宣传口尤其是文化口有人私下说他是外行，韩部长不急不火，首先拿书法当突破口，兼任了书法协会的名誉主席。他自己也在办公室里铺上毡垫摊开宣纸写起书法来。写书法，这个说法听起来有点儿不伦不类，但却是韩部长独创的词。韩部长接着一口气独创了许多词汇，比如拉音乐、画美术、写创作，等等。韩部长不是一般人，短短两年，在省、市分别办了个人书法展览，出了两本书法作品选集，全县中小学校、文化馆站，还有一些民营企业，他题写的校名、馆站名和牌匾最多。有人私下开玩笑说，韩部长就差两个地方没题名，一是男厕所，一是女厕所。县里文化口的其他部门眼红书法界，纷纷成立协会，韩部长一口气兼任了十多个协会名誉主席，到了第三年，又出了一本画集，一本诗集，一本散文集，一部长篇小说，文史类的文章也屡见报端，还写了一篇拉魂腔的论文，成了县里前无古人后无来者多才多艺学富五车才高八斗的才子学者艺术家。

刘勇强毕竟是圈子里的人，尽管对圈子里的事情不热心，但多多少少知道一些潜规则。身兼县书法家协会主席的文化局长就明确指出，韩部长对文化工作空前重视，没有韩部长的支持，我们县书协音协作协美协拉魂腔协总之一切协就没有今天的繁荣。局长说着眼圈都红了，文化馆的那位老馆长呢，真真切切地流下泪来。望着大家情到深处各自动容，刘勇强十分怀疑自己的情感通道和泪腺是不是出了问题。让他稍感安慰的是，市书协一位副主席在韩部长书法展展厅里指着韩部长的字对刘勇强说，勇强，你们县书法界从此堕落了！说得刘勇强脸红。所以，在评奖时，作为评委的刘勇强对韩部长的作品投了反对票。没想到，韩部长的作品不仅获了奖，而且是银奖。据那位市书协副主席说，他自己也投了韩部长一票。那一次，刘勇强彻底打消了对自己泪腺的怀疑，当宣布韩部长得银奖时，他发现自己竟然泪流满面。

刘勇强正在吃不着葡萄说葡萄酸地胡思乱想，厨房的门开了，一股香气扑面而来，沁人心脾。孟凡翔端着盘子从厨房里出来。姐夫，我亲自下厨房给你做了道你们江南人喜欢吃的菜。

刘勇强一下子紧张起来，虽然尚未毛骨悚然，小腿肚子也有点儿抽筋。孟凡翔二十年来叫他姐夫的次数不超过三次，包括这一次。孟凡翔并不在意他的感受，大大咧咧地挨着他坐下，上来就给他剥了根香蕉。姐夫，这是进口香蕉，你尝尝味道就是和国产的不一样。

刘勇强说，哦，里边裹了根金条啊？

要是换过去，孟凡翔立马就会和他翻脸，今天却不同了。孟凡翔笑容可掬，说还真有这么干的。我听说王昆在里边交代，他收过的礼中就有人用香蕉裹着金条。

孟云在一旁接上说，怪不得王昆50不到，一口牙全掉光了，原来是咬金条硌掉的。她的话逗得孟凡翔哈哈大笑。刘勇强的岳父也笑出了声。

一时间，家里亲热的气氛让刘勇强怀疑自己是不是走错了门。

上桌以后，孟凡翔几次主动给刘勇强夹菜，还再三强调这顿饭他上主厨，下了一番功夫。他说，姐夫……

刘勇强说，你还是叫我刘勇强吧，这样习惯。

孟凡翔说哪能呢！姐夫，你哪天把王书记请来，我也做一道这个菜，他肯定喜欢。

孟云说，他和刘勇强是老乡。

刘勇强说，我不认识他。

他的话刚落音，一屋人的眼光都聚焦在他的脸上，就像当年他第一次到孟家来求婚时那样，有的想看他的五官是否端正，有的看他的目光是否真诚。他感到有点儿心慌，强调说，我真的不认识他。我们虽然是一个县的，可我比他大七八岁。我大学毕业来咱县工作时，他可能才刚上中学。

孟凡翔看了孟云一眼，脸上瞬间晴转多云，目光也暗淡下来。他放下筷子，掏出香烟，刚想点着，刘勇强的岳父冲他摆手，去去去，到厨房把抽油烟机开着抽去。孟凡翔不太情愿地进了厨房。孟云失望地白了刘勇强一眼，也进了厨房。

岳父到底是见过大世面，笑着转移了话题。他说小小这孩子从小就有文艺细胞，模仿李谷一的声音惟妙惟肖，你们夫妻俩早就该支持她学声乐。说不定早成"超级大赢家""中国好声音"了。

孟云和孟凡翔并没有关上厨房的门，两人都在听着客厅里的对话。她嗔怪地说，爸您可别老惯俺家孩子学唱歌。俺可不想养个戏子出来。

岳父瞪了她一眼，咋了，戏子咋了？现在的戏子不同于万恶的旧社会的戏子，是文艺工作者，是灵魂工程师呢！咱县开"两会"时，文工团那几个名角不都是代表，和领导一起议事。再说了，他们挣钱也容易，那些个全国有名气的，一次出场费都赶上你爹十年二十年的工资了！说着，啧啧啧地喝了几口茶。他喝茶时总爱弄出声来，像是刻意演奏一种美妙的音乐。

刘勇强说，就是嘛。

孟云还想和刘勇强争辩，她不是确实有什么可争辩的，而是一种习惯，凡是刘勇强赞同的她都要反对，东风压倒西风。刘勇强的岳父给她使了个眼色，让她回到厨房去。他突然压低声音问刘勇强，张集那个王书记这回到底牵扯多少人？有的说十几个，有的说几十个，有县里的、乡里的，还有村里的，要命的是还有市里的。有人把这小子小时候偷过队里几次西瓜青菜都供了……

刘勇强摇摇头，不知道，我不关心这种事，也没人给我提起过。

岳父问，新来的纪委王书记没向你透露一点儿？

刘勇强认真地说，我不认识他。

孟凡翔沉不住气了。他一步跨到刘勇强身边，用夹着烟头的手指指着刘勇强说，刘勇强你别给点阳光就灿烂。我实话给你说吧，他姓王的一个外来人又没长三头六臂，想一脚踢翻咱们县那得看他有没有那个能耐。你没听人家说，现如今的官场上一不要多树敌，二不要树死敌。

刘勇强愣怔了片刻，喃喃自语地说，我、我听不懂你啥意思。再说，这话你要对他说就当面对他说，我不认识他，不能把话带给他。

孟凡翔有点儿气急败坏，一边穿衣服一边说，不信你就走着瞧！

孟凡翔走后，孟云也要走。到了门外，又想起了什么，转身回来告诉刘勇强，刘勇强，你吃饱了喝足了，别拍拍屁股就溜。我走了，这洗碗刷锅的活你别丢给我爸。要不然我和你没完！接着一转身，咣当关上了门。

刚还是晴天丽日，转眼电闪雷鸣，刘勇强惊讶地张着嘴巴，半天也没合上。他想，这不年不节地来吃饭，又莫名其妙地挨了孟凡翔姐俩一顿呲，到底是为什么？他起身想到厨房洗碗，岳父拉了他一把，让他坐下，诚恳地说，勇强啊，我不讲什么大道理。新官上任三把火。王书记来得正是时候。这案子说大能大，说小能小。

刘勇强不知该怎样插话，就嗯了一声。

岳父又说，我不是替腐败分子辩护，更不是求情。你说说是人谁没有亲戚朋友。亲戚朋友能没个来往。要真是逢年过节亲戚朋友之间的人情来往都算受贿，那不是连人情也不讲了吗？我的学生逢年过节来看望我，也没有人空手。

刘勇强冲岳父笑笑。他很明白岳父的意思，或者根本就不懂他话里的意思。

这时，门开了，孟云和孟凡翔两人折了回来。孟云好像受了莫大的委屈，一屁股坐在沙发上，眼睛看着窗外，长长的睫毛上还有没擦干净的泪。孟凡翔则直截了当地问刘勇强，姐夫，我爸的话你真没听懂啊？

刘勇强没回答。

孟凡翔说，咱们是一家人，我也不向你遮遮掩掩。王昆交代的人里边有我，有我姐。

刘勇强的屁股仿佛被针扎了一下，惊慌失措地站了起来，语无伦次地说，这、这怎么……为什么？

孟凡翔抽出烟，连看也不看刘勇强的岳父一眼就点着火，大口大口地抽着，好像要把心中的秘密通过烟雾吐出来。他说，我的事简单。张集镇政府的新办公楼和果品市场工程是我的公司干的。为拿这个工程，我送了三十万给王昆。就是纪委找到我，大不了我就是违反纪律，受个处分。

刘勇强说，你、你是行贿！

孟凡翔说是行贿，可我不是为了个人，是因公行贿。

刘勇强急了，还有因公行贿这一说？我第一次听到。你总是让我长见识啊！

孟凡翔没理会他的嘲讽，接着说，我姐的事与你有关。我不说，你们回你们家，让我姐给你说。

刘勇强的岳父咳嗽一声打断孟凡翔的话，踌躇了片刻，拍着刘勇强的肩膀说，小刘，亲不亲自家人。你给你那个新来的纪委书记老乡说说。人，都不是生活在太空里，谁没有远亲近邻、三朋四友？高高手，大家都能过得去。

刘勇强这回终于长了点心眼，没说不认识新来的纪委书记。他心里在想着妻子孟云到底和王昆之间有什么问题。如果他否认和新来的纪委书记认识，可能就问不出来了。

孟凡翔开着他的"别克"车送刘勇强夫妇回家。下了车，他拉着孟云在楼下聊了很长时间。孟云一上楼就把衣服扔在刘勇强脸上。刘勇强，别给你脸不要脸啊。

刘勇强说，怎么了，我怎么了？

孟云说你装，你还挺会装。我和你生活了二十多年，今天才发现你原来是个戏子。有本事你就继续装吧。不过，我没心情看你往下表演了！说完，她收拾了几件衣服塞进箱子里，在刘勇强惊讶和不解的目光中咯噔咯噔地下了楼。

刘勇强目瞪口呆。

三

张集镇原党委书记王昆的案情有了新的突破，县纪委又接连"双规"了一个正科级和两个副科级干部，县机关这下子更热闹了。

一般情况下，纪检部门"双规"了一个干部，在这期间找去谈话的人越多，说明那个被"双规"的干部交代的问题多，牵涉的人广，和那个被"双规"干部有过经济上不正常往来的人就会惴惴不安。在这种情形下，这些人就会像老鼠钻窟窿打洞一样，千方百计托关系找门路打探消息和说情，有的甚至跑到新上任的县纪委书记王大山的老家，拐弯抹角地找到他的亲戚、同学。王大山在一次会议上严肃地正告说，你如果有问题，唯一的出路就是主动向组织坦白交代，别来什么歪的邪的，你有问题，就是找到我亲爹，我也不会放过你。

这一下子，刘勇强就更成了香饽饽。王大山说找他亲爹都没用，众人马上就明白了，刘勇强不是他亲爹。

刘勇强的日子也越来越不安宁了。

孟云三天没回家，连个电话也没有，这对刘勇强的生活来说并没有什么影响。他活到这岁数了，和很多同龄人一样有着多年单身生活的经历，一天三餐可以到机关食堂去吃，衣服也可以自己洗，到了这个年龄，裆里那个不争气的物件当起的时候慵懒散淡，不当起的时候又兴致勃勃跃跃欲试，他对那物件本来就没多大信心，使用方面可有可无。他不安的是远在国外的女儿一天三遍电话催着要钱。昨天夜里，女儿在电话里甚至说出了让他心惊肉跳的话。女儿说，你再不给我钱，我就干让你后悔一辈子的事。女儿没明说让他"后悔一辈子"的事是什么事，给他留下了无限可怕的想象空间，整整一个晚上他都没法儿合眼，一颗心就像悬在空中的秋千被风吹得荡来荡去。过去，他既不抽烟也不喝茶，更不喝酒，如今竟然情不自禁地抓了一把茶叶放到杯子里，喝了一口感觉味道不对，才发现装茶叶的盒子里装的不是茶叶而是孟云平时喂小猫的一种食物。他刷了三遍牙，嘴里和舌头尖还是发涩发腥，一气之下又就着白开水吃了三片大蒜，味道是改变了，但辣得额头沁出汗珠子。人到气急败坏的时候，往往会一时犯傻。他摸起电话就给孟凡翔打，电话接通后，他开门见山地骂道，孟凡翔你个坏熊羔子！你老实告诉我你想干什么？

要是在过去，他别说骂孟凡翔，就是大话也不敢说一句。这回孟凡翔很冷静，既没有反击，也没有嚷嚷，而是平静地问，姐夫，你这是怎么啦？喝大了是不是？我印象中你可是滴酒不沾。你是不是请新来的王书记吃饭，不喝不行呀……

正在气头上的刘勇强火冒三丈，抓起茶杯摔在地上。茶杯啪嚓摔了个粉碎，孟凡翔在电话那头好像听见了，嘿嘿笑着说，姐夫，你们家没有几件值钱的东西，摔一件少一件。不过，你千万别把你女儿喜欢的瓷猪给摔了，要不然她回来和你拼命！

刘勇强的目光落在桌子上的一件瓷器上。那是景德镇出品的陶瓷玩具小猪。这只白瓷小猪造型逼真，工艺精湛，憨态可掬，让他属猪的女儿爱不释手。更重要的是它可以播放音乐，里边的十几首曲子全是他女儿喜欢的。他女儿在家的时候，每天都要把它擦洗几遍，说是给小猪洗澡。刘勇强突然想起，这件宝贝是孟凡翔从国外带回来的。当时，孟凡翔一边放音乐给他女儿听，一边讲了个故事。他说，我看这只小猪挺可爱，就买了下来。回到驻地，同事看了英文的介绍，对我说这是咱们国家景德镇出口的产品。我说不懂英文真吃亏。不过，想想我外甥女喜欢，我又觉得这亏吃得值！

看着陶瓷小猪，想着孟凡翔的话，刘勇强像挨了一针的皮球，慢慢地只剩下空皮囊，他一屁股坐在沙发上。孟凡翔在电话那边喊了几句姐夫，他也懒得搭理。最后，孟凡翔急了，刘勇强我告诉你，我姐让你逼得痛不欲生，万一她出了什么事，我们家饶不了你。

刘勇强一愣，什么，你说什么？我怎么逼她了？

孟凡翔说，我姐现在不敢到部里上班，怕韩部长找她的麻烦。

刘勇强问，韩部长能找她什么麻烦？

孟凡翔说，这得问你自己，韩部长不是找过你吗？

刘勇强不信，韩部长一直都很信任孟云，和副部长不能说的话都给她说，不可能……

你也有所耳闻啊？我还以为你装聋作哑呢！孟凡翔打断刘勇强的话说，那你就看着办吧！我姐都快成神经病了。你总不能让我这个当小舅子的替你拿主意吧？！

孟凡翔挂断了电话。刘勇强隐约感觉到孟凡翔还有潜台词没说出口。什么叫你也有所耳闻，耳闻什么玩意啊？他的目光不由得投向墙上挂着的一只镜框，里边镶着的是孟云刚刚怀孕时的照片。这张照片是他亲自给她照的。照片上的孟云貌若仙子，安静而甜美。孟云特别喜欢这张照片，让他放大五张，分别挂在家里、办公室、娘家，还有两张送给了她的好朋友。有一次，她对刘勇强说，韩部长说我弄虚作假，把一个大电影明星的照片挂在办公室充自己。我急了，不信我让刘勇强把底片拿来。韩部长一听哈哈大笑。我这才知道他是跟我开玩笑！当时，刘勇强心里沾沾自喜。毕竟人是他老婆，照片是他的作品。眼下，看着这张照片，他眼睛忽然有点儿不适应，觉得照片上的女人十分陌生。难道……他不敢往下想，于是又拨孟凡翔的电话。电话通了，孟凡翔没接，又拨了一次还是没接。刘勇强急了，扔下电话就向外走。

刘勇强家住的是县直机关的老房子，没有电梯。他从二楼下来，刚到门口，一辆红色小轿车突然停在他面前，挡住了他的路。他没在意，想绕开，小轿车里的人猛地打开车门，用车门挡住了他。他这才扶了扶眼镜仔细看了一眼。

哟，刘老师要搞展览了，马上成名人了，不认识我了呀？车上下来一个高个子女人，线条分明，衣着得体，丰满中带点儿妖娆。她的脸很白，只是这种白掩饰不住神情里的焦虑。刘勇强感觉眼前这个女人面熟，却想不起在哪儿见过。那个女人咯咯咯笑了，说，刘老师不记得我了。我是梅芝。

刘勇强：梅……

开车的女孩人还没下车，从打开的车窗探出头，说，我姑姑是张集中学的。你当年差点儿成了我姑夫！哈哈哈……

刘勇强的脸唰地红到了脖子根。他想起来了，但又有点儿不相信：这女人咋说也过40了，怎么看上去像30来岁的人。他吞吞吐吐地问：你，你找熟人？

梅芝说，我就专程来拜访你！

我……刘勇强愕然。

梅芝招呼开车的女孩，丽丽下车吧，刘老师，不，你刘叔请咱到他家坐坐。

刘勇强心想我可没请你们到家坐啊，嘴上却说，是啊，到家门口了，上去坐坐吧。

从车上下来的那个叫丽丽的女孩，和当年刘勇强喜欢的那个张集中学的女高中生长得极像，让刘勇强一下子目瞪口呆。丽丽可不像当年那个女高中生那样腼腆，一上来就大大方方地拥抱了他一下，刘叔你好，早就听我姑姑介绍过你，说你是大才子！

刘勇强发现丽丽的眼睛里有几道暗红的血丝，眼圈也有点儿发黑，好像几天几夜没睡好觉。他心里有些嘀咕：这姑侄俩一看就不是凡人，就是照相也不至于到家里来。再说，这门技术早已过时了。

梅芝没容刘勇强多想，提着一个大提袋朝楼上走。刘勇强只好走到她前边去开了门。二人进了屋，梅芝没等招呼就大大方方地钻进卫生间。丽丽在门外打电话，声音很低。刘勇强觉得这两个突然造访的女人怪怪的，一时有点儿不知所措。不过，既然人都到家里了，不速之客也是客，他不能冷落人家，于是忙着倒水泡茶。他早上吃的方便面碗还扔在茶几上，正要收拾，梅芝从卫生间出来看到了，惊讶地问：嫂子不在家吗？他窘迫地摇头，说出差了，出差了！

梅芝一边帮他收拾茶几，一边轻声说，你那年给我写信，把我的名字写成梅姿。一开始我还以为不是写给我的。看了信的内容才知道，你把我比作梅花，故意用的那个姿……梅芝说话的声音带着两情相通相知相悦几欲相许的情调，刘勇强酥了一下。

不过，刘勇强很快记起，她当年把他臭了一顿。这样一想，他的酥劲一下子就散了，问，你找我有啥事？

梅芝好像没听见他的话，继续往下说，你的信让我的班主任韩老师看到了。韩老师说从信上看，这个人真心喜欢你。韩老师还把你夸了一通，说你是全县有名的大才子、艺术家。

刘勇强心里说，真像你说得那么好，你就是这屋子的女主人了。

丽丽打完电话，也进了屋里。她手中的提袋好像很沉，朝茶几上放的时候蹾了一下，刚擦过的玻璃上残留的水滴溅到她身上一滴。她哎哟一声，搂住刘勇强的胳膊，像一个初恋的女孩子在男朋友面前撒娇一样，说，刘叔你真坏，我刚到你家，你就让我湿（失）身！你赔我，你赔我。刘勇强很尴尬，眉头渐渐皱得像核桃皮。梅芝看出了他不悦，给丽丽递了个眼色，丽丽这才松开刘勇强，坐到沙发上。

梅芝的手机响了。她冲刘勇强笑了笑，起身到阳台上去接电话。刘勇强面对着一个年轻漂亮的女孩，浑身上下感觉不舒服。丽丽好像是他早就熟悉的老朋友，一点儿也不客气，一口一声刘叔叫着。刘叔你知道吗，我姑经常念叨你。她说当年要不是有人从中挑拨离间，她就是你媳妇了。

刘勇强喘气声粗了。

丽丽挑了个大个儿苹果，极其熟练地削了皮，切了一块就朝刘勇强嘴边送。刘勇强想躲开，挪了挪屁股。没想到丽丽更干脆，一屁股坐在他旁边，贴着他的身子。看那架子，她是志在必得。刘勇强不敢动，那块苹果可是用刀尖挑着的，弄不好一刀豁开他的嘴唇或者扎进喉咙里。无奈之下，他只好张开大嘴，用牙咬住了那块苹果。丽丽轻轻地打了他一下，娇滴滴地说，这才是听话的好宝贝！

刘勇强尴尬极了。他急切地问：有啥事就直截了当地说吧。我还要出去办事。

丽丽突然变得羞涩起来，眯着眼看着刘强，目光既有娇羞，又有几分怯意，让刘勇强觉得浑身发麻，于是又催了一遍，有话就说，干吗掖掖藏藏。

丽丽扑哧笑了，刘叔，你没当成我姑夫，当我干爹行不？

刘勇强摇头，我有闺女。他知道社会上的"干爹"是啥意思，尤其是官员"干爹"那就是老牛吃嫩草的流氓。再说，我也不认识你，凭什么做你干爹，退一步，他也既没本钱又没胆量做干爹。

丽丽脸上看不出丝毫的不好意思。不过，她总算看出刘勇强很急切地想摆脱她。她踌躇了一下，问：干爹，一个贪官要是交代出曾给他的情人买房子买车，你们组织会不会让他的情人退赔？

刘勇强一下子警觉起来，眼睛瞪得像小灯笼，里边的血丝更加鲜亮，像灯笼里的灯丝。他站起身，想到阳台上招呼梅芝进来把丽丽带走。梅芝隔着玻璃向他挥挥手，意思是告诉他，她的电话快结束了。他回过身对丽丽说，我不是纪委的，也不是检察院的，这种事情我说不明白。不过，要让我说呢，退赔都是轻的，应该判刑！不好好做人，当什么情妇？

丽丽猛地站起来，不满地瞪着刘勇强。为什么？那他的情人白陪他睡觉了？睡个小姐还得付钱呢！

刘勇强愣了。他几乎不敢相信这话是从眼前这样一个清丽的女孩嘴里说出来的。他终于明白了梅芝带这个女孩来找他的目的。机关里最近一段时间疯传王昆交代和多名女性有染。有人感叹说，百家姓里又增加一个复姓：多名。有人开玩笑说，接触女性时要先问清楚她的姓氏，如果姓"多名"，一定得防着点儿。凡是和"多名"女性交往的，没有不出事的。眼前这个女孩会不会也在王昆交代的"多名"之列呢？他不愿再多想，更不愿再多费口舌，走到阳台上拉着梅芝往外走，抱歉，我的事都耽误了。

看着两个不速之客的车子开出了大院，他长长地松了一口气。

四

刘勇强所在的单位属于文化局的下属事业单位。文化局是正科级单位，文化馆也就一正股级单位。他本人是里面一个副股级干部，不是副馆长，可以换算为或者相当于副馆长但没有副馆长的权力。不知从哪个年代起，干部管理上有了新的变化，把职和级严格区分开来。带"长"如股长、科长、处长、司局长叫领导职务，而不带"长"的级如正股级、正科级、正处级、正司局级则叫非领导职务，从非领导职务到领导职务自然而然地又形成了一个等级。刘勇强是副股级，但不是副股长。所以单位这次竞选馆长，他没有报名。馆长问他为什么不报名，他实事求是地回答，我前边还两个副馆长，轮不到我。

馆长说，勇强，你也老大不小了。听说你在北京在省城的同学中，司局长厅局长的都有了。

刘勇强说，衙门大小不一样，起点也不一样，我就这命，馆长你都知道的。

馆长说，这次不一样。咱是事业单位，人事制度改革，竞聘上岗。

　　刘勇强没有问有啥不一样。这一时期，他的心思全都纠结在一团乱麻上：照片门莫名其妙地成了身兼编剧导演摄影演员为一体的主角，老婆有家不归小舅子还说他早有耳闻，女儿隔海相逼，又有数不清的不速之客不约而至……

　　没想到一天之间情况发生了逆转性的变化。文化馆两个副馆长中，一个调到图书馆当副馆长，一个调到影剧院当党支部书记，刘勇强竞聘文化馆长的资格认定毫无悬念地通过了。县文化系统一片哗然。明摆着这是给刘勇强腾位子。平调到图书馆的那位副馆长逢人就骂，刘勇强真不是东西，表面上不动声色，口口声声只想搞业务不想当官，暗地里动员老婆、小舅子一起上阵。整个一伪君子……还有人说的更露骨，刘勇强不就是和新来的纪委书记王大山有亲戚吗？要是没这门亲戚，文化馆长下辈子也轮不上他。

　　刘勇强一开始也很纳闷：这种好事怎么就突然降临到自己身上？他不相信老婆和小舅子会帮忙。他们和他快一个月没有联系了，到了不相往来事实分居的地步，怎么可能帮忙让他再上一层楼呢？他对关于他和王大山的关系已经懒得解释了。他开始还觉得不安，后来反而觉得论资历、论能力、论贡献，这个馆长早就该是他了。再说，竞聘上岗，我刘勇强又不是不竞聘。老百姓有句话叫是骡子是马拉出来遛遛，我刘勇强行不行总得让我展示一下吧！所以，这些天他把精力集中到准备工作之中。没想到，让他更烦的事情照样接踵而至。

　　早晨一出门，几张熟悉的面孔在门口等着他。这个拉他上奥迪车，说这车以后就给他用了。他说不敢，不敢，我这辈子就没有坐奥迪的命，一坐就晕。那个要陪他走一段，说走路有利健康。他说，我不坐车，也不散步，我有自行车。于是，第二天早晨就有几辆自行车在门口等他。他明知道这些人表面上来找他，实际上是奔着王大山的，客客气气地给他们解释。你们千万别误会，我和王大山书记的的确确不熟悉。那些人听了就笑。有的说，刘馆长谦虚。你这样替领导着想，领导更会重用你。有的说，你这回能坐上直升机还不靠得王大山王书记！

　　刘勇强差点儿没疯。

　　这天，他刚到单位，屁股还没落到椅子上，馆长就来找他，开门见山地说，小刘，韩部长让我通知你，让你马上去见他。

　　刘勇强没假思索，脖子一拧说，我不去。我再去他那儿，别人以为我又为争个文化馆长找他走后门呢。

　　馆长眯着眼看了他一会儿，手指着他的脑门，认认真真地说，小刘刘勇强我告诉你，你说你不跑不送别人就信了？现在这社会好人坏人不是自己嘴上喊出来的，也不是别人眼睛看见的。刘勇强说这么说我更不去了，我不能给人留下口实。馆长晃了晃脑袋，嗨，反正我通知到了，去不去是你自己的事。

　　馆长走后，刘勇强开始埋头写竞聘演讲稿。竞聘演讲也是这几年随着竞聘上岗出现的新生事物。参加竞聘的人笔试通过后，还有几道关口，其中一项就是演讲。一般来说按照人数确定演讲时间，有的单位竞聘的人多，只能给演讲的人每人五分钟时间，有人形容说五分钟还不够说客套话的。尊敬的某某领导要说吧，尊敬的某某专家要说吧，感谢的话要说吧，演讲题目要报吧……刘勇强过去几次没报名，就是他不喜欢这些形式上的东西。这次他想明白了，既然人家设了这样一道门槛，那就得遵守人家的玩法。

　　电话铃声响了。刘勇强一开始没理。打电话的人一点儿也不泄气。又打了过来。刘勇强气急败坏地拿起电话，冲着听筒嚷嚷道：没人接电话，说明人没在，你怎么没完没了？

　　打电话的人笑了。刘勇强，你听听，你听听，是一个正常人说的话吗？对了，好像哪个小品里有这样的话。你是在排小品啊？

　　刘勇强听出是韩部长，不高兴地说，韩部长，我刘勇强可不属于你直接领导。你要是找文化馆有事就给馆长打电话。

　　韩部长沉吟了片刻，说，我就找你。你要是不方便过我这里来，我就过你那边去。

　　文化馆就在宣传部的楼下，坐电梯走路都用不了三分钟。刘勇强还没反应过来，韩部长已经站到了他面前。他突然间有点儿惶恐不安，赶忙站起来，不知什么东西被他碰得咣当响了一声。

　　刘勇强呀刘勇强，你让我怎么说你呢？韩部长指着刘勇强的右手食指上下点着，离刘勇强的脸距离很近，好像要变成巴掌打过来。刘勇强有点儿莫名其妙。不就是没听你的招呼到你办公室去吗？这不算什么大错误吧？不至于让你一个宣传部长生这么大的气。他这样一想，反倒坦然了许多，心情也轻松了。他弯腰扶好椅子，刚要坐下，没料到韩部长突然拍了桌子，刘勇强你挺会装啊！

　　刘勇强又紧张起来，我、我、我怎么了？

　　韩部长的目光非常严峻，口气也变得严厉，说，我之所以没惊动你们局长、馆长，让你一个人到我那儿去，是给你面子。我之所以亲自登门找你，是尊重和爱惜你这个人才。可是，你的态度太让我失望了。你是不是以为自己有靠山了，翅膀就硬了。

　　刘勇强惊奇地张大了嘴巴，目瞪口呆地看着韩部长。凭他在机关工作的经验，已经隐隐约约地感觉出韩部长是有备而来，而且有重要的事情给他说。果然，韩部长见他态度老实了，才从上衣口袋里掏出一封信，朝他面前一丢，说，你看看，这是我今天一上班接到的信。

　　刘勇强没动那封信，喃喃地问道：给领导的信跟我有啥关系？

　　韩部长说关系大了。这封信反映的是你的问题。说重一点是举报你的问题。

　　刘勇强的脑袋突然一下子涨大了，下意识地去拿那封信，韩部长好像早有准备，抢先拿了回去装进口袋里，然后才说，这信不能给你本人看。我不能违反信访纪律。

　　刘勇强心想：别吓唬我吧？不想让我看，却又拿出来；不想违反纪律，却又告诉我，诈我？！他嘿嘿笑了，韩部长，我既无权又无钱，不跑不送，不贪不占，更不像有些当官的手中有权收受贿赂、包养情妇……

　　韩部长打断他的话说，你没有权，可是你能租来权。你没包养情妇，并不证明你没有欺负妇女。

　　刘勇强哈哈大笑。他奇怪自己的笑竟然如此清脆响亮。他一边笑一边说，韩部长你没搞错吧。我刘勇强有没有这种能耐你应当是了解的。别说欺负妇女，就是妇女欺负我，我都会抱头鼠窜。

韩部长用咄咄逼人的目光看着刘勇强，嘴唇边泛着一丝冷笑，这两者加起来足以让刘勇强感到心慌。他停止笑声，认真地问：韩部长你说的是真的吗？

韩部长说，我这里不但有信，还有手机拍的录像，已经发到我的手机上了。用一句话说是证据确凿。他见刘勇强一副莫名其妙的样子，问道：孟云这几天是不是不在家？

刘勇强点点头。

韩部长：那你单独在家时，有没有招过女人？

刘勇强摇摇头。

韩部长：你再想想，你单独在家时有没有女孩子上门求你办什么事情？

刘勇强突然想起梅芝带着那个叫丽丽的女孩去过家中找他，于是点了点头。他自己都不知道为什么现编了一个瞎话：是我家亲戚一个女孩来过。

韩部长冷冷一笑，看来还真让人家说对了。你刘勇强的确是自以为靠山硬，不怕有人告状。不，不，是什么事都敢做。那好，这事我也只好交到纪委去调查处理了。举报人在信中说了，如果宣传部不查处，她就把手机拍的画面发给县委每一个常委，还有你的家人。再不然就发到网上去……

刘勇强这下子硬不起来了。他深深感到自己陷入了危机。对于组织对于领导，他可以坦坦荡荡，你们调查呗！可是，到了孟云那就是有口难辩了，更别说那个小舅子孟凡翔了。离婚是轻的，重了还不知会发生什么大事。尤其是女儿知道了这件事，肯定打击不小，说不定和他断绝父女关系……他越想越害怕，两条腿突然像中了风一样，不停地哆嗦。

韩部长点燃了一支烟，抽了两口就撚灭了。在县委机关，韩部长有个绰号叫"来两口"。这个绰号就是从他抽烟引起的。他给别人递烟时，爱说"怎么着，来两口"，别人给他敬烟时，他也是张口就说，"怎么着，来两口"。他抽烟也的确是抽两口就撚灭，绝不抽第三口。好像尼古丁在第三口时会准时出现。后来，有人发现他每次抽完两口烟就开始说些总结性的话。于是，又有一个顺口溜在机关传开了：不怕地不怕天，就怕韩部长两口烟。韩部长抽了两口烟，总结讲话大半天……刘勇强当然知道这些，所以韩部长抽完烟，他挺直了身子，等着韩部长的长篇训话。没想到韩部长不给他机会，抹了抹嘴巴，说了声"走了"，转身就朝外走。刘勇强急了，上前扯住韩部长的衣袖，你，你还没说清楚就走啊！

韩部长冷冰冰的目光夹带着一股寒风落在刘勇强的脸上。

韩部长：该说的我已经说完了。至于怎么做是你的事情。

刘勇强：那你说要我怎么做，做什么？

韩部长用力推开他的手，大步流星地走了。

五

照片的事弄得刘勇强人不人鬼不鬼的，老婆有家不回，小舅子还留下一句极富悬念的"早有耳闻"。女儿在国外天天催钱，急得他把下个月的工资都预支了。那天早上来过他家的中年人到现在他也不确定就是王书记王大山，可是全县都已经替他确定了。他就像一只光着屁股的猴子，无论怎样表现都是在被人戏耍被人用来下赌注。现在又冒出来一个背靠大山寻租权力欺负玩弄女性。刘勇强知道，就这最后一条，足以使他的家庭土崩瓦解，使他臭名远扬。假如王书记王大山恼羞成怒，再给他一顶打着领导旗号欺骗和玩弄女性的帽子，他这辈子也别想直起腰了。

刘勇强几乎崩溃了。

刘勇强下半夜醒来后，就再也睡不着了，脑子像一池清水。刘勇强从来都没这么清醒过，他尝试着把这些天来的事情串到一起，渐渐发现了其中的逻辑关系，这一发现居然把自己给吓住了。他身边的这些人认定了那天早晨到他家的那个人是王大山。既然是王大山，那么上任伊始早晨专程登门拜访他就必然关系不一般，或者必然有什么重要的事情相托付。如果这样，偷拍王昆与女演员鬼混的照片的人那就非他莫属了，或者这本来就是王大山书记设下的一个棋局，而刘勇强就是操盘手。反过来，王昆事件所牵连出来的一系列的人和事就都与刘勇强有关，刘勇强的态度直接影响了王大山书记。有问题的人想自保，最好的办法就是通过刘勇强做王大山的工作。也就是说，凡是围着刘勇强转，或者通过不同的方法给刘勇强施加压力的人，无一例外都是另有所图、一身毛病。

刘勇强沿着这个逻辑，把这些天围着他转的这些人挨个捋了一遍，又把自己吓了一跳，身上真真切切地出了冷汗。首先是他老婆孟云。王昆与多名女性有染，孟云又牵连其中，刘勇强又出了一身冷汗，头皮发麻。还有韩部长，他现在已经确信梅芝带着她的侄女给他拍艳照是韩部长做的局。韩部长不择手段不惧风险在自己的下属身上做局，一定是为了抵御更大的风险。也就是说，王昆、孟云、孟凡翔、韩部长、梅芝和她的侄女，还有他们身边许许多多的人就像一张巨大的网，这张网本来跟刘勇强无关，但因为有了王大山，就结结实实地扣在了他头上。

可恨的是孟云，居然以分居相要挟。

更可恨的是韩部长，居然动用了设局拍艳照的下流手段。

最可恨的还是孟云，韩部长设局拍艳照她不可能不知情，如果知情，那么她和韩部长？

刘勇强起身，在屋子里慢慢走动着。窗外渐渐亮起来。他在镜子前面停下来，看着镜子里的自己，瘦骨嶙峋面目狰狞。刘勇强拿起家里仅剩的一只玻璃杯，对着镜子里的自己准确有力地砸过去。镜子里的自己面目可憎支离破碎。

咚咚咚，有人敲门。

刘勇强使劲摇摇头，使自己从愤怒中走出来。问，谁呀？

我。是我，纪柯。

刘勇强说，你等等。

纪柯说，你老婆没在家，开门吧你。

纪柯一进屋就看见了满地的玻璃碴子。纪柯说，老刘，一大早自己跟自己较劲呢？

纪柯虽然和刘勇强住一个门洞，但平时极少来他家，平时两人见面也是没一句正经话。纪柯是个出了名的老愤青，谁都不吝，刘勇强倒不用防着他。刘勇强说，坐吧，失手打碎的，你怎么起这么早？

纪柯说，不是起得早，是睡得晚，还没睡呢。

刘勇强说有毛病。

纪柯说有毛病也跟你有关。

刘勇强说，哦？

写网络小说呢。纪柯说。写你的事，网上连载，点击率都三万多了。

刘勇强说写我什么事？我有什么好写的？

纪柯说，别装了，当人家都不知道是吧？你老婆为什么跟你分居的？韩部长一次次找你干吗？那天花枝招展的姑侄俩找你干吗？还有王昆的艳照为什么怀疑到你头上？还有，还有，这些天有多少人围着你转？嘁！

刘勇强问，你都听谁说的？

纪柯说，还用听说？眼见为实，都是我看见的。

刘勇强像一只泄了气的气球，软软地瘫在沙发上。

纪柯说，刘哥，你怕个球呀，要是换了我纪疯子，早就跟他们干上了！结结实实做一回人吧！

刘勇强说，嗨，你是不知道，没那么容易。

纪柯摸着胡茬子，真不真假不假地说，不就是怕老婆离婚吗？有什么呀，离就离呗，不离又能怎样？离了自由。你看我，自由吗？羡慕吗？走了。

纪柯风风火火地出去了，把刘勇强一个人留在屋里。刘勇强突然有一种倾诉的愿望，急忙喊纪柯。纪柯咚咚咚的脚步声已经到了一楼。刘勇强重新在屋里转圈，地上的玻璃碴子被他踩得咯吱咯吱作响。等到玻璃碴子被他全都踩碎的时候，刘勇强的脑子里只剩下了纪柯的一句话：结结实实做一回人吧。

刘勇强刚上班就接到了两个电话。一个是他小舅子打来的，约他见面。要是放在昨天，刘勇强肯定迫不及待地跑去跟孟凡翔见面了，可是现在是今天了，今天的刘勇强要自己拿主意了。另一个电话是韩部长打来的，确切地说是韩部长发了个短信给他。打开韩部长的短信，是几幅视频截图，图片上，刘勇强和梅芝的侄女偎在一起，另一幅是刘勇强吃美女刀尖上的苹果。要是昨天，刘勇强肯定被这几幅图片吓得尿了，可是，昨天是昨天，今天是今天。刘勇强笑笑，给部长回了个短信：收到，谢谢。

刘勇强刚给韩部长回完短信，孟凡翔就进了办公室。这回轮到刘勇强抖上了，干吗呀？我在上班。

孟凡翔愣愣地看着他，猛地一拍桌子：刘勇强你干的好事！

刘勇强说怎么了怎么了？这是在办公室！

孟凡翔说，我就是让你在办公室丢人！说着开始翻动自己的手机。

刘勇强说别翻了，我这儿有。说着打开图片让孟凡翔看。

尽管刘勇强的表现让孟凡翔吃了一惊，他还是再次拍桌子，指着刘勇强的鼻子骂道，刘勇强你这个流氓！

刘勇强说，是不是流氓你说了不算，组织说了才算。

孟凡翔说信不信我揍你？

刘勇强说信，我信。

孟凡翔抬了抬手，没揍他。刘勇强的表现太让他意外了，以至于他所有的预案都无法应对。

刘勇强说，没事你就走吧，我还要写字呢。

孟凡翔不走。

刘勇强顾自摊开纸，提笔，凝气，在宣纸上挥洒开来。眨眼工夫，四个大字一挥而就：结实做人。这几个字舒展而有力，平和中带着扎实，是刘勇强书法中少见的好字。刘勇强心情很好，不光是他已经想好了自己要做什么，更是因为在他一向惧怕忍让的小舅子孟凡翔面前第一次打了胜仗。

写完字，刘勇强抬头见孟凡翔还在那儿站着，就淡淡地说了一句：你还有事吗？

孟凡翔突然拉住他，说，姐夫，咱一家人干吗非得这样呀！

刘勇强问，我怎样了？你不揍我了？

孟凡翔说，姐夫，咱都别置气了。纪委找我了。

刘勇强说，哦，你不是因公行贿吗，你怕啥呀？

孟凡翔说，我的事再说，纪委接下来还要找我姐。

刘勇强的心揪了一下，但还是故作平淡地问，你姐跟我分居了，纪委找她跟我有什么关系吗？

孟凡翔说，王昆那个王八蛋说我姐色诱他！

刘勇强说，什么？你说什么？

孟凡翔说，王昆那个王八蛋说我姐勾引他！

刘勇强说，放屁！

"吧嗒"一声，刘勇强手里的笔掉到宣纸上，在"人"字底下砸出了一个很大的墨团，像长了一个大大的蛋。

六

韩部长不算是一个聪明人。说实话，官场上混，其实需要的不是聪明，而是傻，是认定目标对其他充耳不闻视而不见持之以恒的傻。这一点，韩部长无疑是做到了。

在对刘勇强的判断上，韩部长显然出现了失误。官场上的逻辑并不适用于刘勇强，因为刘勇强没有得到过什么，因而也就不怕失去什么。做馆长本来就不是刘勇强的愿望，刘勇强最怕失去的是老婆，可是失去了老婆也就失去了小舅子和岳父，同时失去的还有他在这个家庭的憋屈和屈辱，这种憋屈和屈辱伴随了他半辈子，失去了未必是件坏事。因此，当韩部长给刘勇强发了所谓艳照的视频截图，继而收到刘勇强"收到，谢谢"的短信后，理应明白事情可能会走向反面。但混迹官场半辈子的韩部长习惯地也是错误地在刘勇强身上运用了官场逻辑，他不仅没收手，反而选择继续施压。

韩部长坐在刘勇强办公室唯一的沙发上，刘勇强则小心翼翼地坐在椅子上，装出一副诚惶诚恐的样子。

想好了吗勇强？韩部长问。

刘勇强说，部长，你知道我笨，我不懂应该怎么做。

韩部长笑笑，你是装傻，你想想，我只要按一个键，这个视频就到了你老婆孟云的手机上，后果，就不用我说了。

别，别，千万别发。刘勇强说。韩部长，你要是发了，我这个家就完了。看在我跟你干了这么多年的分上，你让我做什么我就做什么。

韩部长说，你失去的不光是一个家，还有，要不是我按着，梅芝她们娘俩随时会把视频发到县里的几个常委手里。到那时，哎呀，你就不能坐在这屋里写字了。

刘勇强哭了，虽说没有眼泪，但一脸的哭相让韩部长确信他已经哭了。刘勇强起身，微微蹲了蹲，一副要跪下的架势，部长，我听你的，听你的，你帮我想想办法吧。

韩部长很满意，正如他事先所料，刘勇强是个厌包，是个只知道照相写字的笨蛋。但他毕竟是部长，他不会走得太远。韩部长站起身，在屋里巡视了一圈，带点无奈地说，勇强啊，我也就是看你老实才帮你，这样吧，我做个中人，做做梅芝的工作，具体要求你们当面谈。

刘勇强说，谢谢部长，谢谢谢谢。

韩部长一边摇头一边慨叹，哎呀你说你们这弄的什么事呀，二十多年前的情债，还得我帮着了断。

中午回到家，刘勇强踩着地上已经细碎的玻璃碴子，突然有了想唱一嗓子的冲动。他是外地人，虽说在文化馆工作，但从来就不喜欢当地的“拉魂腔”。“拉魂腔”是当地的地方戏，每隔四句就有一句起过渡和感叹作用的“啊哈伊”，刘勇强觉得，这句“啊哈伊”既空洞又无厘头，完全是无病呻吟虚张声势。可是现在刘勇强一张口，首先唱出的居然是这句毫无理由的“啊哈伊”，他连续唱了几遍，唱着唱着竟从“啊哈伊”中体会到了一种从未感知过的苍凉和悲壮。他一边唱，一边在屋里走着台步，一地的玻璃碴子在脚下咯吱作响。

梅芝进屋的时候，刘勇强正沉浸在戏里。他眼睛直直地盯着梅芝，突然蹦出一句台词：待本官把你拿下啊呀——，一伸手把梅芝拖了进来，直接扔到沙发上。梅芝有点儿羞怯地看着刘勇强，刘勇强继续念着戏腔：待本官为你宽衣啊呀——，说着就去扯梅芝的衣服。梅芝护着，半推半就地躲闪着。刘勇强来了劲了，继续念道：不宽衣你干啥来了啊？梅芝娇羞地轻声说，别急，我自己来。刘勇强说啊呀呀，哪能劳你动手呀啊——。梅芝嗔怪，别急嘛，轻点。说着就解开了上衣。

当梅芝上身赤裸在刘勇强眼前的时候，刘勇强傻了。梅芝一把把刘勇强的脸摁到自己的乳房上，一边娇羞带喘地说，你真坏，想了你二十年了。刘勇强奋力挣脱梅芝，一巴掌抽到梅芝的脸上，骂道，你这个贱货，我招你惹你了？梅芝惊恐地抬眼看时，刘勇强已经全没了戏里的表情，正两眼通红地瞪着她：为什么害我！

被刘勇强戏要了的梅芝顾不上穿衣服，捂着脸就哭了。

刘勇强开始时还是鄙夷地看着梅芝，慢慢地眼神就软起来。刘勇强实在不习惯强势，尤其是对一个他曾经动过心的漂亮女人。看着伤心而又羞愤的梅芝，刘勇强半是指责半是解释地说，我没招你没惹你，你为什么要害我？把我害得家破人亡身败名裂的，你怎么能下得去手啊？

梅芝一句话都不说，哭得更伤心了。

刘勇强看出梅芝是真哭，心就渐渐软下来。他自己也爱哭，电视里升国旗奏国歌时他能泪流满面，为此，让老婆和女儿十分看不起，也没少受同事们嘲笑。他更看不得别人哭，别人一哭，他就觉得自己做错了什么。见梅芝没完没了地哭，刘勇强有点儿手足无措了。他说，梅芝，梅芝，韩部长说你来找我谈条件，你说吧，我听着呢。

梅芝不说话，还是哭。刘勇强急了，说，你要是不说就走吧。梅芝坐着没动。刘勇强说，你走吧，你要是不走我就走了。说着，他真的起身往外走去，梅芝一把抱住了他的腿。

梅芝说了，并且一张口就刹不住，说了足足有一个钟头。开始时刘勇强不停地告诫自己，梅芝的话是不能信的，他要的只是梅芝提出的条件，他想确认梅芝背后的人到底是不是韩部长，韩部长为什么要用这种方式逼他害他。听着听着他就进入了梅芝的情节，并且逐渐确信她说的是真的。

真的。梅芝是这样开头的：真的，刘老师，真的，他们想错了，他们让我来算是找错人了。梅芝没有说条件，而是直接从二十多年前她接到刘勇强的情书说起。

按梅芝的说法，刘勇强的情书改变了她的一生。刘勇强心里"喊"了一声。但接下来梅芝的说法却大大出乎刘勇强的意料。那时候刘勇强是个才子、名人，梅芝收到刘勇强的情书后，既幸福又慌乱，激动得一夜都没睡着。第二天她就把这事告诉了自己的闺密。没想到闺密却把情书的事捅到了老师那里。更没想到的是，老师把她喊到自己的寝室里谈话，并以情书相要挟，当时就把她"要了"。刘勇强说这是强奸。梅芝说是。梅芝从天上掉到了地下，那些天她夜夜以泪洗面。接下来，老师还找她，不停地要，一直要到她怀孕了，老师才慌了。那个人是韩部长，刘勇强说。梅芝没理他，接着说。老师把她带到县医院打了胎，并把她介绍给了镇上一个跑运输的司机。

我说的这都是真的。梅芝说着打量了一下刘勇强的屋子，喃喃地说，要不是这样，真的，这里就是我家了，真的。刘勇强狐疑地看着梅芝，梅芝凄然一笑，这都是命，真的，是命里没有。梅芝抬起头看着刘勇强，轻轻地说，"梅姿你好，请原谅我把你的名字改成了梅姿，你就是梅的姿态，梅的样子，梅的情致，叫着这名字的时候，我的心在颤动，幸福的感觉冲撞着我的胸膛……"梅芝眼里洋溢着幸福的光芒，旁若无人地、完整地、一字不落地背诵了刘勇强当年写给她的情书。刘勇强的眼睛瞪大了，他信了，他确信梅芝是真的，真的在乎他。梅芝的头轻轻地靠在刘永强的肩上，像是自言自语，又像是轻轻地对刘勇强诉说，他强行要了我，还用你写给我的信给我擦身子，可是我把你的信都记到心里了，记了二十多年。刘勇强脑子里浮现出他写给梅芝的情书，那是他用毛笔以小楷行书写在暗红的竖格小宣纸上的，让那个畜生给擦下身了，这混蛋！

能嫁给跑运输的司机，梅芝认了。只要能从噩梦中走出来，跟着跑运输的司机踏踏实实过日子，她就认了。没想到婚礼的当天就出了事。婚礼上，给她做人流的女医生认出了她。女医生恰巧是司机的姑姑。那时梅芝觉得天都塌了，脑子里空荡荡的，完全凭着两条腿把她从新房里领出来。婚没结成？刘勇强问。梅芝在刘勇强肩上靠得紧一些，淡淡地说，结了，第二天就离了。那天夜里，司机要了她五回。我理解。梅芝说，我理解。刘勇强伸手揽住了梅芝的肩膀。

后来梅芝跟了一个外地到镇上开胶合板厂的老板。老板比她大十五岁。大就大吧，到了这份上，认了。梅芝说。我真是个倒霉的女人，真的，跟了老板一年，老板的老婆来了。我真的不知道他有老婆，他说他离了婚了，是个光棍。老板的老婆把她打了出来。

梅芝笑了，笑得一颤一颤的。后来，那个老师调到了城里，我呢，就成了一个不要脸的女人，真的，想要男人的时候，就进城找老师玩几天，跟做贼一样，老师偷偷摸摸来，匆匆忙忙走，不过夜。就在你们文化馆后身的一间小屋里。临走给俩钱，给个仨瓜俩枣的。你没见过我，我见过你，还有嫂子，我真羡慕啊，那个人本来该是我的。

再后来王昆就调到了镇上。王昆是个色鬼，我不说你也知道。他不会放过我，我呢，也不会放过他，你知道我已经不要脸了。王昆厉害，比老师厉害，本来我就想，半明半暗地跟着他，他也不亏着我，过了 40 岁再找一个有钱的老头嫁了得了。要说也怪我，我带着燕子，就是那天来的，我侄女，找他，想让他帮着安排个工作。谁知王昆是个畜生，当天就把燕子给弄了。燕子这孩子也是个骚货。刘勇强问，那后来呢？后来？后来王昆在徐州给燕子买了别墅，用的是高速公路的占地补偿款。那你呢？刘勇强问。我？梅芝苦笑一下，王昆最大的愿望，就是一张床上睡我和燕子娘俩，他说这样刺激，我抽了他一个大嘴巴。我梅芝是不要脸，可是我再不要脸也是人。刘勇强拍拍梅芝的肩，算是肯定，也算是安慰。梅芝往刘勇强身上靠得紧些，叹道，这都是命，是命。

阳光斜着照进屋子，散射的光映在梅芝的脸上。梅芝的脸苍白而平静。刘勇强没想到，就是这样一个他曾经动过情的女人，一个曾经纯洁美丽的女孩，竟然这样凄惨地过了半辈子。他心里的同情和怜惜往外涌动时，突然想起了梅芝的来意。刘勇强猛地推开梅芝，恨恨地问：你为什么要害我？

梅芝有些惊恐，又有些羞愧，怯怯地告诉刘勇强，我想让你帮我。刘勇强说，你先告诉我是谁让你害我。梅芝说你先答应帮我。刘勇强其实在梅芝来之前就有预案，他点点头：我答应。梅芝紧追不舍，你认识新来的王书记？刘勇强点头：当然。梅芝问，你跟他是老乡？刘勇强：岂止，还沾亲。梅芝喜出望外：老韩说的没错，我真找对人了。

刘勇强舒了一口气：到底还是韩部长，呵呵。那你告诉我，韩部长为什么要害我？

梅芝说，你先手摸着心口发誓，你帮我。

刘勇强摸着心口，说，我发誓。梅芝说不是摸着你的，是摸着我的。说着，梅芝拉着刘勇强的手放在自己的双乳上：你摸摸，我的心是真的，天打五雷轰我都不害你，你也发誓真心帮我。刘勇强心慌地说，我发誓。

七

刘勇强的脑袋大了。

他从梅芝那里把什么都弄清楚了，自己的脑袋反倒大了。

按说刘勇强应该高兴。韩部长就是那个毁了梅芝一生的畜生，让他进大狱刘勇强也不解恨。王昆道德败坏，与多名女性有染，还长期霸占了梅芝姑侄俩，把他阉了也不亏。省里的高速公路从县里过境，韩部长是县里高速公路指挥部的副总指挥，他和张集镇党委书记王昆一起，截留占地补偿款，分包工程，把腰包都快撑破了。韩部长在徐州在北京在上海买了房，王昆送了燕子一套别墅。这些线索捅到纪委，这两个人这辈子都得在大狱里待着。正是因为这，韩部长才想逼着刘勇强去做王书记的工作，别再深究，钱要多少他就拿多少。

还有，最让他高兴的是，他老婆和王昆根本就没有关系，梅芝亲眼看见王昆欲对孟云非礼，被孟云狠狠地抽了一巴掌。梅芝说这话时刘勇强都被他老婆的忠贞和勇武感动哭了。王昆说孟云色诱他勾引他，只是为了掩盖他收受孟凡翔贿赂三十万的事实。

韩部长是病重乱投医，他以为跟梅芝保持了二十年的关系，梅芝就成了忠心耿耿的偏房。梅芝说呸！他毁了我一辈子，生吃了他我都不嫌腥。他以为刘勇强真有那么大能耐，能说动王大山王书记收钱免灾。刘勇强说呸！我要真有那么大能耐，就撺掇他枪毙你。

让刘勇强脑袋涨大的是梅芝提出的条件。梅芝一股脑地把她知道的全倒了出来，只有一个条件，那就是保住王昆送给燕子的别墅。梅芝说，你跟王书记说，只要能保住别墅，我就作证。梅芝把他们卖了，就是要换燕子的别墅。

其实刘勇强用不着梅芝作证，梅芝来之前他就打开了电脑上的录音功能。但他不能把录音交给王大山，那样他就把梅芝卖了。他答应过梅芝，红口白牙答应的，手摸着梅芝的胸口答应的，胸口突突地跳，心是真的。

刘勇强决定先不管那些，他现在要做的是把老婆接回来，他的老婆那么勇武地抽了色魔王昆一个响亮的耳光，这个耳光在刘勇强这里，响彻云霄。这一刻，老婆竟是那么美好，连带着岳父和小舅子也不是那么可恨了。

接孟云回到家时，天已经黑了。孟云坐在床上，疑惑地看着兴冲冲的刘勇强。刘勇强的招牌表情是蔫头巴脑，突然的自信和兴奋让孟云有点儿不适应。你真的答应帮我了？孟云问。刘勇强说这还能假？孟云问，你真认识王书记？刘勇强说，岂止。孟云高兴了，说，那……刘勇强没等她说出来，就把她压在身下……

纵情完了，刘勇强脑袋重新大了起来。身边的孟云因为得到了刘勇强的承诺，睡得踏实极了，刘勇强看着床前的月光想了半夜，他知道自己无法满足梅芝的条件，怕是要负于这个倒霉的女人了。

第二天上午，刘勇强打算去会一会韩部长。他要亲眼看看被他知道了底细的韩部长是怎样表演的，这是一出戏，非看不可的。刘勇强赳赳地走着，满面春风。

刚到宣传部他就觉得不对，办公室一片肃穆的气氛，像是追悼会前夕。韩部长办公室的门开着，里外间都没有人。刘勇强觉得奇怪，想找个人问问，可是谁见了他都不吭声。他觉得有点儿扫兴，怏怏地往回走。

刚出宣传部，刘勇强遇到了文化局长。刘勇强跟局长点头打招呼，局长四下看看，说，勇强，给我透露点，韩部长，哦，老韩问题大吗？

刘勇强问，什么问题？

局长讪笑，嗨嗨，我就是问问，其实我早就看出他不对劲了。

刘勇强问，怎么不对劲了？

局长说，他要是没问题，纪委为什么把他带走了？

刘勇强吃了一惊：什么时候？

局长有点儿失望了：勇强啊，你连我都信不过呀？纪委前脚带走老韩，你后脚就到了。

刘勇强怔怔地站在那里，说，哦，带走好，带走好。

局长摇摇头，失落地走了。

刘勇强摸着兜里的 U 盘，意识到录音的价值正在失去，心有点儿慌了。他答应了梅芝，他在决定出卖梅芝之前，是希望用录音给梅芝换回点奖金的。

正在这时，刘勇强的手机响了。是孟云。刘勇强一接电话，孟云就慌乱地嚷嚷起来：刘勇强，你快回来，来人了！刘勇强问谁来了？孟云说，那个谁，那个谁，嗨你快点回来，快！

刘勇强揪着心赶紧往回赶，几分钟就回到了家。一进门刘勇强就看见孟云手足无措地站着，纪柯跷着二郎腿在沙发上坐着，另外一个人背对着他，在屋里晃悠。

孟云像见到了救星，赶紧扑过来：你可回来了，你看看谁来了？背对着他的人一回头，刘勇强傻了，是王大山。

刘勇强结结巴巴地说，是王、王书记？真是王书记？

王大山伸出手来，呵呵地笑着：老刘，这一段忙，今天我是特意赔罪来了。

刘勇强说，这咋说的，这咋说的，坐，坐。孟云，沏茶呀。

孟云说，哎，哎。一边说着一边满屋子转悠。

纪柯说，别转悠了嫂子，你们家茶杯都让老刘摔光了。

刘勇强当时脸就红了。王大山又是呵呵一笑，从身边的包里掏出一套茶具，放到茶几上。王大山一边放茶具一边说，老刘，这可是我从老家带来的，不是贿赂你啊。

孟云这时才缓过神来，说，瞧王书记说的，刘勇强他一个普通办事员，您是县里的领导，您怎么能贿赂他呢！

王大山说，老刘可不普通，要不是他，咱们县最近的两个案子进展就没这么快。

孟云满腹狐疑地看着刘勇强，说，他做什么了？

王大山：他呀，死活就不承认认识我，把有些人急坏了。人一急动作就变形，尾巴就露出来了。

孟云说，他连我都瞒着。

刘勇强说，我真的是不认识王书记嘛。

孟云说，那人家王书记刚刚说了，人家认识你。

刘勇强急了，刚想解释，纪柯哈哈大笑起来：嫂子，你别问他了，我来说吧。那天早上，大山去我那儿，碰巧我不在家。

王大山说，我跟纪柯是同学，我要是不登门看他，他能骂我一辈子。

孟云瞪大了眼睛，纪柯你跟王书记是同学？

纪柯：如假包换。

孟云：这么说……

刘勇强：这么说你还是冤枉我了，我本来就真是不认识王书记。

王大山：是的，从那天起就认识了。

孟云不解，那怎么王书记到我们家了呢？

纪柯：那天他没找到我，下楼的时候肚子疼，疼得他满楼道跑，你问问老刘，大山是不是捂着肚子跑进你家的？

刘勇强不好意思地点点头。

纪柯说，你再问问老刘，大山跑进你们家都干了些什么？

王大山说，人家孟主任是女同志，纪柯你别疯。

纪柯说，女同志就不上卫生间了？嫂子我跟你说，那天大山进了你们家，连个招呼都没打，直接就钻进了卫生间。

刘勇强也乐了，对孟云说，那天书记拉稀。

八

据说刘勇强的录音起到了突破性的作用。韩部长刚被带走的时候钢口挺硬，市纪委的专案组一放录音他就垮了。韩部长秃噜秃噜地往外倒了一整天问题，倒完了躺下就睡，睡得踏踏实实，失眠的毛病一下子就好了。客观地说，刘勇强的录音还起到了治疗失眠的作用，效果堪比灵丹妙药。

刘勇强也在王大山那里倒了一整天苦水。大意其实就是一句话：梅芝是个倒霉的女人，我把她卖了，总不能一分钱都不给吧。

纪委决定奖励梅芝两万元。

刘勇强去通知梅芝领奖金的路上，编排了一大堆词。比如赃款赃物属于违法所得，依法理应没收。比如山高高不过天，权大大不过法。比如反贪反腐人人有责。比如打击腐败是每个公民应尽的义务。多了去了。刘勇强相信，凭着这一堆词，他是能够说服梅芝的。

梅芝还是通情达理的。刘勇强对自己说。

梅芝是个温柔的女人。刘勇强又对自己说。

见到梅芝，刘勇强从容不迫地把肚子里编排好的词一套一套地掏出来，摆在梅芝面前。梅芝从容不迫地听着，一一收纳。梅芝这个倒霉的女人深明大义，刘勇强很感动。

说完了？梅芝问。

说完了。刘勇强说。你可以去纪委领奖去了。

梅芝说，哦。你过来。

刘勇强站得离梅芝近一些。

"啪"的一声，梅芝的巴掌抡到刘勇强的脸上。

刘勇强觉得这一巴掌响彻云霄。

我又让男人卖了一回。梅芝说。

故道人家 60 年（1949—2009）

1949，金沟里的女人

我们小镇子上的老人都知道，大金牙是从被解放军围得铁桶似的陈官庄跑出来的。

后来，她在诉苦会上鼻涕一把泪一把地说，那些日子她喝的苦水三天三夜也倒不完。哪一天都得接十几个客，最多的一天，接客三十好几个。说白了不是客，是那些像掉进河里被淹没了头顶、面临灭顶之灾的顽固蛋子官兵。我们家乡百姓恨国民党兵，称他们为顽固蛋子。这些个顽固蛋子从徐州撤退时，不光卷走了大量的财富，骗走了一些市民和学生娃子，连金沟里的妓女也骗走了一些。

大金牙就是金沟里的妓女。我们家小镇上开药铺的冯老板隔三岔五到徐州进货，每回都请客人到金沟里玩弄，和大金牙混得比较熟。他不止一次吹嘘，大金牙的胸离奇地大……所以说，大金牙没到我们小镇子之前，小镇子上很多男人就知道有这么一个女人。

陈官庄是淮海战役最后一个阶段。当时，我们小镇的几个年轻人在支前队里。一天早晨天刚蒙蒙亮，支前队经过一条干涸的小河沟时，在大车前边牵牛的陈大林脚下突然被什么东西绊了一下，摔倒在地上。他气得骂，顽固蛋子兵死了还挡路！爬起来时手里却多了条红围巾。和他同行的几个人异口同声地喊叫，是个女人，是个女人！

扒开雪一看，果然就是个女人。再摸一摸鼻孔，冒着丝丝凉气。冒的是凉气，但说明人还活着。大林几个人愣了，愁了，傻了。这人是救还是不救？几个人你看我，我看你，都没了主意。大林蹲地上吧嗒吧嗒抽了两袋子烟，站起来把烟袋别在腰带上，说，抬车上！

大金牙就这样被拣回了一条命。

我上小学时，大林婶子还在世，只要说到大金牙，她就骂不完的话。她说，那个女人在车上颠来颠去很快就醒了。醒了就哭，骂大林叔他们，你们瞎眼，救我这烂命干啥？和大林叔同行的一个人说，那俺再把你扔了！大金牙又转过来给大林叔他们磕头，再三说谢谢救命恩人。大林叔问，你家在哪，俺把你送去？大金牙说我没家，爹妈早死了。大林叔一下子就把车停下来，问她：你没家，你没家，俺往哪块送你？大金牙哭得更伤心。

那天雪下得很大。远远近近的枪炮声此伏彼起，断断续续。大金牙在车上哭，大林叔和几个男人在车下围着抽烟。这时，又一支支前的队伍过来了。队伍里有我们家小镇上的侯乡长。侯乡长问了问情况，把大林叔他们赶到一边，亲自和大金牙谈了一会儿，又翻看了大金牙带的小皮箱，然后严肃地对大林叔他们说，这女人我审问过了，不是顽固派的人。你们先带回去，等我回去处理。

大林叔皱着眉头，问，她，她住哪里？

侯乡长说，先住你们家。你们家不是刚分了地主两间房子吗？

就这样，大金牙被大林叔他们拉回了我们家那个小镇子。

大林叔他们从战场上拉回个女人，在小镇成了爆炸性新闻。那时，翻身解放分了地分了房子的大林叔，已经和同村的大林婶子订了婚。大林婶子后来对我说过，她第一反应就是骂大林叔傻熊。又不是你姐你妹你姨，你弄个女人回来，吃喝拉撒睡你管啊？我可不想还没进门又多了个婆婆。

大林婶子说这话是有根据的。被大林叔他们救下之前，大金牙在陈官庄那个小圈圈里，过着饥饿、寒冷的日子，加上没白没夜地陪那些顽固蛋子官兵睡觉，再有在枪炮下提心吊胆，已经被折腾得没个人样，大林婶子说第一眼看上去，那女人怎么着也得 50 多，又说，姓侯的也不是眼尖，是摸了那女人的乳房，猜出是个大姑娘。这是姓侯的挨批斗时自己坦白的。

大林叔没法子了，就把大金牙送到村东边的场屋里。大金牙喜欢晒太阳，每天太阳一出来，在麦秸垛边或躺着或坐着，闭着眼睛让阳光一缕缕地往身上泼。小镇子上的人一拨一拨地去看，像是在看一个怪物。冯老板也去看过，而且认出了她，把帽子往下一拉，遮挡着脸离开了。

一个月后，侯乡长从前线回来了。不过，他在前线丢了一条腿，成了瘸子。他一回来就去找大金牙，他后来坦白，他急着找大金牙是想要大金牙小皮箱里的金戒指、金项链和几块金条。没想到见了大金牙，他一下子目瞪口呆。经过一个月晒太阳、吃饱喝足，更主要是心情调理好了的大金牙，渐渐地恢复了青春亮丽，蓬乱的头发下水灵灵的眼睛楚楚动人，薄薄的嘴唇泛起了红润，皮肤像抹了香油一样光彩。侯乡长当时就忍俊不禁，和大金牙在麦秸垛里干了那事。事完，大金牙提出让侯乡长娶她，才可以把那些金货给侯乡长。侯乡长那年已经 35 岁，还没娶媳妇，突然有个女人要嫁给自己，而且是个美女，还是个有钱的美女，当然求之不得。

那时，大金牙对人没说她曾是徐州金沟里的妓女，而是说她的父亲是经营食盐的商人，一家人被顽固蛋子逼着去了陈官庄，父母亲在陈官庄都被饿死了。不过，在给大金牙定成分时遇到了麻烦，以大林叔为代表的贫农协会坚持要给她定地主，可是她又没有地；侯乡长坚持要给她定贫农，可是她又不是会耕地的农民。争来争去也没个结局。就在这时，发生了一件轰动全乡全县的事件，才让大金牙的身份暴露。

原来，侯乡长和大金牙做爱后没几天，下身就出现瘙痒，背着人的时候，他能脱下裤子去挠，有人的时候，只能急得龇牙咧嘴，脸红脖子粗。有一次开会，他的下身实在痒痒得难受，不得不把手插进裤裆里去挠。有个村妇联主任向上级告他要流氓。谁知这痒痒很奇妙，越是痒痒，他越是性欲强烈，一夜和已经成了他媳妇的大金牙能做四五次爱。有一次在地里干活，他又痒痒得难耐，把队里一个妇女摁在地上干了。还有一次，他从区里开会回来，走到半路上下身又开始痒痒，他脱了裤子，用两只手挠，挠的破了皮，出了血，被过路的一位老太太看见了，举着拐棍把他追出二里地远。

那个被他在地里干过的妇女，一开始考虑面子，没有告侯乡长。过了几天，下身也开始痒痒，就去药铺找冯老板给瞧病，冯老板说这是性病……那个妇女这才把侯乡长告了。

大金牙当过妓女，妓女属于不劳而获一族；侯乡长娶了个妓女，当然成为革命队伍中的腐化堕落分子……结果，侯乡长被撤了职，开除了党籍，清除出革命队伍，从大金牙那里得到的金货也被统统没收。不过，大金牙也因祸得福，被送到县医院治疗性病。县妇联一位领导给她起了个名字，叫侯新生，意思是说她过上了新生活。

侯新生从县医院回到我们那个小镇时，活脱脱变了一个人，越发水灵、鲜艳、生动，冯老板主动上前和她打招呼，她连看也没看他一眼。我大林叔当时正端着一碗红芋饭，蹲在地上低着头呼噜呼噜地扒着。她站在大林叔面前好一会儿，大林叔只偷偷看了几眼她脚上花布鞋的鞋尖，还是没敢抬头。我大林婶子从锅屋里出来看见了，气得七窍生烟，但当着乡妇联同志的面又不好骂人，就冲着不远处正在亲昵的一对公狗母狗，指桑骂槐地说，哪来的母狗真不要脸，勾搭俺们家的公狗。大金牙没理会大林婶子，给大林叔丢下一包白糖，转身走了。大林婶子拣起那包白糖，嘴上骂着，贱人，你想毒死俺男人？！转身把那包白糖锁到柜子里。

侯乡长是个瘸子，不能下地干农活，大金牙就把家里的农活全包了下来。庄稼活不用学，人家咋着咱咋着，两年下来，她倒真的成了一把种田的好手，先后被评为乡里、区里、县里的劳模，成了被共产党领导的新社会改造好的典型，在县妇女劳动大会上做过报告。她讲到动情处，泣不成声地说，旧社会我们靠漂亮脸蛋吃饭，当牛做马，受尽了凌辱；新社会我们靠双手吃饭，当家做主，扬眉吐气……县报的一位女记者，跟着她采访了一个多月，在一篇题为《金沟里飞出的金凤凰》的长篇通讯中，着实把她赞美了一通。

大林婶子说，那几年大金牙的确老实本分，和侯乡长的夫妻感情也好。她治好病的第三年，给侯乡长生了个小子，又过了一年，竟然一胎生了两个小子，接下来像刹不住车一样，一直生到第七个孩子才停下来。这七个孩子全是小子，有人称其为侯家七只虎。大金牙给侯乡长挣足了面子。侯乡长有一次酒醉之后，对大林叔说，俺姓侯的娶了大金牙不后悔。别说小小乡长（那时的乡和村差不多），就是给我个县长，我也不换。

有人编了个顺口溜：

> 侯乡长他真有福，
> 比他媳妇大十五。
> 媳妇脸蛋长得好，
> 大眼大奶大屁股。
> 肚子比地更劲足，
> 一窝一窝下小猪。
> 老侯不当乡长当孩子王，
> 看你到底服不服。

那些年，大金牙侯新生在黄河故道一带红极一时，用药店冯老板的话说，比她当年在徐州金沟里还红。

大林婶子那些娘们很不服气，不就一婊子吗，凭啥骑到我们良家妇女头上。有人说的更恶毒：她那么能生孩子，八成和过去在金沟里当妓女，男人们放里边的坏水多有关。不过，嘴上不服心里却不能不服，不管是比生产还是比生孩子，人家大金牙都占着上风，是骡子是马拉出来遛遛！

我们那个小镇成立了互助社，大金牙侯新生被推选为互助组组长。接下来成立人民公社，她又当上了妇女队长。就在县里要送她参加全省劳动妇女大会的节骨眼上，突然又出了一件事。

那时已开始闹灾荒，生产队粮食歉收，到了青黄交接的时候，成了青黄不接，有不少人家揭不开锅，周边村子几乎家家都要人出外逃荒。有一天，大林婶子拎着两个孩子准备上路，在村口遇到了大金牙。大金牙坐在一辆骡马车上，看见大林婶子，赶忙跳下来，大林家的，别出门丢人现眼去了，咱有东西吃，饿不死了。说着，从车上的筐子里拿出两只坏了皮的苹果，一口咬去坏皮，塞到两个孩子手里。看着大林婶子的两个孩子狼吞虎咽的样子，她高兴地咧着嘴直笑。

尽管大金牙告诉大林婶子，她有一个多年没见过面的远房亲戚在附近的故道园艺场工作，那车上的几筐坏苹果是她亲戚给的，大林婶子疑疑惑惑：这个婊子啥时冒出个远房亲戚？

打那以后，大金牙隔三岔五到园艺场去，今天拉回几筐烂苹果，明天又拉回几筐猪饲料，还拉回过几麻袋苹果树叶子。小镇上的二十多户人家靠着大金牙弄回来的这些东西，饥一顿饱一顿度过了灾荒，没有一人外出逃荒，没有一人饿死，甚至没有一人因饿肚子病倒。大林婶子几次拉着孩子到大金牙面前，让孩子给大金牙磕头。她用棍子敲着孩子的脑袋瓜子，说，你俩给我记住了，你们娘生了你们，可老侯家婶子养活了你们！

可是，就是这个大林婶子不知出于什么原因，一连几次悄悄跟着大金牙。果然让她发现，大金牙和那个被她称为远房亲戚的园艺场秃头主任在树下做爱。完了事，秃头摸着大金牙的肚皮，流着口水，说，大金牙呀，你这肚子是我的坏苹果给填满的呢，还是我的坏水给塞满的呢？

大金牙朝他的秃头上打了一巴掌，又一脚把他踹了个狗吃屎，一本正经地说，秃驴你给我听好了，上级的救济粮马上到了，俺镇子上的人往后不用啃你赐的烂苹果了。不过，我这大半年经常来，天天在想，咱同在黄河故道上，你这地能长出苹果，俺们那地为啥不能长？你支援俺们点果树苗，再给俺们派个技术员，俺们也种苹果。

秃头说，我要帮你们种上苹果，你还会来找我呀？

大金牙拍了拍肚子，你是他爹，你得养他，我不找你让你白占老娘便宜啊？！

大林婶子听到这里骂出了声：婊子！

大金牙拉着几筐苹果回到小镇，像以往一样扯着嗓子喊分苹果了，分苹果了。然而，不光没有出现过去那样你拥我挤争抢的场面，也没有人排队来领，有几个小孩子磨磨蹭蹭想过来，被大人打着骂着赶了回家。大金牙从大林婶子和另几户人家半掩半开的门缝中露出的眼神，猜到发生了什么事情，目光一下子失去了光彩。

当天晚上，侯乡长家里传出大金牙一声接一声的号叫。

大金牙这次带回来的是几筐好苹果，可是放在街上一直到烂，也没有人去动。

大金牙的省妇女劳模会没有成行，反而被戴上了坏分子的帽子。小镇上的人说，直到那时大金牙才真正有了成分，不过坏分子又不算成分，管他去呢！

到了春季，故道园艺场的秃头主任果然派技术员带着果树苗来到小镇。技术员说找侯队长，是个女的，二十八九岁。他问的人是大林叔。大林叔冲他吼了一声，死了！

技术员怏怏地回去后，把大林叔的话给秃头主任学了一遍。秃头主任放声痛哭。第二天，他下令技术员带着果树苗，帮着小镇邻近的一个队里种上了果树。

又过了一年，大金牙不光没有生孩子，腰比过去瘦了一圈。小镇人这才恍然大悟，原来大金牙是在骗秃头主任。不过，没有人给大金牙说句公道话。又过了一年，大金牙突然得了一场大病，不久就离开了人世。只是从那以后，大林叔在家里的地位忽然提高了。过去是大林婶子说一不二，换到他咳嗽一声大林婶子都吓得哆嗦。

20 世纪 60 年代后期，小镇邻村的果树长高了，长大了，结果了，到了成熟时期，阵阵香气顺风而下刮到小镇上，小镇上的人连门也不敢开。

1959，二林叔的荣誉

自从成立人民公社有了生产队，生产队在村东头打麦场边盖起三间草房仓库，二林叔打那时起就开始当仓库保管员。保管员的一个重要标志或者说权力象征，就是那串拴在他腰带上、一天到晚不离身的大钥匙。二林婶子对她关系倍儿铁的妇女说，俺家那口子喜欢光腚睡觉，睡觉时腰上还系个腰带，那串钥匙就拴在腰带上，好多次硌着我的肚皮……那几位妇女就和她开玩笑。这个说，唏，那你可小心了，千万别让那串铁家伙掉你那里边。那个说，你那口子是想让你听音乐，叮当叮当多有趣……

我和队里的几个孩子，都好奇地摆弄过那串钥匙。

二林叔是抗战胜利那年入的党。当时他才16岁，当儿童团长、基干民兵。后来内战爆发，他跟着县大队升为主力部队走了。在淮海战役时，他的左腿被打伤，成了跛子，离开了队伍。开始上级要安排他到粮管所当保管，吃公家粮拿津贴，但那样就不分地，他说宁愿要几亩地，自己种的粮食吃了香，吃别人种的粮食心里不踏实，咱是农民还是在黄土地上活得自在。于是，他穿着一身洗得发白的军装，背着已经露出棉絮的被子就回了家。

二林叔是个战斗英雄。那年月，战斗英雄的牌子耀眼、中用。邻村一个15岁的共青团员秀儿，满腔热血沸腾地穷追二林叔，和二林叔结成了革命伴侣。结婚时二林叔可以说是一无所有，两间东倒西歪的茅草房，一张只有三条腿、几代人折腾过的木板床（另一条腿用石头支着），床上的被子摞满了补丁，连给新娘子做件新衣服也没有。有人劝他向上级要点救济，好歹给新娘子做件"上轿红"。二林娘拿着竹竿像赶小猪羔一样，硬逼着他去乡里。到了乡里，他说自己进去找干部说，他娘一转身他就从后门溜之乎也。二林娘再逼他，他拧着脖子和他娘吵：我是党员，我向上级要救济，张不开口。媳妇能娶就娶不能娶算熊！新娘子秀儿知道了，没怪二林叔，相反还很自豪地说二林做得对。嫁给他这样的英雄，俺喝凉水心也甜。新郎穿的是补了八块补丁的旧军装，新娘的衣服也带着补丁。不过，结婚那天的场面很隆重，县里、乡里都来了领导，周围几个村的人都来看热闹助兴。县长是二林叔在部队时的团长，据说，那县长的命还是二林叔在战场上捡回来的。县长骑着一匹枣红马到了俺村，亲自主持二林叔的婚礼。县长对二林叔下了命令，二林，给我冲！用我的马把新娘子接来！二林叔没有犹豫，果真骑上县长的枣红马，到邻村把秀儿接了回来。这个婚礼在全县都传为佳话。

当晚，新娘子秀儿虽然没喝酒，倒在新郎二林叔怀里时却醉了，二林哥，嫁给你是秀儿一辈子的福分。

那时候解放不久，故道上的土匪还未完全肃清，常常捣乱搞破坏。二林叔是民兵队长，为了保卫胜利果实，一天到晚带着民兵巡逻站岗。新娘秀儿常常是独守空房，十分寂寞。结婚几年，还不见有身孕。村里有人说二林叔的家伙被炮弹炸断了半截，不中用了。这些话当然都不足为信。那些年，二林叔年年是先进，年年到县里开会，年年戴着朵大红花回来。据说县长也为他生孩子的事着急，当面命令他多发起几次冲锋。

人民公社成立后，上级还找二林叔谈过让他到公社工作的事，被他再一次拒绝了。他不当民兵队长了，就当了仓库保管员。

生产队的仓库，盛的多是些种子。二林叔又是庄稼人，知道种子是农民的命根子。他又是极端负责任的人。所以，当上保管以后，他几乎都是在仓库里过夜，搂着"三八大盖"枪睡觉。不过，秀儿很少有怒言。有时候，二林叔难得回家睡一夜，秀儿还挺感激和激动，仿佛二林叔赐给了她一夜的温柔和幸福。我娘后来给我讲过，只要你二林婶子东家西家借鸡蛋，邻居就知道二林叔今晚在家过夜，二林婶子给他做碗鸡蛋面补补身子。

秀儿长得俊。个儿不高不矮，不胖不瘦，瓜子脸白白净净，一双水汪汪的大眼睛扑闪扑闪，让人总觉着她在笑。故道上很多男子汉夜里做梦都梦见搂着秀儿睡觉，心里打秀儿的主意。可他们都怵二林叔，知道他有枪，打仗也凶，又是战斗英雄，生产队仓库保管员，惹他恼了没好果子吃。再说，秀儿对二林叔也是一片痴情，从来不拿眼睛正视另外一个男人。

一直到了春天，秀儿才生下一个女孩。二林叔当时十分高兴。秀儿在家生孩子时，二林叔正在仓库发种子，没能回家。二林娘一遍遍喊人催他回家，都被他拒绝了，后来索性恼了，娘啊，你别叫魂了，看不见我这有大事正经事吗？生孩子就生呗，这是女人该做的事，我又不会生孩子！

不过，当天夜晚仓库关门后，二林叔还是回了家。离好远听见孩子的啼哭声，他心里也是乐悠悠的。他抱过孩子，左瞧右瞧，对秀儿说这孩子长得真像你！

秀儿说你是当爹的，给丫头起个名吧。

　　二林叔嗯了一声。他掏出旱烟袋，蹲在地上吧嗒吧嗒抽了好大会儿，也没说出孩子的名字。秀儿有点儿着急了，我今天看见咱家当院子里的柳树发芽了，就让孩子叫春花行不？

　　二林叔磕了下烟锅，说那熊名花花草草的，不好。革命后代应该有个革命的名字。我看叫跃进吧！

　　秀儿虽说心里不乐意，口头上还是应允了。丈夫革命，女儿也应当革命，做一个革命接班人。她说咱娘好像不喜欢女孩，看了咱闺女一眼，我以为她老人家会抱抱呢，没想到她连手也没伸。二林叔没说话，只是摆弄了一下秀儿蓬乱的头发。

　　过去，二林叔虽然很少在家，家中还是平静的。跃进出生不久，这个平静就被打破了。

　　有一天，跃进的外祖母来看外孙女。家里一两白面也没有，只有窖了一冬一春的山芋。二林娘先提议到生产队的仓库借几斤小麦磨面，给亲家母做顿面条。秀儿一听腿肚子都转了筋，说这事不能给二林提，弄不好他会怪俺。二林娘说你不提我提，我就不信他不给他娘点面子。再说，也不是没有先支口粮的。说完，掂了个口袋去仓库找二林叔。二林叔一听就火了，啥，亏您想出个馊主意。我是党员，是干部，怎么能占公家的便宜！

　　咱是借不是白拿，怎么叫占公家的便宜。二林娘也冲儿子发火，就你还好意思说自己是干部？你看人家队长家里缺过白面吗？再说也不是你娘吃的，是给跃进她外奶奶吃的。人家一年不来一回，咱好意思让人家跟着咱啃白芋？

　　二林叔脖子上的青筋都跳起来，不行就是不行。天王老子来了也不行！您要不是我娘，我早拿粪耙子抽您了。说完，哐当一声关上了仓库的门。

　　二林娘气得哭着回去了。

　　秀儿和秀儿娘反过来劝二林娘，二林这样做也对。咱不怪他。不能为了咱口福，让二林犯错误！

　　晚上，二林回来了。秀儿小心翼翼地说，她大，你以后说话注意点儿。看把娘气得一天没咽一口饭！

二林冲媳妇吼道，这是原则问题，对谁都一样。再说，还不是你娘想吃好的！

秀儿平时对二林百依百顺，但做女儿的不能容忍对自己生身母亲的侮辱，就和二林吵了起来。这是生平两口子第一次吵嘴，个个脸红脖子粗。吵完，二林又去仓库了。秀儿哭了一夜。

裂痕就这样产生了。

起初，秀儿还是想弥补夫妻间感情的裂痕的。第二天一早，她做好了饭，抱着女儿跃进到了村场上的仓库给二林叔送饭。她说二林哥，昨个的事情都怪我，你千万别往心里放呀！她说得很诚恳。二林叔嗯啊一声就算答应了。不过那意思也明摆着：你就是错了嘛！

50 年代末 60 年代初，二林叔的名气很大，全县全地区都知道这个"红管家"。报纸、广播喇叭里经常响起他的名字。比如他铁面无私、不徇私情，拒绝家中借粮的事；比如他不顾自己腿脚不便，冒雨爬到仓库房顶搭油布，以防集体粮食受损失的事迹；比如他当保管员多年，从来不在家过夜而是睡在仓库的故事，等等。他是县人大代表、劳动模范，被人们誉为"昔日战斗英雄，今日劳动模范""革命征途不停步"，等等。

二林叔所在的村子地处苏豫皖三省交界处。那几年，三省交界的地方比着吹牛皮。今天那个省放卫星，说亩产过了万斤；明天这个省后来居上，亩产一下超两万斤……二林叔对此不太乐意。他经常骂娘，说是牛皮吹得太大。有一天，他和生产队长还吵了一仗。

生产队长是个小伙子。一天，他对二林叔说，二林叔，上级可能要派人来仓库核实产量。只要查，咱这点粮食肯定不够数。

明知这样当初别吹！二林叔没好气地顶生产队长。

生产长队递给二林叔一支烟，被二林叔挡了回去，并且用严厉的口气说，这儿不能抽烟。要抽烟，你到外边抽去！别把仓库给我点着了，送你去蹲大牢！

生产队长因为有求于二林叔，压着火，仍然笑容可掬，二林叔，咱东边那几个生产队都是在地上加几层石头，把粮囤子垫高些，上边就一层粮食，上级去检查又不会爬到粮囤上边往下掏。你看……

二林叔一听就明白了队长的意思，怒不可遏地说不行！你们吹牛你们自己担着，只要我还在仓库里当保管员，谁想弄虚作假也没门！

队长也火了，这是上边的精神。你以为我想这样吹吗？你别以为是老英雄老模范，赶不上形势照样倒霉。

吵归吵。生产队长说到底也奈何不了二林叔。二林叔照样当他的保管员。

不久，那场史无前例的大灾荒降临了。苏豫皖地区当时在全国也算得上一个重灾区，我们老家那个庄当然也是个重灾庄子。粮食吃光了，野菜吃光了，就连树皮也吃光了。村子里有人饿死了，也有人逃荒走了。不少人都把眼睛盯着仓库。二林叔每天寸步不离仓库，手中不离那把"三八大盖"。他还故意放出话，谁要是打仓库的主意，得先舍得把命拿出来。

二林娘病倒了。跃进也病倒了。那年月得的病都是因饥饿造成的。秀儿也瘦得像根秫秸，风一吹来都能倒下。一天夜里，她实在忍受不住饥的煎熬，就去了仓库。那一段路，她走一步停一停，歇会儿再走，过去不到一袋烟工夫就能走到的仓库，走了老大的时辰。到了仓库墙外，她不敢敲门，扶着墙站了好大一会儿。二林叔在屋子里一声接一声地咳嗽，她听了，心像一刀一刀地割着。终于她忍不住哭出了声。

二林叔听到声音，从屋里跳了出来，端着"三八大盖"，大声吆喝一声谁，长了几颗脑袋敢到仓库来！

秀儿当时已昏倒在地上。

二林叔划了根火柴，看见了媳妇。他一下子就火了，狠狠踢了秀儿一脚骂道，娘的，跟你讲不要到仓库来找我，让人看见了说不清。你来做什么？

秀儿挣扎着爬起来，双膝跪在地上，哀求说，跃进她爸，娘不行了，跃进也不大行了。我想给娘和跃进做顿稀糊糊喝！

二林叔一瞪眼，熊娘们，亏你想得出这个坏点子，仓库里的粮食是种子，是咱生产队的命根子。天王老子也别想动一粒。就是饿死也不行。

你，你真这狠心……秀儿泣不成声，那可是生你养你的亲娘和你的亲闺女。

二林叔仰天看了一会儿，抹了一下脸，又骂了一句，回仓库把门关上了。

秀儿想着病危的婆婆和饿得发慌的女儿，鼓了鼓勇气又去敲门。开始，二林叔不理。后来他听见敲门声一声比一声响，一声比一声紧，气急败坏地跳了出来。秀儿不顾一切地冲进去，从粮囤里抓了几块白芋干子。二林叔恼羞成怒，抓住秀儿的头发向门上撞去，边撞边骂，熊娘们，你想朝老子脸上抹黑，不让老子做人呀！我今天就是打死你，也不让你拿走一粒粮食……

这样一吵，村里人被惊动了。一些还能走动的人都凑来看热闹。二林叔见状，也不知为了什么，对秀儿更凶了，拳脚相加，嘴里不断骂着脏话。后来，连生产队长也看不下去，就制止了二林叔，让几个妇女把秀儿架回家了。

这天夜里，二林娘就咽了气。

给二林娘送葬那天，秀儿目光呆呆的，不哭，也不说话。跃进饿得一个劲儿哭叫。

第二天，人们发现二林家的大门上了锁。

于是，有人去告诉二林叔。二林叔对来人瞪着眼，拍着怀中的"三八大盖"，你想给老子玩调虎离山计呀？老子不上这个当。告诉你，赶快滚回去，不然老子的枪子不认人。

二林叔那时候还对自己没有一丁点儿怀疑。他相信秀儿绝对不会做什么对不起他的事情。

到了傍黑，二林叔不见秀儿来送饭，他心想，家中无粮，恐怕不送饭了。

第二天，秀儿仍然没露面。

到了第三天晚上，二林叔有点儿撑不住了。他一步一喘地往家走，一路上看见不少人家都黑灯瞎火。他推开家门，只见屋子里一切如旧，只是没有了秀儿和女儿。

熊娘们敢和我闹气！二林叔骂了一句。他掀开锅盖，看见锅底已生了锈，依稀还能看见干枯了的野菜叶子。他又揭开盛粮食的缸，早已见了底。他的泪珠吧嗒吧嗒落在缸底。他坐在锅门前，一连抽了两袋烟，才咕嘟咕嘟喝了一瓢凉水，摇摇晃晃回仓库去了。那个时候，他还以为秀儿是因为家中没吃的，回娘家去了。

半个月后，有人告诉二林叔，在徐州火车站看见了秀儿。秀儿抱着孩子，跟在一个中年人身后，排队上了去东北的火车。还告诉二林叔，秀儿眼睛都哭肿了。

二林叔听了，瞪了瞪眼。那人走后，他一屁股坐在地上。直到有个村民从那儿经过，拉了他一把，他才晃晃荡荡地站起来。那个村民后来对人说，二林叔一下子就变得苍老了。

又过了不到半年，二林叔的头发全白了，腰也弯了，看人时眼睛好像也不好使，得趴在人家脸前认半天才能叫上人的名字。

80年代初的一天，二林叔的女儿跃进回来了。二林叔那时已经躺在床上不能动。跃进一下子跪在他的床前，泣不成声地说，我爸我妈叫我回来看看您老人家！

你爸，你妈……？二林叔身子抖了一下，骂了一句熊娘们，她不该恨我，不该恨我。

跃进说恨也好爱也罢都已经过去了。

二林叔让其他人都出去。他摸着跃进的头，流下泪水。他说不是你爹心太狠，真的不是。其实，那时仓库就剩下几袋子种子粮了。我守着仓库，是为了守住人心，不让阶级敌人给人民公社抹黑……他说完，头突然扭向一边，再也没有醒来。

有人说这是二林叔平生说的最真实的话。

村里为二林叔开了追悼会，很隆重。

跃进把二林叔生前获得的上百张奖状全都烧了。她一边烧一边哭，爸，你把这些都带走吧。哭到最后，她的嗓子有些嘶哑，突然喊了一句让在场的人震惊的话，爸呀，我亲妈没对不起你。我亲妈早在离开你那年就饿死在路上，到现在也不知埋在哪里。我苦命的妈呀，我苦命的娘呀……

在场的人全都泪如雨下。

一阵风儿吹过，奖状化成的灰色碎片在空中漫无边际地飘荡。

荣誉应当是有价值的，是黄金换不来金钱买不到的，假如荣誉失去了应有的价值，那么颁发荣誉的无疑等于失去了人心。

1969，队长李新秀

李新秀没想到自己会当上生产队长。全大队几十号知青"哥们"也没想到。

没有什么特别。真的没有。工人阶级家庭出身；个儿不高不矮，还略显粗壮；脸蛋不算漂亮，还是单眼皮；嘴巴也不算会说，有时还结巴；初中毕业，写总结时人家写几百字甚至洋洋洒洒几千字，她只写几行字；下乡后劳动表现一般，出工时不在前也不算落后；演革命现代戏《沙家浜》时，也只是穿着灰色新四军服装的一名群众演员。至今，队里的贫下中农还认不全她，她也认不全哪个是贫农哪个是中农和下中农。地富反坏右好认，因为他们有标志——胳膊上都戴着白袖章。

上任的第一次大会，大队革委会白主任让她讲话。她慢腾腾地站起来，低头摆弄着小辫子，吭哧吭哧好大会儿，脸涨红了，也没张开口。知青们为她加油，噼里啪啦鼓起掌。好歹都是从城里下放来的，同为天涯沦落人，当了头儿还能胳膊肘子朝外拐？能分点轻巧活儿，多记两个工分，多分几斤细粮就很不错了。

白主任吼了一句，妈 × 瞎起哄呢！谁再鼓掌罚谁去城里拉粪。

掌声戛然而止。拉大粪是队里最苦最累的活，而且容易碰见熟人。

再说，谁敢得罪白主任？白主任是不允许为本大队第二个人鼓掌的，那样就削弱了他的权威。

然而，全队几百号贫下中农也为李新秀鼓掌，这是意料之外的。其实想一想也没啥不可理解的。过去大队用干部净拣家族大，有势力，俗话说"拳头硬"的人，不干事照拿高工分，动不动还骂人或动拳脚打人。现在用个城里的知青娃，往后也许少受点儿侮辱和压迫。强龙不压地头蛇。你城里的知青娃还能怎么样。

李新秀站在人群中半天也没说出一句话。虽说是冬天，她的脸上却流了汗。知青"哥们"都暗暗为她着急。大队革委会白主任更急，一个劲拿眼睛瞪她。不知谁家的孩子哭了，会场上有些骚动。那个孩子的妈骂自家孩子，哭，哭，就知道哭，家里山芋干子没剩下几片了，还要吃面糊糊呢！

李新秀这才憋出一句话：今年过节，我、我保证，让贫下中农都吃上白面肉馅饺子。

贫下中农鼓掌更热烈。

会后，白主任批评李新秀：你呀，你怎么就不讲阶级斗争呢？你这个队不是没有阶级敌人，千万要把握好阶级斗争的新动向。

李新秀讲的是心里话。昨个晚上，队里几个当地姑娘到她们女知青住的旧车房去玩，谈到过年一个个神情暗淡，说是恐怕连饺子也吃不上。所以，她今天就讲出来了。

话是讲出口了，可是要做到太难了。原队长"大蛤蟆"放出风说，如果李新秀能让队里人人都吃上白面饺子，他就在大年初一学蛤蟆让大伙看。

会计把账本搬给李新秀看，不仅没有一分钱，还欠了三十多元外债。保管员也打开仓库给她看，仓库里只有几百斤小麦，明年的种子还没个着落。李新秀又急又气，把自己埋在被窝里哭起来。知青"哥们"都来看她，有的说你当时就不该说这个大话。队里有的人家都四五年没吃上白面饺子了，你一上台能管得了吗？有的说你也别急别哭，办法让大伙都想一想。新官上任"三把火"，反正不能让你第一把火就烧了自己的乌纱帽。

李新秀气急败坏地说，我咋当了队长？为什么让我当队长？

知青"哥们"你看看我，我看看你，也都说这事你问谁？只有白主任才清楚。

说着说着天就黑了。大伙张罗着做饭。城里来的知青们，都是吃的独灶，各人做饭各人吃。男知青小罗半真半假地说，今天得跟女哥们吃一锅。知青和社员一样分粮吃，像小罗那样长得五大三粗的汉子，一年的口粮顶不上吃半年。

李新秀起床做饭，说，大伙今天都将就在我这儿吃一顿吧。饭管饱，菜没有。

小罗说咱这故道上种的"大疙瘩"就挺好吃。生也能当菜吃，切成丝儿，拌上香酱油，味道鲜美；熟也能当菜吃，也切成丝儿，多放点辣椒在锅里一炒，身上热乎乎的不说，上下两个眼都辣……见李新秀和几个女知青拿眼睛瞪他，笑了笑，又说，我上次带回家几个，我弟弟妹妹都说好吃，连我们家院里那几家的孩子也吵吵着新鲜。

李新秀忽然眼睛一亮，说"大疙瘩"多的是，咱这庄上家家户户都窖不少，要是拉到城里卖了，不是可以换点粮食吗？

小罗说这是个法儿，可是这样做是不是搞资本主义。

李新秀说啥叫资本主义，我看这不像资本主义。毛主席也没说贫下中农和知识青年不能进城里去卖菜。

大伙都说这个主意好。

李新秀说那就先试试，看城里能不能卖得动，先不要惊动贫下中农，弄不好让他们空欢喜一场。我先把我这窖子"大疙瘩"拿出来。

当下，李新秀就分了工，让小罗带两个知青"哥们"第二天进城去卖"大疙瘩"。

第二天一早，小罗他们装好平车。李新秀递过来一个包，说：这里边有几张饼，还有两元八毛钱，做你们的辛苦费吧？

小罗差点没掉下泪来。

一连两天过去了。这两天里，李新秀急得坐卧不宁。她不知道小罗他们此次出师会有什么结果。万一卖不出去，可以再拉回来，没有多大损失，要真像小罗说的那样，被城里那些"人保队"的拦上，说是搞资本主义，再把一车"大疙瘩"当垃圾给倒了，那就太可惜了。她几次到隔壁的女知青宿舍，想和她们聊聊，话到嘴边又咽了回去。

第三天夜里，她刚躺下，就听见小罗敲门。一听小罗的声音，李新秀激动地穿着内衣就去开门。同屋的两个女知青嚷着等她们穿衣服，李新秀也顾不及了。

门开了，小罗和两个知青哥们风尘仆仆地进来了。

李新秀急着问，怎么样，小罗？

小罗说你让我先喘口气行不行？

行，你歇一歇。李新秀给小罗倒了杯开水。那水滚烫，小罗喝不下去，急得用嘴对着茶杯扑哧扑哧吹。李新秀更急，额头上直冒汗。有一个女知青机灵，出去翻小罗进城时用的平车。当她看到车子空空荡荡时，高兴地回到屋里冲小罗头上打了一巴掌，你小子故意呀！

小罗忽然朝地上一蹲，一口接一口地猛抽烟。

李新秀急了，所有知青都急了。那个平时和小罗不错的女知青踢了小罗一脚，你说话呀！

小罗说，完了，这回完了！

李新秀问：啥完了？

小罗笑了，"大疙瘩"卖完了！

李新秀捂着胸口，觉得一颗心这才安静下来。

小罗从腰包里掏出一沓钱，朝李新秀一丢，行，这玩意儿城里人还认。八分钱一斤，总计是四十元钱。我们哥仨花两元贰角钱吃了顿羊肉包子，就算是脚力钱吧。

李新秀激动地攥着那一沓钱。四十元钱，不是个小数字。她爸爸当了几十年工人，每月工资也就二十元钱。她想，这事不能让白主任知道。他一知道必然会反对。可是纸包不住火，都在一个村，就在他眼皮底下，他还能不知道吗？

小罗说车到山前必有路。先干了再说吧。

李新秀想了一夜，想出了个法子。第二天一上工，她就通知大伙收工后在田头开批判会。她还特别把白主任请来参加会议。

一开始，她说，万恶的"走资派"攻击咱们的伟大领袖毛主席，攻击咱们的社会主义，说咱今不如昔。真是反动透顶呢！

按照事先的分工安排，小罗负责带头喊口号。他手里拿着用铁皮卷的话筒，扯着大嗓门儿喊：打倒走资派！

队里的知青和贫下中农，这几年都经过了多次批斗会的场面，跟着举手喊。

小罗第二句又喊：让"走资派"靠边站！有些贫下中农没听清，也没弄懂什么意思，糊里糊涂地跟着喊：让"走资派"挑扁担！

于是，会场上一片笑声。

李新秀说，伟大领袖毛主席教导我们，工人阶级领导一切……我考虑了几天，得用事实说话。咱们今年的"大疙瘩"收成不错，城里的工人阶级都喜欢吃这种菜。咱们家家都把吃不了的交上来，拉到城里去支援工人阶级。工人阶级当然也支持咱们贫下中农。

外号叫"大蛤蟆"的知青第一个跳起来，这样是搞资本主义。你是想把"大疙瘩"拉城里卖钱，引导贫下中农走资本主义道路。

李新秀很沉着地说这不叫资本主义。工人队阶级造的东西咱们用，咱们产的东西也可以给工人吃，怎么叫资产阶级？你是听毛主席说的还是你自己说的。

"大蛤蟆"看了一眼白主任。白主任翻了翻眼皮，又把脸转到一边。"大蛤蟆"无话可说，怏怏坐下了。

贫下中农都很支持，纷纷回家去开窖。不到半天工夫，场上就堆积成了一座小山。白主任转了几圈，一个劲儿抽烟，眉头拧成了个疙瘩。李新秀早有预谋。她趁人不注意的时候，朝白主任衣袋里塞了个纸包，白主任，快过年了，你的事忙，家里也不太好，这十块钱你打酒喝吧。

白主任做梦也想钱。他孩子多，负担重，别看在人面前吆五喝六的，穷的也是叮当响。一听说有十块钱，心花怒放。他也低声对李新秀说，小李子，我家窖里也有大疙瘩。你看是不是晚上我也送过来。不过，这事别让其他队的跟着干，影响"大批大干"。

李新秀做事很沉稳，这一点也是人们过去不熟悉的。生活中的确有一些人，平时总把自己的才能封闭着，一旦有机会释放，就会让人惊诧不已。一些普普通通的人在担任了责任以后也能够去完成。就像一个女人做小姑娘时，并不知道生儿育女的责任，而进入那个角色后，自然能够演出她的戏来。李新秀属于那种一旦决心定了，就会一往无前排除万难千方百计去完成的人，也就是说极有韧性。她带着几个女知青四处奔走，用一夜的时间在附近调集了百多辆平板车。

这个进城的车队浩浩荡荡，每辆车上都插着红旗，"一"字排开足有两华里，十分惹人注目。这一下也闯出了祸。俗话说"有得就有失"不能说没有道理。

卖出了"大疙瘩"，换来了白面、大肉。这年春节，生产队家家都吃上了饺子，还有不少人家添了新衣服。惹得别的生产队的人们刮目相看，同时也妒忌得发疯。

节后第三天，雪下得很大。大多数知青都回城了，李新秀没走。白主任突然来找她，见面第一句话就是：出事了！他把县里、公社里要派调查组的事给李新秀说了一遍，最后强调，小李你可不能把我卖了。我上有80岁的老母亲，下有七八岁的孩子……他没想到李新秀不着急也不怕，没等他说完就拍了胸脯，天大的事我顶着，你把责任都推给我。

县里、公社革委会都派出调查组进驻生产队，调查卖"大疙瘩"的事，还专门起个名字叫"大疙瘩事件"。"大蛤蟆"成了积极分子，跟着调查组的人搞材料。这家伙心狠，被调查的人都被他打过耳光。他骂：把老子的队长搞掉有没有你一份？他还负责看守李新秀，连门也不让她出，说是调查组指示，不要让她寻短见。李新秀于是连门也不出。

调查组来的第二天，有几个知青从城里回来了。小罗先去看李新秀，"大蛤蟆"挡着不让进屋。小罗一个扫堂腿把"大蛤蟆"摞倒在地。小罗说没让你满地找牙，算爷爷对你手下留情。

"大蛤蟆"说，老子处理你！

小罗说，你有本事，把爷爷我开除回城？！

李新秀只给小罗讲了一句话，"大蛤蟆"没听见。

小罗和几个知青"哥们"一夜之间串遍了全队家家户户。

第二天工作组还没出门，就被愤怒的人们包围了。队里几百号群众吵嚷着要调查组滚蛋。白主任也不见了。"大蛤蟆"虽然声嘶力竭地威胁、劝说，但人们根本不理他。就这样围了一天，工作组的几个人滴水未进，粒米未进，最后组长无可奈何地宣布他们马上就回去。

"大蛤蟆"说这回公安局肯定来抓人。

但是，一个月过去了，上边仍然没有任何动静。其实，工作组里的几个人也认为老百姓卖"大疙瘩"弄几个零钱花不算什么大错。他们在向上级汇报时都打了折扣。

往后"大蛤蟆"更臭了。队里的大人孩子见了他都朝他吐唾沫。

李新秀还是队长。她在队里的威信越来越高。贫下中农都把她当能人、恩人，只要她一声招呼，全队人呼呼啦啦都不落后。这年，队里小麦大丰收，"大疙瘩"也大丰收，生产队还种了棉花，也获得了大丰收。李新秀根据老贫农的建议，种了几十亩大豆几十亩芝麻，搞了个豆腐坊、香油坊，把生产队搞得红红火火。到了农闲的时候，李新秀就放大伙外出，八仙过海各显神通，为集体创收入，也为个人创收入。她知道可能会惹麻烦，所以不断施展小计，比如让小罗写文章给县广播站，介绍队里大批促大变、学大寨赶昔阳带来的巨大变化等。有一次，她在全县三级干部会上介绍大批大干的经验，台下有人递了张纸条，主持会议的领导当众把纸条上的文字念了。纸条的内容是冲她来的，问她，你们生产队是不是打着红旗反红旗，披着"大批大干"的外衣，不种粮食种芝麻，还鼓励社员做买卖？

李新秀脸不变色心不跳，从从容容地笑了笑，我说了不算，写这纸条的同志说了也不算，贫下中农说了算。你有兴趣到我们那看一看，从山下到山头都是红旗招展……

主持会议的领导带头鼓掌，强调说，李新秀同志说得好。

李新秀说，不是我说得好，是毛主席他老人家教导得好。接着振臂高呼，毛主席万岁，万万岁！

不久，李新秀被选为全县上山下乡知青先进典型，出席全省的表彰大会。又过了不久，她被全大队贫下中农全票推荐上了大学，离开了故道。临走那几天，全队社员轮流请她吃饭，吃了东家吃西家，后来她急了，这个吃法仨月俩月走不掉，干脆宣布不吃请。大伙也都理解她，而且还听她的。于是又改成给她送东西，有送香油的，有送棉花的，有送鸡蛋的，装了满满一平车。她让小罗帮助拉着送她。

出了村后，她对小罗说：我带这些东西都没用，你还是拉回去给几个"哥们"分了吧。我啥也不想带，只想带一把黄河故道的泥土。因为这泥土中有我的血泪和汗水。

李新秀大学毕业时，始料不及地被学校推迟分配，理由是她当生产队长时属于"双突"干部，和白主任的关系说不清，是白主任"走后门"办的工农兵学员，甚至还有人贴大字报，说她和"四人帮"也有牵连。这样，折腾来折腾去，耽误了一段时间。最后弄清楚了，白主任在和另一个女知青通奸时，被李新秀撞上了。白主任为了堵她的嘴，才让她当了生产队长……调查组在李新秀当过生产队长的队里调查时，贫下中农一致说她的好话。事情是搞清了，但分配的时间错过了，她只好回到本市一家中学任教。那时知青也都回了城，她和在建筑公司当工人的小罗结了婚。

她又成了一个普通的女人了，十分普通。上班，下班，带孩子，忙家务。学校年年评先进工作者，她一次也没沾上边。

偶尔队里还有人来看她，给她带些"大疙瘩"、花生、香油之类的土特产，有的还管她叫队长。她听了，总是淡然一笑……

1979，小学校长

废黄河像一把利剑，把古老的张集镇一劈两半，自然形成了东张集西张集两个村子。

东张集姓张的多，西张集张姓的多。所以，从大清国那时设立学校起，就只设了一个。直到现在，小学从一年级到六年级，每个年级只有一个班。全校加起来也不到二百个学生。

校长老蒋是外地人，五七年"反右"时，他在城里一个中学校长的位置上被打成右派，流放到黄河故道，在西张集当社员。城里的媳妇和他离了婚，他在西张集劳动时，和一位姓张的姑娘恋爱，后来结婚生子。这样，老蒋就成了张家的女婿。那带人对女婿还有个称呼，叫客。客是很受尊重的。老蒋先是当教师，粉碎"四人帮"后，右派帽子摘了，当了校长。当年他在城里工作的中学给他落实政策时，曾征求他的意见，问他回不回去。他想也没想就拒绝了，很随便地说我这拖儿带女的，年龄也大了，回去干吗！

老蒋是右派时，张集人没亏待他。他娶的是张集有名的一枝花。就是在"文革"中，他也受到了张集父老的保护，没蹲过一天"牛棚"，就挨过一次斗。当年和他一起打成右派，下放到另外一个农村的老教师，就在"文革"中被斗死了。校长有感于张集人的恩德，决心图报。他把原任职城里那所中学补发的工资，全都给了学校，建了一座图书室。他当校长后，重视抓教学质量，一连几年，张集小学升初中的升学率，在全县都名列前茅。周边的都来参观学习，问校长有什么秘方？校长笑而不答。

还是一个记者发现了老蒋的秘密。原来，每个教室黑板两侧，都张贴有同样两幅画，画的内容非常简单，左边一张画上是一个雪白的馒头，右边一张画上是一块黑色的窝头。这两幅画均出自校长老蒋之手。校训更简单明了：将来上大学有工作就能吃上左边的白馒头；在家撸牛尾巴只能吃右边的黑窝头。记者感叹，要是再往前几年，老蒋又得丢了校长的帽子。

校长老蒋当选为县人大代表，政协委员。张集人也很感激校长。学校搞建设，队队都不含糊。六个生产队，一个队盖了三间屋，三六十八间两排瓦房，在故道小学校舍中是名列前茅的。学校美化也好，水泥路，水泥操场，有树，有花坛。学校八个教师，除校长一人外，均为民办教师。这些民办教师，拿的是最高劳力工分。校长家属所在的二队，对校长也格外照顾。为了让校长爱人更好支持校长搞好教学工作，队里把她爱人安排为保管员，不要下地干活，拿的却是女劳力最高工分。

到了 1981 年，张集也实行了联产承包责任制，土地分到每家每户，校长老蒋一连遇到了几件伤心事。

第一桩伤心事是分校。东西两个张集六个生产队，把车马牛羊分完后，又要分学校。有人说学校是大伙盖的，也分了吧！分了干脆。怎么分？有的说东西张集的喝酒划拳分高低，谁赢了学校归谁那边。这法儿马上被否定，喝酒也得有人摆酒席？又有人提出一个队分一个年级，交给个人承包。因为分校，东西张集闹得不可开交。

校长上下左右都跑了，上边找到县教育局长、乡党委书记、乡长，下边逐个找队长。好容易才做通了工作，把学校保住了。不过，却得罪了村、队的头头，说校长告他们的状。

第二桩伤心事是教师离心。学校的民办教师，如今家家都分了责任田。用时髦话说，连产连着心，骨头连着筋。过去每天早自习，老师们都到校备课、办公，或给学生补习功课；下午放学后也都加班加点，还不要报酬。现在，他们的心拴在责任田里了。早晨下地，不到学校打预备铃不来，有的还常常迟到，学生都进教室了还不到。下午没课的老师干脆不到校了，有课的老师也是下了课就朝责任田里赶。有的老师，来校时车子上干脆带着锄头。农忙时，老师招呼学生去自家责任田里帮忙，还美其名曰：社会实践！生产队的打麦场也没了，那几个老师干脆来个靠山吃山，把本来就不大的学校操场当成了晒麦场……校长虽然在会上讲多次，仍是收效甚微。眼看着学生的成绩一天天下降，他心急如焚。有的老师干脆面对面地说，你校长有本事让我们都民转公，俺保证铁心跟你干！

最让校长伤心的事是学校经费紧张。像这样的村小，国家过去就很少拨款，现在就更少拨款了。村里过去好歹还投资，现在也不投资了。到了春天，学校账上出现了透支，连买粉笔的钱也是校长从媳妇卖茶叶蛋的钱中借来的。过去，学校用的电都是村里统一结算，而眼下拿不起电费，电工把闸刀给扳下来了。

校长去找村支书。村支书老赵也是人大代表。他是致富的典型，现在不仅是万元户，而且有十多万元的存款。他正在喝酒，听着校长的讲述，不露声色，等校长讲完了，他打了个饱嗝，问，咱们学校一年办公费等费用开支大约多少钱？

校长小心翼翼地说，大约也得个两千多块吧！

赵支书若有所思地点了点头，没有表态。

校长从支书家出来，心中有几分失望。回到家，连饭也不想吃，躺下就睡了。

第二天，赵支书突然光临学校。校长和老师们都受宠若惊，忙陪着搬椅子，倒水。赵支书看了办公室门窗玻璃烂了，用的是旧报纸裱糊，感叹地说，这法儿怎么行呢？咱们村小过去可是在全县响当当的！

赵支书又视察了教室，看着学生们的破桌烂椅子皱起了眉头。

赵支书走后，大家都兴高采烈地议论说：这样村小可以有点办法了。校长心里自然也很快活。

当晚，赵支书捎信来，请校长和教导主任去他家议事。现在村里没有办公地方，开支部会或干部会一般都在支书家里。

主任是当地人，也还是个"民办"。他比较灵活，劝校长带条烟去支书家。校长想只要支书能给学校拨点款，一条烟自己掏钱也可以。于是就花八元钱买了一条当地产的烟。

进了赵支书的家门，校长和主任都愣了。支书家已摆了一桌酒席，村长也在，连妇女主任小花也在。支书见了他俩，忙起身迎接，来了，就缺你们二位了！

这，这多不好意思！校长很拘谨。

赵支书接过校长的烟，看也没看顺手丢在一边。校长再看支书桌上摆的是"红塔山"。相比起来，一个是富豪，一个是乞丐。他的自尊心受到伤害，但没有发作。

落座。喝酒，半天都是谈村里哪个发了哪个富了，谈改革的好处，只字未提为学校拨款的事儿。校长暗暗着急，一个劲儿给教导主任递眼色。教导主任和赵支书有点亲戚。他的意思是让教导主任给支书提一提。

精明的赵支书看到了这一点，笑着说，老校长，我们几个也都是您的学生。现在学校有难，我们也急，学校教学质量上不去，我们村干部脸上也无光。不过，现在是改革开放时期，搞了责任制。村里经济上不宽裕。我考虑一下，和支委们交换了意见，准备给学校搞点收入！

几个村干部不住点头。

赵支书示意村长讲。村长开门见山地说，是这样，现在不是改革开放吗？学校也可以搞经济收入。咱学校在集中心，是个好位置，支部的意见是把一年级二年级那六间教室改造一下，把门朝大街，开个饭店。

教导主任问：那，那学生呢？

赵支书说，一年级二年级可以迁到以前六队饲养室，离学校不算远。饭店就算是村里的饭店吧。每月给学校三百元的纯利，还可以给教师们每人每月十元补助，校长教导主任每月二十元，怎么样？

校长目瞪口呆。

一年级二年级教室的确在临街。但把教室改为饭店，让孩子们怎么办？六队饲养室在村外不说且多年已无人修缮。

教导主任也面有难色。但是，他仍然面带笑容。

校长却沉不住气了。他说这不行，别说学生们家长有意见，上级有意见，我这个校长也不愿意。就是再难，也不能难了孩子；再苦，也不能苦了孩子！

屋里空气凝固了。

支书先笑了，这事没完。今天请你们来，只是想听听你们的意见。我也再三考虑学校再困难，也不能这么做。别议了，喝酒，喝酒！

这天晚上，校长喝醉了，是赵支书派人把他送回家的。

转眼到了仲夏。这年雨水多。学校门前虽然是街，但街面比学校门高，一到雨水上来，首先灌学校。教室里水没脚深，无法上课。老师埋怨，学生也埋怨。校长只好去找赵支书，要求修个下水道。

赵书记仍然很热情，可一听校长说完，面露难色说这事不好办。眼下村里想搞个实体，找不到地方。实体办不起来，集体就没钱。向群众要吧，上级三令五申不能加重农民负担……

校长表示理解，怏怏地回到学校。

这天下午，发生了一件事。校门口有个坑，一个一年级小学生蹚水进校时，掉了下去，幸亏发现及时，才没淹死。这时，办公室里议论开了，老师们都说把一、二年级让出来有好处。校长一时陷入了孤单。教导主任见他愁眉不展，劝他说，校长呀，这年头眼珠子要活，不然就行不通。

校长无语。

教导主任说你如果没意见，我告诉赵书记学校同意换一、二年级教室。

不久，一、二年级教室果然改造了。每天，猜拳行令声盖过学生的读书声。但是，没人觉得有什么异样。赵支书很守信，每月让人送给学校三百元现金，还按原定数目发给老师们奖金，说是创收奖金。

校长却始终没领一分钱。

校长老了。他的头发已全白了，身子也佝偻了。每天，他都要到原六队饲养室、现在的一、二年级教室去转一圈，神情十分黯淡。

后来听说，饭店是村里投资开的，但是由赵支书个人承包。

校长听着，眼里流下两行晶莹，喃喃地说，东张集西张集，不东不西，不是东西！

1989，冯老四造屋

冯老四家两年前就要盖新屋，可至今仍然没有动静。

盖房子的批文也拿到手了，上边盖了七八个公章。买砖瓦的钱也早交到砖瓦厂了，厂里三番五次催提货，并有传说砖瓦马上要涨价。乡建管站民房队也挂了号，只等定准日子，民房队就开来。但是，冯老四家迟迟不动工。

冯老四家的房子的确不能再住人了。

三间堂屋还是 50 年代盖的。土坯墙。半草半瓦的房顶。墙经风雨剥蚀，摇摇欲坠；房顶一个窟窿一个窟窿，晴天夜里望星星，雨天夜里忙排洪。乡土地办的人来到看后，都说这房子得尽快换新的。

早想换，手头紧呗。冯老四说。

现在可以喽！乡土地办的人同冯老四开玩笑，要盖就把目光放长远，盖两层小楼。

是哟，是哟。这正合冯老四的心意。二儿子今年 17 了，再过两年就要结婚，迟早还得盖房子，不如一次盖成。

冯老四今非昔比。过去穷得叮当响的他，现在是腰缠万贯、远近闻名的豆腐大王。在村里可谓首富。在乡里也是很响亮的。

可是，盖房的事搁浅了。

那天一早，隔壁胡三就骂过话来，狗日的，谁要是想欺负俺，俺把他老少都宰了。姓胡的不是那么好欺负的。

开始，冯老四不以为胡三骂他。两家做了几十年的邻居，相处融洽，过从甚密。胡三家炒菜缺油，隔墙头说一声，冯老四的女人就把油瓶递过去。冯老四家来客人，忘不了邀一下胡三过来作陪。这几年，冯老四家起早贪黑磨豆腐，手头渐渐宽松了。胡三怕吃苦，总想干点不出大力能赚大钱的好生意，一次两次赔进去，家里尽窟窿。他现在借冯老四家的钱也够上千元了。因盖屋用钱，冯老四媳妇几次要向胡三讨回，都被冯老四挡住了。他说那千儿八百，这次盖屋还用不上。老三家没钱，这些日子正着急，你再要不是逼他要命嘛。

盖屋的事，冯老四事前向胡三打过招呼。那是大年初二，镇上饭店的兰经理来老四家拜年。老四常年给他送豆腐，关系较好，还拜了干亲家。老四留兰经理吃饭，把胡三叫来作陪。冯老四酒量小，一杯酒下肚就脸红心烧。胡三是个喝家，一次斤把没问题。所以，冯老四家来客人，都是喊胡三作陪。胡三每次也都乐得酩酊大醉。

亲家，这房子也该扒了重盖，兰经理说。

冯老四点点头，我和孩子娘也商量过了，打算重盖。

胡三只低头喝酒。

兰经理又说，要盖就正儿八经盖个楼，省得过几年再盖。你说对吧胡三哥？

胡三笑了笑，说得对，咱村还没有盖楼的。四哥你是第一家。你盖房子需要搭把手，我那四个犊子随你招呼，你当牛当马用他们也不敢放个屁。

兰经理说，工钱还得给，桥是桥，路是路，一码归一码。

冯老四说，那当然，那当然。

冯老四一直以为，胡三支持他盖新房子。所以，胡三骂人，冯老四耳朵不热。他还隔墙送过话来，老三，又和谁磨牙了？

胡三说，奶奶的，想高咱一等，在咱头上拉屎。

谁呀，老亲舍邻的谁那么不讲究？冯老四又问。他想：你胡三有四个儿子，个个又粗又壮，膀大腰圆，在村里如同四条恶狼，谁敢欺负你家。

胡三在墙那边没搭理。

冯老四开始筹备工作了，先是跑手续，眼下农村盖房也有规矩了，要办理批准手续。这中间费的周折不大，因为他到兰经理的饭店摆了几桌酒席，把有关的人员都请到了，酒足饭饱每人又送点"小意思"，手续很快就批成了。

接下来是买料。眼下农村盖房子的多，砖瓦等材料紧张，交了现金，托了熟人，还得挂号排队等着。冯老四人缘好，热心帮他的人也多。可是，他做梦也没想到有麻烦，而且麻烦来自多年相处融洽的邻居胡三。

那天，乡建管站民房队的工程师受冯老四之邀，来他家搞测量，准备搞个建房图纸和预算。工程师正在冯胡两家中间的墙头上拉着皮尺丈量时，忽然被人推下墙来，幸亏墙头不高，工程师年轻机灵，要不非摔个腿瘸胳膊断不可。冯老四趴在墙头一看，胡三的二儿子手中拿着一把铁锨，虎视眈眈，看样式在准备打架。冯老四不解，问道：小二，你这是干啥。我请人家工程师来为我家盖屋的呀，人家又没招你惹你。

胡家老二恶狠狠地说，我妈在屎茅子里解手，他上墙头站着想偷看。我没把他两只眼抠出来就不错了。

年轻的工程师就差笑喷了，一个秫秸秆似的老女人值得我看？没病吧你？不过这话是心里想的，没有说出口。

冯老四明知胡家老二冲着自家来的，但他抱着和气生财的处世观点，没有理会。

第二天一早，冯老四刚出门，和胡三不期而遇。胡三手里拿着根竹竿，裤脚卷得过了膝盖，脚上沾着黄泥巴。冯老四过去也干庄稼活，一看胡三的打扮就是从地里翻红芋秧子回来的。他忙喊老婆子，哎，哎，发展他奶奶，把我昨天从咱亲家那儿带来的酒拿一瓶给三哥。

冯老四的大儿子同胡三的二儿子同岁。他大儿子前年就结了婚，去年生了个儿子，取名叫发展。所以，冯老四打小孙子出世后，改了称呼，叫老婆先提孙子的名字。他老婆虽然拿了一瓶酒出来，脸色却阴沉沉的。

胡三接过酒，朝裤腰带上一掖。冯老四说，三哥，晚上咱老哥俩喝几盅？

胡三用鼻音哼了一声。

冯老四把胡三的二儿子昨天的表现给胡三说了，最后再三强调，你那二小子也不是特意的。

胡三阴沉着脸听冯老四说完，气急败坏地喊，老二，老二，给老子滚出来。

胡三的二儿子端着饭碗，趿拉着鞋子，呱唧呱唧地走到大门口，问：爸，啥事？

冯老四抢着说，没啥事，没啥事。说着，拉了胡三一把，意思是不让胡三发火。胡三举起手中的竹竿，劈头盖脸地朝他二儿子打去，边打边骂，我打死你个不知好歹的东西。老子给你们哥四个说了多少回，咱人穷，千万别招惹有钱人。你们就是不听……

冯老四听着胡三的话中有话，又不好说出口，就劝胡三，三哥，都过去了，都过去了。

胡三的二儿子被父亲一顿臭骂，也火了，冲冯老四嚷嚷，冯老四你别猫哭老鼠。我警告你，你家新房要是比俺家高一公分，我就给你平了！

冯老四的媳妇从屋里冲出来，毫不相让地说，唏，弄啥呢，俺家盖房子花的俺家的钱，还得听你家的。

胡三说，弟媳妇你别生气，他是个孩子，你别理会他。孩子吃屎，大人不能也跟着吃屎吧？

冯老四和冯老四的媳妇气得目瞪口呆。回到家里，冯老四直转圈子，嘴里不停地念叨，这是咋啦，咋啦？

冯老四的媳妇说，咋啦咋啦，你看不出来胡家是嫉妒咱家。咱儿子和他儿子同年生，咱儿子娶了媳妇生了孩子，他儿子还光棍一个。还不止老二光棍，老三老四到现在也没说上媳妇。他家的房子……

冯老四打断媳妇的话，说，咱盖房子没碍着他家啥事。

冯老四的媳妇说，那这新房子还盖不？

冯老四说，盖，凭啥不盖，咱有政府的红头文件批准。

胡三家在东。冯老四家在西。而村中的马路是由东向西的。冯老四要进料什么的，必须从胡三家门前经过。又过了几天，水泥厂来给冯老四家送水泥，车开到胡三家门前，被胡家四个儿子拦住了。当时，胡三家在门前晒了点粮食。冯老四的媳妇忙出来说情，让他们把粮食收拾一下，让车过来。胡三的四儿子出口伤人，说这是胡爷的家门，俺想干啥干啥，你凭什么管俺？

咱这邻居多年……

屎？你家要盖楼，压俺的屋檐咋就不讲邻居了？

恰在这时，冯老四从外边回来，听到了胡三儿子的这句话，马上就明白了为什么会发生麻烦事。他把自己的女人呵斥回屋，然后又请水泥厂的师傅过家里喝茶，自己就下地找胡三去了。

胡三正在田头睡觉，草帽子盖着脸，大腿跷在二腿上。冯老四喊了几声老三哥，他才哼了一声，问：老四，又咋了？

冯老四把车子被拦的事说了，又说，三弟，现在也不讲什么迷信风水的。我冯老四也无心压你。我那房子的确该盖了。再说，这事你也知道呀？

胡三拿去草帽，坐了起来，冯老四忙不迭递上烟。胡三抽了一口烟，笑容可掬地说，老四，你别这么大的气。孩子们说啥是他们的事，我可没给你找点儿麻烦吧。这样吧，你先走一步，我马上回去揍几个龟儿子。

冯老四乐颠颠地走了。

可是，冯老四回到家等了半天，直到天傍黑，也没见胡三回来。胡三的四个儿子寸步不离，虎视眈眈。没办法，冯老四只好每袋水泥多加了五角钱的卸车费，让水泥厂来的工人从远处扛回来。

晚上，兰经理来了，听说此事后，十分恼怒，这不是霸道、欺负人吗？四哥，我去给派出所说一声，把他家四个儿子拘几天，杀杀他们的威风。

不可，不可。冯老四忙摆手，说，你拘他几天，还得回来，我们还得做邻居。他三天两头找碴儿，又怎么办？再说，他四个儿子，咱一个儿子，两家打起来，真有个三长两短，又怎么办？

兰经理听冯老四一说，也只好陪他叹气。

此后，冯老四几次想找胡三谈话，胡三都躲着不见。胡三的四个儿子却越来越凶，终日隔着墙头骂娘，还扬言谁要压他们家，他们白刀子进红刀子出，给点儿颜色瞧瞧。

冯老四盖新房的事搁浅了。

有一天，在镇中学读高中的二儿子回来了，对冯老四说，爸，不如咱们也去镇上盖房子吧。

冯老四没答，两行老泪滴落下来。

1999，老板秋爷

秋爷抬头望了一眼面前的年轻人，面孔是陌生的。他问你找我做啥？

我不找你，年轻人显然对秋爷的冷淡不满意，是乡长找你。

秋爷抬头隔窗望去，院子里有一辆红色轿车。乡长，他认识，就那个一手端茶杯，一手拿芭蕉扇的大胖子，只是在开会时见他在台上讲过话。乡长旁边还有几个年轻人，其中一个肩上还扛着个机器，叫什么玩意，秋爷说不上来。

乡长请人来录你！年轻人说。

撸我？凭啥子？秋爷火了，他乡长想撸谁就撸谁吗？恐怕没那么便宜吧？

年轻人挺神秘地说咋不便宜呢？人家录完，你请吃顿饭，再送点礼品就行了。又不是做广告，这是拍新闻。

秋爷还没明白过来，仍然一脸的不高兴，咋，他撸我还让我请客送礼？不行，老子不吃他这一套！我有啥错，他来撸我？

年轻人这才听出了门道，哈哈大笑，说秋爷你误会了。人家是要给您录像，也就是拍电视，宣传你！

秋爷一脸的不高兴，他说搞这些名堂干啥子？能当饭吃还是能当衣穿？再说，咱这样儿也没有上电视的价值，让人看了倒胃口，犯恶心……

年轻人神情也严峻起来，老秋同志，你们村办的皮鞋厂是咱们乡第一家合资企业。乡里对你们十分重视和关心。乡长这次亲自到你们厂里来，是对你们厂的重视和关怀。你可不要太骄傲，自以为了不起。没有政府的关心、支持，你能办起这个厂子？

一席话，说得秋爷低下了头。

秋爷是前年春天才从监狱里放出来的。

三年前的一个集日，忙完了田里秋收秋种活儿的秋爷到集上去赶集。在集上，碰见了亲家。他就邀亲家到饭店去喝几盅。那天一高兴，多喝了几杯酒。就在他和亲家准备离席时，邻桌发生了一件事：一个头戴鸭舌帽、茶色眼镜的年轻人，不知因为什么事向同桌吃饭的一个姑娘的碗里吐了一口痰，大吵起来。秋爷爱打抱不平，上去拎起那个年轻人的衣领就训。那年轻人不服，和秋爷吵起来，还要打秋爷。秋爷是身怀功夫的人，只一个扫堂腿，就把那个年轻人打倒在地。

怕事的亲家拉着秋爷走了。

第二天一早，来了几个公安，给秋爷戴上铐子带走了，名义是秋爷扰乱市场，打架斗殴，是流氓罪，判了三年。后来才知道，被打的那个年轻人是乡长的"衙内"。

秋爷没想到因祸得福，在监狱里认识了一个"皮鞋大王"。"皮鞋大王"是因为经济问题坐监的。他见秋爷为人豪爽，有意和秋爷交朋友，并约好出狱后为秋爷提供技术等多方面援助。果然，秋爷和"皮鞋大王"一前一后出狱，"皮鞋大王"开车来到秋爷家中……不久，秋爷的叔父又从台湾回乡，资助秋爷办厂。这样，秋爷就办起了皮鞋厂，而且经营十分红火。

不过，苦恼事儿也不少。用秋爷的话说办厂之初是"摆手的多"，厂子生产后是"伸手的多"。

那天，秋爷到乡里去找乡长。乡长上上下下打量他一番，你出来了？以后要好好劳动，接受……也许乡长意识到了下边的话说出不好才又改了口，你也要办工厂？这工厂能是好办的吗？能是什么人都能办的吗？

秋爷强忍着没发火。

后来还是"皮鞋大王"里外疏通，才使秋爷的厂子办起来。秋爷感叹地说办个工厂比妇女生个孩子难多喽。

秋爷的工厂生产的皮鞋是高档皮鞋，多半由他叔父在香港的一个公司包销。开始出产品后，厂里突然客人剧增。乡政府的、工商所的、税务所的、派出所的、供电所的、环保所的……天天有人来，都是以"试用"为名要皮鞋的。秋爷一天到晚忙得应接不暇。但是，不应还不行，这些老爷一个也得罪不了。有一次，供电所来人秋爷不在，其他人不敢批条子。供电所的人说秋爷是故意躲着，看不起他们，回去后就给厂里断了电。开始，秋爷十分恼火，还硬着头皮顶着。可是一连三天过去，厂里的机器仍转不动。"皮鞋大王"那天正巧来电话找秋爷有事，听了秋爷诉苦骂娘后说，老祖宗，你怎么这么蠢呢？给他三双两双皮鞋值几个钱，停你一天电，影响生产又是多少钱。现在是搞企业，别老是小农意识。

秋爷心里总是觉得不安，发闷。所以，他一看乡长带了几个人来，打从心里不高兴。

走吧，乡长和记者在等你呢。那个年轻人有点儿急了，说话也不好听，咱乡长到什么地方还没有坐过这种冷板凳呢。

秋爷知道躲是躲不了，硬着头皮去见乡长。

您好，您好！乡长笑容可掬伸出手来要和秋爷握手。电视记者慌忙把镜头对着过来。秋爷不卑不亢，手也没伸，只说了一句来了，屋里坐吧。

乡长到底是见过大世面的，没有计较秋爷的态度。倒是那个跟在乡长身后的年轻人气得直瞪眼。

在宽敞、舒适的会议室里落座以后，乡长开门见山地说，老秋同志，为了宣传改革开放中涌现的先进典型，促进这个全乡经济进一步发展。我们请来了电视台的同志，主要是宣传你们厂和全乡的经济发展情况……

秋爷不客气地插话说咱没啥好宣传的。他见电视记者把摄像机镜头对准了自己，忙把头低下了。

乡长却不在乎秋爷这一套，面对摄像机开始了侃侃而谈。他说当初秋爷要办厂时，他是如何支持的；在工厂动工兴建过程中，他又是如何扶植的；

工厂建成后他又是如何如何帮助解决各种困难……

狗东西，说瞎话也不脸红？秋爷在心里愤然骂了一句。

乡长讲完了，心安理得地抽起烟来。

电视记者让秋爷也讲一讲。

秋爷说不讲，没啥好讲的。工厂也不是什么人都能办的。说这句话时，他看了乡长一眼，乡长竟然连脸也不红。

乡长又带人去拍车间。秋爷不能不去。不过，他心里不高兴，脸上也带着气，电视记者几次提醒他笑一笑，他却装作没听见。心里却想：笑个屁！你们这些人不就是些吹喇叭抬轿子的吗，什么事都让你们给吹瞎了。

还是在电视正在拍摄中时，乡长身边那个年轻人就把秋爷悄悄拉到一边，让秋爷准备每人一双皮鞋作为纪念品，并给了秋爷一张纸条，上边写着来人的鞋号码。秋爷竟爽口答应说，放心吧，我让人准备了。

于是，秋爷对仓库作了"专门"安排。

电视拍完后，"纪念品"皮鞋如数放到了车上。

第二天，那个乡长身边的年轻人又开车来了。一进门就嚷道，秋爷，你们厂出了质量问题。幸亏在国内，如果到了国外还不丢中国的脸。他打开了所有皮鞋的包装盒，每盒的皮鞋都是左脚的，不配双。

秋爷哈哈大笑。

厂子里的人说，第一次听见秋爷这么笑。也不知是开心的笑，还是苦恼的笑。

2009，幸福的腊梅

腊梅是村里最有福的女人。

她家住的两层小楼，在全村独此一栋，就是支书和村长家的瓦房与之相比也显得几分寒碜。她家有辆"雅马哈"，也是全村独一无二的。村支书不过骑的一辆旧"永久"脚踏车，除了铃铛不响到处稀里咣当地响。腊梅学"雅马哈"那阵，全村男人女人的目光都热辣辣的。穿的戴的更不用说，春夏秋冬身上的服装都是一层新。用金大婶的话说腊梅身上的裤衩子，也比她一身衣服值钱。前不久，丈夫栓柱又从城里给她带回了金戒指、金项链，全村女人嫉妒得背地里咬牙切齿地骂。

腊梅的丈夫栓柱当过兵，会开汽车，从前年开始承包镇上的运输队，两年时间就发了。

不过，腊梅活得很苦恼。结婚四年了，还没生个孩子。每次出门，她都不敢正眼瞧左亲右邻的眼睛。尤其是那些生儿育女的女人，看她肚子、胸脯的眼睛，都像长了针。

腊梅，咋不要个娃呀？！你们家劳动致富是模范，计划生育也是老先进！金大婶娶了两房儿媳，生了两个孙子一个孙女，每回见腊梅都嘲弄几句。她的两个儿媳，有时故意当着腊梅的面，掀开衣服喂孩子。

腊梅有时恨自己不是个完整的女人。丈夫越对她好，她越感到内疚，为自己不能生孩子而不能宽恕自己。每次和丈夫干完那种事，她都紧张地把两条腿夹在一起，夹得紧紧的，生怕孩子也流走了。

腊梅更怕丈夫因为她不能生孩子而抛弃她。她早已怀疑丈夫跟运输队那个年轻的女会计有关系。那个小狐狸精，骚着呢！

秋收之后，金大婶家请来一个小木匠。金大婶的女儿要出嫁，听说已经怀了孕，再不赶快嫁就要丢人现眼。金大婶请小木匠为她女儿做嫁妆。小木匠人很年轻，长得挺喜欢人，又精明机灵。腊梅见了两面，就对小木匠有了好感。夜里，她睡在床上时，忽然就产生了一个想法。

第二天，丈夫回家后，腊梅就对他说家里该做张小床。丈夫开始又惊又喜，以为腊梅已经有了身孕。当知道她是"计划"时，虽然有几分失望，但还是答应了。

于是，几天之后，小木匠被腊梅请到了家中。

忙乎一天，到晚上小床就做好了。腊梅留小木匠在家吃饭。她做了几个菜，又拿出过节时别人送给她丈夫的郎酒。小木匠说不会喝酒，腊梅说不会喝酒算什么男子汉。小木匠说吃了饭还得赶几十里地回家，腊梅说晚了就住我家吧，我那口子今晚不回来。说完这句话时，腊梅脸红了一阵。

兄弟多大了？

20 整！

没成家吧？

没。

兄弟还是童身子！

腊梅把板凳移到小木匠旁边，挨着小木匠坐下了。小木匠心里很亮堂，一下就把腊梅抱住了。

后来发生的事就在屋里的床上了。

第二天，小木匠没走。那天，腊梅家的大门也没开。

傍黑，栓柱回来了。腊梅又做了几个菜，让丈夫陪小木匠喝酒。腊梅亲自斟酒。小木匠喝了头一杯就觉味不对，不是酒是开水。他见腊梅给他使眼色，就没有挑明。腊梅一会儿劝栓柱与小木匠敬酒，一会儿又劝小木匠给栓柱回敬。一来一往每人十几杯下肚，栓柱醉得如同烂泥，小木匠却一点儿事都没有。腊梅扶栓柱睡下后，就光着身子跑到小木匠睡的床上。她其实并不想和小木匠温存，她要的是小木匠的种。所以，她不住催促小木匠快点放出来。

小木匠那玩意不知咋搞的，腊梅越催，越是从从容容，急得腊梅几次都恨得想把他推开。

小木匠终于结束了。腊梅怕那些东西流出来，所以不敢马上就走。

你为什么要对我这么好？小木匠问。

腊梅未回答。

你，你是真心的吗？小木匠又问。

腊梅心里骂：滚，瞧你那穷酸相！但这时候她怕得罪了小木匠，因为她不知道自己会不会怀孕。她只好回答小木匠一个不情愿的吻。

第二天，小木匠要走。腊梅没有把握，当然不肯放他走。小木匠好感动。不走要有不走的理由。腊梅就对金大婶和村里人说，小木匠扯来扯去，原来和她是表亲，是她嫂子娘家嫂子的嫂子的表弟。她这个"表弟"手艺巧，做活好，收费也低。于是，村里有人找上门来，请她"表弟"帮着做活。腊梅有心，按市场价做一张八仙桌子四十元手工，她只收三十元，自己掏十元加上，给小木匠仍是四十元。这样，找小木匠做活的人多了，小木匠也就住下来了。

腊梅给栓柱也说小木匠是她"表弟"，但说是村里人留的小木匠。小木匠自己也想留下干活。栓柱并不过问，好像这些与他无关。

一个月过去了。有一天，腊梅吃早饭时突然呕吐不止。她又惊又喜，偷偷跑到医院做了检查，结果的确怀孕了。她为自己的计划成功感到惊喜且振奋。如果不用这个计划，怕这辈子也不能成为一个完整女人了。自己的丈夫不是个完整的男人。

从这天起，腊梅对小木匠的态度突然变了。过去，每顿饭两个菜外加一杯酒，现在菜也不做了，酒也不上了。小木匠要求办那种事，她也不让，说身上来了。她还催小木匠快走，说栓柱已觉察了咱俩的事，不要让他把你那家伙割下来。

小木匠一生第一次和女人产生感情纠葛，对她恋恋不舍。可是，她已讨厌这个穷木匠，借故要回娘家，把小木匠逼走了。

此后，小木匠又来找过腊梅两次，一次被她拒于门外，还有一次被她冷言冷语打发走了。

怀胎十月，腊梅生下一个白白胖胖的男孩。

乡下的风俗。男孩生下十二天吃"喜面"。腊梅家大宴亲朋，摆了四十桌酒席。小木匠也来了。腊梅硬是没给他面见。小木匠喝得酩酊大醉，走时嘴里不干不净地骂娘。

腊梅的儿子长到两岁时，有人私下说这孩子长得像他木匠表舅。腊梅打听是金大婶先传说的，就在一天晚上揣着一个红纸包进了金大婶家。从此，金大婶不说这话了。遇到有人这样说，金大婶还打抱不平：俗话说三辈子不离姥娘们，孩子长得像他表舅也是常理！

这年冬的一天，小木匠突然又来了。栓柱当时也在家里。他自从孩子出世，在家的时间比过去多了。小木匠要见孩子，腊梅不让，还不干不净骂小木匠。栓柱劝腊梅，腊梅就哭就骂，孩子是你的，他凭什么想见就见。孩子认这么多穷亲戚有什么好处？

栓柱出来送小木匠。送到村口，拍了拍小木匠的肩膀。兄弟，人活世上不能想不开。

小木匠哭着走了。

腊梅疼孩子。栓柱也疼孩子。孩子吃的穿的玩的，都是栓柱从城里带回来的。孩子开始住的是小木匠做的那张床。后来，腊梅让丈夫从城里拉回一张沙发床，就把那张木床劈了当木材烧了。

小木匠后来又来了一次。腊梅还是没见他。就在这次之后过去一个月，村里收到一份退款单。面额是两千元，是从腊梅所在村汇给几十里外山庄上一个人的。对方来取，又退回来。汇款人写的是栓柱。可村里找上门，腊梅死也不承认汇过款。栓柱更是说莫名其妙。几经打听，才打听收款人是那个小木匠。腊梅更不承认：俺家又不欠他的，凭啥给他汇钱。最后，这笔钱留作村里公积金。

村里人说腊梅为了断小木匠的念头，才汇钱给他的。小木匠没收，原因大致有三：一是可能人已死了；二是可能远走他乡了；三是有骨气不愿受这种污辱。

腊梅怎么想呢？外人当然不得而知。村里人只是见她经常骑着"雅马哈"，带着孩子潇洒地兜风。